Staread
星文文化

林绵绵

我又初恋了

First Love One More Time

林绵绵 著

天津出版传媒集团
百花文艺出版社

图书在版编目（C I P）数据

我又我又初恋了 / 林绵绵著 . -- 天津 : 百花文艺出版社 , 2022.12
ISBN 978-7-5306-8334-7

Ⅰ . ①我… Ⅱ . ①林… Ⅲ . ①长篇小说—中国—当代 Ⅳ . ① I247.5

中国版本图书馆 CIP 数据核字（2022）第 165483 号

我又我又初恋了
WO YOU WO YOU CHULIAN LE
林绵绵 著

出 版 人：薛印胜
责任编辑：李 信 **封面设计：**小贾设计
特约策划：林 璧
特约编辑：林 璧
出版发行：百花文艺出版社
地址：天津市和平区西康路 35 号 **邮编：**300051
电话传真：+86-22-23332651（发行部）
+86-22-23332656（总编室）
+86-22-23332478（邮购部）
网址：http://www.baihuawenyi.com
印刷：北京盛通印刷股份有限公司
开本：700mm × 1000mm 1/16
字数：340 千字
印张：19
版次：2022 年 12 月第 1 版
印次：2022 年 12 月第 1 次印刷
定价：49.80 元

如有印装质量问题，请与北京盛通印刷股份有限公司联系调换
地址：北京经济技术开发区经海三路 18 号
电话：010-67887676
邮编：100176

目　录

CONTENTS

目　　录

CONTENTS

第一章

后妈来了

从十六岁到二十六岁，这十年间，姜津津谈了好几段轰轰烈烈的恋爱，每一段都刻骨铭心，单独拎出来都可以加工润色成一部言情小说。直到最后一段恋爱，男友为了给她一场永生难忘的求婚仪式，要带她去北极，结果在旅程中出了意外。

她在昏昏沉沉中做了一个梦，梦中居然有一个跟她同名同姓，并且长得一模一样的人。

很快她便理清了所有的来龙去脉，推断自己梦境里发生的事是之前看过的一本小说中的情节。

说来也巧，之前她在休年假，实在无聊，在朋友的推荐下，硬着头皮一目十行看完了一本以校园为背景的言情小说，女主角是内向且温柔的转校生，男主角是人狠话不多的校草，两人经历了各种误会后，终于牵手，谱写了一段从校服到婚纱的绝美爱情。

像她这种情场老油条，对这种纯纯的校园爱情并不感兴趣。万万没想到的是，这些情节居然进入了她的梦境。可能她潜意识里觉得以二十六岁的心智成为一名高中女生太违和，所以，梦里的她并不是女主角，也不是深度参与了男主角生活的重要配角，而是——男主角的后妈。

小说中花了不少笔墨描写两个主角的原生家庭。男主角的爸爸是白手起家的商人，大学还未毕业时跟人合伙创业，短短十几年的时间完成了财富大跳跃，一手创办的公司在八年前成功上市，富豪榜上有他的名字，并且排名每年都在稳步上升，是成功商人的典范。男主角的父母感情不和，在男主角十岁那年协议离婚。生活在单亲家庭的男主角，得到的只有物质补偿，没有亲情的温暖，父子俩的关系不是很好。

在男主角十六岁这一年，他的爸爸再婚了，令读者欣慰的是，男主角的爸爸不是拎不清的人，他没有让男主角成为传说中有了后妈，爸爸就会变成后爸的小可怜。通篇下来，这个后妈出现的次数几乎可以忽略不计，堪称优秀的背景板。

对此，姜津津表示，自己还真是梦了个寂寞。

不过可以肯定的是，男主角的爸爸对这个妻子似乎没什么感情。

姜津津不禁想要仰天长啸：恋爱还没谈够，怎么能接受一脚踏入“坟墓”的设定!

小说里的事，姜津津多多少少记得一些，其他很多事情在她的旁敲侧击之下也都已经打听清楚。本着既来之则安之，体验花样人生的想法，姜津津倒也没有打算立刻醒来。

她现在住的森林别墅，有着顶级的安保系统，有二十四小时提供专业服务的管家两名，以及若干用人。这幢别墅有三个主人，除了她以外，便是男主角和男主角的爸爸了。书中，姜津津跟男主角他爸是上个月举办的婚礼，以男主角他爸现在的财力来看，这场婚礼显得实在有些简单。不过这也可以理解，男主角今年十六岁，正值叛逆期，男主角的父亲总要考虑儿子的感受。

在婚礼结束后的第二天，男主角爸爸就去出差了，不愧是工作狂，一直到今天都没回家。这样一来，姜津津反而更轻松，这七天，她连男主角的面都没见到。高中生是早出晚归的作息，而她还在努力接受现实中，每天睡到日上三竿，在时间上就直接跟男主角错开了。“山中无老虎，猴子称霸王”，男主角跟男主角他爸都不在家，姜津津舒服惬意得都快把这里当成自己的家了。

直到一通电话的到来将她拉回现实，提醒她不要忘了身为后妈的艰难生活模式。

“太太，有件事需要您出面处理一下。”电话里的人是男主角爸爸的助理，对方说话的口吻十分公式化，“上午学校那边打来电话，校方希望家长能过去。您知道，周总还在出差，今天赶不回来。”

姜津津差点儿忘了，男主角是一名正处于叛逆期的高中生。

她脱口而出：“我去不合适吧？”

她是后妈啊。

人家男主角是有亲爹亲妈的，再怎么轮也轮不到她去。

助理顿了顿，似乎有些意外姜津津的“不识时务”。

要知道后妈难当，豪门后妈更难当，姜津津嫁过来满打满算也没一个月，在这样的情况下，她不该逮着机会去刷一下存在感，向周总展示自己绝对会对他儿子视如己出的决心吗？

姜津津的拒绝，在助理的意料之外，他镇定下来后说道：“钟女士现在在日本，今天也赶不回来。”

姜津津掰着手指头算了算，亲爹亲妈都不在，好像还真就轮到她这个后妈上阵了。

“那好吧。”

助理听出她话里的勉强之意，一时间十分无语。

可以预想得到，这位新上任的老板娘只怕是面子功夫都懒得去做。

让助理欣慰的是，姜津津还知道学校的地址，以及“儿子”所在的班级。

可见她也不是毫不关心，应该是还没做好当后妈的心理准备，毕竟老板娘今年只有二十七岁。

挂了电话后，姜津津就开始准备了。这还是她第一次以家长的身份去学校，难免跃跃欲试。其实她对跟男主角的相处并不感到恐慌或紧张，男主角虽然霸道，却不是不讲道理的熊孩子。在小说中，后妈跟男主角一直井水不犯河水，从不闹矛盾。

别墅有主楼跟副楼，副楼都是管家及用人在住，主楼这边一共三层，主卧是在三楼。她有一个足够炫目的衣帽间，里面全是当季最新款，一面墙壁摆满了各种名牌，背一个月都不会重复。主卧室里只有她的生活痕迹，姜津津一开始觉得很奇怪，不过在打听到男主角他爸婚后第二天就出差后便恍然大悟了，人走得这么急，房间里没他的衣物很正常。

同在一个屋檐下，抬头不见低头见的，姜津津并不是没有自知之明，真的以妈妈的角色自居。男主角今年都十六岁了，即便只有六岁，她这个后妈在小孩眼中都是“入侵者”。而且人家自己有亲妈，她大可不必凑上前去，以后就把对方当室友好了，她相信以她大学四年在宿舍混得如鱼得水的能力，跟男主角当好室友绝对不难。

未来室友的队伍里，说不定还要加上男主角他爸。

姜津津选了一套简约而不失大方的连衣裙，简单化了个淡妆后，就出门了。

男主角就读的是一所国际学校，师资力量卓绝，主要针对的不是高考，而是留学国外名校，因此学校里面要么是成绩优异到不需要缴纳巨额学费的学生，要么是父母砸钱为孩子以后出国留学镀金的学生，很显然，男主角是后者。国际学校是姜津津的知识盲区，她之前听闻的好学校一般都是高考升学率极高的公立学校。

姜津津本来以为在学校门口她就得下车了，哪知道她还没来得及解开安全带，司机就往校园里开去。

司机平日里跟着周总的日子更多，早就培养了察言观色的习惯，通过车内后视镜看到姜津津脸上的愕然，便不慌不忙地解释道："去年，周总给学校捐赠了三栋教学楼。"

姜津津懂了，这就是霸道总裁的实力！

面对这样大手笔的学生家长，校方领导也给予了很多照顾。

不过，问题又来了。

男主角究竟是做了什么天怒人怨的事，居然让学校出面请家长了？

姜津津突然有一种不祥的预感。

她怎么给自己找了这样一个麻烦啊？！

在助理提出来时，她完全可以动动脑筋委婉拒绝的，毕竟男主角又不是她亲儿子。

现在后悔还来得及吗？

高二三班的教室里，周衍嚣张地在课堂上补觉，丝毫不见被请家长的慌张，相反还很怡然自得，只是手背上的伤痕，透露了他今早跟人打过架的事实。青春期的少年，如果不怕请家长，无外乎两个理由，一是家长在他这里失去了权威性，二是他笃定家长不会来。

周衍是因为后者。

他知道他亲妈人在日本，他亲爸忙于事业还在出差。

根本就没有人会来。

他已经习惯了。

正在闭目养神时，口袋里的手机振动起来，他不耐烦地拿出来一看，是一条微信："衍哥，你家长来了！"

他一怔，脸上难得地露出茫然的神情。

“你妈，不对，是你后妈来了！”

开弓没有回头箭。

如果还没进入校园，那姜津津会立刻让司机掉头走人，反正她又不是亲妈，临阵脱逃这种事做起来也没有罪恶感。可现在都已经进了学校了，再让司机带她逃跑，她想了一下，实施起来容易，后遗症会有很多，实在没必要在后妈的艰难生活模式上雪上加霜，于是，她只能硬着头皮在教学楼前下了车。

学校领导已经到了会客室，周明沣行事低调，再婚的婚礼举办得也不隆重。这些领导跟他不在一个圈子，不知道姜津津是他的现任妻子，这会儿看姜津津年轻靓丽，便先入为主地把她错认成是周明沣这边派出来的工作人员。

陈主任满头是汗，这学校里有一半学生家里都是非富即贵，真是哪一个都不能轻易得罪。

尤其是周家，尽管周明沣是白手起家的，可背景深不可测，现在他的集团发展稳步上升，说不定过两年就能在富豪排行榜首看到他。

更重要的是，周明沣出手阔绰，在儿子刚入学时，就捐赠了三栋教学楼，在别的方面也是鼎力支持，因此校方对他很是感谢，无奈周明沣异常忙碌，出现的次数少之又少。

“请问您怎么称呼？”陈主任即便错认姜津津是周明沣的助理，这会儿也不会怠慢，语气很客气。

姜津津自然而然地回答：“我姓姜。”

“姜小姐，周总是不是不得闲？”陈主任立马又说，“周总工作忙我们都知道，如果不是情况特殊，我们也不会给他打电话。”

“嗯，嗯。”姜津津应了两声后，实在压不住自己的好奇心，试探着问道：“什么事啊？”

“来，这边请。”

在陈主任的带领之下，姜津津跟在他身后穿过教学楼，来到了会议中心。

在这短短的路程中，姜津津将事情弄清楚了。

周衍这次属于“路见不平拔刀相助”。他在学校是风云人物，平常别人根本就不敢轻易招惹他，今早在学校附近，他看到有社会青年骚扰学校的女生，一时看不惯，也没有上前理论，而是直接挥了拳头，其他路过的学生见状，也都纷纷热血上涌，跟那几个社会青年打了群架。其中一个青年为了躲避周衍的拳头，不慎闯入了车流中，被一辆轿车撞上，现在还躺在医院里。

学校这边调了监控后发现，居然是周衍先动的手，那么这个事情的性质就恶劣了许多，必须处分参与打架的学生。

更甚的是，记者不知道什么时候闻声而至，想要利用这件事做一个大新闻。

学校这边自然不希望事情闹大，于是请来了参与闹事学生的家长，希望能够妥善解决此事，更重要的是教育好学生。

陈主任汗涔涔的，心里叫苦不迭，面上却不显一丝慌乱。

姜津津一听便认定，这件事她管不了。

既然陈主任误会她是周明沣的助理，那么就将错就错吧，她当即微笑地表示："这件事我会如实转告给周总的。"

姜津津可没有给人当好后妈、收拾烂摊子的自觉。

谁的孩子谁管，别说什么后妈也是妈，她一没生、二没养，要是真的揽了过去，她都觉得自己脸大如盆。

在小说中，周衍是周明沣唯一的儿子，再看看周明沣为了儿子捐赠三栋教学楼的大方阔气，她相信他一定会处理好这件事的。

陈主任一听这话，心下稍安，有了这句话，他就放心多了。

这些家长，的确个个都了不得，随便拎一个出来都是年入百万的，不过也都比不上周明沣，这位才是重量级人物。

事情圆满解决，姜津津起身准备回去，陈主任一路送她到门口，本来事情到这里就可以画上句号了，谁知一个不知从哪里冒出来的男孩子跑了过来，差点儿跟她撞个正着。

严正飞是见过姜津津的。

他们班今天有体育课，所以在姜津津下车时，他就见到了她，并且还跟周衍通风报信。

不过很奇怪，他还记得上一回在周家见到姜津津时，对方沉默寡言，明明生得很美，却几乎是透明人，这一次见她跟陈主任聊得正欢，一副眉飞色舞的模样，他还以为自己认错了，纳闷地想，周衍的后妈难道有一个双胞胎姐妹？

"阿、阿姨？"

严正飞喊了一声。

姜津津没有书中人物的记忆，不知道周衍长什么样子，自然也认不出这个人是谁。

一听这称呼，她第一反应就是：这该不会是周衍吧？

很快地，她就否定了。

首先，书中说了，男主角从小到大都是众星捧月的校草，颜值不输当红顶流明星。眼前这少年，虽然长得也不赖，但也没到可以跻身顶流的程度。

其次，男主角可是拽得不得了的，对自己的爸爸都不算多亲近，又怎么会喊她“阿姨”，对她爱搭不理、视她为空气才是应有的态度。

最后……她听到陈主任皱着眉头低声训斥：“严正飞，现在是上课时间，你怎么不在教室？”

原来是严正飞，男主角的死党兼跟班。

姜津津换上了符合身份的慈爱微笑：“你好。”

严正飞也是嚣张的性子，被主任这样训斥，他也不慌，笑了一笑：“体育课啊，而且书上说了，看到长辈要打招呼。”

陈主任：“……”

长辈？

严正飞见主任这副表情，惊讶于姜津津竟然没有自报身份，便脱口而出：“这是周叔叔的新婚妻子。”

陈主任错愕地看向姜津津。

好家伙，他都不知道周明沣居然再婚了，而且再婚妻子还这么年轻，看起来跟刚刚大学毕业似的。

姜津津捋了捋头发：“没什么事的话，我先回去了。主任，这件事……”她顿了一下，“周衍爸爸会处理的。”

严正飞听了这话却是暗道不好。

可能是暑假陪着奶奶追了《后宫传》，再加上听了太多恶毒后妈的故事，他的第一反应就是：衍哥的后妈肯定要无事生非。

现在周叔叔在外面出差，很多事情都不是很清楚，父子关系又不算很好，要是这后妈故意添油加醋地抹黑衍哥，那可怎么办？

这只是第一步，接下来后妈还会趁机怀孕，周叔叔一旦老来得子，这个家里还有衍哥的立足之地吗？！

陈主任还处在“周总居然再婚了”这个消息中，回不过神来。

姜津津不过是来走个过场，向学校说明周家会处理，现在事情都已经做完了，她当然要下班啊，因此也不多留了，跟主任还有严正飞道别后，便步履匆匆地离开了。

这落在严正飞眼里，就是另一个意思了：这是有多迫不及待要去告黑状啊？！

呆在原地的陈主任跟严正飞，你看着我，我看着你，面面相觑。

还是陈主任最先反应过来，严肃地说："体育课就能逃课？还不快回去！"

严正飞一溜烟儿地跑了。

没多久，下课铃响了，严正飞也顾不上别的，飞快地跑到周衍所在的三班。

周衍还趴在课桌上睡觉。

以他为中心，方圆几米都静悄悄的，大家不敢大声说话，更不敢随意走动。

周衍在学校就是有这样的地位，女生们暗恋他，男生们怕他，别看他现在才念高二，高三的那些学长都不敢轻易招惹他。

严正飞却不一样，他跟周衍从小就是朋友，关系不一般。他随意拖过一张椅子，急切地说："你还睡啊，衍哥？真的，你跟你……"

他想说：你跟你妈打个电话吧，毕竟是亲妈。

可转念一想，衍哥的亲爸亲妈都离婚六年了。他之前就听说过，在衍哥四岁那年，他们就分居了，直到衍哥十岁时，才正式离婚。

衍哥的亲妈在周叔叔那里，明显是说不上话了。

前妻对上现任，怎么看都是被弱势的一方，而且钟阿姨对衍哥如果真的特别关心，也不至于几个月才见一回面，毕竟周叔叔又没约束他们见面。

思及此，严正飞果断改口："你给你爸打个电话吧，这件事不要让别人说给他听，你自己说。"

周衍懒洋洋地回道："不。"

严正飞："……"

好难啊，为了哥们儿的未来操心真的太难了。

"你怎么知道你那后妈不会添油加醋、火上浇油？"严正飞压低声音，极力劝解道，"不说电视上的，就说咱们身边的，你还记得峰子吗？前几年他爸爸不是给他找了个后妈，他后妈到他家没多久就给他生了个弟弟，听说他爸爸可喜欢了，逢人就夸，提起峰子，他爸一肚子火儿，小儿子可比大儿子热乎。

"你就不怕你后妈给你爸生个孩子？"

周衍眼皮都没抬一下，语气平静地说："那挺好，以后就不用我给他送终了。"

严正飞："……"

他努力了，真的努力了。

可是谁叫这哥们儿这么“佛系”的，这是送终的问题吗？这是家产的问题啊！老天爷！

算了，他一个俊美无俦的高中生，也不适合天天与人钩心斗角，争得脸红脖子粗的，还是好好学习天天向上吧。

周衍是真的无动于衷，他并不怎么在乎后妈会不会告黑状。

只是想到这个后妈居然会到学校管他的事，他便有些意兴阑珊。

其实对于爸爸再婚这件事，他并没有别人想象的那么排斥。对他而言，家里多一个人影响不大，而且一个月过去了，他跟后妈相安无事，井水不犯河水的状态他很满意，他很小的时候就知道父母没有住在一起，两人即便见面，也是生疏客气，完全不像别的夫妻那么恩爱。他爸既没有婚内出轨，他妈也没有寻死觅活，那么他们各自恢复单身后，他爸自然也可以跟别人在一起。

对于这种事他也已经习惯了，毕竟他妈妈的婚礼，他已经参加三回了。

他想好了，如果他后妈要管这件事，并且如同严正飞说的那样火上浇油，那就代表着，她已经看不惯他在这个家里了。

既然看不惯，他也没必要在家里待下去，大不了搬到学校附近的公寓。

如果这样，她还是不满足，那就没办法了。

姜津津没有周衍想的那样闲，别说是她了，就是小说里的那位后妈应该也不是那样的人。

事到如今，一切都是有迹可循的，不知道为什么，她刚迷迷糊糊进入梦境时，就感觉到这具身躯异常疲倦，等足足过了两天后，她才逐渐恢复了力气。

书中没有太花笔墨描写后妈，后妈只活在男主角跟男主角讲述家庭情况时的对白中，最后后妈究竟是什么结局，无从判断。

而她为什么相信小说中后妈的人品呢，这自信还是源于周明沣——男主角的爸爸。

在书中，周衍一直很崇拜爸爸，故意跟爸爸对着干，打架闹事，都是为了引起他的注意。总的来说，书中对周明沣的描写都是偏正面的，尽管他忙于公事，对儿子多有疏忽，不过从不会让儿子受委屈。他是一个沉着冷静的商人，什么事都看在眼里，这样一个人跟前妻离婚后，整整六年没有结婚，再次结婚一定是慎之又慎，把小说中的姜津津都看穿了，笃定她不会给他的宝贝儿子造成伤害。

而且，小说中的姜津津和现在的她年龄相仿，都是二十六七岁，心机城府也远不及周明洋。

像周明洋这样的男人，想必已经过尽千帆，早就不是会为了爱情失了理智的毛头小子，因此，她才称后妈的生活为艰难模式，跟这种男人结婚，她有什么胜算？

与其费尽心思去当好什么后妈或者豪门太太，还不如趁着现在身份地位不一般，抓紧机会赚钱才是正事！

从学校回来后，姜津津马不停蹄地开始理清自己的财务现状，费了一下午的工夫，总算是弄清楚了。

她没见到传说中的总裁的黑卡，小说中的姜津津所有资产加起来，大概二十万。

还好她早就做好了心理准备，人家周明洋对儿子大方那是应该的，但不代表对所有人都是一副人傻钱多的暴发户模样。

周家位于森林别墅区，这里的入住率并不是很高，但经过她的观察，还是有一些人家。

姜津津趁机跟管家闲聊："咱们这里有多少户人家啊？"

杨管家诧异于她会问自己这个问题，但还是老老实实回道："这里有两百三十幢别墅。"

周家属于独栋别墅，光是占地面积就有一千多平方米。

姜津津又上网查了这个别墅区，这里连着森林风景区，空气清新，景色秀美，环境很好，处于上风上水之地，被不少达官名流钟爱，简单来说，住在这里的人，都是不差钱的。

姜津津美目流转，又追问："那有多少户在住呀？"

"这个没数过，不过听物业说，入住率达到百分之六十。"

不低了。

很多别墅区都没多少人住，这年头在燕京买得起、住得起别墅的人毕竟不是多数，而且别墅区一般都是远离市中心，小区、大平层才是更多人的首选。

森林别墅从竣工到现在也有近二十年了。

姜津津对这个数字很满意，她在这周围都逛过了。

别墅区外面有闲置的店铺，也不是没有人打过这里的主意，但在她的多方打听之下，发现这里的业主委员会居然在五年前定了一个很奇葩的规矩：除非是业主，否则不能在这里开店做生意。

好像是因为以前有人在这里租店做生意，发生了很不愉快的事。

这简直是为她量身打造的啊。

她昨天跟一个用人聊过，虽然现在买东西都很方便，不过再方便也没有在别墅区外面就能买到东西方便。

这个别墅区，是住着一些什么东西都要从国外空运的年轻人，但也住着不少中老年人，他们还是更喜欢经过自己挑选后买到的东西。

别的别墅区外面都有商店，姜津津昨天还特意去蹲过一个小时，发现客流量并不算少，所以还是有商机的。

她倒是也想做其他的生意啊，无奈本金太少，一开始只能做点儿小本生意。

这里的部分住户也觉得没那么便利，可谁也没想过自己开个小店，毕竟住在这里的人，哪怕有朴实接地气的老奶奶老爷爷，他们也是不缺钱的，谁都没必要为了那点儿利润去开店，这种店要是专门请几个人去打理，那赚的钱说不定都不够付工资和房租。

不过他们看不上这点儿利润，姜津津还是看得上的。

有句话说得好，一步一个脚印，积少成多。

姜津津顿时两眼放光，提前预支了成为富婆的快感，赶忙对管家说："杨叔，我不是没有工作吗？我想给自己找点儿事做。你说，我能在这外面开一个店吗？"

杨管家："……"

怎么这些字他都认识，连在一起他就听不懂了？

"开、开店？"

姜津津点头如捣蒜，噼里啪啦一通说："这也是方便你我他啊！我听刘婶说这边买东西不太方便，远亲不如近邻，咱们邻居里也有不擅长网购的，身为住户，咱们还是要为别墅区做点儿事的。对了，杨叔，咱们是业主委员会的一员吧？有没有微信群呀？"

微信群多方便啊，谁要是需要什么，还可以送货上门！

杨管家没有想到，太太这么活泼。

他想了想："应该有，微信群我不知道，可以打电话给物业那边问问。"

"好。"姜津津想了想，"不用那么麻烦，电话里一句话两句话说不清楚，要不让司机送我去物业吧。"

就这样，姜津津去了物业，表达了自己要开店的想法，物业经理举双手支持，她顺便成功地加进了微信群。

群名很接地气——森林别墅大家族。

“社恐[①]”这个词，跟姜津津两辈子都是绝缘的。

她一进入微信群，就热情地跟大家打了个招呼。在她舌灿莲花的一番操作之下，大家都知道她要在这里开店为大家服务，群里面众人都很客气，也都纷纷表示了会全力支持她。

姜津津没想到事情发展会这么顺利。

就连物业都感动于她的热心肠，决定暂时减免她三个月房租。

当然这一切都缘于她在群里面的昵称——临湖 9 幢姜津津。

谁都知道，临湖 9 幢是周家的。

这个姜津津，应该就是周明沣的新婚妻子吧？

顶着这样的名头，没有人会认为她是为了赚那仨瓜俩枣，毕竟都是周太太了，还看得上那么一点儿钢镚儿吗？

与此同时，另一幢别墅里，几个女人正在优雅地喝着下午茶，当然也顺便八卦了一番。

刘太太：“你们见过这个周太太吗？”

“见过一面，穿着蛮休闲的，我看周总应该很喜欢她，不然两人年纪相差那么大，怎么会点头娶她进门。”

一个商场老狐狸，见多了风浪，按照周明沣的配置，即便他没有今时今日的财力，就光凭他的个人魅力，也绝对不会缺女人。男人有钱有儿子，又离了婚，想让他再婚，那是难上加难，所以，大家都心照不宣地认为，周明沣很喜欢这个妻子，即便她比他要小十几岁。

“是生得很漂亮，我看了还以为是什么明星，不过她怎么会想着开店？真是想不通这唱的是哪一出。”

张太太高深莫测地笑了：“你们知道周总前头那位吧，听说不是个好相处的，脾气也不好，这周太太大概是想铆足劲儿让大家觉得她心地善良、乐于助人。也许周总喜欢的就是这一类，那人家就要做到极致了。”

“原来如此。”

几个人都以为自己了解到了真相。

谁也没想到，姜津津真的只想赚她们口中的那点儿钢镚儿。

“那我们要去捧场吗？”

---

① 社恐：社交恐惧症，指在社会交往过程中承受着强烈的害怕、焦虑和回避的人。

“肯定是要的，总是要给周总面子的。”

姜津津要的就是这样的效果。

等到太阳落山时，姜津津连店里要摆什么绿植都想好了，这才猛然发现，自己好像忽略了一件很重要的事。

这种地位不对等的婚姻，她要在别墅区外面开个店，是不是要知会周明沣一声?

她果然不适合结婚，这种事她只想自己一个人拿定主意就算了啊，谁会希望还得面对像上司一样有着绝对影响力的一家之主。

姜津津想到未来的生活，顿时灰心丧气。

不过很快，她便调整好状态，她既然要利用周太太的身份开始新的生活，那么她就得接受这个身份的约束。她一向乐观，心情重新好起来后，找到了杨管家，说道：“我是不是要先跟……周衍爸爸商量一下？”

她不知道怎么称呼周明沣。

喊周明沣不太合适，喊明沣，虽然她是自来熟的性子，但也喊不出口啊。

那就周衍爸爸吧!

杨管家微笑着建议道：“那边是早晨，太太你可以给先生打个电话。”

姜津津并不意外，要是普通夫妻，丈夫出差这么久都不来个电话，早就凉凉了，可她还真不能把周明沣怎么样，不仅如此，她还得主动给他打电话以示关心。

她很爽快地应下了：“好吧！”

杨管家却很意外。

他虽然这样建议，但并不觉得以太太的胆量，会主动给先生打电话。

先生跟太太是一个月以前结的婚，说来也令人诧异，他在这里工作也有十来年了，居然在婚礼之前都没见过太太，婚礼办得也非常突然，很容易让人联想到一个词——闪婚。

杨管家是过来人，他在周家十来年了，自问对先生也是有一定的了解。

“闪婚”这个词，可能适合于别人，但放在先生身上，太过违和。

太太的确很美，令人过目难忘。然而，她的性子跟外貌却很违和，她很安静，有着这样一副相貌，却又会让人轻易忽视。别说是他好奇了，这别墅上下，没有哪个人不在揣测纳闷，先生究竟是看上太太哪点了。

也许别的男人会因为一张姣好的容颜神魂颠倒，但先生绝对不会。

一直令杨管家纳闷的问题，这几天似乎有了些眉目。

原来太太真实的性子是这样的。

之前太冷淡会不会是不太习惯新环境，或者是发生了什么事。

现在的太太比之前婚礼上盛装打扮更美，并且整个人身上有着一种用不完的朝气与活力，让身边的人忍不住被吸引。

姜津津并不知道杨管家曲回婉转的心理活动，她上楼回到主卧室，在手机通讯录上找到了周明沣的号码。

说来也奇怪，书中的姜津津怎么会备注自己的老公为周先生。

这是另类的情趣？

她打好腹稿，便很轻松地拨出了号码。

国外分公司的办公室里，周明沣处理了一封邮件后，便接到了来自助理的电话汇报。

在知道了儿子做的那些好事后，周明沣的内心风轻云淡。从小到大，他这个儿子不知道惹了多少麻烦事，还好都不算什么作奸犯科的恶事，也正是因为知道儿子本性不坏，他并没有太较真地去别儿子的性子。男孩子这个年纪有点儿热血很正常，他别得狠了，也许并不是一件好事。

儿子的情况跟之前差不多，不过助理又在后面补充了一句："学校方面可能比较急切，表示希望能有家长过去，周总，我跟太太打了电话，太太过去了一趟。"

正准备在文件上签名的周明沣顿了一顿："什么？"

助理以为周明沣不赞同自己的做法，心里很慌张。

他觉得自己做错事了，当时学校说得很严重，需要家长出面，他给周总打电话没打通，而他也没那个胆子在周总睡觉期间不停地打电话，于是头脑一发热，就想到了周太太，周衍的后妈。

当然在事后，他很后悔，可等到他反应过来的时候，周太太已经从学校回来了。

周明沣很快地回过神来，语气一如之前寻常地应了一声："嗯，我知道了。"

助理见周明沣似乎没有在意这件事，呼吸也松快了些。

等到挂了电话后，周明沣看着自己签下的名字，凝神了片刻。但很显然，姜津津会去学校这种事，并不值得他百忙之中抽出时间来去揣测、琢磨，他继续投入到工作中，没一会儿，手机又响了起来，垂眸一看，是姜津津打来的。

他没有犹豫太久，接通了电话，语气平静道："有什么事吗？"

在别墅里的姜津津，耳根发麻。

什么情况？！小说里可没说周明沣的声音这么有磁性啊！这简直是耳朵的福利！她总算知道所谓的玉石之音也不是夸张描写了。

姜津津知道这就是心动的信号。

她好像很容易为一个人心动。

漂亮修长的手指、干净的笑容、真挚的眼神，因此在现实世界里，她喜欢过很多人，也拥有过难忘的感情。朋友曾说她天生就适合谈恋爱，不适合结婚，似乎所有认识她的人都这样觉得，甚至在她陷入热恋时，周围人也会担心她是不是很快就会腻。

说她沉迷于爱情，一点儿都不为过。

好在她及时醒悟，回头是岸。

周明沣，男，三十九岁，超级富豪，有一个十六岁的儿子……

她脑内如同念经一样闪过周明沣的信息，果然这是有效果的。

一旦她知道他是小说男主角的爸爸，她就没办法把他当成是正常男人了。某种意义上来说，她并没有完全融入这个世界，呈现在她眼里和心里的，是一本书，是由纸片人构成的虚假世界。

好，继续进入“断情绝爱”模式。

姜津津一秒淡定，说道：“那个，管家说你那边是早上，我给你打电话是想跟你商量一件事。”

她不知道原来的姜津津是不是这样跟他交流的，她只能尽量让自己表现得跟寻常妻子同老公讲电话一般。

周明沣手里还拿着钢笔，钢笔的质感很好。他听到她的话，微微撩起眼眸，“嗯”了一声，好似是在引导着她继续说下去。

姜津津受到鼓励，继续说道：“我不是没工作吗，实在是太清闲了。我想了一下，不如我开一个店让自己有事可做，你觉得怎么样？”

周明沣眼眸微眯，竟然放下了钢笔，眼神从电脑屏幕上短暂移开，挪到了深灰色的沙发上。

“哦？”

哦？姜津津心想：大哥你的声音虽然很好听，但说话应该也不是按字收费的吧？多说几句也不会怎么样的。

“可以吗？”姜津津问，“就在别墅区外面。”

“嗯。”

姜津津喜出望外，瞬间决定不跟他计较他吝啬多说几句话了。得到了他的首肯，姜津津恨不得马上就找人把店面规划一下，而且此时的姜津津也觉得，跟周明沣讲电话也属于“浪费时间”了。不过在挂电话之前，自然是要礼貌地问候两句，她把自己代入到妻子的身份中，客套地说道：“那我就不打扰你啦，你在那边好好休息，注意身体。”

她说完之后，几秒钟都没听到应答，以为越洋电话就是这样，以前她跟某一任留学的前男友视频时，也时常有卡顿、慢半拍的情况。

“嗯。”

她听到了他的回答后，便语气轻快地说了拜拜，挂了电话。

姜津津原本以为自己不会那么快跟男主角见面。

毕竟男主角周衍现在是高中生，每天早出晚归，只要她自己小心一点儿，一整天都不会跟他碰面。

可她忘记了男主角的人设，人家可不是好好学习、遵守校规的好学生，逃课这种事他早已驾轻就熟。

傍晚时分，姜津津心情大好，出门去考察别的店铺时，竟然在水果店里跟周衍碰了个正着。

当然了，她看过的是小说，又不是电视剧，家里她能看到的地方也没挂照片，身为后妈，她肯定不能随意闯到男主角的房间，因为在此之前，她还不知道男主角长什么模样。

她当时在挑榴梿，差点儿撞到了旁边的人，反应过来后就是礼貌性地道歉：“不好意思。”

抬起头来，她呆住了。

姜津津除了“声控[①]”这个属性以外，还是个“颜控[②]”，她以前交往的男朋友都有一个共同的特点，那就是长得帅。

眼前这个男孩子，目测有一米八以上，身形清瘦，穿着连帽卫衣，清爽不失帅气，如同夏日的一缕阳光，让她这个老阿姨饱足了眼福。她为什么自称老阿姨？那是因为她一眼就看穿，这个男孩子绝对不超过十八岁。

① 声控：喜欢好听的声音的人。

② 颜控：极度重视长相，迷恋有优秀外貌事物的人。

不公平！为什么她念书的时候就没有这么帅的男同学？！

姜津津喜欢长得好看的男孩子，也喜欢长得漂亮的女孩子，看着这些小孩，她除了想多看几眼感染一下青春气息以外，别的危险想法一个也没有。

只见眼前这个男孩子皱了皱眉头。

姜津津想，难道是她撞到他，撞疼了？

下一秒，破案了。

司机过来，喊了一声："少爷。"

姜津津满脑子不着边际的想法，听到这一声少爷，她还在想：搁我这儿演什么电视剧呢？

还少爷，多么老套的称呼。

不，等等！

她艰难地看了一眼司机，又看了看眼前的帅气男孩，心里如同万马奔腾而过。

所以，这就是她现在名义上的继子？

她现在的……儿子？？？

不愧是男主角，在长相、气质、身高这三件事上，完美达标。

只是在知道他的身份后，姜津津不会再把他当成可以一饱眼福的小孩了。她脸上微妙的表情变化，自然没逃过周衍的眼光。不过，在这位男主角的心里，后妈离进入他关心名单的距离是远之又远。到目前为止，他只把她当成他爸爸的新婚妻子，生活中的陌生人。

男主角的视线在她身上掠过，反应平淡地"嗯"了一声。

别说是喊她"阿姨"了，看样子她连他的眼神都别想得到一个。

姜津津似乎永远不知道什么是尴尬。

如果是其他的后妈，在公共场合碰到继子，继子视自己为空气，或多或少都会有些窘迫，可姜津津不会，她脸上没有任何不自然的神情。于是，落在司机眼里，就是这样奇怪又和谐的一幕——继母跟继子在水果店碰到，两人全程都没有打招呼，短暂碰面后又各做各的，继母认真挑榴梿，继子则在挑选果篮。

司机心里想：尴尬的原来是我。

两人挑好了各自的东西之后，就准备买单了，以往人并不是很多的水果店，今天在结账时竟然排起了队。

姜津津跟周衍浑然未觉，这些生意是由他们俩带来的。

周衍的外形自不用说，毕竟是能当男主角的人，又是学校里无数女生偷偷暗恋的校草，即便放在娱乐圈里，也绝对不输“流量”明星。更何况，周衍在出生之时，周明沣的事业就已经逐步走上正轨，在物质生活方面，从来都没有亏待过周衍，所以他从小到大就不知道缺钱是什么滋味。自然而然地，他身上就多了一种名为“别看我长得帅，实际上我还很有钱”的气质。

这就是妥妥的“高富帅”啊！

姜津津呢，以往谈恋爱时，每一次到了分手时刻，甭管是高冷学长，还是社会精英，都得阴郁、低沉很长时间，并且这些人都毫无例外地用各种委婉的手段向她发送过求复合的信号。除了个人的气场吸引人以外，外形方面的优秀也是一个重要原因。她的肤色很白，五官精致，水果店的灯光设计又特别有心机，灯光打在她身上，仿佛整个人都自带美颜相机里的柔光滤镜。

水果店的大门是敞开的，本来一些人没打算买水果，但不经意地往里一瞟，这腿就不由自己控制地迈进了店里。

姜津津排在周衍前面。

店员称好榴梿之后，又下意识地看向周衍，问道：“两位是一起的吗？”

刚才姜津津跟周衍的碰面，也被店员尽收眼底，以为两个人是一起的，一般这种情况下，大多会一块儿结账。

姜津津却没有身为长辈要主动结账的自觉，她说：“不是一起的。”

周衍眼皮都没抬一下。

店员尴尬地报了个数字，姜津津拿出手机，展示付款码，付了钱。

在一旁围观的司机都惊呆了。

榴梿个头大，司机虽然处于震惊中，但还没忘记自己要做的事，上前接过了装榴梿的袋子。

姜津津转头就准备走出水果店，司机冲着周衍挤出一个笑容：“少爷，需要安排车吗？”

周衍淡淡地说：“不用。”

司机小心翼翼地说：“那我们先走了。”

周衍这下都懒得回话了。

司机觉得自己今天出门没看皇历，本来不是他的班，他闲着无聊，见太太要出门，竟然鬼迷心窍地跟上去开车。

无论是姜津津还是周衍，都没将这事放在心上，可司机偏偏有替别人尴尬的习惯……

姜津津为什么没主动释放友好的信号，为周衍的果篮买单呢？

因为她没钱。虽然她卡上有二十万，但谁都知道，在燕京想要二十万开个店，那可不是单纯地勒紧裤腰带就能办到的，果篮是不贵，她为人也不小气，当然，让她豪气买单的前提是，她得跟这个人关系不错。男主角是什么性格，看了整篇小说的她能不知道吗？恐怕她提出要给他买单，他都不一定答应，搞不好一句歇后语还会在他头顶盘旋——黄鼠狼给鸡拜年，没安好心。

姜津津毫无心理负担地走出了水果店。

坐上车后，车内一片寂静，司机主动开口打破了沉默，状似无意地提醒姜津津：“现在八点钟不到，太太您还有要去的地方吗？”

姜津津侧过头看向窗外，只见周衍提着果篮从店里出来。

她低语：“那个主任说，好像有个人出车祸进了医院。”

当时，主任也将一些细节都讲给她听了，闹事的人年龄都不大，真正骚扰女学生的是那几个年龄相对大一些的社会青年，受伤住院的那个还未成年，只是个跟在他们屁股后面的小弟。很难说今天住院的那个人本性是好是坏，不过如果周衍真的是去医院看望这个人，那么看来他跟小说中描写的还真是一模一样，嘴硬心软、异常别扭。

姜津津甩甩头，这根本就不是她能操心的事。

她还是多操心自己的事吧，要知道现在不管怎么看，好像她都是更可怜的那个人。

国外，忙完了公事的周明洋接到了助理打来的电话。

助理恭敬地汇报：“周总，周衍去水果店买了果篮，现在正在去医院的路上。”

周明洋站在酒店套房的落地窗前，跟业界很多年过三十便臃肿不堪的男人不同，岁月似乎格外偏爱他，在三十九岁的年纪，他的身姿依旧挺拔如松柏，一身西装衬得人宽肩窄腰。不过岁月还是在他身上留下了痕迹，一个三十九岁的男人，即便身材与面容依然可以媲美年轻人，但经过风雨洗礼，洗刷了所有的稚气，那种自傲抑或是张扬，已经与他绝缘，能在他身上看到的，只有沉淀下来的沉稳与不可捉摸。

“都安排好了？”周明洋声线低沉。

助理应道：“都已经安排好了。”

“嗯，知道了。”

事情并不是表面看起来那么简单，任何一个家长都能看穿的事实，十六七岁的孩子却是看不到的。

无论他们本性如何，至少在这样的家庭环境保护之下，他们不曾看到社会的阴暗面。

在那样一所国际学校附近，怎么会出现社会青年骚扰女学生的事，那些社会青年真的已经胆大到这种程度了吗？他们难道不怕警察吗？当然世事无绝对，也不是说这种事不会有，但怎么会刚刚好就被周衍路过看到。如果事情到这里仍然都是巧合，那么，在一些家长都不曾得到消息的时候，记者怎么会那么快、那么准时地赶到？

周衍还是太年轻了。

周明沣想起儿子稚嫩的面容，可能父子之间就是这样，儿子是父亲过去的一个倒影，父亲的言行是儿子的一面镜子。十六七岁时意气风发，天不怕地不怕，鲜衣怒马，这样的果敢，这样的不计后果，是他这个父亲从未拥有过的。

都说儿子像爸爸，周明沣不管怎么看，都觉得儿子跟他不像，至少自他记事到现在，他也不曾随心所欲过、冲动过、易怒过。

现在除了公事以外，也只有儿子能耗费周明沣的这么多心思了，他这厢还在为父子的性格截然不同而感慨，电话那头的助理想起什么又补充道：“周总，还有一件事要向您汇报，今天周衍在水果店里，跟太太碰上了。”

“太太去买榴梿，正好碰到了周衍，不过两人没打招呼，看行程路线，太太从水果店出来后就回家了。”

姜津津今天出现在周明沣耳朵里的次数太多了。

比之前一个月加起来的次数还要多。

周明沣似乎对这件事也不是很感兴趣，沉吟了片刻，说道：“知道了。”

助理挂了电话后，忍不住复盘了这通电话的对话内容，不禁出了一身冷汗。

他这算不算告状，周总会不会因为太太对周衍漠不关心而不满？

可天知道他不是这个意思啊，他只是顺口一提，真的没有任何意思。

如果周总因为这件事对太太不满了，也许太太在第一时间就能察觉到，如果太太再往下抽丝剥茧，会不会误会是他从中挑拨他们夫妻关系？不是说女人的直觉跟心思都特别细腻吗？

他最近实在是大意了，主要是他来到周氏，就没见过周总身边有老板娘，他一点儿跟老板娘相处的经验都没有，他要不要去请教一下别人？

姜津津并不知道因为自己，而让周明沣身边的万能助理难得地失眠了。

另外一边，周衍的确是来了这一家私人医院。

他从小到大都被保护得很好，虽然很小的时候就知道父母感情不和，但无论是亲爸周明沣，还是亲妈钟菲，都没有让他受过委屈，他始终是两人唯一的孩子。今天发生的这件事，他也没有表现出来的那么满不在乎。不过，他在乎的不是后妈会不会去告状，而是那个看起来不比他大多少的人在医院究竟有没有事。

在周衍的心里，一码事归一码事，那几个社会青年骚扰女同学是一回事，这个小弟因故出了车祸又是另外一回事。

学校对这件事闭口不谈，他也实在打听不到什么，只能自己来一趟医院。

到了医院，他去护士台打听："今天上午送来的，黄头发，大概一米七左右，很瘦。人在哪儿？"

这是他能想到的关于那个人的特征。

护士很热心，在电脑系统里翻找一通后，抬起头来，笑着对周衍说道："他在本部六楼63床，骨折，情况不算特别严重。"

周衍平静的面庞掠过一丝轻松。

幸好，没什么事。

"能帮我把这个果篮交给他吗？"周衍又问。

护士面露纠结："我马上要换班了。"她扭头看了一眼时钟，"现在还没过探视时间，你抓紧一点儿吧。"

最后周衍还是自己进了电梯。

护士一见他进去，立马拿起座机，拨通了一个号码，压低声音说了几句话。

等电梯门一开，周衍大步迈了出来，提着果篮，有些犹豫地往病房那边走去。

他想好了，就把果篮放在门口吧。

只要人没事就行了。

因为是自家孩子惹的事，几个家长自作主张，把人送到了一家私人医院的VIP病房。

这一层很安静，真正住院的病人并不是很多。

周衍还没走到病房门口，便听到了里面传来的几声肆无忌惮的笑声——

"这钱还真是好赚，你们说，那几个家长打算拿多少钱摆平这件事？"

“谁先动手谁理亏，是他们先动手的。而且这些家长估计都乐意拿钱解决，谁愿意跟我们天天扯皮拉筋，还有监控视频，我们根本就没骚扰那女的，就是问个路而已，是她自己把人想太坏了。”

周衍一听这话，停下了脚步。

“都打听过了，别的人不说，就最开始动手那个，周衍，他家特别有钱，听说他爸为了他都捐赠了三栋教学楼，我估摸着，起码也得几十万吧。还是强子聪明，知道往车多的地方跑，住院算什么啊，骨折算什么啊，这一车祸，只要咱们不松口，胆子大一点儿，要一百万问题都不大。”

“真的啊，一百万！那我们能分到多少？”

“我问过老大了，说是咱们办事得力，一人六位数不成问题。尤其是强子，这次挂了彩，肯定是最多的，大家都不要有意见啊。”

他们笑着讨论着拿到钱以后该怎么花。

六位数对他们这些人来说，是一笔巨款，光是想想都精神振奋。

周衍面无表情，提着果篮的手微微攥起，手背上的青筋若隐若现。

“我倒是希望那个周少爷再揍我一顿，这样我就可以跟他爸爸要更多的钱了，这钱不赚真是亏大了啊，而且他爸爸这么有钱，本来就应该回报社会救济一下我们，你们说是不是？哈哈哈……”

以周衍冲动的性格，的确是很想冲进去再狠狠地揍他们一顿，可他稍微冷静了一下，并没有抬脚，而是神情漠然地从口袋里摸出手机，按下了录音键。

从医院出来，周衍抬起头看了一眼挂在天上的月亮。

他不禁有些怀疑自己，是他做错了吗？

脑子里一团乱，他不知道自己要去哪里。坐在医院的台阶上，想了半天，还是拿出手机，修长的手指在通讯录上“爸”这一栏停留了许久，然后继续往下翻，最后拨出了他妈的号码，那头一直没人接，就在他准备挂掉时，电话接通了，却传来了一道男声：“请稍等一下，钟菲正在洗澡。”

周衍低头，扯了扯嘴角，将电话挂了。

他突然觉得很没意思。

姜津津还在为自己的赚钱大计难以入睡。

除了喜欢谈恋爱以外，她还有一个奇怪的爱好，那就是喜欢存钱，并且这个爱好还带有一定的强迫症，比如她的存款有八万的时候，她就一定要尽快存到十万，就为了凑个整数。时间长了，在身边的人都提前透支信用卡额度还款时，年满二十六岁的姜津津已经在准备首付款了，她深信，这个世界上没有什么比钱更有安全感了。

来到这里后，她更是感觉到——没有什么比抓在手里的钱更牢靠。

她现在在外人看来，是过着豪门太太的生活，大别墅住着，出入有豪车接送，生活上的事她完全可以做个甩手掌柜什么都不管，要多潇洒有多潇洒，可是……她没钱啊！二十万能做什么呢，现在十八线小城市的首付都不止二十万吧。就算退一万步说，她有一个身为超级富豪的便宜老公，只要她脸皮厚一点儿，掌心朝上要零花钱也不是不可以，可关键是，周明沣看起来像是使劲儿赚钱给她花的宠妻狂魔吗？

他这种商场老手，城府深不可测。她以前就听说过，有钱人结婚一定会立什么婚前协议，要是手段再妙一点儿，想办法让自己婚后收入为负数也不是不可能。一旦两人离婚，另一半别说分到钱了，搞不好还要背一屁股的债。

一些富家子弟谈恋爱，看似出手阔绰，给对方买包买名牌衣服绝不手软，但是掰着手指头好好数数，有几个给人送房送车送股份的。

姜津津毫不客气地以最坏的想法去揣测这些人。

所以啊，她还是得靠自己，想办法在这个世界站稳脚跟，这才是她接下来要做的正经事。

姜津津口干舌燥，一看时间都快十点钟了，放下手中的纸跟笔，下楼喝水。谁知，她刚下楼，还没走到厨房，就跟刚从外面回来的周衍又碰了个正着。

其实如果可以选择的话，姜津津宁愿跟男主角打交道，都不想跟男主角他爸打交道。

男主角甭管以后会多狂，他现在只是一个十六岁的高中生，在心机城府这方面，她觉得自己暂时还是可以赢过他的，毕竟她二十六七岁，年长他十来岁，十年的饭也不是白吃的。

就像现在，周衍即便自认为掩饰得很好，但姜津津还是一眼就看穿了他的落寞，以及怀疑人生的小眼神。

他灰头土脸，仿佛在外面受了好大的委屈、好大的打击似的。

姜津津想起他今天去水果店买了果篮，用脚指头想，她都知道他是去了医院，那他在医院是不是发现了什么重要的事？

其实今天她去学校了解了情况之后，又让司机开车在学校附近转悠了一下，当时就发现了不对劲儿。这些社会青年胆子未免也太大了，跟她在学生时代偶然接触到的完全不一样。那些人大多是看人下菜碟的，就算是找小学生收保护费，也知道先找软柿子捏啊，谁一上来就直接惹上不好惹的。

周衍之所以能发现状况，是因为有别的女生尖叫，而被骚扰的女学生并没有落单，她当时是跟同学在一起的，那几个社会青年怎么就跟身上装了雷达一样找上了她？姜津津发现了这个疑点，顺便打听了一下，果不其然，被骚扰的女学生成绩优异，不过家境普通，是跟着爷爷奶奶长大的。这种家庭对于社会青年，那都是能躲就躲、能避就避的，而另一个从头到尾都没被骚扰、连言语上的挑逗都没有碰到的女学生，父母都是上市公司的高层领导。

这其中要是没有猫腻，她就不姓姜，姓蒜得了。

当然，事情发展到现在也充满了戏剧性，难道就那么凑巧跟拍电视剧似的，周衍在医院里发现了那群人的真面目？

她大胆地推测，这应该是周明沣的手笔。

不，不是应该，是绝对。

她不相信，连她都能品出来的事，周明沣这个老狐狸不知道？！

这不是一个电话就能说明白的事吗？为什么要这么麻烦，这么迂回曲折？难道说她真的与有钱人的世界格格不入吗？

周衍当姜津津是空气，看都没看她一眼，就径直上楼了。

姜津津回忆原著，在原著中，男主角自然是随着时间成长起来了。可以说，只要未来没有发生天翻地覆的改变，他来日的成就不会输给他爸爸，毕竟他有主角光环。

第二天一大清早，姜津津还在美梦中，就被用人叫醒了。

原来今天管家见周衍迟迟没有出门去上学，心急如焚之时，打开了他的房门，这才发现，这个大男孩生病发烧了。

虽然全程都是局外人的身份，但姜津津自认为还是知晓了所有的真相。

果然十六七岁的小孩会因为这种事垂头丧气，最后还把自己折腾到生病。

即便有可能伤害到儿子脆弱的小心灵也在所不惜、运筹帷幄的父亲，跟又帅又有钱、年轻、稚嫩、可怜、弱小、无助的儿子，二人一对比，从来是帮“颜”不帮亲的姜津津下了结论：老男人就是心肠冷硬，啧。

虽然是井水不犯河水的关系，不过姜津津看着管家和用人们都忙活起来，突然福至心灵，觉得自己即便不是亲妈，毕竟也是后妈，必要时刻还是要装装样子。她刚想提议把孩子送去附近的医院时，管家抬起手看向腕表，说道："王医生应该很快就到了。"

姜津津：大意了，差点儿忘记有家庭医生这回事了。

家庭医生果然很尽责，没一会儿，姜津津就看到了一位身材修长的年轻医生赶到了。一番标准且熟练的操作之后，这位医生看向她，以一种面对病人家长的口吻说道："没什么大碍，只是受凉发烧，等下吃一些退烧药，如果下午体温还没降下来，再考虑送去医院。"

姜津津一开始没反应过来他是在跟自己说话。

等王医生都说完了，管家跟用人纷纷看向她，她才发现自己居然是主角，赶忙应道："好、好、好，没事就好。"

也是王医生的反应，令姜津津发现，在外人眼中，周衍可以视她如空气，她却不行。因为她现在名义上是他的继母，是他的长辈，哪有长辈跟晚辈置气的道理。所以，她希望的"互不打扰"的方针，似乎是无法贯彻到底的。

果然是后妈难当。

姜津津并不硬气，相反她能屈能伸，从一开始弄清楚自己的现状后，她首先想的并不是离婚，恢复单身身份——早在来到这里的第二天她就自己琢磨清楚了，原书的姜津津父母都已经不在了，现在只有一些远得可以忽略不计的亲戚，别看有着富豪妻子的身份，实际上没车没房没亲人没工作，是个"四无"人员，连存款都是少之又少——所以她打定了主意，静观其变。如果周明洋是一个还算能和平相处的人，那么周太太这个身份对她而言，绝对是有百利而无一害；如果周明洋肥头大耳，他们俩天生磁场不合，即便是委曲求全她都没办法跟他生活在同一屋檐下，那么她也会忍一忍，等到自己站稳脚跟了再提出离婚，那时她一定会非常识趣地不要他半分财产，当然了，就算她脸红脖子粗地想去争，也没那个能耐。

但姜津津也不是很乐观。

一个男人，还是成功商人，都快四十岁了……

光是想想自己碰到过的这个老总那个老总的身材模样，她就觉得，这日子有很大可能是过不下去的。

"唉。"姜津津发出一声叹息。

王医生以为姜津津是担心周衍的身体，不急不缓地劝慰道："周衍底子好，很快烧就会退下去，没事的。"

姜津津：啊，这……一不小心又立了好后妈的人设。

打起精神吧，当一天和尚撞一天钟，既然现在她还是周太太，还是后妈，那就得好好当差。

管家又过来小声提醒："太太，要不要给少爷在学校那边请个假？"

如果是之前，管家肯定不会这样提议。

因为太太之前在这个家就跟透明人一样，现在不一样了，短短几天时间，太太就支棱了起来，那么身为管家，自然是要帮她的。

姜津津点了下头，又有些为难地说："我好像没有他班主任的电话。"

管家不愧是提供二十四小时服务的专业人士，立马说道："我这里有。"

姜津津还是第一次以家长的身份给老师打电话请假，好在班主任是个声音又甜又温柔的姑娘，只问了周衍的情况后便爽快地批了假条，不过在电话中，班主任还是提醒了一句："周衍妈妈……"

这个称呼，把姜津津吓到了。

她赶忙纠正："陈老师，我不是周衍的妈妈。我是他阿姨，对，是他阿姨。"

周衍的亲妈还在，人家又没有喊过她妈，她贸然领了"周衍妈妈"这个称呼，那也太不合适了。

陈老师心领神会："嗯，周衍阿姨。"

姜津津："……"

"过两天就是期末考了，要是到时候周衍情况好转了，还是让他来学校考试吧，毕竟这些期中期末考试的成绩是会记入档案的。"

姜津津也不敢为周衍担保他一定会去，只好委婉地说道："好，我会提醒他的。"

给周衍请了假后，姜津津出了一身汗，主要是被那一声"周衍妈妈"给吓的。

午后，她坐在沙发上在想事情，手里还拿着忘记放下的退烧药，陷入了沉思中。当然现在能占据她大半心思的，就只有那个能帮助她实现经济独立的还没开起来的店铺了。

姜津津在想事情的时候总是格外专注，于是，她没发现，周衍正站在扶梯台阶那里往她这边看来。

他的视力不错，一眼就发现了她手里拿的是一盒药。想了想，应该是王医生开的药。

他的表情仍然不变，只是视线落在她身上比之前多了两秒钟才挪开。

傍晚，周衍的朋友们来看望他，三个男生、两个女生。姜津津格外注意了其中一个鬈发女生，清纯又漂亮，再联想到书中的描写，猜测出她应该就是原文中和男主角一起长大的校花女配角。

姜津津跟他们不熟，硬要聊天也是能聊的。可这几个学生见了她，跟见了什么后宫剧里的“老妖怪”一样，打了招呼后便忙不迭地跑上楼去了，留下姜津津在原地怀疑人生——她长得很可怕吗？

姜津津不知道，现在她在周衍的朋友心里，跟妲己已经没什么区别了。

周叔叔那是多么英明神武的人啊，他们虽然都是学生，却也在各自的父母那里听说过他的事迹。这样一个人再婚，居然娶了一个没有背景只有一张脸还很年轻的女人，就连他们的父母在知道二人结合后都差点儿惊掉了下巴，可见这件事有多令人匪夷所思。他们想来想去，觉得可以肯定的一点是，这女人已经将周叔叔迷得团团转了。

二楼走廊上，两个女生故意落后几步。

郑璐璐压低声音说道：“周衍的后妈长得好美啊，真的不是什么明星吗？”

校花云馨摇了摇头：“听说不是。”

周明沣再婚，这其实也没有让人太意外，虽然周衍都十六岁了，可周明沣依然不算老，还没满四十岁，再次结婚也很正常。

然而他再婚的对象，大家之前听都没听说过，更没见过，仿佛是突然冒出来的一个人。

这很容易让人联想到“闪婚”这个词。能让一个混迹商场多年的成熟男人，在那么短的时间里决定结婚，大家都对这位周太太充满了好奇。

“反正我现在好像有点儿能理解了。”郑璐璐笑嘻嘻地说，“她长得那么好看，我都看呆了。”

云馨却皱眉，她跟周衍是从小学开始就认识的朋友，她印象中的周叔叔，应该不是一个会因为相貌而失去判断力的人。

郑璐璐又说：“我刚发现周衍后妈也盯着你看了一会儿，你说会不会是周衍总在家里提起你，她对你好奇啊？”

云馨回想了一下，刚才周衍的后妈的确看了她好几眼。

这会儿听了郑璐璐的话，她顿时耳根红了、心跳加快，却佯装生气道：“别瞎说，怎么可能？”

五人来到了周衍的房间。

周衍已经退烧了，只是整个人看着还是恹恹的，提不起精神来。

“这次期末考试考完直接开家长会，老师们都在加班要把卷子批改出来，真是不让我们轻松啊。”严正飞坐到一边的椅子上，一脸生无可恋地说，“我爸妈忙得整天见不到人，一到家长会却准到，并且每次家长会之后都要对我进行思想教育，我觉得他们不该开公司，他们应该去当老师。”

“我就很羡慕衍哥啊，就没听说过他爸他妈训他。”

周衍抬起眼。

在场的除了云馨跟严正飞以外，其他人都不知道，在小学、初中时，周衍是学校里的尖子生。每一次家长会，周衍都很期待父母尤其是爸爸能来，可十次里，周明沣最多来一两回。他太忙了，忙到根本没时间参加家长会。

严正飞知道周衍还是很在意父母来不来开家长会的，当即后悔刚刚怎么提起这件事了，赶忙找补：“你本来就找打，跟成绩没关系，今天你们班的班主任不是又把你叫到办公室了，肯定是挨批了吧？”

“你就不能盼我点儿好？”

家长会的话题很快就被带过了。

几人见周衍兴致不高，只能道别，各回各家。云馨很心疼周衍，一见他明明在乎却装作不在乎的样子她就难受，在下楼时，她刻意放慢了步子，在一旁的房间里找到了姜津津。

她希望周衍能够开心起来。

“阿姨……”云馨面露紧张地喊道。

姜津津非常惊讶，校花女配居然会来找她。

难道是有什么事吗？

不等她问，云馨就低声地说道：“这次期末考试考完后，班上要开家长会。阿姨，其实周衍他并不喜欢周叔叔的助理去参加家长会。”

云馨认为，她已经暗示得很明显了——

周衍就希望周叔叔参加啊，只有周叔叔重视他了，周衍才会重新振作起来，恢复从前的样子。

姜津津一听这话，也很疑惑：“你是说，他不想刘助理去参加？”

云馨心想，听这个口吻肯定是代表有戏，赶忙点头：“大家都知道，那是他爸爸的助理，所以每次他都有些尴尬。”

“可是，周衍爸爸还没回来，而且周衍妈妈也不在国内。”姜津津诧异地看向她，“你是说……”

云馨以为姜津津理解了她的意思，用力地点了一下头：“嗯，拜托您了。”

大家不是都说周叔叔很喜欢他的新婚妻子吗，如果由她去说的话，周叔叔应该会暂时放下手中的工作，赶回来参加家长会吧？

姜津津却在想：这是拜托她去参加家长会吗？妹妹你很大胆哦！

她自然对参加家长会没什么兴趣，尽管校花很诚恳地拜托了她，不过她也没往心里去，成年人的思维毕竟更成熟一些。无论是爸爸的助理去，还是后妈去，应该都不是周衍想要的结果。在她没有接到周明沣助理打来的电话之前，她都准备把云馨说的话当耳旁风置之不理的，毕竟她也没有答应云馨什么。

然而第二天她在为开店跑程序的时候，接到了刘助理打来的电话。

刘助理这两天也没闲着，身为周明沣的助理，大多数时候他比公司的一些高层领导还要忙碌。昨天他就去了外地的工厂，不过就算是在外面，他的消息也很灵通，知道周衍生病后，果断地拨通了姜津津的号码。

刘助理认真地思考了，还跟老婆在家里就“女人心思该如何猜”这件事彻夜促膝长谈，并得到了来自同为女性的老婆的点拨。

正所谓“新官上任三把火”，周太太刚嫁到这个家还没一个月，她肯定是希望能尽快当家做主，成为真正意义上的女主人。如果这个家只有她跟周总，那这件事并不难，可关键是周总还有一个儿子，那她未来的路并不好走。所有的男人想的都一样，家里能够安生太平、和睦温馨，所以，无论是为了名声，还是为了周总的心，周太太都必须当好这个后妈。

刘助理想起老婆苦口婆心地说过：“反正以后，公事以外，跟他们家家事有关的，你最好都和周太太说一声。”

在知道了周衍已经活蹦乱跳，一大早就去了学校后，刘助理想起了一件事，顺口说道：“太太，这次如果我没赶回来的话，其实您可以去参加这个家长会。不瞒您说，这次的家长会比较特殊……”

接着，刘助理跟姜津津讲述了有关这所私立学校不为外人所知的事。

每一个班，除了班级群以外，家长们会另开一个群，别看平日里他们忙得根本没时间陪伴孩子，但对于孩子在学校里的大事小情都非常上心，大到学习成绩，小到餐厅供应的水果品种，他们都想了如指掌。

国际学校也不是面面俱到、完全没有疏忽的时候，之前就被一个家长抓到有一次供应的水果竟然不是当天的。

当然，不是所有的家长都会因为这些小事与学校争执不休，他们大部分都抱着“只要不是什么大事就算了”的心态，可也会有一小批格外较真的家长，计较餐厅供应的牛奶蛋白质是不是低于 3 克、某周牛排是不是合成肉，以及学校图书馆的书籍更换速度是不是太慢……每一处细节都会有人在意。

再过不久，他们就要升高三了，不管是选择在国内参加高考，还是选择留学申请国外名校，这一年都很重要，家长们就更不想含糊了，可他们没时间啊，工作那么忙，哪里还有时间成天盯着学校。

之前有一个家长，让自己的秘书隔三岔五就过来检查，那一个学期都安然无恙，后来家长察觉出不对劲儿来，一查，竟然发现秘书收了餐厅小领导的好处！

这些学生上了高中之后，课业十分繁重，除了必须学的课程以外，还有各种兴趣特长班，通通都不能落下，不往全能人才方向培养，也对不起家长们每学期交的巨额学费。学生们一天的大部分时间都是在学校度过，家长们自然关心自家孩子在学校里的生活究竟值不值那些学费。

姜津津听了之后目瞪口呆，除此之外还有一个想法：当家长也太难太麻烦了吧，溜了溜了。

刘助理说道：“总之，这所学校的情况挺复杂的。这次家长们也想聚在一起讨论这件事。听严太太的意思是，如果家长们中间有人有空，并且耐心负责的话，他们是想推选这个人成为家长委员会的会长，帮助他们一起盯着学校这边，他们还是更相信处于同一立场的人。当然，这种事很花费精力，他们会交会费，大概每个家长每个学期会出三万到五万不等。”

姜津津本来对这种鸡毛蒜皮的事情已经没了兴趣，专心致志地盯着店铺的设计图纸，听到最后一句话，猛然抬起头来——什么？每个学期每人出几万？

“等一下，这个会费是干什么的？”

刘助理解释：“不是干什么，就是家长们的一点儿心意，毕竟也不能让会长白干活儿。”

姜津津顿时眼睛放光：“一共有多少个家长啊？”

“一个班二十四个学生，但这个家长群里，只有十五个家长。”

这二十四个学生里，也不是每个家庭都很富裕。

除了这十五个家长以外，其他的也没有那个条件为这些小事较真，毕竟学校已经减免了所有学费。

姜津津算了一下，十五个家长，就按一人三万来说，这一个学期也有四十五万了啊！

她承认她动心了。

“会长选出来了吗？”

刘助理叹了一口气：“没，其他家长似乎都没有这个时间，毕竟几乎每天都要去一趟学校，这太难办到了。”

姜津津险些脱口而出：“这么多钱啊！他们居然都不想赚吗？！”她及时地想到，这些家长似乎都不缺钱。

为了一个学期的四十五万，放下手中的工作每天往学校跑，确实太不划算。

“如果没人当会长，那……”

刘助理说：“那可能就只能像上学期那样，找一个信得过的外人。不过另外几个家长都不愿意这样。”

姜津津想了想，诚心诚意地发问：“刘助理，你说我能去吗？钱不钱的倒是其次，主要还是想为家长们分忧，关爱一下祖国的花朵们。”

刘助理诧异不已。

不过想到了跟老婆的分析讨论，顿时也就明白了，现在的周太太是诚心想要跟周衍搞好关系的，不然她何必要揽这件事呢，这件事对她毕竟没什么好处。

“能是能，但是，太太我要提醒您，除了星期天以外，每一天都要去学校。”

姜津津：她不正愁没钱没工作吗，以她现在的本科学历，上哪儿去找月薪六位数的工作，这简直就是为她量身打造的啊！

“我反正也没什么事呀。”

刘助理见姜津津跃跃欲试，只好说道：“那您可以去参加家长会，到时候跟家长们说，我想他们应该非常高兴。”

现在明眼人都看得出来，姜津津是刚上任的“新官”，铆足劲儿要立好后妈的人设，那么把事情交给她，怎么会不让人放心呢？

姜津津恨不得马上参加家长会，马上毛遂自荐了！

但她随即想到了一件很重要的事——以周衍家长的身份去学校，好像应该要得到他的同意吧？

第二章

周总是怎么被搞定的

周衍也不是每天都会逃课的。

今天他就没什么心思，等到晚自习结束后，才走出教学楼，外面停着一辆低调奢华的黑色轿车。

这是周衍的特权。

其他学生家的车只能停在校外，当然他们对于周衍在学校的特权也没有任何意见，毕竟人家老爸可是捐赠了三栋教学楼。

司机早就已经在车旁等候了，一见他走下台阶，不慌不忙地打开车门，周衍迈开大长腿，姿态潇洒地上了车。

今天跟以往任何一天没有什么区别。

直到周衍走进别墅，客厅一片明亮，沙发上的人正笑意盈盈地看着他。

这个人正是他的后妈。

周衍觉得很奇怪，有一种她在等他的“错觉”。

很快地，他就知道那不是错觉了。

姜津津起身，脸上的笑容还有接下来要说的话，早已经练习了好几次，她温声道：“今天刘助理给我打了电话，他同你爸爸还在外地，听说你们马上期末考试，考完后有家长会，你介意我过去参加吗？”

话刚说完，她又特别温柔地补充道：“介意也没关系，我会提醒刘助理尽快忙完手上的事回来。”

嘴上这样说，心里却如同念经一般祈祷：不要介意，不要介意，你看我这么穷，你忍心拒绝我吗？

周衍一愣，对她说的这些既意外又诧异，不过面上没有透出一分，他的态度仍然算得上是冷漠，然而说出来的话，宛如天籁之音：“随便。”

他说的，也是他想的。

家长会无论谁来参加，他都无所谓，都随便。

姜津津喜不自胜。

她本来就生得美，这会儿一双眼睛灵动，像是会说话一般，显露出她的雀跃。

周衍抿了抿唇，不知道能跟她说什么，沉默了几秒后，便径直往楼梯方向走去。

姜津津太开心了，她仿佛已经看到了四十五万在向她招手，而这笔钱，是周衍小可爱送来的啊。

怎么这么幸运呢，瞌睡来了就有人送枕头，缺钱了就有人送来一笔巨款。

她一下没控制好喜悦的心情，居然对着周衍的后背欢快地说道：“晚安啊，做个好梦！”

开心得就差说“好人一生平安”了。

周衍身形一顿，以更快的速度上楼了。

家长会的前一天，周家迎来了一个“不速之客”。

当然姜津津觉得，可能只有她这么想，因为来人是周衍的姨妈。

来到这里一个多星期了，为了生存，姜津津将现阶段能摸清楚的事都打听清楚了，周衍的亲妈名叫钟菲，跟周明洋是大学同学，钟菲并没有兄弟姐妹，所以此刻在周家拿捏着姿态、仿佛自己才是女主人的短发女人，并不是周衍的亲姨妈。

“我堂姐虽然现在很少在国内，但我们钟家也不是没人。”钟佳姿态闲逸地坐在沙发上，对着站在姜津津身后不远处的阿姨熟稔吩咐，“王嫂，给我泡一杯美式，还是老口味，对了，家里应该还有我喜欢的布朗尼吧？”

姜津津对此人的脸皮之厚，实在叹为观止。

不过，还是不及她。

姜津津也坐了下来，慵懒地抬手托腮，说着最矫揉造作的话：“布朗尼？现在家里没有了，我对巧克力过敏，让他们都扔出去了。”

钟佳：“……”

王嫂低下头：……太太您昨天还吃了几块，且怒赞西点师手艺一流。

钟佳实在是气不顺，不过想到自己的身份，又隐忍下来，可是接下来话里话外都在讽刺姜津津："这样吗？可是阿衍很喜欢吃巧克力，说起来他小的时候我经常带他去吃，还以为他有了新妈妈以后，生活中会多出一个人关心他，没想到他现在在家里连巧克力都吃不上了。"

"哦。"姜津津眼皮都没抬一下。

钟佳现在心里对姜津津鄙视不已，果然是个没眼界的，除了一张脸一无是处，不懂礼貌，毫无修养，而且还心胸狭窄，竟然连巧克力都容忍不了，她真不明白周明沣究竟是看上这女人哪一点了。

钟佳自以为掩饰得很好，但姜津津看过整本小说，自然是知道她一直以来都觊觎周明沣这位前姐夫。

姜津津想起什么，捂着嘴笑个不停，一副很愉悦的模样。

钟佳面露不悦："你笑什么？"

"我笑你这人啊，怎么心里只有不好的事。"姜津津"啧"了一声，既然对方要跟她自来熟，明里暗里地嘲讽她，那她自然不能怯场，要比对方更自来熟才行。"人的口味是会变的，其实不是周衍喜欢吃，我都没见他吃过，是你喜欢吃吧，可怎么办呢，你就算往这边跑得再勤，也不是天天都住在这里的人。"

这意思就是说，哪有因为客人喜欢吃巧克力，即便主人家吃了过敏，还得天天备着的道理。

钟佳脸色隐隐发青。

姜津津却还没说够，叹了一口气，一脸"虽然很为难，但因为你喜欢，我只好隐忍、善良、大方地迁就你"的表情唤来王嫂，说道："王嫂，既然客人想吃，就让西点师做一点儿吧，我没关系的。等下让王医生给我开一些抗过敏的药好了，实在不行，我也可以去医院输液，没关系的。"

每个人心里都有一杆秤，王嫂虽然更熟悉钟佳，不过心里还是更盼望以后能跟太太关系好一点儿。

何况钟佳不是周衍的亲姨妈，而且就算是亲的，也不是这家的女主人啊。

王嫂立刻说道："好，我这就让人去准备。太太，您也要注意身体。"

姜津津仿佛已经过敏生病一样虚弱地笑道："没关系的，不能怠慢了客人。"

钟佳气得胸膛起伏，却还是忍了下来："我也不是什么客人，这里我比你更熟，还记得姐姐、姐夫刚买下这里的时候，我还在念大学，那时候经常在这里住，这里也有我的房间。"

姜津津若有所思地点头。

一阵沉默，钟佳以为自己终于扳回了一局，心情稍缓，却听到对面那个人说道：“你的房间，是哪一间啊？”

不等钟佳回复，姜津津见管家进来，声音清脆地问：“杨叔，周衍他姨妈说这里有她的房间，是哪一间呀？”

管家诧异地看了钟佳一眼，回道：“之前是客房，现在已经改成了您衣帽间的更衣室。”

周家上下，包括周衍，都看得出来钟佳的心思。

钟佳说有她的房间，实在算得上是碰瓷了。那是一间客房，不止她一个人住过，不能因为她睡过几个晚上，就变成她的房间了吧？

姜津津抱歉地笑：“不好意思啊，我都不知道。我之前还在想呢，怎么家里的衣帽间这么大，都不知道要买多少东西放进去才显得不那么空呀。”

钟佳：“……”

她终于被激怒了，在管家跟王嫂都离开后，她才压低声音道：“你不要太得意了，姐夫只有阿衍一个儿子，阿衍今年都十六岁了，再过两年就成年了，用不了多久，他就能去公司为姐夫分忧解难。”

退一万步说，姜津津就算成了周明沣的妻子又怎么样，周明沣可不缺儿子，而且她即便手段了得怀了孕，等那个孩子成年的时候，这个家以及周氏集团，早就已经在周衍的控制之下了。到时候，看这女人臭显摆什么、得意什么！

钟佳攥紧了手，想到姜津津可能凄惨的未来，心情平复了些许。

姜津津却像是没听懂她的明示暗示一样，依然一手托腮好奇地问道：“姐夫？我什么时候成了你的姐姐呀？”

钟菲跟周明沣可早就没有夫妻关系了，那这一声声情深意切的姐夫又是怎么回事？

钟佳是雄赳赳气昂昂而来，灰头土脸地战败而归。

倒不是钟佳说不过骂不过姜津津，而是姜津津现在是这个家里的女主人，在身份上，就取得了压倒性的胜利。

姜津津站在露台上看着钟佳离开，心里对周明沣反而有了一丝好奇心。

她实在很难想象，一个都快四十岁的男人，怎么就把钟佳迷得神魂颠倒了，难道只是因为钱吗？看着不太像。如果只是钱，钟佳至于执着这么长时间吗？

反正同样的事情放在她身上，她是绝对不会喜欢上堂姐前夫的。那得有多大的魅力才能让人放弃底线呀。

无论是在什么情况下，姜津津都不是任人拿捏的软柿子，她也懒得去想自己的言行举止会不会与书中的姜津津不符。处处忍耐不是她的风格，别人怀疑就怀疑呗，难道谁还有能耐把她送到实验室检查吗？谁要真有那个本事，她也就不挣扎了，直接候着得了。

可能是白天的一出较量她赢了，姜津津晚饭时特意嘱咐了厨房师傅，她要吃烤串。

之所以在周家乐不思蜀，是因为这里的配置太高了，让“土包子”姜津津感受了一回“钞能力”带来的幸福体验。周家除了有专业的西点师以外，中餐厨师有两名，西餐厨师有一名。周家父子俩平日里吃中餐居多，这两名厨师的手艺实在一绝，好像无所不能，她随口说的烤冷面、酸辣粉，都能做出别样的味道来，既保留了身为路边摊美食的市井味道，又在用材上毫不含糊，甚至常常出新。

这美妙的滋味令她差点儿以为自己入梦的小说不是校园言情文，而是美食文了。

烤串一上桌，姜津津深吸一口气，拿起一串香菇正要优雅进食时，周衍回来了。

今天是期中考试的第二天，学校没有晚自习，他提前放学回家。

这个时间，他应该还没吃晚饭吧？

姜津津刚想开口邀请他共进晚餐，话还没到嘴边，就见他如同一阵龙卷风“嗖”的一下上楼了，根本就没有给她开口说话的机会。

她倒也不用担心周衍饿肚子，他都十六岁了，而且家里还有管家用人照料他，于是，她毫不客气地继续享受美食。

姜津津在来到这里之前，也算得上是能够跟女明星比一比美的大美女，在身材这方面她也称得上自律，像烤串、酸辣粉这类的食物，她吃得很少，偶尔吃一回，也不会吃得太尽兴。美丽是需要付出一定代价的，解决了烤串后，她便不急不忙地换上了泳衣。

是的，周家有一个她特别喜欢的游泳池！

她不知道的是，今天周衍心情不太好，也有游泳的计划。

两人都有这个想法，然而周衍还是慢了一步。当他换好泳裤前往游泳池时，看到了泳池边上的拖鞋及躺椅上的浴巾，当机立断停下脚步。他犹豫了一秒钟，便转身往别墅走去。

游泳计划，搁浅。

这个游泳池，其实是周衍一个人的，他有着轻微的洁癖，别墅的管家用人都不会去游泳池，周明沣一个月都难得在家几天，回来也基本都是半夜三更了，更加不可能去游泳。

周明沣结婚一个月了，这是周衍第一次真正地意识到，家里多了一个人。

一个他经常会见到的人。

她的出现意味着游泳池已经不再是他的专属。

从某种意义上来说，周衍的心胸很开阔，他在意识到这些之后，心里没有难过。

或许是因为这个人……暂时并不令人讨厌吧。

第二天，姜津津一早就起床打扮自己。

她从来没参加过家长会，不知道以什么风格出现比较合适，犯难之下，她拉了王嫂来衣帽间帮她参考，选了快半个小时，姜津津终于换上了一套从未穿过的旗袍。

王嫂本来都已经看花了眼，前面还能用各种形容词来赞美太太的美丽，到后面只会说“好看”“挺好”这类直接的评价。

但在姜津津拉开帘子出来时，王嫂的眼睛一下子就亮了起来。

姜津津的身材很好，看着纤瘦，但绝不扁平，该有料的地方一点儿都不含糊，旗袍很考验人的身材，不是身材瘦穿着就美。这一身白底海棠花的旗袍，用料极好，穿在姜津津身上，也不知道是她让旗袍美了，还是旗袍成就了她。总之，王嫂这个年过四十的女人都赞叹不已：“太太，你穿旗袍太好看了，我就没见过比你更适合穿旗袍的人！”

什么是细腰盈盈一握？

什么是一笑美不胜收？

看姜津津，就知道了。

姜津津也很满意，在落地镜前照过来照过去：“那就这套了！”

就在姜津津对着即将到手的四十五万飞奔去学校时，在公司上班的刘助理接到了周明沣的电话。

电话里周明沣声音一如既往地平淡低沉：“阿衍的家长会是几点？”

刘助理一个激灵：“十点钟。周总，您提前回来了吗？”

周明沣“嗯”了一声。

刘助理怕周明沣忘记周衍是哪个班级，还特意提醒了一下，可他总觉得有什么重要的事忘记了，但就是死也想不起来。周明沣是一个向来不喜欢浪费时间的人，重要信息要到了，自然不可能跟自己的助理“煲电话粥”。一通电话，时长三十二秒。

等刘助理挂了电话后，又过了十来分钟，他终于想起来自己忘记了什么！

啊！家长会，太太也过去！

姜津津来到学校的时候，正好是下课时间。她从刘助理那里知道，这次开会是在教学楼四楼。

刘助理办事牢靠，昨天就已经通知了学校，周太太会去参加家长会，所以学校一早就派了人在教学楼前等着，姜津津一下车后看到的就是一个穿着职业正装、笑容略显腼腆的女教师。

女教师虽然腼腆，可业务能力是绝对过硬的，一上来便是流畅的自我介绍：“周太太你好，你可能还没见过我。我是周衍这学期的数学老师，我姓孙。陈老师让我来带你去会议室。这边请。”

姜津津诧异地问：“教数学的吗？”

这也算她的刻板印象了，在记忆中，教她数学的好像一直都是男老师，头一回见到教数学的女老师。

孙老师笑着将头发捋在耳后：“大家一开始都以为我是教语文的。”

似乎知道学校领导重视周家，孙老师以为姜津津是在怀疑她，连忙又介绍了自己的职业经历。

姜津津听了以后只想竖起大拇指。

孙老师毕业于国内排名第一的高校，前年拿到了硕士学位，现在正在一边工作一边读博，她读的也是数学专业，以前还在国际奥数比赛中拿过奖项。实际上孙老师并不是一个很会跟陌生人打交道的人，就在快到会议室时，孙老师猛然回过神来：等等，她怎么跟周衍的家长聊起大学时候的事了？

跟孙老师不同，姜津津从小到大人缘都很好，也擅长交际。只要她愿意，从来都不会让气氛冷场。

孙老师在她的引导之下，很快地打开话匣子也是正常。

到达会议室门口，孙老师停下了脚步，姜津津语气真诚地说道：“孙老师，你好厉害啊！这样吧，我们加个微信，以后要是我有什么不懂的，可以请教你。你看行吗？”

孙老师虽然还处于震惊中，但还是拿出了手机，加了姜津津的微信。

她今天的目标是要加上周衍班级所有老师的微信，除此以外，还要加入班级家长群。这些可都是她以前想都不敢想的人脉跟客户，要是无视或者错过，那就太可惜了。

另外一边，上课铃响后，周衍收到了来自死党严正飞的微信，内容是一条链接：“震惊！我没看错吧，这是 ZY 的后妈？”

周衍一顿，低着头，在课桌下点开了链接，页面一转，他进入了学校的论坛网站，看到一条帖子：

> 今天迟到了，进学校后看到一辆车进了学校。一开始我还纳闷，没见过哪个领导开迈巴赫的，后来把车牌号发给朋友后，朋友说这是 ZY 家的车。听说高二今天开家长会，我以为要见到传说中 ZY 的爸爸了，激动得狂奔追上去。哪知道从车上下来的是一个年轻女人。于是我突然想到，之前好像听谁说过，ZY 的爸爸再婚了，那这应该是 ZY 的后妈吧。我冒死拍了两张高糊照，但我以我脑袋担保，ZY 后妈的颜值还有身材真心绝了。我敢说，现在娱乐圈绝大部分女明星，是的，绝大部分，在 ZY 后妈这里都会被比下去。

四分钟之前发的帖子，下面的回复已经快破五十了，可见此时课堂上溜号的人还不少。

> 章鱼？左右？注意？
> 是周衍吧。这照片也太糊了吧，不过我听说，他后妈确实长得漂亮。
> 不漂亮能嫁给他爸爸？你们真的了解他爸爸的财力吗？
> 盲猜他后妈大不了他几岁，我押五岁。

周衍对别的评论已经没了看的兴趣。

严正飞：“真是你后妈啊，她来参加家长会？我怎么觉得这么不现实？”

周衍半天都没有回复消息。

严正飞以为他是在看论坛帖子，尽管知道这些人不敢在论坛上乱说话，但还是怕他们说的那些话有可能伤害到周衍的心，于是他又一次点开了这个论坛帖子。

……

严正飞以为是自己看错了，不然页面上怎么显示出“404”这魔鬼般的数字？

帖子不在了？？？

怎么回事？

姜津津是一群家长中最年轻的。

来开家长会的基本上都是妈妈，只有三位爸爸，姜津津原本觉得自己挺有成熟女人范儿的，结果看看坐在她旁边的，再看看坐在她对面的，瞬间觉得自己成了妹妹……在没有了解情况之前，姜津津秉着少说少错的原则，大家看向她时，她就微微一笑。她准备先蓄力，等到该她说话的时候，再开口也不迟。

每个家长手里都有一份成绩单，别看昨天期中考试才结束，但老师们早就将试卷批改出来了，姜津津也有些好奇周衍的成绩，拿起来从上往下看个仔细。

“这次第一名还是徐从简，这种孩子就是来‘报恩’的！瞧瞧，几乎门门都满分。听说他中考的时候，好像是全市第一，真羡慕他妈妈。我家孩子就是来报仇的，不，是‘索命’的！”坐在姜津津旁边的家长羡慕地说。

姜津津自然也没漏过这第一名，看了下每科的分数，也忍不住在心里咂舌：这脑袋瓜怎么长的啊？这么灵光。

她终于找到了周衍。

一个班二十五个学生，他排名二十一。

想想原著，他在男主角的激励下会开始认真学习，可男主角这会儿在哪儿呢？应该还在邻市，不过马上就要转过来了。

这次的家长会，对学校老师来说是与家长们讨论学生成绩及未来发展，可对家长们来说，只有一个目的，就是希望能有个家长站出来认领家长委员会会长这个身份，以后每天都来学校盯着。

以前的家长代表清了清嗓子开口了：“学习成绩倒是其次，我们呢，工作都忙，上个月我出差了二十天，我老公干脆一个月都在国外，别的我都不担心，就担心这孩子几乎一整天都在学校，怕他在生活上亏了自己。这餐厅每天到底有什么菜，咱们不知道，每天供应的水果新鲜不新鲜，咱们也不知道。说真的，我家孩子要是一日三餐都在家里吃，那我也就懒得操心了。”

“谁说不是，我都不想跟学校吵架，孩子还要在这读一年。我女儿高一的时候，有一次回家后肠胃不舒服都进了医院，还好没什么事。要不是看在师资力量的分上，我早就让孩子转学了。”

姜津津忍耐着没说话，她不能表现得太急切了。

现在还没到她开口的时候，等所有家长都表示实在没时间，她才能站出来勉为其难接过重任。

“现在这么拼都是为了孩子，我们大人倒无所谓吃什么，可这每年的学费都是真金白银，这件事没人监督怎么让人放心。”有一个家长压低声音说，“你们听说没，好像是五年前吧，这学校就有高一的学生食物中毒过，两三个同时呢。”

暴脾气的家长顿时就怒了：“这什么私立学校，收那么贵的学费，整天不办正事！”

“刘大哥，你不知道，早些年这学校真心不错。现在嘛，也就马马虎虎过得去，我家孩子要不是都读了两年，我真想转学算了。”

几个家长纷纷开始指责学校不作为，认为现在的一切设施和服务，跟学费不对等。

姜津津听下来都蒙了。

她来这学校两次了，左看右看，都觉得这学校看起来阔气得不得了，地面上都不见一片树叶，接触的几个老师更是厉害，怎么到这些家长口中，仿佛是什么野鸡学校?

“可是，我是真的没时间，最近在跟一个项目，天天熬夜到两三点。”

“我也是啊，虽然没上班，可你们也知道我有几个店得管着，一刻都离不开。”

见所有家长都表示自己忙、抽不出时间、空有一身本领却无时间来跟学校较量后，姜津津打好腹稿，面露犹豫，小声地说道：“刚才听你们说这些，我也很担心我家孩子，我虽然有时间也有这个心思，可我实在没什么经验，不知道能不能做好这件事。”

这话一听就有戏。

几个家长来了精神，想到她跟周明沣才刚刚结婚，今天能来参加周衍的家长会，肯定是想好好当好这个后妈的。

没经验没关系啊，只要有时间就行了!

“我们也没经验啊，说实话，有经验的人一大把，刘总之前找的那个秘书，那可会说了，看着也能干得很，可是结果呢……所以这事啊，还是得看心，咱们都是一个立场的，都是一条心，那就错不了！”

在几人的捧场之下，姜津津不好意思地笑了：“其实我也考虑了很久，大家都有正事没时间，心里肯定为孩子着急，这种心情我感同身受，只要你们不嫌弃我没经验，做事可能不那么完美，那我也就……”

勉为其难地答应了！

她的话还没说完，便听到坐在靠门最近的某位家长突然开口喊道：“周总来了。”

周总？

姜津津一惊，抬起头看向门口，果然从门外走进来一个男人。

只见男人穿着深色正装，脊背挺直，明明脸上有一丝笑意，却让人无法完全放松。

他身姿挺拔修长，戴着一副金丝边眼镜，整个人沉稳又儒雅。

姜津津跟他的视线碰撞在一块儿，她大脑瞬间一片空白——

这、这就是周明沣？

他可以分享一下保养方法吗？

书上怎么没说男主角他爸比男主角更帅更有气质啊？

一直以来，姜津津都知道一个残酷的事实，明星的四十岁跟素人[①]的四十岁是有着天与地的区别。有的老派明星，明明都六七十岁了，依然走路有风、目光炯炯，身上丝毫不见老态，但那是对外形、气质要求极高的明星，放在素人身上，六十岁看起来像五十岁都已经算是保养得很好了。

为什么小说中一点儿也没提及男主角他爸——这么有型啊？

以她多年跟各类帅哥打交道的经验来看，周明沣目测至少有一米八三，实际身高可能还要高点儿。都说人上了二十五岁后新陈代谢就会慢很多，胖十斤轻而易举，瘦一斤难如取经，毫不夸张地说，姜津津在此之前，就没见过上了三十五岁身材还能跟精瘦扯得上关系的男人，大多数男人过了三十五岁都会迅速发福。

周明沣呢，他现在穿着正装，宽肩窄腰，宛如行走的衣服架子。她也没透视眼，看不到这西装下面的身躯如何，但从他穿着的衣服来看，这身材必然是十分

---

① 素人：平常的人。

有料的。

姜津津内心的羡慕之情都快把她淹没了，这难道就是身为小说男主角他爸的福利待遇吗？

想想也是，以周衍那样的相貌气度，他的父母能差到哪里去呢？现在看看周明洋，也可以从他的五官轮廓还有身材体型判断出，他像周衍这么大的时候，只怕要更出色。

周明洋今年三十九岁，但以姜津津挑剔的眼光，他看起来就跟三十出头一样。

甭管姜津津内心是怎样的风起云涌，表面上，她依然不动声色，低着头一副羞答答的模样，用实力完美演绎了一个刚结婚的小娇妻。坐在这里的家长，基本上都是不差钱的，但论个体的财富比拼，很显然是周明洋胜出，刚才还滔滔不绝的几个家长，犹如换了一副面孔，热情但不谄媚地打着招呼："周总也来了，那校方肯定会更重视咱们这次会议的目的。"

周明洋失笑。

本来还坐在姜津津身旁的一个家长，极有眼力见儿地起身把位置让给周明洋。

周明洋向来都是喜怒不形于色，因此没人发现他顿了几秒钟，似乎是在飞快地思索什么问题，之后便坦然地坐在一旁，侧过头看了姜津津一眼："你继续说。"

姜津津欲哭无泪：这还怎么继续啊。她都被打断了，这会儿再提自己要当家长委员会的会长，总给人一种居心不良的感觉。

可是眼睁睁看着这么好的一份工作溜走，这无疑是在割她的肉、剜她的心。

一时之间，她纠结死了。

几个家长本身就希望有人来心甘情愿地认领这个差事，现在姜津津表露出有时间也有意愿，他们肯定不能轻易地放过她。

第一，她是才上位的后妈，现在还没怀孕，正是铆足劲儿刷好感的时候，这个差事交给别的家长做，说不定还没她尽心尽责；

第二，周明洋大手笔地给学校捐赠了那么多东西，周太太来当家长委员会的会长，学校这边敢怠慢吗？必定会比从前更加谨慎。

所以，思来想去一番，还只有这个新上任的周太太是最合适、最令他们放心满意的了。

其中一个家长乐呵呵地："周总，您这一来，您太太就不好意思说话了，这可怎么办？我们使出浑身解数才说服您太太当家长委员会的会长，就差这临门一脚了，您就赶来了，是不是不愿意太太辛苦，特意赶来救场子？"

另一个家长也附和道:“不过就算您来救场子也晚了,您太太已经松口答应了,我们可都认她是我们会长了啊,周总。”

周明沣听着几人说的俏皮话,又看了姜津津一眼。

姜津津心里叫苦不迭:又来了,又来了。

她真是挺怕周明沣看向自己的,给人一种压迫的感觉。

但其实她也知道自己是心虚,面对周衍,面对钟佳和别墅里的其他人,她都能无所畏惧,因为这些人给她的威胁不大,可换作周明沣,她就有点儿退缩了。

大概是周明沣看起来还真像是有能耐把她送到实验室检查的人……

周明沣并不像别的大佬那样严肃,反而他浑身都散发着一种儒雅温和的气质,可见他平日里虽然跟这些家长打交道不多,但并不会给人那种不好招惹的狠戾印象,因此几个人精一样的家长才敢这样跟他开玩笑。

“那你的意思是?”周明沣问道。

姜津津顶着压力抬起头来,这让她怎么回答?

说想当,被怀疑居心不良?

说不想当,坐实恶毒后妈的印象?

“我听你的。”姜津津只好忍痛说了这几个字。

她不是很了解周明沣,因此现在他同意的概率也只有一半。

想到自己有百分之五十的可能会跟一份轻松又能赚钱的工作擦肩而过,姜津津就好心烦!

他不是很少参加家长会吗,为什么偏偏今天就来了?

没有这份工作的收入垫底,她的经济独立该有多艰难才能实现啊,她都已经提前想好这四十五万到手后要怎么规划,为她成为经济独立女性做铺垫了。

周明沣若有所思地看着她。

落在其他人眼里,这就是不好的信号了。

两个坐在离周明沣最远位置的家长已经开始低着头偷偷发消息讨论了。

“我家孩子跟周衍一个班快两年了,这两年,周总参加了几回家长会啊?”

“如果我没记错的话,这是第三回。”

“所以他这次赶来,应该是为他太太撑腰,是怕我们难为她,还是……”

“我们跟她也没过节啊,谁吃饱了撑的,估计是怕他儿子给她难堪,所以才特意赶过来吧。”

“周明沣还真是喜欢他这太太啊,这事估计没戏。”

“想做就做吧。”周明洋终于开了口。

他的声音虽然很好听，但说话时，声线一直平稳，似乎没有起伏的时刻。

明明是语气平淡的一句话，可在旁人听来，竟是强行品出了一丝宠溺的味道。

几个家长你看我、我看你，一方面是为达成目的而高兴，但另一方面，也认为自己确定了“周明洋果然很喜欢这个小妻子”这一事实。

姜津津狠狠地松了一口气。

虽然答应跟不答应的可能性各占百分之五十，可听到他这样说，她竟然生出了一丝丝的感动。

喜不自胜之下，她下意识地看向周明洋，眼睛里悄悄泛起喜色。

肩膀微松，唇角微扬，这些她自以为掩饰得很好的小动作，都被周明洋看在眼里。

同时，周明洋垂眸，不着痕迹地掩去了探究神色。

“周太太，那我家孩子以后就拜托你了。”一个家长说，“对了，你是不是还没进群？这怎么行，一个群里没会长太不像样子。”

姜津津赶忙从包里拿出手机，眼睛发亮、笑盈盈地说：“好，我这就进去，争取做好这份工作。”

周明洋看着姜津津热火朝天地加了微信群，脸上的笑意甚至比刚才更盛，这让他不禁在想：她葫芦里究竟卖的什么药。

姜津津在跟其他家长积极营业时，也没有忽略周明洋的眼神偶尔会飘到她身上来。

这令她如临大敌，手臂上甚至冒出一些鸡皮疙瘩来。

她太不中用了，怎么这些天光想着赚钱，居然忘记去探寻书中的姜津津在周明洋这里是什么人设？

是清纯害羞的百合花，还是热情奔放的玫瑰？或者是，时不时给他喂葡萄的妲己？

此时此刻，她的“脑回路”终于跟其他人接上了：书中的姜津津究竟是怎么搞定他的？

家长会正在进行，此时一向消息灵通的严正飞也意外得知周明洋来参加家长会了。

他二话不说，赶紧拿起手机向自己的好兄弟汇报了这个喜报：“衍哥，最新消息，周叔叔来学校了！”

怕周衍觉得无图无真相，严正飞还传了一张照片过去。

照片依旧模糊得跟八卦记者偷拍明星恋情似的，但周衍还是一眼就从背影中认出来了，那的确是他爸。

周衍起身，急匆匆地就要往外走，就在快走到门口时，一眼瞥见了班长贴在墙上的考试排名表，他突然停下了脚步。

本来他无论走在哪里都是众星捧月的存在，这会儿站在门口一动不动，很快就有同学察觉到了，原本还有些吵闹的教室，逐渐安静，直至鸦雀无声，大家都不知道发生了什么事。

云馨坐在座位上。周衍知道的事，她自然也知道了，毕竟那是她拜托的。她今天格外地关注家长会，刚开始知道只有周衍后妈来的时候，她心里谈不上失落，因为她知道周叔叔很忙，周衍后妈没办法让周叔叔放下手中的事，这也是正常的。可刚才她得到消息，确定周叔叔过来了时，骤然心里泛起一阵疼痛。

很奇怪啊，明明她在拜托周衍后妈时，是真的希望周叔叔能过来的。可当周叔叔真的被周衍后妈劝过来后，她又忍不住为周衍打抱不平。

凭什么呢？难道在周叔叔心里，后娶的妻子真的这么重要吗？

看着周衍僵硬的背影，她难受到几乎鼻酸，她是不是就不该去拜托周衍后妈，现在周衍肯定也是在为这件事难受吧？

想想周叔叔忙于工作，想想钟阿姨只顾自己再婚又再婚，云馨觉得，在这个世界上，或许只有她才是真正关心周衍的。

家长们都是公事缠身，即便挤出时间来参加家长会了，也不代表会在学校待很久，见最大的问题已经解决了，有几个家长已经拿起包跟老师说了一声便提前离开了，有人带头走，那么很快就会有人效仿，没多久后，整个会议室里只剩下三个人。

姜津津、周明洋，以及另一个家长。

这位家长见这两人都没有起身的架势，以为夫妻俩是要说什么家事，便赶忙起身拿起公文包，对周明洋笑道：“周总，我也先走了。过几天是我们公司的年会，如果您过去的话，可以提前跟我打招呼，我会让秘书安排。”

周明洋也站起身来，跟那人握了手，态度谦和：“现在还不确定有没有时间过去捧场，如果没时间的话，我会让助理过去的。”

那人见周明洋愿意给面子，便眉开眼笑道：“周总您太客气了。”

姜津津一手托腮，看着这一幕。

其实整篇小说中，周明洋是怎么样的人，似乎作者也没讲清楚，他的出场，他这个角色，只是为了让男主角的性格有一个合理的解释，那就是原生家庭带来的影响。

周明洋很忙，忙于事业，忙于成为首富，因此鲜少有时间陪伴儿子。

如果是十几岁时的姜津津，一定很理解周衍，并且会唾弃周明洋主次不分，竟然不把儿子的事当成生活中最重要的事……但当她自己在社会上摸爬滚打几年后，姜津津再回忆起自己的同事和前辈们，又有哪一个不是周明洋呢？

朝九晚六的工作都算得上是规律了，碰上项目紧急时，常常加班到十二点都是常事。

现在社会上普遍都是这个强度的工作，除非是不想挣钱了，可不挣钱，房贷怎么还，车贷怎么还，孩子补习班的钱哪里来？！成年人哪怕活着都是要钱的，所以，就算对工作抱怨再多，身上背负着家庭的人谁敢轻易辞职？

再说周明洋，现在的他肯定是不缺钱了。可那么大一个集团，每天不知道有多少项目在运转，资金链不能断，无论什么事都得有人做主，这个人就是周明洋，他如果懈怠，如果觉得赚够了想不干了，他集团的合伙人、股东、员工，又有谁能同意？

工作不是想辞就能辞的，同样的，老板也不是想不当就能不当的。

等姜津津反应过来，会议室里只剩下她和周明洋了。

她强打起精神。

原以为周明洋肯定是要试探她一番的，谁知对方只是轻飘飘地瞟了她一眼后，便说道：“回去吧。”

姜津津如蒙大赦，赶紧起身，跟在他身后走出了会议室。

今天高二年级开家长会，学校决定提前放学。

姜津津并没有跟周明洋并排走，而是落后他一步，不知道内情的人还以为她是他的秘书，走了几步后，姜津津主动喊道：“明洋。”

这是她考虑了好几分钟后，才确定的称呼。

喊“老公”，不如当场杀了她，她对着一个陌生人实在喊不出来。

喊“喂”，她没那个胆子。

“孩子他爸”，还是算了。

那就只有喊名字最不会出错了。

走在她前面的周明沣听闻此声身形一顿，转过头来，神情淡然地看她。

这令姜津津松了一口气，看来她没喊错，要是喊错了，他肯定会疑惑。

“今天高二提前放假，你应该也是司机送来的吧？现在家里两辆车都来了，我想要不我先回去准备晚饭吧。”姜津津自认为这番话完美得无可挑剔，一开始面对周明沣时会不自在，这会儿见自己并没有让他生出疑虑来，她又开始没心没肺地做自己了，“就让周衍坐你的车回去吧，你们父子俩也好久没见了，应该有很多话要聊。”

周明沣“嗯”了一声，明显是采纳了她的提议，他抬眸看了她一眼：“那辛苦你了。”

“不辛苦，不辛苦。那……”姜津津笑着挥了挥手道，“我先回去了。”

周明沣目光温和地颔首。

仿佛他之前造成的眼神压力只是姜津津的错觉，她步履轻松地走下楼梯，整个人身上都散发着一股朝气与活力。

姜津津一边往停车方向走去，一边在想，虽然她之前没有在夫妻相处方面下过功夫，不过她也不是完全没打听，就目前打听到的消息来看，很多人包括周家两位管家和助理，在婚礼之前都没见过她。

倒是也不排除周明沣一直瞒着、藏着这个可能性，不过仔细想想，这个可能性微乎其微，看看周明沣的忙碌程度就知道了，他有那个时间跟姑娘偷偷恋爱，然后给所有人一个惊喜吗？

不管了。

就算周明沣察觉出端倪来，她也不管了，她又不知道原书中姜津津是什么性格，那位的通讯录里也没几个人，周家别墅上下对新晋女主人更是不了解，她连做功课都不知道该从哪开始，连模板都没有，让她怎么学？还是做自己算了，正如她之前说的，要是周明沣真想把她送去检查，她也毫无还手之力，倒不如能干一天是一天。

姜津津是豁出去了。

周明沣在姜津津身后几步远，上了另一辆车。坐在后座，周明沣目光沉沉地看着姜津津坐的那辆车离开后，对等候在车上的人说道：“最近家里发生了什么事吗？”

高二三班，同学们都喜气洋洋的。

期末考什么的，对他们来说只是小场面，毕竟上了高中以后，每月都要考试一次，他们都已经习惯了。这次家长会后，学校就直接给他们放暑假，那就令他们有一种过年的错觉了。

教室里，三五成群的都在讨论下午要去哪里。

有的要回家打游戏，有的约好去网红餐厅吃饭，有的约好去逛街。

气氛热烈，反而是沉默着的周衍显得有些格格不入。

云馨刚起身准备过去劝慰他时，他已经提前一步走出了教室。

周衍在教学楼的外面看到了他爸的车，他抿了抿唇，准备姿态潇洒满不在乎地离开，结果没等他犹豫，那辆黑色的加长轿车里有人降下了车窗，隔着一段距离，他看到他爸看向这边。

爸爸是周衍在这个世界上最惧怕的人，同时也是最崇拜的人。

周衍控制不住自己的双腿，往停车方向走去。

还没等到他走到车旁，司机就下车为他打开了车门。

周衍只好上了车，周明洋的车都有隔音挡板，他倾身按了一个按钮，前排的驾驶座与副驾驶座便与后座被挡板隔成了两个世界。

“病好了？”周明洋问道。

周衍点头：“好了。”

十六七岁的男孩子身体素质好着呢，前晚发烧，第二天就能无恙地去上学。

周明洋不说话了。父子俩的关系的确不是很亲近，但也不像外人以为的那样差。两人几乎没怎么吵过架，周明洋身为父亲，在外人眼里，除了太忙以外，几乎无可指摘，离婚后过了整整六年才再娶，这六年里，他身边也没有别的女人。为了让儿子在学校过得舒服一些，周明洋一反常态，给学校捐赠教学楼。

“您看到我的成绩单了？”过了片刻，周衍问道。

周明洋：“看到了。”

见爸爸一副稀松平常的模样，周衍宁愿他爸凶他、打他，都好过这样。

在初三之前，周衍的成绩都很好，基本上都是稳列全年级前三，可上了初三，他成绩一落千丈，不认真听讲，也不认真对待考试，老师们苦口婆心地劝过，他还是我行我素。

本来，周衍可以上全市最好的公立重点高中。

现在让周衍回忆一下，他也不知道自己为什么要这么做，难道只是为了吸引爸爸的注意吗？

他想不通，可是他很固执地继续走这条路。

他等着爸爸来揍他、找他的这一天。

周衍表情僵硬地：“您不生气？”

周明洋取下眼镜，轻轻擦拭着镜片，只说了一句话：“你十六岁了。”

十六岁已经不是孩子了，法律都规定，可以负刑事责任了。

“你跟许多人不同，摆在你面前的有许多条路，你可以有自己的人生目标，发奋图强，也可以随心所欲地生活，只要不作奸犯科，靠着家里安稳过一辈子。或者，即便一条路你都不选，也能过得比绝大多数人要好。这是我为你创造的条件。”周明洋语气沉稳，“看你自己的选择。”

周衍隐忍：“所以你也不在乎我会成为什么样的人？”

“不是不在乎。”周明洋说，“是无法插手，就像你希望我成为一个将你的衣食住行、你的人生目标放在首位的父亲一样，我可以明确地告诉你，我不会。你自己的人生，关键是你自己想成为什么样的人，自己要考虑清楚。”

周衍犹如一拳砸在棉花上，他暗自气愤。

而周明洋依然气定神闲。

周衍想起了自己八岁时许下的愿望，他希望能有一个神仙，把他爸爸变成隔壁刘叔叔那样的爸爸，会生气、会恼羞成怒、会打破他无所不能的自信。

姜津津提前回家，上楼时正好看到管家跟阿姨在搬运行李箱上楼。

黑色的行李箱，她一猜就知道是周明洋的。

周明洋今天回来得太突然，被她一个人独占的主卧室里还都是她的东西。她想了想，赶忙对管家说道：“王嫂，周衍爸爸的行李箱放回房间后，你记得把床单被套都换一下，还有，放行李的时候不要把我的衣服弄乱了。”

今天周明洋回来了，那么大的卧室再也不是她一个人的了。

管家愣了一下。

因为他突然想不起来了，他究竟是要把行李箱放哪里去。

人有时候会怀疑自己的记忆，就像这会儿杨管家也不确定电话里，先生说的房间是二楼书房旁的，还是三楼太太住的卧室了。

不过太太都这么说了，那行李箱肯定是要放回太太的卧室的。

听太太的！

姜津津的手机振动个不停，她却一点儿都不烦躁，书中那位的微信通讯录里没几个人，能这么活跃的除了森林别墅群，那就是家长群了。她拿起手机一看，果然家长群里有一位很上道的家长发了消息，做了表率：“@周衍阿姨，周太太，你可能还不知道，我们这个群之前就商量好了，谁当会长我们都不会让她白出力，按理来说，我们应该给你买点儿礼物表达心意，可我们不知道你的喜好，也的确是没太多时间购物，不然我们就直接转账，你看行吗？”

一进家长群就要改名片，里面都是某某爸爸、某某妈妈，她稍微动下脑筋，把自己的群昵称改成了“周衍阿姨”。

这样便杜绝了再听到别人喊她“周衍妈妈”时的尴尬。

姜津津惜财，当然不会直接表露出来，这太不符合她的行为模式了，更何况她现在还头顶豪门太太的身份，太过在意钱财，显然跌价。

她想了想，斟酌再斟酌后回复：“@所有人，都是家长，哪好意思收你们的钱，礼物就更不需要了，只要是为了孩子们好，累一点儿也没关系。只是我没有经验，情况你们也都知道，我也不太清楚这个会长我能当多久，但请你们放心，只要我当一天，我一定会认真负责，一切都是为孩子们着想！”

作为周太太，她的定位肯定是不缺钱，也看不上这些钱的。

可她是姜津津，所有财产加起来只有二十万，并且在开店后这个数字可能会变为负数，所以这份工作，她必须得要到。

姜津津觉得，现在是她表现演技的时刻了。既要表现出自己不在乎钱，又要让家长们哭着喊着非要把钱塞给她，继而她再无可奈何、勉为其难地收下。

所以，她必须得暗示这些家长，她也不知道自己能干多久。

果然这些家长立马就急了。

程新录爸爸：“周太太，知道你不在意这些，你就是想为孩子们做点儿事，可我们也不能一点儿心意都不表示。”

大家都认为，姜津津不在意这些小钱。

周明沣是谁啊，那是未来几年会成为首富的男人，他对自己女人能小气吗？那必定不能，肯定是金山银山地养着。

成年人的世界，送礼物什么的真不如转账省心。

更何况送礼物，送什么价位的合适呢？送什么样的合适呢？光是想这些，家长们头都大了。

还是转账好！

大家都觉得，只要姜津津收了钱，至少高三上学期她得做完，至于下个学期……到时候再说吧！

因此，十五个家长同心协力，非要让姜津津收钱不可。

姜津津装作为难不已，在群里回复：“怎么好意思收大家的钱，我就是想为孩子们做点儿事。转账什么的，真的、真的不用了。”

家长们见姜津津坚持不收，认为就算私底下转账给她，她也不会收，只好派出代表联系了偶尔打交道的刘助理。

家长们凑了个整，转了五十万给刘助理，拜托他转交给姜津津，并且表示：知道周太太不在乎这些，但这是他们的心意，如果她不收的话，以后他们怎么好意思见她。

刘助理马上给姜津津打了电话，将转账的事都说给了姜津津听，姜津津站在落地镜前，明明脸上堆满了笑容，却佯装叹了一口气道：“他们还是跟我太见外了。”

电话那头的刘助理听了赶忙说道：“也不是这样，其实他们人都很好，太太您多跟他们打交道就知道了，只是谁都不愿意欠人情。”

姜津津语气分外“失落”地说：“那好吧。”

“太太，钱已经转到您卡上了。”刘助理又安慰了一句，“大家都知道您的心意，家长们也跟我说了很感谢您。”

正好这时，姜津津的手机振动了一下。

她打开一看，果然是银行短信的通知。

到账五十万！

她顿时喜形于色：“真的吗？那就好。”

挂了电话后，姜津津恨不得在原地旋转跳跃，跳一段擅长的舞蹈来表达自己日入五十万的喜悦。

有了这五十万她手头就宽松多了。

不过家长们的钱也不是好赚的，从下学期开始，她就要每天去学校了。既然拿了钱自然要办好事，她也得打起十二万分的精神来做好这份工作，让家长们第二个学期还要全体投票让她当会长，让她继续一个学期赚五十万。

姜津津在房间里哼着歌。

周衍跟周明沣也回到家了，周衍径直回了房间将自己锁起来，而周明沣去了二楼，在书房里忙了一会儿准备回房换个衣服时，发现房间里一尘不染，衣柜里根本就没有他的衣物。正在这时，杨管家进来，见周明洋在房间里，愣了一下，赶忙解释道："先生，太太让我们把您的行李搬到三楼卧室了。"

一直以来都气定神闲的周明洋，此时此刻，脸上终于出现了愕然之色。

杨管家在这里工作了很多年，也是头一回见到自家先生露出如此表情，他以为自己做错事了，正要道歉时，只见先生又恢复了淡定，仿佛刚才他只是出现了幻觉一般。

"先生，"杨管家犹豫着开口，"需要我去把行李搬来吗？"

过了片刻，周明洋摇了下头。

事情真是越来越有意思了。

午饭时刻，饭桌上的三个人，周明洋跟周衍都没说话，姜津津也没有任何不自在，大概是有五十万落袋，心情上佳，她一口气吃了两碗香米饭，根本就没顾得上这对父子有没有聊天，以及怪异的气氛。

姜津津跟物业，还有工人都约好了，今天中午就开始进行简单装修，只要重新刷墙、铺地板就行，墙的颜色以及木地板的材料，姜津津昨天就去板材店选好了。此前，她也有装修的经验，但为保险起见，她决定下午过去盯着。

吃完午饭，她回到房间没多久，周明洋也来了。没办法，他的行李被人横插一脚拦截在此，当然他好奇，姜津津到底想做什么。

他今天终于有时间关心一下除了儿子以外的人，可姜津津还有要事在身，根本没空跟他迂回婉转、来回试探。他一进来，她便说道："你今天下午不去公司吧，那就好好休息一下，我马上要去店里。嗯，之前跟你说过的那个店，今天开始装修了，我不放心，想过去看看。"

周明洋颔首。

姜津津走到窗户那里，动作自然地拉上窗帘，屋子里一下子暗了许多："还有一件事，我想跟你说一声，就是今天家长会不是选我当什么会长吗？"

她语气懊恼，隔着一定的距离，再加上光线偏暗，他看不大清楚她的表情，只听到她说："家长们非说要给什么辛苦费，我不想收，他们非要给，还联系了刘助理，刘助理收了钱又转给了我。我真不想收这个钱，可家长们偏偏又要我收，我都不知道该怎么办了。你说，我把这个钱还回去怎么样？"

为了掩饰自己，她又非常多余地补充了一句话："要是知道有这么一出，我在家长会上就不搭腔了。”

姜津津的声音比较清脆，悦耳动听，咬字清晰，语速不快也不慢，刚刚好。

周明洋听她说着这些话，尽管他看不清楚她的神情，但也能从语调里听出她的情绪。

这样的她，一点儿都不像之前了。

之前是什么样子呢。

算起来，认识她三个月，这三个月她说的话，竟然不如今天一天多。

是的，她现在话有点儿多，似乎很爱表达，也不吝啬表达，一看就知道是一个很活泼外向的人。

姜津津见周明洋不说话，也有点儿后悔了，为什么要多此一举跟他说这件事。

他要是让她退回去怎么办？那她不是白忙活了。

搞不好接下来还要白打几个月的工，那就是搬起石头砸自己的脚了！

就在姜津津纠结的时候，周明洋开口了，他的声线一如既往地平稳：“收了就收了吧。”

姜津津抬起头看他。

“也没多少钱。”

姜津津：“……”

好吧，是她格局小了，以为五十万是多大的数目，也许在人家心里，这五十万可能就相当于五十块，或许再四舍五入一下，等于没收钱，也就不需要懊恼了。

“那好吧。”姜津津垂着头，内心狂喜。

她已经能想象到未来在她手中，在她的努力之下会有多光明了！

现在拿到的牌差，没关系，之前的世界里有的，以后也都会有，车子、房子、票子、男人……咯咯，男人还是算了，前三个她一定会在这个世界重新拥有。

“那我先去店里了，”姜津津顿了顿，语气轻快地说，“你好好睡一觉吧，床单被套都换了新的，我还点了香薰。”

周明洋的神色晦暗不明，“嗯”了一声。

姜津津出门了，一脸雀跃地奔向别墅区外面的小店。

这间店上一次出租是几年前的事了，这两天她一边在跑程序，一边让人打扫卫生，现在已经焕然一新。

既然已经定位成便利店，那装修就不需要多么豪华了，刷的也都是最简单的大白墙，请的仿瓷工已经开始干活了。姜津津坐在一旁，看着马路对面郁郁葱葱的小森林，内心里全是对未来的憧憬。

津津啊，津津，你自己一定要活得很好，过得很好。

姜津津很擅长跟陌生人打交道，虽然她现在是监工，但没一会儿就跟仿瓷工人聊得热火朝天了。

工人一边将墙壁磨平一边感慨道："我爱人在当月嫂，比我要辛苦多了。"

"听说月嫂的工资很高？"姜津津问。

她对这个目测有四五十岁的工人有种天然的好感。

不为别的，就因为对方看起来诚恳又勤劳，谁都喜欢面对生活积极向上的人。

工人笑道："还不错，但我们这些没学历的，想要拿到高一点儿的工资，那就更辛苦。不过我女儿以后应该要比我们都强，她去年高考，考上了这边的燕师范。"

提起女儿，工人一脸骄傲的神情。

姜津津"哇"了一声："那是很好的大学，你女儿学习真厉害呀。"

工人"嘿嘿"一笑："女儿在这里，我跟我爱人也就过来了，到了这边才知道房价高、物价高，这也令人发愁呀，得多赚点儿钱，不能拖了孩子后腿。多读书还是好，我想过了，只要我女儿愿意，她读硕读博我都要供！"

姜津津坐在一边，闻言心里泛起感动。

不过也因为跟工人的这一番聊天，令姜津津由此及彼，想到了自己。

凡是见过她的人，都以为她是被家人呵护在手心的温室花朵。

书中的姜津津二十七岁，已经无父无母，她虽然有爸爸妈妈，但实际情况也没有比这位好多少。

在她很小的时候，父母感情不和就离婚了，财产分割上他们也没有产生分歧，唯独一件事，他们谁都不想要她。

爸爸受奶奶那边的影响，嘴上说着最喜欢她，但一直想让妈妈再生个儿子。

小时候奶奶问她，是想要弟弟还是妹妹，她说要妹妹，奶奶立马板着脸纠正她还是弟弟好，因为弟弟会保护她，以后不会有人欺负她。

爸爸在谈离婚时，已经悄悄地跟从前的初恋女友再次联系上，初恋女友不希望嫁过来就给人当后妈，爸爸耳根子软，又或者说，刻在他骨子里的基因便是自私凉薄，所以他不肯要她这个女儿。

大多数时候，妈妈好像都会比爸爸更靠谱，大概因为孩子是自己十月怀胎生下的，即便妈妈也不想要她这个“拖油瓶”，但最后还是带上了她。再后来，妈妈也重新组建了新的家庭，在她上高中时，爸爸跟那位阿姨生了个女儿，妈妈跟叔叔生了个儿子。等上了大学后，她非常自觉、非常识趣，几乎不怎么回去了，临近暑假寒假，她要么沉迷恋爱，要么沉迷兼职赚钱自己养活自己，总之是不会让自己闲着。

非常好笑的是，过年时，她妈妈以为她去她爸那边过年了，她爸以为她在她妈那边过年。

尽管父母从来没有短了她的生活费，不过从大一开始，她早早地就瞅准了商机，趁着感情处于空窗期的时候，她去报了美甲课程，准备开一家美甲店。那时候上课的人都没几个，待她学得一手还不错的手艺后，就在服装一条街里租了一个很小的摊位，开始了创业之旅。

她的生意还不错，后来还有了固定的客户，光是靠着这些客户，她就已经不需要父母提供的生活费跟学费了。

但她还是没让父母知道她的财政情况，他们给她就拿着，十分心安理得。

那几年的存款积攒令她可以奢侈一把，毕业时能够开自己的小店了。除此之外，她还找了正式的工作，在二十六岁这一年终于存下了首付，买了套六十平方米的小房子。

现在想起来，姜津津还是幸福满满。

多好的人生啊……

下午五点，工人收工，明天继续。

姜津津早就准备好了矿泉水，还有周家西点师烤的小甜点，递给工人，笑道：“今天真是辛苦了。”

工人怕自己手脏，连着在衣服下摆擦了又擦、蹭了又蹭才接过来，乐呵呵地说道：“老板你太客气了。”

他跟很多老板打过交道，这个姜小姐算是很好相处的了。

这水跟小甜点一看就很贵，虽然很渴，但他忍住了，他想等下路过女儿学校的时候带给她。

等目送着工人离开，姜津津关好玻璃门，就准备往周家别墅走了，谁知道在路上竟然碰到了原书中的姜津津过去的熟人。

“姜津津？”一个短发女人一脸惊喜地跑上前来。她打着一把太阳伞，这时候正值初夏，气温不算低，热气烤得人满脸通红，“我还以为是自己看错了。咦，你怎么在这儿？”

虽然姜津津也不知道这是哪一号人物，但还是笑着回道：“来这边办点儿事。你呢？”

“这附近不是一个森林风景区吗，我跟男朋友来这里转转。渴死我了，怎么这里一家便利店都没有，好奇怪。”短发女人小声抱怨。

姜津津想起包里还有一瓶矿泉水，便拿出来递给她。

短发女人也不讲什么虚礼，赶紧拧开，一口气灌了大半瓶后，这才开口说道：“爽！对了，前几天考试你怎么没去啊？”

考试？什么考试？

姜津津明显愣怔了一下。

短发女人笑：“N1 啊，这么重要的事你都忘记了？”

日语等级考试？

姜津津这下是真的惊愕了。现实世界里她虽然不是日语专业，但毕业后居然误打误撞进了一家日企，她所在的职位不需要跟日本方面打交道，然而主管告诉她，如果以后想升职加薪，最好还是去报个日语班，顺利考级后也能调到更好的岗位、拿更高的工资。一心赚钱的她当然心动了，正好那段时间她跟留学的男友分手了，感情处于空窗期，为了消磨时间就去报班，没想到她在语言方面还是很有天赋的，不过一年的时间，就顺利考级拿到证书，之后工资待遇也上了一个台阶。

现在，她居然从别人口中得知书中的姜津津也会日语，这怎么能不令她惊讶？

从名字到相貌，甚至身上的胎记位置，她跟那位都是一模一样，现在连特长都相似，可以这么说，除了性格以外，原书中的姜津津简直就是另一个她。

难道她的遭遇并不是什么偶然事件？

短发女人见她如此反应，赶忙安慰道：“没考也没关系呀，十二月份继续。”

为了转移姜津津的注意力，她又说道：“对了，我马上要回老家了，你知道我之前在一家食品公司做兼职，工资不是很高，但时间很自由，基本上一个星期去个两三天就行，那个负责人又是我表姐夫的堂姐，对证书这一块卡得没那么严，这工作你想不想做？”

姜津津看向她：“时间很自由吗？”

“是啊，基本上自己安排就行，”短发女人补充了一句，“工资不算高，算下来一个月也就四五千这样子，不过也多亏了这份兼职，我才能租一个好的房子啊。你有没有兴趣？”

姜津津是一个闲不住的人，她喜欢生活都被填满的感觉，更喜欢经济独立。一个月四五千的工作，说实在的，现在对她来说没有那么重要，毕竟她现在也不算太缺钱。

然而，她同时也是一个很贪心的人，不想放过一点儿机会。就像小时候抓周，才一岁的她恨不得将所有的东西都抓住。

“好啊！”在姜津津意识还没有完全考虑清楚前，嘴巴已经很诚实地给了回答。

短发女人笑道：“有兴趣就好，其实事情真的不多。那这样，你等我电话，我给你安排好，你到时候直接过去走个过场面试就行！”

等目送短发女人离开后，姜津津才回过神来——直到现在她还不知道这性格爽朗的姑娘姓甚名谁。

天色完全暗了下来。

周衍晚饭都没吃就出去了，这会儿整个主楼只剩下姜津津跟周明洋。

趁着周明洋在浴室洗澡的工夫，姜津津偷偷摸摸地从包里拿出今天买的卫生棉，拆开包装后随手放在沙发上。

生理期虽然没造访，但她还没做好心理准备跟一个就见了一面的陌生人发生亲密关系。

拿这个当借口最棒了，姜津津想，周明洋看到卫生棉，肯定能心领神会，到时候即便他真提出什么要求，她也能得体地、委婉地拒绝。

做戏要做全套，姜津津还在嘴唇上擦了一点儿粉底液，瞬间，她的脸色肉眼可见地就苍白了许多。

周明洋从浴室出来时，换上了深蓝色的睡衣，姜津津不知道为什么，自己的眼神总是时不时地往他那边瞟，她不确定周明洋有没有看到她随手放在沙发上的卫生棉。

大概是看到了吧。

不然他怎么不直接上床，而是坐在一边的椅子上看手机。

过了半小时左右，他还是没有动静，既没往床这边走，也没有要跟她说话的意思。

姜津津想啊想啊，突然想到了一件非常重要的事。

自以为了解到真相的姜津津眉目彻底舒展开来，呼吸都变得轻快了许多。

离她有一段距离的周明沣默默地翻了一页手机，他比她年长十二岁，人生阅历及心机城府远胜过她，他自然也察觉到她的一双眼睛在自己身上转过来转过去，却还以为自己掩饰得不错。但就算他没抬起头跟她的视线撞个正着，也能感觉到她的紧张、怀疑、放松。

她究竟想做什么？

姜津津开始觉得，年纪大一点儿也是有好处的，至少对方不会太没眼力见儿，该懂的都懂，反正她相信，周明沣肯定看到了沙发上的卫生棉，一切尽在不言中。她今天晚上可以睡个好觉了，抱着这样的想法，她舒服地伸了个懒腰，哪知道抬起头时，就正好跟周明沣四目相对……

她这惬意的模样应该也被他看在眼里了。

还好能补救，姜津津赶忙像是岔气了一样，探出手，捂着肚子，皱着眉头。

周明沣自然也不会无视她的唇色略显苍白，以及此时此刻的样子。

他正想搞清楚她葫芦里卖的是什么药，便温声问道："怎么了？"

姜津津抬起头来，冲他虚弱一笑。

像生理期这种事，随便对一个陌生男人说肯定不太合适，不过周明沣是姜津津的老公，跟他说也算是天经地义。

尽管她跟周明沣才相处一天，说过的话也没多少，她心里认为周明沣也不大可能是温柔体贴、对伴侣足够了解的老公，但万一呢，万一他就知道书中的姜津津生理期不是现在呢，所以，她还是要找补。

"可能生理期来了。"她可怜兮兮地说，"不知道怎么回事，一点儿都不规律。"

不规律到可能一个月会来两次，甚至三次。

下次这具身体的生理期到了时，她也不至于不能自圆其说。

跟一个还称得上陌生的男人说这种事，姜津津还是不自在，说完后便低下头，以至于她生生错过了看到周明沣脸上流露错愕表情的机会。

周明沣是什么人。

从十八岁就开始一边念书一边创业，他做生意已经二十一年了，什么人没见过，什么风浪没经历过。

他看似谦和儒雅，实则内心刀枪不入，可这一天里，惊讶、错愕的情绪出现过几回了？

他实在是很好奇，姜津津究竟是想做什么。

之前他跟她就已经达成共识，对外宣称是夫妻，但实际上，他照顾她是出于一个承诺，两人都心知肚明，他们不过是在一个屋檐下的陌生人。

可谁能告诉他，他不过是出了一趟差回来，她怎么就好像完全变了一个人。

想到这里，周明沣目不转睛地盯着姜津津，似乎是要将她看穿。

“嗯。”

等姜津津感觉到他沉默很久，终于忍不住抬起头时，他已经恢复了之前的镇定表情，甚至还体贴地问道：“要医生过来一趟吗？”

医生过来，她岂不是就露馅啦？

姜津津小声拒绝：“不用，小问题。”

周明沣“嗯”了一声，然后他继续回到那个坐着特别舒服、姜津津之前恨不得一天二十个小时躺着的椅子上看手机。

姜津津往下一躺，整个人都窝进了真丝被中，柔软舒服，跟肌肤相贴，令人一秒便产生睡意。

还没来得及懒洋洋地跟周明沣道一声“晚安”然后去跟周公约会，她放在床头柜上的手机接连振动了几下，打破了夜晚的宁静。

就连不远处的周明沣也看了过来。

姜津津拿起来一看，发现发消息过来的人竟然是今天才加上微信的孙老师。

教周衍数学的那个学霸老师。

她一连发了数条消息——

“周衍阿姨，你好，我这边联系不上班主任，就只好跟你联系了。”

“刚才我跟朋友路过泰康路时，看到周衍进了一家名叫水觅的俱乐部。”

“听朋友说，这里的俱乐部经常打架闹事，上个月还有几个被警察带走了。”

“我准备进去，但这里的工作人员禁止我进入，说这里是会员制，我看这里的工作人员态度不是很好，里面也是黑漆漆的，有点儿担心周衍会出事，你跟周衍爸爸能来处理一下吗？”

姜津津没想到这位孙老师不只业务能力杠杠的，居然还这么负责。

她想了想，还是回了消息安抚这位老师：“孙老师，谢谢你！我知道了，我会跟周衍爸爸说的。”

孙老师秒回消息：“那就好！”

姜津津收好手机，回忆了一下原著内容。

周明洋毕竟算得上商场响当当的人物了，一般这种豪门，对子女的安全健康无比上心。原著中，有一回女主角遇到了危险，男主角冲上去保护，却没想到惊动了暗地里保护他的保镖，最终安然无恙地度过了这个小波折。因此说她没心没肺也好，说她冷血无情也罢，她总觉得，周衍都这么大的人了，身边也有保镖护着，这种级别的富二代能出什么事呢？

不过，既然答应了老师就要做到，姜津津放下手机，抬头看向不远处的周明洋。

打好腹稿后，轻声说道："刚才周衍的数学老师给我发了消息，她说看到周衍在水觅俱乐部，有点儿担心他，希望我们家长能去处理一下。"

周明洋眼皮都没抬一下："知道了。"

语气之淡定，连姜津津都觉得"没心没肺"这个词用在他身上会更合适。

普通家长听说自己家孩子放学不回家去这种地方，拳头早就硬了，也早就一跃而起要去抓人了。

周明洋未免也太镇定了吧！

身为亲爹都这反应，姜津津自然就更心安理得地窝在床上补眠了。

随着天空中巨雷响起，姜津津猛地睁开眼睛，她拿起手机打开天气预报，这才发现今天晚上有暴雨。

怎么回事，明明今天早上看天气预报时说今天是晴转阴。

她轻手轻脚地下床，来到落地窗边，拉开了窗帘，果然不知道什么时候开始，外面下起了雨。这雨势越来越大，令姜津津立马就想起了一件事，她走的时候只关了店里的玻璃门，没有关上电闸门。

店里已经空置了几年了，里面有一股发霉的味道，她是希望这个店越早开越好的，所以，平日里都是敞开门，能通风多久就通风多久，电闸门也不会关，毕竟里面什么值钱的东西都没有，关上玻璃门就行，露出一些空间还能继续透气。

谁能想到今天就下雨了。

她有点儿担心雨势太大，如果雨水渗进店里，估计会有些麻烦，因为她把一些材料都放在了地上，沾了水恐怕都不能用了，那可都是钱啊！

她站在落地窗前看着外面的雨势。

周明洋也放下了手里的手机，看着她的背影。

他虽然不太清楚她到底想做什么，但有两点是能够确定的。

第一，她完全变了个人。或者是之前那个木讷寡言的形象是她伪装出来的，总之，她与之前一点儿都不像了。

第二，她似乎对阿衍特别上心。明明她跟阿衍更陌生，可为什么这几天她开始积极地去参加家长会，又热情地要去当家长委员会的会长，甚至连阿衍数学老师的微信都加上了，这太反常了。

姜津津决定了，她还是要出去一趟，去把店里的电闸门关上。

还好就在别墅区外面，打着伞走个十来分钟也就到了，她淋点儿雨总好比材料泡水好。

说干就干，姜津津去了衣帽间。再次进到房间来时，她已经换了一套衣服，一副要出门的样子。

周明沣的目光更是深沉了。

他大概已经猜到她要做什么了。

姜津津拿起手机，对周明沣笑了笑，说道："我出去一趟，等会儿就回来。"

周明沣盯着姜津津，直盯得她都发毛了，这才见他居然也站起身来，一脸复杂地道："我跟你一起。"

说完没等姜津津做出反应，他就走进衣帽间，很快地换上了一套休闲服。

姜津津久久回不过神来。

他跟她一起?

是她理解的那个意思吗?

他知道她要去做什么吗，就说一起去?

换上休闲服的周明沣比白天看起来要温柔一些，穿西装是一丝不苟的集团老板，穿休闲服的他居然有一种学者的儒雅气质，很像她大学时期在学生中人气特别高的那位教授。

姜津津傻了。

周明沣经过她身边时，不疾不徐地说："走吧。"

姜津津："……"

更迷惑的事还在后面，她跟着他下楼，刚打开大门，他便对她说："你在这里等一下，我去开车。"

开、开车，开什么车?

很显然，周明沣也许对很多事情都成竹在胸、运筹帷幄，但他不太了解女人，尤其是他面前的这个跟他"脑回路"根本不在一个频道的女人。

他将姜津津脸上诧异的表情理解成了疑惑，说道："司机都在休息，我来开也是一样的。"

姜津津："？？？"

她去别墅区外面啊，走路就能到，开车做什么？

周明洋去了车库，站在原地的姜津津看着雨幕，夏夜的一场暴雨，疏散了闷热，空气里有一股淡淡的青草味道，沁人心脾。

她回忆了一下刚才的种种，顿时大脑灵光一闪，心里有了一个猜测。

果然，周明洋开车过来，她坐上副驾驶座，看着他开车缓缓驶出别墅区，并没有在那间店面附近停留的迹象。紧接着车开到了大道上，她侧过头看向周明洋，岁月格外偏爱他，他看起来成熟又沉稳，唯独不见疲态。

那么，问题来了，现在在他的心里，她究竟是那种上蹿下跳、铆足劲儿没有条件也要创造条件去树立慈爱形象的继母，还是存好心说好话做好事、至纯至善要将与自己几乎是陌生人的继子拉回正道的善良后妈？

姜津津心里苦。

第三章

现在的姜津津

周衍并不是一个人来的水觅，还有严正飞、云馨。

三个人关系一直都很不错，周衍跟严正飞也不是第一回来这儿，云馨却是头一次，她看着周衍一杯又一杯地喝着酒，脸上难掩担忧。

严正飞瞥见她的神情，凑过去笑道：“放心吧，度数不高，就跟普通的果酒一样，不醉人的，你是喝橙汁还是柠檬水？”

云馨想要支开严正飞。

只有她知道，周衍难过的内情，因为是她拜托周衍后妈的，于情于理，现在周衍心情不好，她都应该开导他，如果能让他重新振作起来那就更好了。

“都不想。”云馨说，“我妈不让我喝这种地方的东西。刚才来的时候，好像附近有一家便利店。”

严正飞无语：“有我跟衍哥在，还能让你不安全啊？”

云馨：“可是我更想喝便利店买的气泡水。”

严正飞“啧”了一声：“真是个祖宗。”说完后拿起钱包往外走，“等着吧。”

等严正飞走后，小小的包房里只剩下云馨跟周衍。

本来云馨是想坦白的，可话到嘴边，又担心说出来后，周衍会觉得她烦，认为她多管闲事。

一时之间纠结极了。

周衍正沉浸在自己的世界，哪里顾得上她这会儿的欲言又止。

云馨不想浪费时间，往他那边挪了挪，鼓起勇气开口道：“周衍，你后妈对你好吗？”

这个问题将周衍拉回了现实。

“……”但他不知道该怎么回答。

好吗？谈不上好，但也谈不上不好。在周衍看来，后妈就像是班上任何一个他印象不深的同学。

尽管每天都会见到，但也没有交集。

云馨却误会了周衍的沉默，她没有忘记今天的目的，她不是来火上浇油的，而是来鼓舞他振作起来的：“其实我觉得她看着不坏，但转念一想，她好还是不好，影响也不大。就一年，我们就要出国了，以后一年都见不了几次。再然后，我们毕业可以直接在国外定居，也可以回国，我想那个时候你也不会再跟你爸爸一块儿住了吧。”

“到时候我们几个应该也有二十多岁了，到了该结婚的时候了，你会有属于你的小家庭，妻子、孩子……”

本意上云馨是想劝他，不要太在意被后妈抢走的爸爸。每个人都有自己的生活，爸爸妈妈也不可能陪在孩子身边到老。

你会有一个真正属于你的家庭，会有不离不弃的妻子，会有可爱的孩子。

而这种生活，已经不远了，所以没必要为了这种事难过不开心。

周衍却将她的话听进去了，然而不是她所希望的那样，看开原生家庭带给他的烦恼。他放空大脑，大概是因为云馨提到了孩子，这令十六岁的他平生第一次将自己代入到一个陌生的身份中——父亲。

如果我成了某个人的父亲，我会是什么样的？

我会有把握比他做得更好吗？

想到这两个问题，周衍一阵茫然，因为他突然发现，他不知道。

以后他能给自己的孩子什么呢？

衣食无忧的生活，可这种生活，难道不是他爸爸给他，然后他再给他的孩子？他自己有把握做到爸爸这样，给孩子这样的生活吗？

从前他嗤之以鼻的事情，在这个瞬间，骤然被人剥去外衣。

姜津津不喜欢冷场的气氛。

坐在副驾驶座上，安静了几分钟后，她开始想要聊天。

今天一天，她都没感觉到周明沣在试探她，或许他也没有对她产生怀疑。不过那可能是因为他们相处的时间还太短。显而易见，敌不动我不动这个方针不太适合她，所以她决定，在他试探她之前，率先出手。

以前就有朋友评价过姜津津这个人。

非常擅长在危险的边缘疯狂试探，但也擅长在翻车来临之前，及时抽身而去，毫发无损。

这也是一种本领，被姜津津运用得炉火纯青。

她骨子里很有冒险精神，不喜欢刻板的生活，所以在并不缺钱的情况下，大一的时候就果断地去学习一种技能，并且发展成事业。无论她到了什么境地，这种性格是无法改变的。

“怎么突然就下雨了。”姜津津假装不经意地开口，“而且还是这么大的暴雨。天气预报只有日期是准的，别的都不准。”

今天之前，周明沣很少听到她开口说话。

今天一天，他发现在他面前，在他耳边说话最多的就是她。

“夏天突然有暴雨也很正常。”周明沣淡然道。

“还好你提前回来了。”姜津津轻笑，“要是再晚一会儿，飞机肯定要晚点。”

她侧过头又看了他一眼，有些好奇，如果是他这样的大忙人碰到飞机晚点，并且晚点好几个小时，会不会抓狂。

脑补他抓狂的模样，她嘴角一抿，露出浅浅的梨涡。

周明沣也发现了，现在的姜津津过分自来熟了。

大概是承受过她家的恩惠，所以，面对她突如其来的热络，他并没有反感。

“笑什么？”

打太极莫过于此了。

纵使她现在表露出对阿衍的超常关心，但他还是能感觉得到，她的眼神、她的举动并没有什么恶意。

姜津津也知道，一切都得适可而止。

他问她笑什么，她也不敢说那些面对男朋友时信手拈来的俏皮情话，老老实实地说：“我在想你有没有碰到过飞机晚点的情况。”

周明沣：“当然。只要多坐几回飞机，总会遇到这种事。”

周明沣也没想到，自己居然会跟姜津津聊这些。

从飞机晚点聊到了某家飞机失事，再聊到了一些神秘现象。当他将车停好之前，他们正在聊“可以选择的情况下，高铁好还是飞机好”这个略显无聊的话题。

姜津津很庆幸周明沣理解错她的意思，以为她是要来找周衍。

她抓住了能跟他快速熟起来的机会，即使是表面熟。

夏天的暴雨，来得快去得也快，当周明洋停好车后，外面的雨都停了下来，姜津津下车的时候开门动作太急，以为自己剐蹭到隔壁的车，赶忙凑到那辆车旁，左瞧瞧右看看。

周明洋顺势下车，见她在旁边车身旁站定，也走了过去，来到她身旁，问道："剐到了？"

姜津津一脸欲哭无泪："我也不知道，有听到声音，但不确定，现在光线暗，也看不清楚。"

"嗯。别急。"周明洋低声说，"我上车拿纸跟笔，你再确定一下有没有剐到，如果剐到我把刘助理的号码留下，让车主去联系。"

"好。"姜津津点了下头。

周明洋绕到一边，上了车。

正当姜津津探出手摸上车身时，不远处传来一阵男声："姜津津？"

"还真是你，差点儿没认出来！"

姜津津站直了身体，看向发声处。

是几个年轻的男男女女。

其中一个穿着花衬衫的男人走在中间。

姜津津没有之前的记忆，自然也认不出来这几个，但很快他们主动为她解惑了："姜津津，之前公司的那个项目赚钱了，老板大方，让每个部门聚餐，本来部门预算没那么多，齐凯自掏腰包带我们来了水觅，你要是没辞职也能跟我们一块儿。对了，你怎么在这儿呀？"

语气很自豪，就像很多人在网上或现实里总说的"我三姑妈邻居的舅妈的大学同学的老公是上市集团的高层""我表姐夫的远房表哥年入百万"一样。

看来这个水觅还是个档次比较高的酒吧。

难怪是会员制度，工作人员还拦着孙老师不让进。

姜津津跟他们不熟，再想想，不过是以前的同事，以后也不会有什么交集，便冷淡地点头："路过。"

"你男朋友的车？"一个明显发福的男同事视线掠过她身旁的那辆车，笑容微妙，"这好像不是燕牌牌照，最近管控严，你小心别被盯上了。"

随着男同事的提醒，几个人都看向姜津津身旁的车。

邻市牌照，车看起来很旧了，少说也有七八年，几个男同事都喜欢研究车，一眼就看出来这车放在几年前，落地价也不超过十万。

顿时大家的眼神也都变了。

刚开始姜津津辞职时，公司的人都说她泡上了富二代，现在看来，完全就是自吹自擂呀。

哪个富二代开这种车？

姜津津一脸生无可恋。

她就说呢，一本小说里怎么可能少得了反派人物，这本小说无论是男主角还是女主角，身边的反派都是少之又少，敢情都在她身边扎堆呀。

难怪这是小说世界，现实世界里有几个人会没眼色到这种程度？她的同事个个都好相处，一个个别提多会做人了。

“津津，你不知道，齐凯家拆迁了。”

姜津津从来不知道，男人能嘴碎到这种程度。

“听说补了几套房，还补了一两百万。齐凯这次摇到号了，买了一辆宝马，要四五十万呢。”男同事奉承着穿花衬衫的男人，“齐凯，我当时就说，你跟津津不合适，瞧，津津刚辞职，你家后脚就拆迁，那谁不是给你算过，你命里缺火，津津的名字里水太多了！”

男同事最近手头紧，想跟齐凯借点儿钱，自然是要捧着。他知道齐凯之前追过姜津津被拒绝，心里火气未消，于是这会儿便针对起了姜津津。

虽然姜津津没有接收到书中那个自己的记忆，但从这几个人的话语中，她也可以了解个大概。说来也巧，她过来后，发现微信通讯录里的确有个叫齐凯的，跟她发过两次消息。

姜津津翻了书中那位跟齐凯的聊天记录，也能从字里行间感受到她的无奈和窒息。

齐凯似乎追了书中那位很长时间，语气很是霸道，而女方基本上不怎么回消息，就算回了，也是客气疏离的，不了解情况的姜津津一开始还以为这个齐凯是什么霸道总裁。

不然他怎么会发“你是我命中注定的女人”“我不接受你的拒绝”这种话？

她原本还在想，对方应该是什么富二代，怕得罪他，所以不敢删除或者拉黑。

现在再听听这几个人说的，再怎么四舍五入，再怎么拉低标准，这个齐凯都跟富二代这个身份绝缘。

那问题来了，面对这么一个人间奇葩，书中的姜津津为什么不把他拉黑？

再回忆一下书中的自己跟他聊天时那谨慎又小心的态度，姜津津忍不住头皮发麻，她说不定真的颠覆了原人物的性格。

书中的姜津津如此小心，无外乎是几个原因。

第一，齐凯拿住了她的把柄。可现在听来，齐凯根本就没追到她，真要有什么把柄，分分钟就原形毕露，威逼利诱了。所以这一点可以排除。

第二，齐凯有权有势，她得罪不起。这一点现在就可以排除，就算齐凯真的是富二代，他在这燕京难道横得过周明洋，身为周明洋现任妻子，书中的姜津津还有必要怕他？还有必要跟他周旋？

所有的原因都可以排除。

那么就只剩下一点了，书中的姜津津可能比较胆小，也不习惯跟人直接杠上，因此面对齐凯的油腻攻势，她也只能默默忍受，甚至辞职后连拉黑这个举动都没有。

怎么会这样呢？

不管了！

姜津津是无论什么时候都不肯吃亏的性子，哪里忍受得了别人在她面前阴阳怪气。

再说了，论阴阳怪气的功夫，她觉得这几个人应该也比不上她。果断地，在那个发福男同事开口之前，她抢先说道："你这什么语气呀，瞧瞧，酸气冲天了，我名字里没有火，你应该有的吧？"

男同事也没想到她会回击，一时之间也愣住了。

这令姜津津更加肯定了自己的猜测。

姜津津又抬手将头发捋在耳后，轻笑出声："不过，你放心，我已经结婚了，对三天两头骚扰我的人更加没什么兴趣。"说到这里，她看向一直没吭声的花衬衫齐凯，语气冷了几分，"我不是跟你说了我已经结婚了吗，就不要再给我发那些奇怪的消息了。怎么，你们男人就一点儿道德底线都没有吗？"

只要姜津津愿意，就没人能在她说话的时候插得上嘴。

她语速虽快，但咬字清晰，一顿噼里啪啦："你们说完了，那轮到我了，搁我这秀什么优越感呢？还只是宝马就吹上了，不知道的还以为是什么皇亲国戚的轿子呢。"她伸出手随意一指旁边的车，"要是开这辆，岂不是要上天？"

几人顺着她的视线看过去。

停在旁边的是一辆低调奢华的保时捷。

“还有你，是不是还挺为齐凯打抱不平的呀？”姜津津抱胸，脸上挂着嘲讽的笑意，一张小嘴叭叭叭地说出来都是令几人接不上的话，“不好意思，知道你有做红娘的志向，但我这人吧，看脸，我不爱钱，我爱长得帅的，你们看看我长这样，也应该知道有些人我是看不上的吧？”

年轻的男男女女，此时都是一致目瞪口呆的表情。

不怪他们这样惊讶，姜津津之前是他们的同事，但为人性子内向，不爱跟人说话，长得漂亮为人却很老实，大家让她做什么就做什么。一开始齐凯追她的时候，也不敢太放肆太自信了，毕竟像姜津津这个级别的美女，什么没见过呀，可一起共事的时间长了，大家知道她是软柿子，还不会拒绝别人的无理要求，齐凯也就飘了起来，甚至开始觉得，姜津津不答应他的追求是不识好歹，他都追了这么久、追得这么认真了。

姜津津呢，一直没答应齐凯的追求，在感情上，无论哪个男同事追她，她虽不敢把话说得太绝，可也没给人可乘之机。

这就让齐凯更恼火了。

后来，姜津津离职，就算跟他说她结婚了，他也没相信，以为她是故意找的借口。

现在一向老实巴交的姜津津居然说这种话，任谁都震惊到以为自己耳朵出现了幻听。

正在几人还没回过神来时，姜津津余光瞟到周明沣从那辆保时捷上下来。

打脸就要全套，现在就剩收尾了，只要发挥得好，就能起到点睛之笔的作用。

于是下车的周明沣就听到姜津津冲他理直气壮地喊：“老公，怎么这么慢呀？”

周明沣的脚步顿住：“……”

姜津津理都没理那几个人，径直朝周明沣走来，动作自然地挽着他的胳膊。

同事们目瞪口呆。

所以这辆保时捷才是姜津津的车？

姜津津见周明沣将手里的纸卷了卷，继而夹在那辆车的车把手上，一时好奇，仿佛当几人都不在场般问道：“老公，你在纸上都写了什么呀？”

周明沣确定了，她真的有问题，而且问题还不是一般的大。

论道行，周明沣绝对高于姜津津。

姜津津都能面不改色地一秒进入小娇妻人设，那周明沣自然也不会比她差，端看他的神情动作，没有任何不对，语气一如既往地沉静："留了刘助理的联系方式。"

"那就好。好担心剐到别人的车，就怕会给别人造成困扰耶。"

长得漂亮的人可能就有这样的特权，放在旁人身上，姜津津的表情跟语气，那都是矫揉造作到让人不忍直视。

可这样骄纵的表情和这样甜腻的语气在她身上，竟然有一种微妙的和谐。

尽管她今天一天都很反常，但都不及这会儿，反常到让周明沣都怀疑人生。然而周明沣的视线不经意地掠过那几个呆若木鸡的年轻人，再想起下车时听到她说的"你们看看我长这样，也应该知道癞蛤蟆转世我是看不上的吧"这话，顿时心领神会，这大概是她认识的人。

"熟人？"周明沣瞥了一眼他们。

上位者便自带威严的气场。

几个刚才还有心跟姜津津好好较量一下的同事，一秒安静下来。

"生的。"

周明沣"嗯"了一声。

姜津津挽着他的胳膊往水觅酒吧方向走去，她才懒得跟这些前同事维持什么表面关系呢。

反正这辈子都不可能有什么交集，就算有，她也不想跟这些人打交道。

今天碰上，就注定是这种结局。

要么是她被打脸，她忍了，以后老死不相往来。

要么是他们被打脸，他们忍了，以后老死不相往来。

既然结局一样，那凭什么爽的不能是她？

光从外形气质上来看，周明沣的配置，是这几个男的怎么都赶不上的，他跟姜津津走在一起很是登对，一个成熟儒雅，一个靓丽活泼，原本齐凯有着拆迁款及宝马车的光环，在几个同事之间也是话题中心，可这会儿却完全被比了下去。

几人想想周明沣周身的气度。

再看看他那辆保时捷，只能说，对比极其惨烈。

齐凯脸色发青。

一旁一直没说话的女同事突然开口："如果我没看错的话，津津穿的那双拖鞋好像就五位数。我表姐就买了一双，平常舍不得穿，这种下雨天气更不会穿出门。"

“还有，她背的包，听说售价是十六万，不过买这个包还要配货……”

刚才被姜津津嘲讽的男同事尖锐开口：“你怎么不早说！”

女同事也气啊：“我以为是A货来着，不过看她老公开的车，还有她老公的样子，估计是真货。刚才我明明拉了你一下，你非要说，津津都已经离职了，咱们跟她又不是朋友，早就什么关系都没有了，就算她老公开的是这辆不起眼的车，你也不应该那样说啊！”

男同事气急败坏：“刚才你跟哑巴一样，现在倒是会说！”

几个人心情都不太好。

另一个刚才还附和过的男同事这会儿也开口了：“孙强你今天的确有些过分了，不该那样说的，津津人挺好的，这好不容易碰到，你说那些，真的不太合适。”

“就是啊，不过大，哦不，孙强你也是为了齐凯出气，但这气吧，有点儿没头没脑了，人家津津都结婚了，说不定肚子里都有小宝宝了，实在没必要。”

大概是姜津津的嘲讽，令几个同事一看到孙强，就想起姜津津刚刚的调侃。

男同事气得不行。可即便再气，这会儿脑子里也不可抑制地冒出一个念头来：他现在跟姜津津道歉还来得及吗？

其实他就是说说而已，真没什么恶意。要不是齐凯在这里，他保证会跟姜津津好好打招呼、好好寒暄的。

齐凯却一直注意着往水觅俱乐部方向走的那对男女。

今天他是跟一个堂哥借的会员才进来的。

周明沣两次低头，看向胳膊处。

姜津津毫无自觉，还沉浸在刚才回击的爽快中，也就忽略了，自己还挽着周明沣的臂弯。

姜津津还以为会被俱乐部的工作人员拦下来。

因为她没有会员，她觉得，周明沣应该也不会常来这些场所。

哪知道他们还没走到门口，迎面而来一位穿着白衬衫黑西裤的男人，脸上堆着热切的笑容，语气真诚地说：“是周总吧？自我介绍一下，我是水觅的经理，我姓张，刚才蒋总给我打了电话，说您会过来一趟。”

周明沣颔首：“打扰了。”

张经理自认为也有一双慧眼，见姜津津挽着周明沣的胳膊，又笑着说道：“给您跟夫人预留了几间包房，不知道您喜欢什么类型的？”

“不用，我来找人。”周明沣说，“不会待太久。”

张经理也不知道是失望还是松了一口气。

他恭敬地迎着周明沣跟姜津津进入俱乐部。

不远处的几个同事终于不淡定了，尤其是其中一个男同事说道：“刚才还对我们拽得跟什么似的，怎么这会儿到了津津老公面前跟孙子一样了！津津老公干什么的啊？”

谁也不知道姜津津的老公是做什么的。

毕竟周明沣跟他们不是一个圈子，他本人又低调，网上关于他的新闻跟照片少之又少，寻常人认不出来也正常。

不过，可以肯定的是，姜津津的老公非富即贵。

再一看齐凯的脸色，几个男同事又回味过来，是个男人都会不爽，本以为自己发达了，要狠狠地踩一踩之前对自己爱搭不理的女神，结果巴掌都快伸出去了，却发现女神找了个比自己有钱百倍千倍的。算什么事儿啊。

他们跟姜津津不熟，就算现在想着去抱大腿，那也抱不上。

既然姜津津走了，那也不能得罪了齐凯，毕竟同事之间，以后出去吃饭唱歌这种消费总得有冤大头主动买单吧？

抱着这样的想法，发福男同事又说道：“管他干什么的，反正我看啊，应该也是那种富二代，齐凯也不差呀，今天花了少说也有七八千吧。还是齐凯大方，要不是齐凯，我这辈子都没办法来这地方，对了，小琴你拍的照片等下记得发给我啊，我可是要发到朋友圈好好炫耀一下的。”

几个人反应过来，又开始捧着齐凯。

齐凯的脸色缓和了一些，但还是很臭。

俱乐部里，姜津津这才反应过来，自己挽着周明沣的胳膊一直没放！她赶忙悄悄地松开，为了不让他察觉到，她还特意找话题好奇问道：“那个蒋总是谁呀？”

周明沣不是一个冷漠的人，即便是面对从未谋面的陌生人，他也是礼貌得体的，这会儿姜津津询问，他也耐心地回答：“一个朋友。这俱乐部是他开的，我刚跟刘助理发了消息，刘助理应该联系了他。”

“原来如此呀。”姜津津压低声音，“我刚才还在担心会不会被他们拦在外面，如果被拦那就尴尬了。”

周明沣低笑：“放心。”

姜津津听着这两个字，也确实是很放心了。

周明沣是谁呀，跟他出来会尴尬？不存在的。

张经理竖着耳朵听两人的对话，心里也在发笑，周明沣这夫人挺有意思，看起来年纪也不大，心思也单纯。

“周总，您要找的人是在哪个包厢？”张经理假装没听到这两人的对话，问道。

周明沣说：“不太清楚，不过……”

他顿了顿，看向姜津津。

姜津津反应速度很快，接过话茬说道：“亲戚家一个孩子，还没满十八岁，个子高高的，估计一米八左右，穿着……”她努力地想了想，终于想起来了，“穿着白色 T 恤，T 恤上面还有很夸张的英文字母。”

张经理：“……”

他对周明沣说：“周总，您跟夫人在这里稍等一下，我去问下别人。”

周明沣点头。

姜津津探头看了看周围的环境，发现这里跟她从前去的休闲俱乐部也没什么区别。

这里的光线很暗，偶尔有光掠过，照在姜津津的脸上，周明沣看到她那一双亮晶晶的眼睛，装作不经意地问道：“忘记问你了，这段时间过得还开心吗？”

姜津津下意识地看向他，美目流转，笑了一笑：“挺好的。”

想到自己有崩人设的可能，她决定得赶紧填补“性情大变”这个漏洞，状似坦然道：“可能是因为不那么闲了吧，人充实了，自然也就快乐了。”

周明沣垂眸：“现在这样很好。”

姜津津闻言狠狠地松了一口气，明面上是娇嗔，实际上是试探地问：“听你这么说，好像我以前过得多不好似的。”

周明沣淡淡地说：“没有不好，只要你自己觉得高兴就好。”

看他的表情，听他的语气，姜津津还真没察觉出怀疑的意思来，不免又觉得是自己太多心了，也对，谁会相信这种荒谬的事。

周明沣这样的工作狂，连对亲儿子的事情都没时间上心，哪里还有时间在意她。

“挺高兴的。”姜津津回道，如果以后能日进斗金、实现财务自由那就更好啦。

张经理办事效率很高，还没等他们再聊几句，他就折返回来了：“服务员说，是三个人一起，就在二楼最里边的包厢。”

想到服务员说的，三个年轻人，看起来不像是成年，张经理就为自己捏把汗。

能惊动周明沣亲自过来，再联想到周夫人说的话，他顿时有一个大胆的猜测：或许他们要找的人不是亲戚家的小孩，而是周总的儿子！

他知道给他的时间没多少了，他得抓住机会，赶忙解释道：“我们门口的保安是临时工，太死板了，只顾着检查有没有会员。明天开始，我们会开个会重点培训一下，这种事肯定不会再发生了。”

周明沣温声道：“只是个例而已，何况也没有明确规定过。”

张经理几乎泪洒酒吧，没想到这位周总这么好说话！

“张经理，麻烦你带我们过去吧。”周明沣又说。

周明沣跟姜津津在张经理的带领下进电梯来了二楼，到了包厢门口，张经理想起之前接触过的一些富二代玩得特别疯，怕自己会不经意见证周总的家丑，他果断地说道：“周总，这一块之前发生过砸车现象，我看您的车停在了监控死角，要不我现在过去帮您去看着？”

“嗯，那麻烦你了。”

“不麻烦，不麻烦。”

张经理赶忙溜了。

姜津津见张经理跟泥鳅一样，她瞬间想到，她似乎也不该在这里！

只不过她这会儿也没有开溜的借口，毕竟在周明沣的心里，是她非要大雨天的出来找继子的。

姜津津表情无奈，只见周明沣走到门口，并没有像她想的那样直接一脚踹开门，反而他还很耐心地、礼貌地敲了敲门。

过了好一会儿，才有人来开了门。

扑面而来的是一股酒气。

开门的是云馨，三个人中，她喝得最少。听到有人敲门，她以为是服务生，便起来开门，却没想到见到了周叔叔！

云馨几乎吓得魂飞魄散。

其实一开始，周衍跟严正飞都是喝一些度数很低的果酒，可后来，大概是云馨提到的事情让周衍陷入了从未有过的思考中，一时茫然无措，他叫来服务员点了两瓶威士忌。

云馨看周衍一杯接着一杯地喝，她心里也为他难受，便也跟着喝了两杯，没想到就上头了。

“周、周叔叔！”云馨小脸通红，却也不是完全醉了，这一吓，整个人清醒了不少。

严正飞比周衍喝得稍微少一点儿，不过这会儿看人都带着重影。

周衍的情况就更糟糕了，他心情不好，之前被人设计一通，心情还未纾解，这个晚上的种种思考，更是令本来就难过的心情雪上加霜，他喝了很多，正难受得弯着腰，要吐出来。

这包厢的味道难闻极了。

姜津津下意识地后退了一步。

这几个小孩在搞什么呢，喝这么多酒？！

她再看看周明沣的神情，还是一如既往地淡定，忍不住在心里佩服不已。

真是够镇定的，如果这是她生的孩子，未成年就学人借酒浇愁，她看了肯定会当场血压飙升，来一出“棍棒底下出孝子”。

她还是格局小了，瞧瞧人家，多淡定。

姜津津都不知道下一秒会发生什么事。

周明沣仍然站在门口，目光平静地盯着正弯腰难受着的周衍。

“会开车吗？”在这重要的时刻，周明沣突然收回视线，侧过头看向姜津津，低声问道。

姜津津诧异，他怎么突然问这个问题？

她会开车，在大学时就考了驾照。二十五岁生日时还买了一辆二手车，持证上路也有很长时间了，水平算不上老司机，但也绝对不是什么马路杀手。

而来到在这里后她也找到了姜津津的驾驶证。

她诚实回道：“会。”

周明沣点了下头，将车钥匙递给她，温声道：“现在不早了，你先帮我把他们两个送回家，可以吗？”

姜津津：“？？？”

所以，是想支开她，给周衍上一顿“竹笋炒肉”吗？

他不想让她看到他暴戾打人的一面？

不想让自己儿子被打时，被后妈围观？

姜津津想了一下，如果她拒绝的话，周明沣也会让别人来接送那两个孩子，到时候留她来面对他们父子俩……那画面想想就很尴尬，她还是逃了算了。

她生怕回答慢了他会后悔，赶忙说道："可以，可以！"

周明沣唇角有着淡淡的笑意："麻烦你了。"

车钥匙还带着周明沣的体温。

包厢内，无论是严正飞还是云馨都不想这个时候回家。一个是周衍从小玩到大的死党，一个是对周衍有好感的人，这会儿都认为，周叔叔绝对不像他表现出来的这么平静，他特意支开他们，难道是要打周衍吗？光是想想那场面就揪心了。

不过，就算是这样，两人也不敢开口。

严正飞倒还好，云馨离开包厢时一步三回头，满脸担忧。好像周明沣不是周衍的爸爸，而是周衍的仇人。

走出包厢后，没了周明沣带来的巨大压力，两人紧绷的神经都得到了放松，严正飞走路不稳，云馨压低声音说道："我有话要对她说。"

姜津津走在他们前面。

严正飞喝了酒，脑子也没平时那么灵光："说什么？"

云馨急了："我想单独跟她说。"

怎么回事啊，都没听懂她的暗示，如果严正飞在车上，那她还怎么说？

严正飞走出电梯后，这才后知后觉："那我怎么回去？"

这个点了，也不好叫车，虽然他爸妈平常工作忙也没太多时间管他，可如果他喊司机来接，司机发现他在这里还喝了酒，那毫无疑问明天他爸妈肯定会知道，想想他爸妈咆哮时的音量，他耳朵就开始疼了。

云馨没考虑这个问题，很理所当然地说："那你自己想办法。"

严正飞："……"

看着云馨严肃的神情，他不自觉地服软说道："那行吧，我让我哥来接我。"

走出水觅，严正飞拖着明显沉重的双腿，快步走到姜津津身旁，赔着笑脸说道："阿姨，那什么，我哥来接我，要不，您就送云馨回去吧，我哥马上就来了。"

姜津津诧异，又低头看了一眼时间："那也行，等你哥来了我再走。"

严正飞直笑："真不用，云馨有门禁，她要是再不回去，云叔叔肯定要满世界找她。"

"这样啊。"姜津津看了一眼旁边低着头不说话的云馨说道，"那好吧，你自己小心，要不你在这里等吧，张经理人还不错。"

"嗯。"严正飞搞笑地拍拍胸脯，"放心吧！我一拳打得死老虎，没事的！"

姜津津只好带着云馨上了车，坐在驾驶座上，她提前适应了一会儿才发动引擎。

现实世界里她买的那辆二手车是便宜货，新车落地价都不超过十五万。

这冷不丁让她开这种级别的豪车，要说心里不慌张那是不可能的，不过慌张之后，又有点儿小小的激动，这一辆车可是比她斥巨资买的那套房子还贵呀。

“云馨，你家住哪儿？”姜津津调出导航功能，问道。

“皓月山庄。”

“行。”

将皓月山庄设置为目的地，姜津津一看，这开车过去少说也得半个小时，心里安稳了不少。一来一回一个多小时，周明沣无论是想用拳头教育孩子，还是想动之以情晓之以理，这个时长都够了。等她回去的时候，事情肯定已经解决好了。

一开始姜津津还不太习惯，等上了大路后，越开越顺手，要不是云馨在旁边坐着，她都想吹个口哨夸赞一句“好车”了。

姜津津喜欢跟别人交流，可这会儿见云馨喝了酒，再加上对方年纪实在不大，聊也聊不到一块儿去，所以从刚开始，她就没了要跟这位校花配角唠家常的心思。

别说是配角了，就是还没出场的男主角，那也是十六七岁的小孩儿，她跟他们是有代沟的。

然而，校花显然没想放过她。

云馨主动打破了这车内的沉寂气氛，语气有些哀戚：“阿姨，您了解周衍吗？”

姜津津：“？”

不等姜津津回答，云馨又自顾自地说：“您肯定是不了解的，或许周叔叔跟钟阿姨也不了解他。他以前不是现在这个样子，在初中的时候，他是我们班上，不，是我们学校成绩最好的学生。可是，他发现，无论他考得多好，周叔叔好像都没有为他感到骄傲，无论是周叔叔还是钟阿姨，在他们两个人心里，周衍都不是最重要的。可明明，是他们把他带到这个世界上来的啊，难道都不用负责吗？

“生了小孩后，只要让他吃饱穿暖，给他丰厚的物质，那就够了吗？周衍为了引起周叔叔的关注，他不再学习，有一段时间经常打架闹事。他以为这样周叔叔就会关心他，可周叔叔还是没有。”

姜津津发现，自己可能真的跟这些孩子有代沟。

她是一个成年人了，被社会反复捶打，心态跟孩子不一样了。

她是真的觉得，周衍一点儿都不惨，想想周衍得天独厚的条件，羡慕的眼泪都快要从嘴角流下来了。

如果今天她跟云馨一样，是家境优越、父母恩爱、无忧无虑、人生都被安排美满的千金大小姐，可能她还会同情一下周衍。可关键她不是啊，所以这个话题，她真的没办法跟云馨产生共鸣。

也就是她了，还很厚道，换个看着燕京房价绝望放弃的人看看，那绝对得说一句："吃饱了撑的！有钱人的苦我也想尝尝！"

姜津津的沉默，并没有影响云馨诉说的兴致。

"周衍真的很在乎周叔叔，他心里很渴求周叔叔的关心。"云馨侧过头，眼泪无意识地夺眶而出，看得出来，她是真的很喜欢周衍，也很心疼他，"阿姨，他不会跟你争的。"

姜津津："……"

怎么话题突然岔到她身上来了？

这跳跃未免太快了吧！

还有什么叫，他不会跟你争？？？

"他不是那样的人，一年后我们就会出国求学，未来也会在国外定居，不会打扰你跟周叔叔。别的我不敢说，但周衍不是一个心胸狭窄的人，他也绝对不会伤害周叔叔放在心上的人。"云馨低声继续说，"我们都知道周叔叔很喜欢你，虽然我们都不了解你，但也知道你一定很好，不然周叔叔也不会这样。"

云馨抬起头来，一脸殷切地看着姜津津："所以，阿姨，我有一个不情之请。"

姜津津果断地："我可能办不到，他们父子俩的事，不是我能掺和进去的。"

这校花专会为难人，上次就是拜托她参加家长会。

这次校花自己都说了是不情之请，可见为难人的程度又将再次拔高了。

让她去缓和父子俩的关系，她是太闲了，还是身负好后妈的身份不得不做？

"我不是这个意思。"云馨大概也知道自己的请求很无理，如果不是借着酒劲儿，她也不会提出来，因此她显得很是犹豫，"阿姨，这一年里，您可不可以不要……不要怀孕。"

姜津津此刻一脸问号："啊？"

云馨赶忙道歉："对不起，对不起，我知道我的请求很没有道理，可这一年真的很重要，等我们去了国外，隔得远了，我相信他也能接受的。

"您不觉得让他眼睁睁地看着自己的爸爸期待另一个孩子的降生，甚至在那个孩子降生后，他爸爸还格外疼爱，这对他来说太残忍了吗？"

姜津津现在的心情就是，很无语，非常无语。

即使她根本就没有怀孕生孩子的想法，也绝对没有这个计划，但听了这话后，也没有给予回应。

她手握着方向盘，只是淡淡地说："生孩子还是不生孩子，什么时候生，这是我的事，我大概没有义务答应你。"

云馨一怔："可是……"

"云馨，周衍如果也有这个想法，他完全可以跟他爸爸去说。"姜津津笑，"如果你非要插手这件事，你不觉得你也应该是去跟周衍爸爸说吗？我们今天也只是第二次见面。"

由此可见，就算是还没成年的学生，也知道要找软柿子捏。

她用脚指头想都知道，云馨是绝对不可能跟周明沣说这种话的。

那凭什么，要来跟她说呢，她们才见过几面呀？

别人当她是软柿子，那她就要让他们看看，她究竟软不软。

"好了。"姜津津温声道，"你喝多了，还是休息一会儿吧，等到你家了我再叫你。"

云馨脸色顿时一白。

意识到自己犯了错误，她担心周衍的后妈会因此责怪周衍，如果她再跟周叔叔说可怎么办……云馨担心了一路，当车停在皓月山庄准备下车前，她还是咬咬牙，很诚心地道了个歉："阿姨，对不起，我不该跟您提那样的要求。"

姜津津莞尔一笑，似乎并不在意。

云馨继续说："今天的事，能不能别让周叔叔知道？这件事我再也不会提了，其实周衍他也没有这个想法，都是我，是我自作主张。"

你也知道自己自作主张呀？！

姜津津轻声道："其实……"

她顿了顿，有些神秘的样子。

云馨紧张地看向她。

姜津津指了指车内某个地方，无辜地笑道："这个我也不能保证，车上的这个记录仪有录音功能。"

云馨呆若木鸡。

姜津津心满意足地开车扬长而去。

怀孕？不存在的。

可她不想怀孕是一回事，别人道德绑架，让她许下承诺不怀孕是另一回事，这种被道德绑架的事让她很不爽。

这就好比，她平常可以自谦说自己长得也一般，但如果别人真附和说她确实不算很美，那这就是没眼色了。

尽管对方是未成年人，可她厚着脸皮也要说一句，都是人，她凭什么就要让着云馨？

回程的路上，姜津津刻意减慢了行车速度。

然而，不管再怎么慢，总是要重新回到水觅。

万万没想到的是，当她停好车过来时，在门口跟周衍撞了个正着。

他站在俱乐部的屋檐下，双目无神，看模样似乎已经从醉酒状态中清醒过来了。头发湿漉漉地贴在额际，看起来可怜又委屈。不知道是这细雨打湿了他的头发，还是……

姜津津仔细端详着他的面庞。

很细致地找了一圈，也没找到疑似被打过的痕迹。

他靠着墙，一手插在裤袋里，整个人懒洋洋的，见她过来，也只是看了一眼，便移开了视线，盯着地面上的水洼，专注而认真。

姜津津欲脱口而出的“感觉好些了吗”硬生生地憋了回去。

她在他这里毫无存在感，不知情的路人如果看到这一幕，恐怕也会以为他们是陌生人。

他不说话，她也不理他，且径直进了俱乐部，去寻找周明沣的身影。

虽然在云馨的口中，仿佛周明沣是管生不管养、冷酷不负责任的爸爸，但短短一天相处下来，姜津津还是更相信自己的判断，她觉得，周明沣应该不是那样的人。

不知道周明沣用了什么手段，他一方面为周衍被人算计的事情买单了，把这件事情对周衍造成的影响降到最低；另一方面，他令周衍知道了事情的真相，周衍因此大受打击还生病发烧，难道他作为父亲还不了解儿子的性子吗？其实，以周明沣今时今日的财力，就算周衍当一辈子莽撞的热血少年，他也完全能为周衍兜底，但周明沣没有。

别的父母会怎么样姜津津不知道，但就她所接触到的，肯定没有哪个父母能像周明沣一样。如果周明沣真的对周衍漠不关心，他何必这样大费周章呢？

只是就如同大人过了小孩的阶段，已经无法跟小孩的喜怒哀乐产生共鸣，小孩也无法理解身为父母的心情。就姜津津看到的、想到的来说，比起真正管生不管养的父亲，周明沣真算得上是矮子里的高个了。

也因为这一点，姜津津相信，周明沣一定还在这里。

果不其然，当她迈进俱乐部，就看到周明沣坐在一边的卡座上在跟人打电话。

她放慢步伐走过去，依稀听到他在电话里跟人谈到“城北房地产”之类的字眼，大概是在谈工作。

见她来了，他很快便挂了电话，站起身来，姿态闲逸、眉目温和地问：“送他们回去了？”

“嗯，严正飞说他哥来接他，我就把云馨送到家了。”姜津津回答。

“不早了，我们也回去吧。”周明沣语带歉意，“今天也辛苦你了。”

“不辛苦，不辛苦。”姜津津跟在他身边，一边往门口走，一边假装不经意地问，“周衍应该还好吧？”

周明沣笑：“跟他谈好了。不用担心。”

姜津津：“……”

她没担心来着。

走出俱乐部，周明沣瞥了一眼站在外面不知道在考虑什么而沉默的儿子，语气淡淡地说：“回吧。”

周衍站直了身体，乖乖地跟在他们身后往停车的方向走去。

姜津津本来以为自己要开车，哪知道周明沣接过她手里的钥匙，率先打开了车门坐上了驾驶座。

而周衍也上了车稳稳地坐在后座。

那么，她是坐副驾驶座呢，还是跟周衍坐后座？

她又不是亲妈，不需要嘘寒问暖。

她只犹豫了两秒钟，便拉开车门，上了副驾驶。

周明沣系安全带的时候，瞥见中控台的塑料袋，拿起来一看，是解酒药，顿时意味深长地看向姜津津。

姜津津：“……”

多年在网上冲浪吃瓜的经验告诉她，装好人不能太过。

过了就离翻车不远了。

先前他以为她是要出来找周衍，她还不好解释，这会儿可不能再让人误会了。

这个功劳她是一点儿都不想要的，立即语速很快地开口解释："云馨挺细心的，刚才送她回去的路上经过药店，她去买了药，说是留给周衍的。"

周衍耷拉着眼皮，一言不发，意兴阑珊地移开视线看向车窗外。

周明沣笑道："确实很细心。"

这话是对姜津津说的。

紧接着，他的语气似乎又严肃了几分："阿衍，吃点儿药。"

姜津津正好是侧着身子的，很轻易地就能瞥见周衍脸上不耐烦的神色。

一时之间忍不住屏气凝神，以为自己会见证父子吵嘴的一幕。

毕竟她是看过原著的先知呀，男主角周衍的脾气真不算好。

下一秒，周衍冷漠地伸出手接过了那瓶药，闷闷地拧开瓶盖，连说明书都没看，直接吞了几颗药。

姜津津心想，尽管周衍对周明沣这个爸爸意见很大，但周明沣在他这里的权威性依然无人能比？

回家的路上，姜津津不再像来时那样活跃，她不说话，周明沣自然也不会跟她聊天，明明车里坐着三个大活人，但愣是让气氛沉寂得如同在半夜墓园一般。

姜津津注意到道路越来越熟悉，有件事也一直悬挂在她心上。

在离店面还有几百米远时，她主动开口打破了沉默："明沣，能在前面停一下吗？"

不等他回答，她又解释道："我看到后半夜这雨会下更大，刚才突然想到，我店里的电闸门没关，这会儿正好路过，你就停一下，我去关好门窗。"

"嗯。"

周明沣开车很稳，在店面门口停了下来。

姜津津打开车门，这会儿雨势虽然小了，可风依然很大，她有些费力地撑开雨伞，往店铺方向走去。

原本没打算下车的周明沣凝视着她的背影，不知道想起什么，他也索性解开安全带下车，步伐沉稳地追了上去。

姜津津很诧异，但还是很大方地将伞的一半让给他，两人到了店面门口，姜津津拿钥匙开门，进去后开了灯，见已经有雨水渗进来，打湿了放置在地上的纸箱一角，她心疼极了："不会吧，难道材料被水泡了？这么一点儿应该没关系吧？"

她动作麻利地打开纸箱，赶忙将里面的木板搬了出来放置在高处。

看到其中两块木板边上有湿痕，一脸生无可恋，语气祈祷："希望没事，不然又浪费两块木板。"

这都是钱啊。

现在想想，如果当时她没有任由那个美丽的误会发展下去，出来的时候就立刻到店里来关好门窗，现在也就没这一出了。

但当时，周明沣那样误会她，车都开出来了，她又能怎么说呢，难道直接说"不好意思哦，我不是要出来找你儿子，我是来关门的"？

周明沣看着这间店面，再想起来刚刚临出门他说要去开车时，她错愕疑惑的表情，还有什么不明白的呢？

他身形微顿，反应过来后，无奈地捏了捏鼻梁。

姜津津关好窗户，又关好电闸门后，这才反应过来，他一直没怎么说话，便问道："怎么了？"

周明沣一如既往的温和语气："不早了，我们回去吧。"

"好。"姜津津控制不住自己的表情，打了个哈欠，"确实很累了。"

这一个晚上，真是折腾死人了。

怪只怪，这一场突如其来的大雨。

回到家后，周衍直接钻进了自己的房间，姜津津觉得去外面待了这么久，身上还沾了其他味道，于是扎进了浴室，准备再洗一次澡。她去浴室的时候，周明沣饶有兴致地开始打量这一间主卧室。

当时买下这幢别墅时，他跟钟菲的婚姻已经名存实亡，无论是他，还是她，都没有住这间主卧。

再后来，钟菲从这里搬出去后，他为了工作方便，也就住进了书房隔壁的次卧。

主卧一直空着，直到姜津津到来。

这间主卧室里随处可见她留下的痕迹。

周明沣有着敏锐的直觉。

现在的姜津津会令他产生一种她与先前判若两人的感觉。

判若两人，两人吗？

周明沣想起与姜津津这一桩婚姻的渊源，不禁若有所思。

姜津津舒舒服服地洗了个热水澡，如果不是太晚，她都想再泡个澡，这森林别墅附近有一个天然温泉，这也是当初开发商推出的卖点，有条件的别墅里可以直接连接温泉，二十四小时享受温泉水。不知道是不是她的错觉，她感觉自己的皮肤都细腻了许多，就算不用化妆气色也很好。

从浴室出来，她身上都萦绕着一股带着玫瑰香味的热气。

见周明洋坐在沙发上还在看书，她油然而生一股敬佩。

要是她像他一样把大部分心思都放在工作上，何愁以后富婆队伍中没有她的身影。

周明洋未听其声，先闻到她的气味，于是抬起头来，在这深夜，他原本如同清泉的声音也染上了几分沙哑："卡，管家给你了吗？"

姜津津面露疑惑："什么卡？"

"结婚那天我不是跟你说过，客人给的礼金让管家收好存在卡里，这张卡管家会给你。"周明洋看着她，语气平静得好像是在讨论天气一样。

姜津津愣住。

礼金？卡？

对了，差点儿忘记了，结婚的时候宾客都会送上份子钱！

可是她之前都没听到管家说啊。

周明洋又说："忘记了？"

他轻笑出声："你这人记性一向不好，管家可能也忘了。"

姜津津被这如同从天上掉下来的大馅饼给砸中了。

是啊！

像礼金什么的，肯定是新人收着啊。

她抬起头来，眼睛亮晶晶的："你一提醒我就想起来了。"

周明洋顿了顿，眼眸里带着淡淡的笑意："明天我会提醒管家。"

姜津津搓搓小手，周明洋的朋友，肯定也都是非富即贵的，那给的份子钱肯定不少，她就说嘛，书中的姜津津身为豪门太太，不可能寒酸到只有二十万存款。

对于钱，她不会主动伸手管人要，但别人要给，她也没有把钱推出去的道理啊。

一个晚上，男人跟女人同睡一张床，无事发生。

姜津津的睡眠质量一向都很好，一沾枕头没一会儿便呼吸绵长、沉沉入睡。

周明洋是被冻醒的，当他从睡梦中清醒过来后，看到的便是原本属于自己的那一半被子，被旁边的人毫无自觉地全部抢了过去。

他目光停留在天花板良久后，终于起身。他的生物钟一向规律，不管前一天晚上多晚入睡、多么疲倦，第二天早上六点半都会准时醒来。他微微侧过头看向姜津津，一个人霸占了一床被子的她睡得很安稳香甜。

昨天晚上之前，周明沣对她突然的性情大变也萌生出几个猜测。

到现在为止，他的脑海里只剩下一个最荒诞的可能。

他认识姜津津也有三个月了，这三个月里，姜津津几乎都没在他的脑海中留下什么印象。

以他的性格，之所以会同意那一桩可笑的婚约，除了承诺以外，也是看在姜津津格外老实寡言的分上，即便她成为他名义上的妻子，即便她住了进来，她在这个家的存在感也很稀薄。

过去三个月她跟他说的话，还没昨天一天多。

所谓的新婚之夜更是，她垂着头什么话都不说，如同受惊的鸟，他也只是安抚了几句后，便让她回了主卧室，而他回了书房隔壁的次卧，第二天一大清早他就以出差为由，离开了燕京。

周明沣起床时，尽量动作放轻。

尽管他觉得，以床上那人的好睡眠，即便他发出什么声音，也很难扰她清梦。

简单地洗漱后，周明沣来到衣帽间，换好正装下楼。

姜津津每天要睡到日上三竿，周衍才放暑假也恨不得睡到天昏地暗。

杨管家知道周明沣的作息，早早地就让厨房准备好了中式早餐。

见周明沣下来，他赶忙迎了上去："先生，早餐已经准备好了。"

周明沣颔首，想起昨天晚上的事，他顿了顿，刻意压低了声音："书房保险柜里有几张卡，你等下随便拿一张给她。"

杨管家问道："给少爷吗？"

毕竟他也不知道是他，还是她。

家里一个少爷，一个太太，他猜，应该是少爷。

周明沣摇头。

说实在的，他也不知道该怎么称呼姜津津。直呼其名，似乎有些生硬，可如她的自称一样喊"太太"，也不是他的风格。

杨管家了然："给太太？"

"嗯。"周明沣又道，"密码是阿衍的生日，你直接告诉她就好。还有，如果她问起来，你就说是婚宴上宾客给的礼金。”

杨管家错愕了一秒：“好。不过，随便拿一张吗？”

周明沣轻点了下头。

昨天晚上的一出，无论对周明沣来说是不是试探，以他的行事风格，既然话说出口了，那就得言而有信。

更何况，昨天本来也是他理解错了她的意思，造成她店里的损失，无论如何，他都应该给予一定的赔偿。

八点不到，周明沣已经出门去公司了。

姜津津一觉睡到九点钟才醒过来，以往她都会慢悠悠地洗漱，今天特意将洗漱时间缩短了一半，为的就是能尽快跟杨管家确认卡的事。一下楼，她四处张望，寻找杨管家的身影，可能是她的目光太热切了，正在打扫厨房的王嫂走过来，低声说道：“太太，杨管家正在整理先生的书房，您有急事的话，可以上二楼找他。”

姜津津干巴巴地笑：“没急事，没急事。”

嘴上虽然这样说，身体却很诚实地上了楼。

果然就在书房门口碰到了杨管家。

姜津津也不好意思直接要卡，委婉地问：“明沣去上班了吗？我都不知道。”

杨管家为人慈善：“先生一向都起得早，太太您也不用跟随他的时间。”

“嗯嗯。”姜津津平常很会聊天，这会儿说到正经事了，反而卡壳了。

杨管家想起周明沣的叮嘱，赶忙递出一张卡给她：“太太，这是婚礼的礼金，您拿着。密码是 ××××××。”

他报了一串数字，姜津津听得很认真，反应过来，这应该是周衍的生日。

未来的日子里，她会牢牢地记住，绝不会忘记。

姜津津接了过来，感觉这张卡都在发烫，她心跳如擂鼓：“嗯，我记住了。”

拿到卡以后，她也顾不上吃早餐，拿了厨房西点师做的三明治后，便准备出门了。这一次她不准备喊司机，周家车库里还停着别的车，昨天晚上她找回开车的手感后，就想着自己开车了。

姜津津挑了一辆宾利。

上车后，她终于找到了一丝成为豪门太太的真实感。

导航到了最近的银行网点后，姜津津便马不停蹄地赶了过去。

她真是有点儿激动，总觉得马上要见世面了，有钱人结一次婚的礼金有多少呢？她之前听已婚同事说过，每个地方的风俗不一样，随礼也不一样，同事是几年前结的婚，双方亲戚也不算多，也不是什么富裕家庭，就算这样，小两口都靠着结婚收份子钱发了一笔小财。

周明泮是谁呀，在书里的设定是商界巨鳄，他结交的都是业界名流，随便一出手都是大手笔。姜津津突然发现，贫穷限制了她的想象，因为她根本想象不到，有钱人的份子钱究竟是多少。

姜津津激动兴奋地来到 ATM 机前，取下墨镜，谨慎地将卡插了进去，输了密码后便开始屏气凝神地等待。

查询余额：余额 3600000.00 元。

姜津津数了又数，确定自己没数错后，不知道是激动还是失望。

她还真是眼界高了，明明她也不算多有钱，可为什么面对这七位数的礼金，她不仅没有惊喜地叫出声，反而还在想：就这？就这？

不过很快地她就调整好了心态，这可是三百六十万啊！

之前不是就知道吗，书中的姜津津跟周明泮的婚礼办得很简单，这就代表来的宾客也不多，在婚礼极其简单的情况下都能收三百多万的礼金，可想而知周明泮的朋友们出手还是很阔绰的，而且她之前也听说过，有的人不习惯送份子钱，会送上价值不菲的礼物。

姜津津的激动和兴奋是慢半拍的。

此时此刻，缓过劲儿的她双眼放光，三百六十万都是她的了！

加上之前学校兼职赚的，现在她也是存款四百万的小富婆了。

姜津津晕乎乎地走出银行网点，为了让自己清醒一点儿，她还特意跑到附近的便利店买了一杯冰美式，又苦又冰的滋味慢慢将她拉回了现实。

虽然她有了这么多钱，可仔细想想，这个钱不是靠自己工作挣的，周明泮随时都可以收回去。

这难道就是身为豪门太太的心酸？看似坐拥金山银山，想怎么挥霍就怎么挥霍，可下一秒也有可能被打回原形。好像她的未来怎么样，全都取决于周明泮的心情了。他心情好了，给她一张卡让她随便刷，他要是心情不好了呢？

她还是踏踏实实地靠自己努力赚钱吧，这才是正经事。

以前她就听一个同事聊过，说她有个表姐嫁给了有钱人，明明每天打打牌就能过得比神仙都潇洒，可这个表姐呢，偏偏要折腾，又是开店又是投资，事事亲力亲为，把自己折腾得够呛。现在想想，她还是很能理解这位表姐的心理，就好比住在鱼塘边上，鱼塘里有好多好多鱼，想吃的话还有人为自己钓，每天都不愁。可是她自己可是连钓鱼的技能都没有，哪天这人不为自己钓了，自己岂不是要活活饿死？

所以，生命不息，奋斗不止。

她也要向这位表姐看齐，哪天周明洋不给她钓鱼了，她自己也能一甩鱼竿，钓起鱼来。

姜津津愉快地回到店里，跟仿瓷工聊天，她突然想到了一件很重要的事，那就是这个店不出意外，近段时间就能开起来，她是不是应该在网上发布招聘信息了？

打开手机，有关于星座运势的推送。

她随手点开一看，她跟书中的姜津津就连生日都是同一天。

双子座，今日幸运值一颗星。在财运方面可能会遇到不错的机会，但结果似乎不怎么理想。今日容易得到情人或配偶的帮忙，别忘了给对方一个拥抱哦！

姜津津自动忽略了后面的话。

结果不理想吗？

明明不对！果然星座预测这回事还是不太靠谱。

她觉得自己今天运气特别特别好，暂时不考虑豪门婚姻内里如何，光是想想自己手里有一笔存款和即将开业的小店，心情就很不错。

杨管家是彩民，十几年来每一期彩票都会买，但没怎么中过奖，手气特别差。

今天又是开奖的一天，他拿着彩票对了又对，毫无疑问，还是没中奖。

周明洋书房的保险柜里有好几张卡，算是他的备用卡。

这几张卡里，余额最少的那一张正好被杨管家选中给了姜津津。

忙碌是周明洋的常态。接下来的日子里，姜津津每天也是早出晚归的。真正每天都在家宅着的人，反而是处于叛逆期的周衍。自从那天晚上在酒吧喝酒被周明洋逮住教育后，周衍就以肉眼可见的速度老实起来，别的学生在假期要么沉迷补课学习，要么呼朋引伴到处玩耍好不快乐，只有他一天二十四小时里，除了一日三餐吃饭以外，都是宅在自己的房间里。

开店初期，事情特别多，有时候周明洋晚上下班回来了，姜津津还没回来。

晚上躺在床上时，她已经累成了一条咸鱼，谁都别想让她动一下。

不知不觉地，跟周明沣的同床共枕，姜津津的心理活动也从紧张不安转变到如今的安然入睡。

第四章

我们家老周

姜津津不知道的是，当她为了便利店进货签合同、取营业执照，忙得连卡里的三百六十万怎么花都没时间安排时，有一个人却为了她辗转反侧、难以入眠。

这个人就是云馨。

距离在酒吧被逮住这事已经过去了一个多星期，云馨每天晚上都睡不好，还好已经放了暑假，第二天不需要上课，否则以她如今日夜颠倒的作息，一准扛不过来。云馨还很年轻，今年也不过十六岁，她的所思所想，也很受这个年龄的限制，姜津津已经将那天晚上的事情抛到脑后，她却每天都在复盘跟姜津津的对话，越想就越后悔。

她怎么就一时头脑发热跟周衍后妈说了那些话啊？

不过之所以会后悔，并不是因为她觉得冒犯到了周衍后妈，而是担心周衍后妈会因此记恨周衍，甚至将这件事说给周叔叔听，那周衍的情况岂不是会更糟糕更可怜？

纠结难受了一个星期后，云馨觉得自己不能坐以待毙。

至少这件事情得让周衍知道，让他提防后妈可能会有后手。

但问题又来了，她如果将那天晚上的事情以及说的话，都让周衍知道，周衍会不会生气，会不会责备她多管闲事？

一大清早，趁着父母都不在家，云馨约了严正飞来家里吃饭。

严正飞打扮得格外帅气，还特意往头发上抹了发蜡，一见到云馨，脸上就是止不住的笑意：“怎么回事啊，突然让我来你家吃饭，你没叫衍哥吗？”

云馨眼眸低垂：“没叫他。”

严正飞咧开嘴笑了：“怪不习惯的。”

“正飞，你还记得那天晚上，周衍后妈送我回来吗？”云馨见四下无人，这才咬咬牙说道，“这一个星期了，我天天晚上睡不着。”

严正飞也注意到了云馨的气色不是很好，收敛了脸上的笑容：“怎么，那天晚上发生了什么事吗？”

他心里疑惑，那天晚上发生了什么他不知道的事吗？

难道周衍后妈，还能欺负云馨？

云馨眼眶微红，实在是又着急又委屈。她不明白，她不过就是那么一说，周衍后妈如果不想答应就算了，又何必说那种话吓她，暗示她车里有录音设备，她说的那些话可能都会被周叔叔听到？

人的记忆都是自私的，会不自觉地美化自己，有意无意地丑化他人。

云馨下意识地，以一种对自己有利的方式将那天的事情讲述出来：“周衍的后妈很生气，发了不小的脾气，我知道我说错话了，可就只是一句话，真的只是一句，我吓得不行，给她不停地道歉，可她跟我说周叔叔可能会知道。正飞，我真的没想到我的无心一句，她会这样计较。”

严正飞紧皱着眉头，显然也觉得这件事很棘手。

云馨等待着他的回答。

“正飞？”

严正飞看了她一眼，语气不赞同地说：“云馨，这件事我觉得你是真的做错了。你怎么能跟她说那话？”

云馨错愕不已。

“虽然衍哥是我们很好的朋友，他如果需要我帮忙，我一定为他两肋插刀、义不容辞。”严正飞也不知道该怎么说，但他心里是不认同云馨的做法的，“我也不想周衍的后妈怀小宝宝，可我们的想法是我们的，怎么能跟她说？！你难道不觉得，你跑到她面前跟她说这种事，非常唐突吗？”

云馨这会儿眼泪夺眶而出：“可是我已经说了啊，我那天真是喝多了。”

严正飞想了想，又说：“周叔叔有那么多车，就算车上有录音设备，周叔叔也不会闲到每天都去检查。这件事你就翻篇吧，也别跟其他人提了。”

云馨却有些不相信：“周衍后妈那天那么生气，她难道不会说给周叔叔听吗？”

“应该……不会吧。”严正飞说。

“你也不敢肯定，”云馨垂头丧气地说，“好了，你也没办法，我想通了，等下我就去跟她道歉，跟周叔叔道歉。”

说完后，她又泪眼婆娑地说：“我爸妈知道了肯定会特别生气。我好后悔啊。”

严正飞见不得她掉眼泪，也没想太多，就说道：“你别去道歉了，这事我来处理，你放心睡你的觉！”

姜津津今天下午很忙，便利店这两天要开张了。她想着总要通知顾客们一声，从前两天开始她就投入到准备工作中，一边让周家的西点师烤一些小饼干，一边去买了精致贺卡，她想要给这别墅区的每一家住户都送一份小礼物。她的要求也不高，只要让他们知道，这店马上要开张了就行。

虽然在群里宣布一声也行，但她觉得亲自去送一份小礼物，这样会显得更真诚。

无论是什么人，都喜欢真诚的人不是吗？

下午时分，姜津津霸占了客厅的一角，拿着钢笔在贺卡上认真地写着。可她显然高估了自己，现在科技发达，她又已经大学毕业，平日里跟人交流都是靠键盘打字，真正拿起笔写字的时候少之又少，加上疏于练习，这写了不过二三十张贺卡，手腕就开始酸了。

四处打量一眼，她将“请人代笔”这个念头掐灭。

这会儿管家还有几个阿姨都有自己的工作，她实在不好意思打搅。

也怪她将事情想得太容易了，明明可以手写一张，然后别的用打印机打出来！

她太想把这家店开起来，并且希望小店生意兴隆了。

正当她一边给自己鼓劲儿，一边继续埋头写字时，别墅的大门开了，发出窸窸窣窣的声音，她抬起头来，只见从外面走进来一个人，而这个人她恰好不陌生，是周衍的死党严正飞。

她正好也想休息一下，便站起身来准备去厨房倒水喝，也就顺便跟严正飞打了个招呼：“周衍这会儿不在家，好像出去有点儿事，你找他就等一下吧。”

“嗯嗯。”严正飞胡乱点头，目光不知道往哪搁，“我来之前跟他打了电话，他估计马上就回。”

姜津津懒懒地点了个头。

去厨房倒了杯水，没想到出来的时候，严正飞还跟个柱子一样在客厅里站着。

姜津津纳闷，却也没心思跟他聊天，继续坐下来写贺卡。

严正飞胆子还是很大的，凑了过来，很自来熟地问：“阿姨，您这是在写贺卡？”

“嗯。”姜津津眼皮都没抬一下。

严正飞壮着胆子将她写的贺卡内容看了个仔细后，诧异地说：“阿姨，您要在这里开店，还是便利店？”

“是啊。”

“所以您现在是给这里的住户写贺卡？”严正飞难掩震惊。

他着实没想到周衍的后妈会开店，开的还是一家便利店……

这有必要吗？

周叔叔又不是没钱，何必这样麻烦，真想做点儿什么事，完全可以让周叔叔给她一家公司开着玩儿啊。

姜津津都懒得回答了。

严正飞见她时不时就活动一下手腕，想起云馨的事便脱口而出：“阿姨，要不我也帮您写贺卡吧？”

他想过了，云馨说的那些话周叔叔会不会知道，关键还是在于衍哥的后妈。

后妈不说，周叔叔就不会知道。

但后妈会说吗？

可能性不大，然而也不是没有。

反正死马当成活马医吧，他先讨好一下后妈，后妈如果心情好了，说不定就不会跟云馨和衍哥一般计较了。

姜津津缓缓抬起头来，一脸疑惑地看着严正飞。在她的印象里，书里可没说严正飞是什么乐于助人的好宝宝。

严正飞趁热打铁地说道：“您这店开起来了，我肯定捧场，我还让我朋友们都过来给您捧场！”

这话姜津津爱听。

“你真的要帮我写？”姜津津问。

严正飞迫不及待地诚恳点头：“真的，我这手早就痒了，一天不写个几千字它就难受！”

姜津津：“……”

好吧，既然小伙子这样诚心诚意，那她也不好拒绝他。

虽然不知道对方葫芦里卖的什么药，但她现在真的不想错过一个解放双手的机会。

于是周衍从外面赶回来时，看到的就是这诡异的一幕。

他好朋友严正飞坐在他后妈旁边，正在埋头不知道写些什么。

他后妈还在一旁说："这边建议写正楷呢。"

"笑脸如果能画圆一点儿会更可爱憨厚呢。"

然后严正飞端正坐姿，平常仿佛椅子上有钉子、认真写字超不过三秒的他，乖乖地应了一声："好，我知道了。"

周衍："……"

发生了什么事？

周衍的归来，让原本还算散漫也和谐的气氛，一下子变得微妙了不少。

严正飞觉得周衍回来得太早了，因为他还什么话都没来得及跟周衍的后妈说呢。

周衍走了过来，瞥了一眼堆积在桌子上的贺卡，语调低沉地问："你是来找我的，还是来写这些的？"

严正飞："……"

他也很无奈啊。

可谁叫他已经答应了云馨会解决这事呢。

严正飞也不知道该怎么回答这个问题，周衍却面无表情地往楼上房间走去。原本姜津津以为这个义工也要溜了时，严正飞居然留下来继续给她写贺卡，这令她有一种不是很好的预感。

怎么回事？

她一边往贺卡上盖上自己前几天斥巨资买的可爱印章，一边假装不经意地问道："严正飞，你不是来找周衍吗？怎么还不上去？"

严正飞搓搓手，他剃了寸头，笑起来的样子像极了姜津津笔下那个笑脸小人："做事情要有始有终，我写完了再上去。"

姜津津：这……就很奇怪了。

小说中周衍、云馨以及严正飞自小便是朋友，关系一直很好，大学时期周衍察觉出喜欢上女主角后，云馨在嫉妒之下使了很多小手段，每次她要翻车时，都是严正飞在为她兜底。然而女配之所以为女配，注定是得不到男主角的，云馨被周衍厌恶后幡然醒悟，这才将目光放在了一直陪在她身边的严正飞身上。

原本在正文结束时，姜津津也以为严正飞终于迎来春天，追到了他的女神。

可在番外里，云馨远走他乡去了国外，严正飞并没有跟她一起离开。

当然了，严正飞跟云馨如何，姜津津是半点儿都不关心的，只是从小说中的零星信息可以推断出，至少这个时候，严正飞是非常关心云馨的。

严正飞今天的怪异行为会不会也跟云馨有关？姜津津在“大脑回收站”里翻找相关信息，终于翻到了一个多星期前那天晚上发生的事。

难道是云馨那晚被她吓到了，想让严正飞来试探一下她会不会跟周明沣告状？

姜津津想到这儿，不自觉地笑了。

严正飞听到旁边的女人轻笑出声，心下凛然，就像是有鬼在催着他一样，他以最快的速度将剩下的贺卡全部写完，匆忙说了一句：“阿姨，我去找衍哥了。”便脚底抹油，飞快上楼，不见了踪影。

姜津津：“……”

严正飞跟周衍是认识多年的死党，进他的房间也不用敲门。他打开门，仿佛后面有猛兽追杀，火速关上门后，背靠着门喘着气。

正在打游戏的周衍百无聊赖地扯下耳机，扫了他一眼：“你有病呀？”

严正飞松了一口气，大大咧咧地坐在周衍的床上：“你不懂。”

周衍看向他：“说吧。”

此刻的他颇有一副“坦白从宽，抗拒从严”的气场。

严正飞在来的路上就认真仔细地考虑过了，将实情说给周衍听，那肯定不行。就算他有心要把事往身上揽，说“一年内不要怀孕”这话是他说的，周衍也绝对不会相信。两人是多年的好友，都互相了解。到时候周衍肯定会马上猜到，这话是云馨说的……

“去酒吧那天，周叔叔不是让你后妈送我跟云馨回去嘛。”严正飞半真半假地说，“我当时喝多了，心情有些不好，对你后妈不是很礼貌，这几天想起来了，总觉得不是个事儿，替她写贺卡就当是给她道歉了。”

他一抹脑袋，有些懊丧地说：“看来我酒品不好，一喝多就不是我了。”

周衍“嗯”了一声：“那你给她写完了？”

严正飞点头：“写完了。”

周衍想起早上起来吃早餐时，听到她跟管家的对话，戴回耳机，语气轻飘飘地说：“她等下还要给别人送礼物，你不去？”

严正飞一个激灵：不是吧，还要使唤他呢？

“不去？”周衍盯着电脑屏幕上的游戏人物厮杀，“我怎么觉得你不是来道歉的。”

后面这一句，声音低得像是自言自语，但还是被严正飞听到了。

严正飞：大意了，差点儿忘记衍哥不是那种好说话的主。

“去啊，怎么不去！”严正飞睁着眼睛说瞎话，“我就是上来跟你打个招呼，我马上下去。”

说完他表情凝重如壮士断腕一般，走出了房间。

房门关上，原本双手还在键盘上敲击的周衍，动作一顿，瞥了一眼被关上的房门，一脸若有所思，对她不礼貌的人究竟是谁？

严正飞下楼时，姜津津正在让王嫂将准备好的小饼干打包好，跟卡片一起放在礼品袋里，严正飞慢慢挪到她身旁，有些不好意思地说：“阿姨，衍哥说您还要送这些小礼物，反正我也没事干，我帮您一起送吧？”

姜津津坦然地点头：“好啊，那麻烦你了。”

有现成的义工，不用白不用，反正也猜到了严正飞如此奇怪的原因。

所有的东西都被严正飞提着，姜津津轻松自在地走在前头，挨家挨户地敲门送小礼物。这里的住户基本素质都是过关的，在知道了姜津津的店要开张时，大家都纷纷热切表示：“早就盼着这店开张呢，这样大家伙买个什么东西也就方便了，保姆也就不用为买一瓶生抽还得跑老远的地方！”

“之前都是在群里问候各位，我今天来也不是只为了这家店。”姜津津莞尔一笑，“主要还是来这里这么久了，也没好好拜访一下邻居，总觉得像是有什么大事没做一样。”

她顿了顿，又道：“不怕你们笑话，开这个店确实是我一时兴起，还是那天我突然想吃个什么东西了，跟家里用人一说，结果还要让司机开到几公里以外的超市去买。我就觉得，这不是太不方便了嘛。反正我闲着也是闲着，正好有这个空。我们家老周呢，也没反对，他当我是过家家玩儿呢。可我是认真的，非得把这个店开好了给他瞧瞧不可。”

“我、们、家、老、周！”

严正飞一副被雷劈了的表情。

等到把所有的礼物都送完后，太阳也下山了，走在别墅区的路上，严正飞已经自我治愈了。他是自来熟的性子，恰好姜津津也是。经过这一个下午，两个人也混熟了。当然，这是严正飞单方面认为的，在姜津津心里，严正飞就是一个跟她有代沟的高中生，熟是不可能真熟的。

“阿姨，您放心，这店开张时，我找一批人来给您捧场。”严正飞将胸脯拍得砰砰作响，“一定让您店里这第一天忙得连招呼都招呼不过来！”

姜津津笑：“那我当真了，要是那天你带来的人少于五十个……”

后面的话她不说了，姑且可以当成是威胁的话语。

严正飞：“没问题！”

“阿姨，您今年多大啊？”

“问年龄？”姜津津说，“小朋友你勇气可嘉，你觉得我多大呢？”

严正飞摸了摸下巴：“有二十五吗？”

姜津津眉眼弯弯：“答对了。”

她恬不知耻地就当自己是二十五岁啦。

严正飞心直口快地说：“您不是二十七吗？”

姜津津：“……”难怪严正飞作为一个不缺长相、不缺家世、不缺身高的富二代，在书中是一个苦追女配、爱而不得备胎男。

她一秒变脸：“知道你还问？”

严正飞自觉说错话了，呆呆愣愣地不知道该怎么接话。

姜津津对他们来说，是身份很尴尬的长辈，说她是长辈，她太过年轻，只年长他们十来岁；说她是同龄人，可她又的的确确是周叔叔的妻子，跟他们隔着辈分。

跟她完全不顾忌地开玩笑，说实话严正飞不敢。

姜津津觉得戏弄严正飞到这个份上已经够了。

她倒不是怜爱这位男三或者男四，只是觉得，可能在大人看来是一件转瞬即忘的小事，对未成年人来说却是足够令他们寝食难安的大事。这件事如果严正飞不掺和进来的话，姜津津肯定懒得理会，谁管云馨会不会辗转反侧、彻夜难眠。可现在严正飞明显是知道了，她再不表态的话，谁知道事情在这几个爱瞎想的未成年人的推动下会发展成什么样子。

思及此，姜津津说道：“你是为了云馨来的吧？”

严正飞一脸难以置信，没想到她居然都知道？！

一时之间，他支支吾吾的，为难极了，不知道该怎么回答这个问题。

姜津津说道：“这件事我不会说给周衍爸爸听。”

严正飞刚松了一口气，却听到她说“可是……”，不由得一口气又提了上来。

“可是他会不会知情，我就不敢保证了。”姜津津面容严肃了几分，“你也转告云馨，周家的事她想管，可以，但最起码也要等到她成为周衍的妻子。上次是最后一次了，这种事我希望不要再发生。”

严正飞觉得头好疼。他为什么要管这件事，可他又不得不管。

“阿姨，您放心，云馨她不会了，上次是她喝多了，她没有恶意的。”

“没有恶意吗？”姜津津笑，“如果没有恶意的话，那她应该不用担心周衍爸爸知道吧？”

严正飞哑口无言。

他只能沉默地跟在姜津津身旁。

两人没有察觉到，在他们身后不远处有一辆车正在缓缓行驶着。

后座的周明沣正在闭目养神，突然听到司机小声地说：“先生，是太太。”

他睁开了眼睛，看向前方。

夕阳西下，橘色的光芒将大地渲染得如诗如画，同时也拉长了一对男女的身影，年轻的男生身姿挺拔，浑身洋溢着活力与青春的气息，年轻的女人身材娇小，侧过头跟男生说话时，侧脸极美，怎么看，这都是一幅令人赏心悦目的画面。

听了姜津津的话，即便严正飞再想为云馨狡辩，也找不出合适的话语来，只能沉默。

姜津津侧过头时，余光瞥到后方似乎有车过来，转过头一看，还未来得及避让，便认出这是周明沣的座驾之一，惊喜地“咦”了一声。

果然车停了下来，她没顾得上在一旁的严正飞，三步并作两步来到车旁，车窗已经开了，周明沣坐在后座，见她这热情洋溢的模样，面露微笑道：“做什么？”

“我那店不是要开了嘛，给邻居们送点儿小礼物。”姜津津弯着腰，她今天几乎一整天都在家里，自然也不会打扮得很郑重，她穿着比较宽松的T恤，搭配着今年流行的运动短裤，脚上是一双运动鞋，一头长发也随意扎成了丸子头。她本身底子就好，如此休闲打扮之下，跟严正飞站在一块儿，也像是大不了几岁的模样。

“嗯。”周明沣的目光不经意地扫过严正飞。

明明只是这轻描淡写的一瞥，严正飞几乎吓得魂飞魄散。

要是搁在之前，严正飞虽然怕周明沣，但碰到了也会好好地打个招呼，今天大概是做贼心虚，前一秒还因为姜津津的话而哑口无言，这一秒看到周明沣，他顿时明白了云馨为什么担惊受怕甚至辗转反侧了一个多星期。

他们都明白，就算姜津津是周衍的后妈又怎么样，就算后妈这个名称还衍生了很多令人不寒而栗的故事又怎么样。姜津津怎么说也是周衍的长辈，他们这些晚辈，只是周衍的朋友，又凭什么管到周衍爸爸跟后妈的事？如果周叔叔知道了，会怎么想？

这会儿严正飞是真的怕了。

就连他，前段时间劝周衍给周叔叔打电话时，想到的层面也是家产争夺……这些，难道周叔叔想不到吗？

如果周叔叔误会这也是周衍的想法，那他们才是害了周衍！

即便严正飞掩饰得再好，他毕竟只是一个十六七岁的学生，周明沣一个眼神飘过来就能将他看穿，自然也看到了他脸上的慌张神色。

顶着周明沣的视线压力，严正飞干巴巴地笑着打了个招呼：“周叔叔好。”

姜津津不明白，就算周明沣很有当那种“前一秒温文尔雅，下一秒杀人于无形”的斯文败类的潜质，严正飞也没必要怕他怕成这样。不过，这时候就体现出她的心理素质过硬了。瞧瞧，她都成了周明沣的妻子，还不是酣睡到天亮，一点儿事都没有。

周明沣颔首，又对姜津津说：“上车吗？”

这个别墅区很大，逛一天也不见得能全部逛完，但此时他们站的地方离家也不过是步行几分钟的距离。

姜津津今天心情不错，自然也不会拒绝周明沣的邀约，欣然点头，绕到另一边拉开车门上了车。

虽然还未进入伏天，别墅区依山傍水，又连接着森林风景区，气温比市区要低好几度，可走在外面还是感觉到热，一坐上车，姜津津便感觉到身体的每一个毛孔都张开，令她忍不住在心里感慨一句：这条命是冷气续的。

周明沣看向严正飞，语气淡淡地说：“是来找阿衍的吧，正好一起吃个饭。”

严正飞摇头如拨浪鼓，他及时地察觉到自己的反应太激烈了，又赶忙磕磕绊绊地解释道：“不、不用了，我哥来这边接我，今天家里有家庭聚会。谢谢周叔叔。”

周明沣也不勉强：“好，正恺什么时候来，或者我让司机送你过去？”

“不用了。”严正飞现在恨不得立马逃离现场，“我哥刚给我打电话说已经快到门口了。谢谢周叔叔。”

周明沣终于放过了他："那好吧，注意安全。"

严正飞如蒙大赦，立马溜之，很快就不见了踪影。

司机继续缓缓往临湖别墅驶去，姜津津这才好奇地问道："今天这么早下班？"

确实好奇，周明沣每天比她还忙，早上她醒来时，他已经出门了，晚上她睡觉时，他还没回到家。有时候她也会自省，如果她像他这么热衷于工作，这么拼，富婆的队伍里是不是早就有她一员了？

一向不到晚上十点以后看不到的人，今天居然这么早就回来了。

总觉得是发生了什么事。

周明沣"嗯"了一声："提前回来了。正好可以陪你们吃顿晚饭。"

现在姜津津越来越不怕周明沣了，甚至很多时候，她都会萌生出这样一个念头来：就这样一直下去也很不错。

首先，他也不小了，明年就迈入四十大关了，这样一个成熟睿智又经历大风大浪的男人，他很清楚什么对他最重要，必然也会将所有心思都放在事业上。

其次，这段时间相处下来，他足够温和，不过三十九岁的男人还玩儿霸道总裁那一套也的确令人反感。在沟通交流方面，她也不担心时常会"被油溅到"。

最后，他有自己的儿子，对她这个妻子肯定是没有生育方面的要求。

二十六七岁的她也到了长辈口中结婚生子的年龄了。她亲眼见过一个很酷很飒的学姐，在怀孕生子以后，朋友圈的内容从励志的"正能量"变成了孩子的"屎尿屁"，就连学姐都自嘲，说再也找不回当初的自我了。

她又怎么敢肯定，自己生了孩子之后，不会变成那种一门心思只有孩子的妈妈。

一想到自己的未来，甚至是精神世界，都要被另一个人闯入甚至主导，她就头皮发麻，尽管那个人是她的孩子，她目前这阶段也无法接受。

综合以上几点来看，和周明沣搭伙过日子也不是不能接受。

"那我让厨房多做几个你喜欢的菜！"

说是这样说，但姜津津还真不太清楚周明沣的喜好。

周明沣失笑，窗外的夕阳折射进来，正好照在他脸上。

周明沣很少在家里吃饭。有时候一个月都难得在家吃一回，管家见他回来，赶忙让厨房又添了一些菜，晚饭时分，姜津津来到饭厅瞥了一眼饭桌也震惊了。

今天的菜未免太多了，基本上都是别人家年夜饭的规格了。

饭厅里，管家跟阿姨忙完后，就很自觉地将空间留给了这奇怪的一家三口。

长方形的实木饭桌，三个人各占据一边。

如果这里只有周明沣，那姜津津看在心情不错的分上，说不定还会寻找话题来炒热气氛，可这会儿，同时面对父子俩，她就只想闭上嘴好好吃饭了。她这个外人都看得出来，这对父子有很多问题，可能处于所有亲子家庭都会经历的一个矛盾期——父母不了解孩子，孩子不理解父母，那就只能对着干了。

这是一场可能短暂至几个月、可能漫长到几年的战争，最后总会分出胜负来。

不过再怎么样，也跟她没多大关系，她也没闲到要掺和进去，并且她有自知之明，即便她使出浑身解数想要当一个好后妈，也得看人家孩子买不买账。

这种事劳心劳力又不讨好，就算一时之间看着跟亲母子似的，但到了重要关头，就会体现出她还是个外人……她真的不想去挑战。

姜津津一门心思扑在她最爱的排骨上不亦乐乎时，只听到周明沣慢条斯理地问道："你跟刘助理打电话说想找工作？"

"是。"

姜津津错愕不已，抬起头来，确定自己没听错，回答的人真是周衍。

怎么回事，他要找工作？他不是未成年吗，不是还在上学吗？

这唱的是哪一出啊？

周明沣这个亲爹都没她惊讶，他很淡定地问："公司的搬运工，你也愿意？"

周衍点头："愿意。"

姜津津看看周明沣，又看看周衍。

搬运工？

"刘助理应该跟你说了，味美公司是我名下一个食品分公司，地址偏僻，规模也小，即使是负责经理也没见过我。"周明沣顿了顿，"他更不可能认识你，你去了，就只是搬运工，没有人会照拂你。"

周衍果然不是退堂鼓表演者，就算听了这话，他也没有退却的意思，反而像是被激起了斗志一样，说道："我不需要别人照拂我，我也不需要别人认识我。"

总而言之，这搬运工，他当定了！

周明沣听了这话，竟然也不生气，反而还饶有兴致地品尝了一下芦笋。

在周衍都快忍不住问"你就说行不行"时，他终于勉为其难地开了尊口，语气沉静地说："搬运工很辛苦，做的是体力活。工资也没有你想象的那样高，可能还没有你跟朋友出去吃一顿饭的饭钱多。"

"那又怎样？！"周衍最听不得这种话，"您就觉得我一定吃不起这苦？"

周衍这段时间都在找工作，可他是未成年人，别的老板不敢轻易用他，他也险些上了一回当。

想来想去，他就想到了刘助理。

"你的目的是什么？"周明沣看向他，"缺钱？"

"我想好了，十八岁之前你抚养我是义务，十八岁以后我不花你一分钱。"周衍抿了抿唇，认真地说，"我现在开始工作，大学学费还有生活费我自己解决。"

"有什么意义呢？"周明沣问，"是打算十八岁以后跟我断了父子关系？"

姜津津诧异了，这是她能听到的内容吗？

这对父子是把她当成空气了吗？

这种话难道不该留到只有他们两个人的时候说吗？

"不是。"周衍道，"我只是想自食其力，以后都靠自己。"

十六七岁的男生，几乎没受过什么挫折，猛一察觉到，自己身上的光环跟自信都是父母给的，甚至于他连当一个好的父亲，可能都是要建立在他父亲创造的条件之上。这让他怎么接受得了？

所以，他能想到的最好的解决办法便是，成年后自食其力，再也不靠父母。

周衍见周明沣没什么反应，又补充了一句："家里的东西我一分不要。"

姜津津："……"

这哪里来的傻孩子啊？

居然不要家里的钱？！到底是没经过社会的毒打。这小子究竟知不知道他爸爸有多少钱啊？！

她一个外人，都在为他的大放厥词而感到心疼了。

周明沣淡定地点头："好。"

姜津津："……"

你们周家讨论财产分配这种大事都这么随便的吗？

虽然震惊于周衍的异想天开，但姜津津也没把这段对话太放在心上。毕竟父母跟子女的关系太过复杂，今天周衍放下大话说成年后不用家里一分钱，几年后他知道钱有多难赚，分分钟装失忆，当没说过这话，身为老父亲的周明沣难道还会去提醒他吗？而且，周明沣看起来更像是到最后把他的钱、他的家业都留给周衍的。

不留给周衍，难道留给她？她就算多喝了几杯，也不敢做这种白日梦。

周衍明显被噎住了，似乎没想到自己的豪言壮语，换来的只有一声平淡得不能再平淡的“好”！

姜津津看得出来，周衍又一次郁闷了，连碗里的饭都没吃完，就一言不发地离开了饭厅。

周明沣可能也没有他表现出来的那样镇定。如果真的不在乎，又何必提前这么早下班，又何必吃完饭后跟老干部似的在房间里看手机呢？

她假装不经意地坐在了他旁边的沙发上与他闲聊：“真的让周衍去当搬运工吗？最近天气好热的。”

周明沣看起来有些疲倦，取下眼镜，轻轻擦拭镜片：“他愿意去就去吧。”

说完抬起头来，与姜津津来了个四目相对。

姜津津并不常见他取下眼镜的模样，尤其还是靠得这样近。

他是典型的桃花眼，鼻梁高挺，如果是年轻时，帅气流于表面，反而会缺失一种韵味，现在这一双眼睛，无论是笑，还是不笑，还是似笑非笑，都给人一种“这是个有故事的男人”的感觉。

不是所有的男人都会成熟的，甚至于有些四五十岁的男人，在心智以及自控力方面，连一个十七八岁的男生都比不了。

男人的成熟，不只是外貌，而是心智，以及阅历。

那些珍贵的经历将眼前这个男人打磨成了如今温和儒雅的模样。

这会儿他取下眼镜，姜津津盯着他，竟然有一种不自觉地沉溺在他眼神中的错觉。

但凡她的定力差一点儿，但凡她的感情经历没那么丰富，都极有可能会被这个男人吸引。

不过在此之前，姜津津曾经遇到过一个类似周明沣的男人。

他们差点儿就在一起了，那个男人是一位医生。她认识他时，他已经三十五岁。他们的相识也很有戏剧性，那时候她在国外旅游，一时粗心认错了房间号，刷卡刷了半天都进不去，正在她烦躁时，门开了，当时他正在接患者的电话。在她意识到是自己弄错了房间后，赶忙跟他道了歉，然后回到了自己的房间。

说来也巧，那天晚上她水土不服生病了。跟前台也无法很顺畅地沟通，思来想去，竟然想到了隔壁住着一个医生，也不知道她是哪里来的胆量与勇气，大晚上半死不活地敲了隔壁的房门。

或许是因为对方是中国人，或许是因为知道对方是医生。

那天之后他们就认识了，他也是来休假旅游的，两人都没伴，便偶尔约定一起去景点，或者去餐厅。

他们一同看过最美的夕阳，品尝过当地美食。

她能感觉到他对她有好感，正好她那时也没男朋友，两个人便开始了一段感情拉锯战。只是随着认识的时间越长，对彼此也越发了解后，她反而没了刚开始的悸动。一个三十五岁的男人，很多事情都已经经历过了，似乎在对方眼里心里，她只是一个比较有意思的小姑娘，他是喜欢她的，也是心动的，可不知道为什么，他总给她一种游离在外的感觉。

仿佛，他随时可以抽身而去，或许从一开始他就做好了这种准备。

他想掌握控制权，什么时候谈、什么时候到下一步、谈不谈结婚、什么时候分手……一切都由他说了算。

这让姜津津怎么忍受得了?

她要掌握自己的人生，也要掌握在感情中的主动权。因此两人产生了分歧，尽管他们从来不曾争吵过，但还是逐渐疏远，因为他们都意识到，他们妥协不了彼此。

也许这就是原生家庭给她带来的影响。她实在厌恶死了被人当成皮球一般踢来踢去的感觉，别人要她或者不要她，选择权竟然不在她。这种滋味，她愿称之为世界上最难受的滋味。即便知道真挚的感情、正能量的感情不是这样的，但她也没有打算改掉。

她就要占据主导地位，是分是合，是一个月还是一年或者一辈子，都要由她说了算。

很显然，周明沣的沉稳以及不可捉摸，远胜于她当初遇到的那位医生。

所以，虽然她觉得跟周明沣就这样过下去也很不错，但是内心深处仍然有一道声音在提醒着她：周太太这个位置，你坐不了多长时间。

不是周明沣乐意或者不乐意，而是她本身就不习惯也不喜欢这种主导权不在她手里的婚姻。

所以，她要独立，等她羽翼丰满，等她站稳脚跟，她想，或许最后她会提出离婚，重新开始真正属于她的人生。

此时，房间里的气氛是暧昧的。

两人都靠得很近，姜津津差一点儿就沉溺在周明沣那包容又温柔的眼神中，周明沣又何尝看不到她?

最近的她，朝气蓬勃，存在感十足。

眼睛灵动，活泼到令他忍不住去猜测，她到底在想什么。

两人之间的火花几乎快要着起来了，正在这时，姜津津突然坐直了身体，原本靠近的距离一下被拉开，她眼里漾着笑意："我那个店后天就开业，别忘记给我送花篮撑场面呀。"

周明沣一顿，继续慢条斯理地擦拭镜片，重新戴上眼镜后，脸上是一如既往的温和笑容："要多少？"

姜津津想了想："虽然我暂时还没打算开花店，不过这种开业花篮还是多多益善。"

"好。"周明沣的脾气实在是不错，"我会跟刘助理说的。"

姜津津也在想,明明周明沣表现出来的无可挑剔,但为什么那么多人都怕他?

其实她刚见到他时，也有一点点害怕他的眼神压力。

明明就只是淡淡的一瞥，却无端地会让人头皮发麻、紧张不已，难道这就是上位者的气场吗?

大概是这段时间每天睡在一起，只是纯盖棉被聊天，他似乎对她也没有任何想法,逐渐地,她就觉得他真没那么可怕,不过就是一个三十九岁的中年男人而已。而且他太忙了，她甚至有一种自信，就算她的人设崩了个彻底，他应该也没时间、更没有心思去发现她的不对。

"谢谢哈。"姜津津美滋滋地回。

开业花篮，肯定是必不可少的。

关键是她都不认识几个人，所以这会儿能拉一个凑人气是一个。

周明沣又问："怎么想着开店了？"

他语气寻常，像是跟她讨论天气一般。

姜津津眨眨眼:"远亲不如近邻,这边都没有便利店,大家买东西多不方便啊,而且我也没什么事干。"

这个理由她说了好几次了。

她第一次给他打电话时就提过，怎么又问呢?

周明沣只是静静地看着她。

姜津津又一次感受到了他的眼神压力。难道这番大家都信了的说辞，他没相信？

想想也是，在外人眼中，一个豪门阔太究竟脑子进了多少水，才会想到开一间小小的便利店啊。

思及此，她只好选择说八分真话了："好吧，我想提升自己，做点儿生意，但暂时还没看到更好的商机。正好这附近又没有店铺，所以……"

周明沣似乎惊讶于姜津津的坦诚，但更惊讶的是，她居然为的是这个……

他顿时了然。

"挺好的。"他这样说。

姜津津："……"

姜是老的辣，她说想赚钱，他身为老公，难道不该问一下"是不是缺钱"了，或者干脆省过这个环节，给她一张黑卡让她随心所欲地买吗？

她突然理解了今天饭桌上，周衍在大放厥词后，得到了只有一个"好"字时，那如同便秘了很长时间的表情。

因为，她现在也是这样的心情。

不过，这样也很好，至少她更加清楚地知道——这个老男人精明似鬼，在他手里赚钱是不可能的，这辈子都不可能。

姜津津也不失望，相反还很诚恳地问道："要不要给我传授一些经验啊，周老板？"

周明沣是谁。

是十八岁就一边读书一边创业，白手起家的商界奇才。

他不像周衍，有来自父母的光环，现在他的财富都是他自己赚来的，像这种级别的大佬，说真的，她不想当他的老婆，倒是比较想当他的徒弟……

周明沣看了她一眼："你看起来不像是没有经验的。"

姜津津："？"

严正飞回到自己的房间后，想起姜津津说的店要开张的事，自然也没忘记他夸下海口说至少找五十个人去捧场。

他认识的人多，很快就在微信通讯录上找到了一个叫王博的人，发去消息："博哥，后天帮我找五十个人去一家新开的店捧场，来回路费报销，工资每人三百，另外我还出每人两百的购物经费给他们买东西，东西他们自己拿着，但一定得买满两百。”

这次捧场，严正飞至少得花两三万。

不过严家家底厚实，严父是一家上市公司的高层领导，严母在一家影视公司有股份，夫妻俩在各自的领域都算得上是精英。不止如此，严正飞的哥哥严正恺现在正在创业阶段，跟朋友合伙开的游戏公司未来前景也很好。

在这样的家庭里，严正飞平时的零花钱自然不会少，更别提每年生日以及过年时收的红包了。

所以看似吊儿郎当的严正飞手上也有高达六位数的小金库。

这两三万块对严正飞来说真的不多，他想好了，这件事办得令姜津津满意了，那云馨自然也能睡一个好觉，这钱就花得值。

王博：“有钱人的世界，我不懂。”

严正飞：“行不行？”

他转手发了个 666 元的转账。

王博秒回：“行，老板。”

这边严正飞刚跟王博约好时间地点，周衍的电话就打进来了。

严正飞想都没想就接了起来：“衍哥？”

周衍也是窝在自己的房间里，不过游戏对他而言吸引力并不是那么大，百无聊赖的时候，便想起了今天严正飞那几乎讨好他后妈的反常举动。

虽然严正飞解释说，他是因为喝多了对她不太礼貌，所以想道个歉。

然而在周衍的印象中，严正飞根本不是那种人，退一万步说，他真的对她不礼貌了，应该第二天就会来道歉，又何必拖一个星期？所以，周衍判断，对她不礼貌的人不是严正飞。

那么，又是谁会让严正飞心甘情愿来善后呢？

答案呼之欲出，但他还是要确认一下。

周衍故意诈他，语气懒懒地说：“刚才云馨给我打了电话，我什么都知道了。”

严正飞愣住：“她给你打了电话？”

“嗯。”周衍回，“不停地道歉。”

严正飞没想到，云馨在拜托了他以后，居然自己扛不住，主动跟周衍坦白了。

这是有多不相信他会办好这件事啊？

就算心情微妙，以及有一点点的低迷，严正飞还是故作轻松地说：“其实云馨也是担心你，为了你好，她怕你后妈怀孕后，你跟你爸的关系会更糟糕。不过，那天如果不是喝了点儿酒，云馨也不敢那样跟你后妈说话。她这一个多星期已经很难受了，也没睡好，你就别跟她生气，咱们都认识这么多年了是吧……”

周衍目光微顿，脸上掠过费解的情绪。

严正飞已经说得这么明白了，他也大概能猜到云馨对他后妈说了什么。

“她怀不怀孕，怎么你们这些外人比我还要关心？”周衍心情本来就不好，这会儿知道朋友竟然打着为他好的旗号来管他家里的事，一时之间，没控制住自己说话的语气。

严正飞承认，自己被“外人”两个字刺激了，虽然他心里知道自己对周家而言是外人，可周衍说出来了，那又是另外一回事了。

“可只有我们这些外人关心你！”严正飞说，“她如果不是你后妈，她怀不怀孕跟我们有什么关系，我们也是担心你爸有了小的，就忘记你这个大的。云馨说话办事是没考虑周全，可咱们是一起长大的朋友，她确实是一心一意地关心你！”

周衍连连冷笑：“怎么，你们也觉得我未来怎么样，取决于我爸的态度？以后我好不好也靠他的施舍，还得跟一个小孩儿争才行？”

他就这么废物吗？！

“我们不是这个意思！”严正飞也急了。

“我爸是我爸，我是我，以后他的东西我一分都不会要！”

严正飞：“？？？”

他听到了什么？

他一定是耳朵出了问题吧！不然怎么听到这么一番失了智的话？

“不是，”严正飞这会儿也没心情跟他吵了，他问，“你知道你家里有多少钱吗？你知道周叔叔可能过几年就是首富了吗？？？”

周衍漠然地回：“不知道，不关心。”

如果不是关系好，如果不是怕周衍的拳头，严正飞真想回一句：大傻子！

严正飞是真的绝望了。

在成年人的眼中，他们这些未成年人肯定什么都不懂，肯定心思也很单纯，但很显然，那是他们太过自信造成的错觉。

他们知道，父母就是他们的人生起跑线。因为有父母辈创造出来的财力，所以，他们才能在高三即将来临之际，仍然恣意潇洒。

高考对他们而言，跟之前任何一次小考一样，因为他们的人生，父母早就已经安排好了。

听着周衍赌气的话，严正飞憋回了“大傻子”三个字，忘记了刚才还在因为“外人”一词而生气，他苦口婆心地劝道：“那以后你爸的钱都给你后妈，还有你那可能出生的弟弟或妹妹，你愿意啊？”

说好的豪门为了财产争得头破血流呢？

这场战役还没开始，他衍哥就拍拍屁股投降了，这算什么事儿啊！

周衍语气硬邦邦地说：“跟我没关系。”

他是真的打定主意，十八岁后不要他爸供他上学，不管是学费还是生活费，他都自己赚。

这也许是赌气。周衍心里也很明白，直到这一刻，他仍然希望爸爸会因为他说的话、做的事有所反应。可是，这个念头滋生后，他觉得自己的人生像是有了一个目标。

“……”严正飞憋着怒气说，“你后妈估计要笑掉大牙了。”

多好的运气啊，碰上这么一个傻子，自愿放弃巨额财产。

提起后妈，周衍终于想起了云馨做的那件事。

他不耐烦地捏了捏鼻梁，这次说话的语气没那么阴阳怪气了，只是疲倦地说：“以后别这样了，她对我没恶意，我对她也没恶意。虽然我们不熟，但不管怎么说，她是我爸的老婆。我爸的事，我不想管，也管不了，就像你也管不了你爸妈一样，而且我跟我爸……其实跟她没关系，你告诉云馨，别再有下一次了。如果她再这样，以后朋友也没的做。”

从头到尾，周衍对姜津津就没有恶意。

他对她是无感状态，就像他不会喜欢，但也不会讨厌班级里每天见面的同学一样。

他都参加他妈婚礼三次了，现在不过是参加他爸的婚礼一次，完全是小场面。

严正飞听出周衍话语里的认真严肃，不由自主地说：“放心吧，她不敢的，她对上你后妈，那‘战斗力’弱爆了。”

周衍“嗯”了一声，也没什么要跟严正飞聊的，便挂了电话。

挂了电话后，想起云馨居然去提醒姜津津不要怀孕这事，他又觉得很头疼。

这事，他现在知道了，就不能装作不知道。

毕竟，云馨是他的朋友，也确确实实冒犯了她，于情于理，他都不该置之不理。

这是一个难题。

另外一边的严正飞情况也没有好多少。第一，他还在郁闷云馨前脚拜托他，后脚又去找周衍坦白这事；第二，他在为哥们儿不争不抢的心态焦虑不已。

真是操碎了心，不是对方战斗力太强，而是我方太弱，还没开战，就主动投降走人。

难怪周衍的后妈现在天天容光焕发、眉飞色舞，好不快乐。任谁碰上这么一个傻里傻气的继子，都得高兴得睡不着啊。

一想到周衍的后妈未来坐拥周家的财产，他顿时也没心思给她新开的店铺捧场了。

两三万是不多，但也是钱啊，够他买多少游戏皮肤跟装备了？！

而且捧场这种行为也很傻，就好像乞丐非要把好不容易讨来的钱捐给首富一样。

真是令人笑掉大牙。

思及此，严正飞立马给王博发了消息：“那五十个人不用请了，另外666的转账还我一半。”

大不了后天，他一个人去捧场，买个七八千的东西！

那也不算食言了！

对未成年人来说大到足以失眠的事，对姜津津这个成年人来说，却是不如数天花板上吊灯的灯串，都懒得再回想起来。

姜津津早早地就躺在床上玩手机了，周明沣还有一点儿公事没有处理完，在书房加班。差不多十点钟时，他的手机响了起来，是刘助理打来的电话。

刘助理是一个很称职的员工。

在快睡觉前，猛然想起来工作上的事，也能立马起来洗一把冷水脸，一秒回到工作状态。

“周总，明天新鑫科技园有个会议，您去参加吗？”刘助理说，“刘总跟张主任也去参加。”

周明沣回：“去吧。”

这种企业跟有关部门合作的项目，自然是要分外上心的。

“好。”刘助理回，“我会跟那边说一声。”

以往周明沣跟刘助理的电话通话时长都不会超过一分钟。刘助理也知道周明沣忙，所以每次打电话前都会提前准备好，尽量不拖沓，将事情都说清楚。这一次，刘助理准备挂电话前，周明沣叫住了他："有件事。"

刘助理赶忙说："您说。"

周明沣目光低垂，似是在把玩钢笔，随意问道："之前家长委员会是怎么回事？"

周明沣对于不关心的事，从来不上心。就算之前，姜津津一反常态去参加家长会，并且任职会长，他虽然愕然，却也没想过要在这件事上费什么心思。即便她做了，即便她别有用心，他也自信她闹不出动静来。

然而这个晚上，他突然对这件事来了兴致。

刘助理有些诧异，没想到周总会对这件事感兴趣。

难不成是怕太太会受什么委屈，或者是太太临时改变主意，不想再当这个会长了？

他心下凛然，回忆了一番，言简意赅地回："家长委员会对学校方面有些意见，想派一个代表当会长监督学校，但其他家长都没有时间，太太就想去试一试。"顿了顿，又道："家长们之前让我将五十万代转给太太，太太虽然不是很愿意，但因盛情难却便收下了。家长们还挺高兴的，私底下也说过，很感谢太太能够出面。"

刘助理这是想提醒周总，太太钱都收了，家长们的感谢也收了，现在如果撂摊子不干，家长们心里肯定是不太舒服的。

周明沣若有所思："那五十万是怎么回事？"

之前她好像说过这件事。

因为他对五十万这个数目不太陌生，不过那时候他没有放在心上。

刘助理回："算是一个感谢费，家长们也想准备礼物，但不知道太太的喜好。"

"原来如此。"周明沣隐约明了，再想起她提到赚钱时那明亮的双眸，低声笑了起来。

是他误会了。

一反常态地开店，是为了赚钱。

去参加家长会是为了能当上家长委员会的会长，最终目的是这五十万。

那天他以为她是要出去找阿衍，其实是心疼店里可能会泡水的材料。

"五十万转给她了？"周明沣问。

刘助理："转了。"

周明沣"嗯"了一声。

他有点儿好奇，她究竟能赚多少钱；也好奇，在赚到很多很多钱以后，她会做些什么。

姜津津没想到，这年头招个店员会这么难。

招聘信息在招聘网站上已经发出去好几天了，居然无人问津。本来她是没打算请人的，可谁想到，周明沣突然给了她近四百万，她又当上了家长委员会的会长，她以后恐怕是很难把所有的心思都放在店里了。而且她想过了，这个便利店是二十四小时营业的，她一个人肯定忙不过来，所以至少得招一个店员。可谁能想到，店铺都快开张了，却连店员的影子都没看到，想到这里她就很发愁。

难道是工资开得太低了？但她还是不想现在就考虑加工资。毕竟利润都没看到，一开始就把工资开得很高，这不符合规矩。

就在姜津津恨不得跑到人才市场去蹲点儿时，终于接到了一个自称是应聘者的电话。

"你好，是有味便利店吗？"

姜津津本来是坐在柜台前漫不经心地翻账单，突然这宛如炎热夏日里一道清泉的声音，洗涤了她的耳朵，散去了她一身的烦躁，她猛地抬起头来，在心里慨叹——这简直就是耳朵的福利啊！

周衍虽然很少跟她说话，但他的声音很好听。

周明沣的就更别说了，如玉石之音并不是夸张的描述。

现在又来了一道让身为"声控"的她惊喜的声音！

"你好？"清爽又略显低沉的男声又问了一遍。

姜津津这才回过神来："哦，是，这里是有味便利店。"

"你好，我在招聘网站上看到你们的信息，没看到邮箱，只看到电话号码，所以才冒昧地打来。请问你们招到员工了吗？"

"你是想应聘吗？"姜津津不会傻到跟人说实话，她的耳朵被他的声音打动了，守财的心却没有，要是对方听到她还没招到人跟她要涨工资怎么办？因此她自然是要营造出一种"这个岗位可是有很多人竞争"的氛围。

她又说道："有几个人来面试，还没确定，你想来吗？"

"嗯。"那边回了，"不过，我刚刚满十八岁，还没有学历证书，我看到你的招聘信息上说的是两班倒。九月份之后我上不了白班，只能上晚班，不过最近这两个月，白班跟晚班我可以一起上。”

他顿了顿，低声问道：“我可以去应聘吗？”

姜津津第一反应就是：这还是个学生，勤工俭学的学生。

如果有别的人来应聘，这种九月份后只能上晚班的员工她是不会招的，可现在的关键是，她没的选择。

总不能便利店一开张，她一个人就得二十四小时忙得不停歇吧？！

现在做最坏的打算也是让这个人先上两个月。不管怎么说，开业的时候员工一定得到位。

姜津津只迟疑了一会儿，便说道：“可以是可以，不过我不保证老板会招你。”

像是怕对方连应聘都懒得来，她又不慌不忙地补充了一句：“这样吧，你要是想来的话，今天就来吧，不管有没有应聘上，我们老板都给你报销来回车费。”

“好。我随时都可以去。”

姜津津应了一声，拿起笔在纸上准备写：“对了，请问你叫什么名字啊？”

“我姓徐。”那头说，“徐从简，双人从，简单的简。”

姜津津写下这个名字。

不知道为什么，她总觉得这个名字有些熟悉，但怎么想都没想起来是在哪里听过。

算了，不想了。

姜津津虽然是“声控”，但是谈的每一个男朋友的必要条件不是声音，而是外貌。

声音好听的不一定长得好看，长得好看的声音也不一定好听。

同时具备两种的，姜津津目前只认可周明沣一个人。

周衍的声音也算好听，但不算特别好听，所以可以将他排除在外。

一个小时后，随着便利店的提示音“欢迎光临”响起，她抬起头来，只见一个穿着浅灰色 T 恤的男生走进来，他挺拔却也清瘦，碎发清爽，气质清冷，一开口就是她之前在电话里听到的那个好听的声音：“你好，我是徐从简，过来应聘的。”

姜津津没想到这本书竟然如此“卧虎藏龙”。

周衍也就算了，毕竟是男主角，主角光环太过强大；而周明沣，他不是她想象中的一个三十九岁的男人模样，这也可以理解。毕竟遗传基因很重要，但凡周明沣和钟菲在外形方面稍微逊色一些，都生不出周衍这能跟明星比拼“颜值”的模样。

可谁能告诉她，一个来应聘的路人甲，为什么也能长这么帅？！

像眼前这种级别的帅男生，放在她原来的世界里，那分分钟都是可以出道、可以当明星的好苗子。

“徐从简？”姜津津虽然已经听到了他的自我介绍，但还是想确认一下。

“嗯，是我。”徐从简点头，眉目如星，“刚才在电话里应该跟您聊过。”

姜津津起身，招呼着他在一旁的高脚凳上坐下，继续询问道：“身份证带了吗？”

她顿了顿，解释道：“常规流程。”

徐从简递出身份证。

姜津津低头时，恰好也瞥见他那修长干净的手指。

又是加分项。身为“颜控”“声控”的她，已经在内心叫嚣，必须聘请他为便利店员工了。

她拿起身份证一看，果然刚刚满十八岁。

“徐从简，你介意我问你一个私人问题吗？”姜津津问。

徐从简态度自若，身上丝毫不见这个年龄应有的张扬。相反，如果不是他面容稍显稚嫩，以及证明他年龄的身份证，姜津津不会把他当成是刚成年的男生。

“不介意。”他回道。

“其实以你的相貌气质，完全可以找更好的工作。”姜津津说，“我不是说便利店员工不好，而是觉得……嗯，你长得很好，找一份更轻松、工资也更高的工作一点儿也不难。所以，你怎么会想到来这里应聘呢？我的问题可能有些唐突，但还是希望你能回答。你可以把这当作一个面试问题，就比如你以后找工作，别人也会问你为什么会选择他们公司一样。”

徐从简抬起头来，跟姜津津四目相对。

那是跟周明沣截然不同的眼神。

如果说周明沣的眼睛是幽深莫测的古井，那么徐从简则是一眼就能望到底的清澈小溪。

他坦然也大方：“工资是跟能力成正比的，现在我刚成年，没有一技之长，也没有学历证书，像您说的，比这工资高也更轻松的工作是有的。但是，我想那也不是那么容易能胜任。我知道自己现在的能力，也清楚自己现在更适合什么样的工作。”

这一番话，令姜津津顿生好感。

她点了下头：“那好，对工资你有异议吗？”

“没有。”

“你刚才在电话里说最近两个月白班跟晚班可以一起上，吃得消吗？”

“没问题。”徐从简说，“我以前有过在便利店兼职的经验。”

“好。这样吧，先过来试用一个星期，转正后这两个月你白班晚班都上，我在原来的工资上给你再添一点儿，九月份之后再细谈，怎么样？”

“好。”

姜津津舒了一口气，总算是招到人了。

不然明天开业她真不知道该怎么办，倒是可以找周家的用人来临时帮几天忙，但那是万不得已的下下策。

“明天开业，尽量早点儿来吧！”

徐从简点头，却没有急着走，而是自发地弯腰去整理这店里的一些杂物。姜津津的眼神一直跟着他走，见他有条不紊、动作麻利，心里满意到了极点，恨不得马上就给他涨工资留住这个人。

好在她没有鬼迷心窍到忘记自己生意人和老板的身份。

周氏集团。

刘助理像往常一样来到办公室，跟周明沣汇报接下来的行程以及工作。

整个办公室的装修以黑白灰三色为主，一尘不染，周明沣一旦投入到工作中去，基本上都是废寝忘食的状态。

只是今天有些例外，在刘助理准备离开时，周明沣破天荒地叫住了他，说的却不是跟公事有关的：“明天便利店开张，你去订购一些花篮给她送过去。”

周明沣不知道该怎么称呼姜津津。

刘助理在关于姜津津的事情上，却已经跟周明沣“心有灵犀”了。

他一听就知道周明沣说的是姜津津。

“好的。”刘助理点头应了，他正好前几天碰到了太太，太太也跟他说了便利店的事情。虽然现在总是搞不清楚太太的脑回路，但他老婆说了，男人没必要太了解除了自己的老婆、亲妈以外女人的想法。

他早就想到了，就算是他，在老板娘店铺开张时也不能没有任何表示，所以前两天就跟老婆商量好，要去送一个花篮，祝贺老板娘的店顺利开业。

周明沣想起她昨天晚上说的多多益善，沉吟道：“多送几个。”

刘助理一愣，正准备问，究竟是送几个时，周明沣的私人手机响了起来。

刘助理：“……”

行，这件事他就自由发挥了。

他决定求助妻子。于是趁着午休时间，刘助理约上妻子去了公司附近的餐厅吃饭，顺便说了这件事，提出了自己的疑惑：“周总说多送几个，你说送几个合适？现在我也不好再因为这点儿小事特意询问周总了。”

免得周总以为他连这么一点儿小事都办不好。

“其实我还没搞明白，你们老板娘怎么会去开一家便利店？”

“应该是无聊吧，打发时间之类。原本我以为太太是要开花店的。”说到此处，刘助理看了一眼妻子，“我记得大学那会儿，你就说想开花店、书店还有奶茶店的。她跟你年龄相仿，心思也差不多吧。”

“我没想过开便利店。”妻子笑道，“好吧，不说这个了。便利店应该也不大，送太多花篮堆在门口反而挡路。对了，你们周总之前让你给他太太送过花吗？”

刘助理仔细回忆了一下，说道：“没有，应该是私底下送了吧。”

妻子歪着头思考了一会儿说道：“那就送十一个花篮吧。”

“十一个？”刘助理诧异道，“为什么？”

“一心一意的意思啊。”妻子笑着说，“也不知道其他人会不会捧场，十一这个数字寓意还蛮不错的。你们周总不是也说了要多送几个吗？送太多过去不太合适，送一两个又少了，就十一个吧，不会出错的。我相信周太太肯定也能懂这个意思。重要的是她高兴嘛，她高兴了，你们周总自然也开心。”

“幸好问你了。”刘助理殷勤地给妻子夹了一块牛肉，“你真是我的军师。”

在外人眼里，周明沣一定爱惨了姜津津，两人相差如此悬殊，能够走到结婚这一步，肯定是基于感情深厚。

于是，就出现了第二天的这一幕——

姜津津的便利店要开张，她自然比谁都要积极，头一次比周明沣醒得还要早。她轻手轻脚地洗漱好便出门了，为了求一个好兆头，还特意穿上了红裙，希望以后生意红火。她到便利店门口时，徐从简也已经到了，两人忙活了一会儿后，迎来的不是客人，而是花店小哥。

花店小哥开着皮卡车，陆陆续续从车上搬下来十一个花篮摆在便利店门口。

花篮上都挂上了条幅。

姜津津一看，整个人都蒙了，上面写着：

“祝老婆生意兴隆！”

“祝老婆日进斗金！”

“祝老婆财源广进！”

“祝老婆客似云来！”

……

每一个条幅上的内容都是喜庆的祝福。

但看多了“老婆”，姜津津觉得自己都快不认识这两个字了。

她站在这些高调而土味的花篮面前，一脸茫然。怎么回事，为什么她感觉这些花篮跟周明沣的气质不太相符啊？！

周明沣怎么突然走这宠妻路线了？！

姜津津看着这些土味花篮陷入了沉思。

实在是因为“宠妻”两个字跟周明沣太过格格不入，她不相信这是出自他的手笔。只要好好想一想，还是能搞清楚是怎么一回事的。像周明沣这样的大忙人，他会亲自去花店订花篮吗？会忍住脚趾抠出三室两厅的尴尬跟店员说条幅内容吗？显而易见，不会。

所以，应该是周明沣跟刘助理说了，让刘助理来处理这件事。

想想刘助理的为人跟脸上憨厚耿直的笑容，姜津津再看看这些条幅内容，顿时了然。

搞清楚这件事后，姜津津也没之前那么震惊了，跟徐从简一块儿投入到了工作中去。

有味便利店走的是“麻雀虽小五脏俱全”的经营路线。

一应生活用品应有尽有。

在姜津津看来，徐从简虽然成年了，可她比他年长近十岁，所以在她心里，这人还是个小孩儿，她没有任何心理包袱地坐在收银台前摆放着安全套。徐从简也不是性子扭捏的人，他话虽不多，做事很麻利，看着清瘦力气却不小，一个人能顶两个人，见他忙前忙后，姜津津觉得，也别一个星期的试用期了，她可以让他直接转正了。

很快，迎来了几个客人。

这几个都是慈眉善目的老奶奶，姜津津嘴巴甜，之前在别墅区碰到，没少陪她们聊天。

她们几个也放出话来，以后只要是家里用得上的东西，一准儿在她这里买。

只是姜津津也没想到，她们会捧场到这个程度，现在七点不到，居然就结伴来她这里买东西了。

姜津津赶忙迎了上去，热情地招呼她们："好早呀！"

"你店里开张，我们肯定要来给你暖暖场子。"

刘奶奶虽然年过七十，却十分时髦，每天将自己打扮得漂漂亮亮。这几个老奶奶年轻时就是要好的朋友，森林别墅开盘时，几个人都在这里订了房，约好了要一起安度晚年。几个老奶奶每天的生活也很丰富，要么去老年大学，要么去逛街打牌。其中刘奶奶跟姜津津特别投缘，因为她觉得姜津津跟她年轻时长得很像，看着姜津津，就跟看着从前的自个儿一样，甭提多亲了。

几个奶奶寒暄了半天，才注意到店里多了一个帅小伙儿。

刘奶奶也是外貌协会的资深会员，她凑过去看了个仔细，直看到寡言淡定的徐从简都有些不好意思了，这才乐呵呵地说："现在小孩吃什么长大的，一个比一个好看！津津，这是你找的店员？看着跟你家周衍差不多大呢。"

"嗯，是店里的店员，比周衍大，今年刚满十八呢！"

姜津津跟几个奶奶聊得热火朝天。

正在打理收银台的徐从简却是一顿，周衍？

是同名同姓，还是只是音相同？

他们班上正好有个同学叫周衍。

如果是他认识的那个周衍，那么老板跟周衍是什么关系？

徐从简抬头看了跟老奶奶们聊到兴起、眼睛亮晶晶的姜津津，老板很年轻，难道老板是周衍的姐姐？

老奶奶们很捧场，每人都买了不少东西，几乎都快将一面的货架搬完了。

徐从简不慌不忙地扫码给她们结款。

清晨的第一拨生意，营业额快达到了一千。

老奶奶们都不缺钱，决定捧场肯定就不是说说而已。

姜津津一路送她们到门口，刘奶奶拉着姜津津的手，小声地说："我会看面相，这孩子一看就不错，你以后可以放心地把店交给他了。”

姜津津乐了：“您还会看相啊？那您说说，我面相怎么样？”

“你额头饱满，眼睛明亮清澈。”刘奶奶认真地说，“而且唇红齿白气色极佳，只要你自己好好经营，你的未来人生就差不到哪里去。”

“真的啊？”好话不嫌多，这种话姜津津之前就听了不少，但每听一次还是会高兴。

刘奶奶笑着拍了拍她的手。

太阳升起，气温逐渐升高，有味便利店生意的确不错，客人是一拨接着一拨的。

姜津津听着徐从简扫码收钱的提示音，只觉得这是世界上最动听的声音。

第五章

传说中的黑卡

上午七点。

在暑假期间常常睡到十一二点的周衍破天荒地起了个早。

他下楼来到厨房喝水，杨管家正好进来，他装作漫不经心地问道：“杨叔，今天吃什么早餐？”

杨管家回：“太太今天起得早，厨房准备了小笼包、豆浆一类的中式早餐。你如果想吃西式的，也来得及让厨师准备。”

“她这么早？”周衍问。

杨管家有些诧异，毕竟这是周衍第一次问起太太。

他想了想，回道：“今天是太太的便利店开业，已经出去一个小时了。也不知道生意好不好，忙不忙得过来。”

周衍随意地应了一声：“我随便吃点儿吧。”

这对周衍来说，是一个难题。

在此之前，他想过跟后妈尽量少碰面，少见面少交流就会减少不必要的矛盾，他以前跟他妈妈的几任丈夫也是这样相处过来的。

井水不犯河水是最好的。

然而，他的朋友冒犯了她，他现在知道了，就不能装作不知道，也不能什么表示都没有。

可是认认真真地当面道歉，他也实在说不出口。

“今天会很忙吗？”周衍不自在地说，“我是说那店。”

杨管家和蔼地笑道：“当然，第一天开业做活动，一般都会很忙，而且太太跟其他邻居们相处得很不错，大家都会去捧场。”

周衍不经意地应了声：“哦。”

他匆匆忙忙吃了早餐，因为本就没什么胃口，所以很快就解决了。之后磨磨蹭蹭来到门口，慢吞吞地换了鞋子，这才鼓起勇气出门。杨管家基本上是看着他长大的，这会儿站在一楼花园追随着他的背影，直到再也看不到了，脸上才露出欣慰的笑容来。

说实在的，他觉得现在的太太很不错。人没什么心眼，也很活泼开朗。这个家太过沉闷，有这样一个女主人，相信先生跟少爷的生活也会变得丰富多彩起来。

如果太太是跟先生相互搀扶着度过一生的人，那么他希望，少爷跟太太的关系也能够处得好一点儿。

虽然头一天晚上严正飞气到几乎昏厥，可早上还是老老实实地去给姜津津捧场。

他很会为自己开脱：做人要讲诚信，他答应了要来，哪怕天上下刀子他都要来。不过他是一个学生，找五十个人捧场什么的，实在是心有余而力不足。

他的钱要留着买游戏皮肤、装备，而不是献给未来的首富太太或者首富亲妈！

就这样，严正飞跟周衍在有味便利店门口碰面了。

严正飞：“？？”

周衍：“……”

严正飞实在难以接受在这里见到周衍——他有放弃财产继承权的心思也就算了，现在还跑来给后妈帮忙！

他跟周衍认识这么多年，也没看出周衍如此伟大啊！

然而，更令他惊讶的是，当他踏进便利店时，居然还看到了他们学校的尖子生徐从简。

这一天的惊喜太多了，多到令他忍不住化身为“尖叫鸡”尖叫出声：“徐从简，你怎么在这里？”

周衍看到徐从简也是一脸诧异。

姜津津心想，世界这么小的吗？她招到的人竟然是周衍的同班同学。直到这一刻，她才明白过来，为什么会觉得徐从简这个名字耳熟了。上次开家长会的时候，那几个家长可是提起这个名字好几次了，她当时也看到了成绩排名表，徐从简几乎门门满分。

姜津津诧异不已："你不是说你满了十八岁吗？"

如果是周衍的同学，那年龄应该差不了多少啊，周衍今年也才十六岁。

徐从简表情不变，声音依然如同清泉："我上学晚，确实已经满了十八岁了。"

姜津津这才放心了。

其实那本小说中，徐从简比她这个角色更没存在感，描述他的笔墨更是少得可怜。可是问题来了，这么一个外貌丝毫不逊色于周衍的人，这么一个年年年级第一的学霸，在校园文里竟然透明至此？！

周衍跟徐从简都很帅，不过类型不一样。

周衍是生人勿进的酷拽校草，徐从简则是清冷俊秀好说话的学霸，二人在外貌气质这方面，其实难分伯仲。这就令姜津津很费解了，难道是因为年代不同，在她的学生时代，明明好学生类型的帅哥会更受欢迎，也更得女生青睐。长得帅、脑子又聪明，难道不比看起来冷酷、霸道款的吸引人吗？

严正飞愕然："这世界也太小了吧！对了，徐从简，你怎么会到周衍他妈的店里上班？"

周衍站直身体，面无表情地看着他，冷酷的校草只想用眼神来纠正他：是后妈。

一向给人泰山崩于前也会面不改色印象的徐从简，这一次愣住了。

他错愕地看向姜津津。

她是周衍的妈妈？

姜津津又不瞎，自然看出了徐从简眼神里露出的怀疑，那眼神似乎在说："你看起来怎么都不像三四十岁的人啊？"

她可不想给周衍当亲妈，更不想让外人觉得她今年搞不好都四十了，于是当机立断，都没给严正飞开口解释的机会，率先说道："不是亲妈！"

严正飞一愣。

姜津津面带微笑地说："我今年二十七，怎么可能是他亲妈。"

徐从简愣怔了片刻，回过神来后，冷静地点了点头。

这个小插曲很快就解释清楚了。

于是，便利店里出现了这样诡异的一幕——徐从简在忙着收银；严正飞跟周衍话都没说，默契地开始帮忙做事。当然，他们两个人都赶不上徐从简，说一句"笨手笨脚"都算委婉了。

不过这个年纪的孩子头脑聪明，学习能力又强，没一会儿就熟练上手了。

只是严正飞过来捧场帮忙还情有可原，毕竟他前天答应她了，那周衍呢？

姜津津身为后妈，心安理得地看着继子在店里忙前忙后，不过是因为她再一次猜到了真相。

严正飞前天那么反常，又是帮她写卡片，又是帮她送东西，她都看得出来他不对劲儿，周衍又怎么可能不知道呢？周衍比她更了解严正飞，自然可以轻而易举地打听到严正飞反常的原因。

所以，周衍是知道云馨说的那些话了？

难道是觉得云馨是自己的朋友，所以想用这种另类的方式给她道歉？

还真别说，姜津津心里确实很舒服。

一来，店里多了人帮忙。

二来，周衍的这一行为举动确实证明了一件事，他并没有他表现出来的那么冷漠，相反，他这个人不坏，不属于叛逆期让人抓狂又无奈的熊孩子。

小小的便利店，今天实在是热闹，货架上的货物得不停地补上，周衍跟严正飞忙得脚不沾地，然而两人都没什么怨言。

一辆加长林肯停在不远处，周明沣坐在后座，修长的双腿交叠，眼神从容地看着三个男生进进出出，姜津津在一旁脸上洋溢着笑容指挥。

过了片刻，他收回眼神，沉声道："去公司。"

司机赶忙应了一声。

只要有人在，很多消息都会传得很快。

一个太太群里消息不断。

张太太发了一张照片到微信群里："看到没，这是我家阿姨拍的，店外面都是周总送的花篮。"

孙太太："看来周总真的挺喜欢他的新婚妻子，谁不知道他老婆开这家小店就是玩玩，没想到他还这么捧场，送这么多花篮。"

王太太："看不出来周总私底下是这个样子的，夫妻俩还真是恩爱啊。"

万夫人也发了一张照片到群里："这是我家阿姨拍的，更劲爆！花篮算什么啊，你们瞧，周衍都过去帮忙了。看来啊，这个周太太已经将周家的小刺儿头给收服了！这才结婚多久啊！这新婚妻子果然厉害，实在是厉害！"

几个太太都整齐地发了惊讶的表情。

她们也都是有孩子的，就是自己的亲儿子亲女儿到了十六七岁的年纪，都听不进去她们的话。现在周衍只是个继子，就这么乖乖地去给后妈帮忙！她们不是没见过周衍，同在这别墅区住了多少年，这位可是响当当的刺儿头，现在在后妈面前居然这么乖？

其实森林别墅区的一些太太也在观望。

像她们这样的家庭是需要一定的社交的，之前周家没有女主人，那是没有办法，现在周明沣再次娶妻，她们难免要跟姜津津打交道。

然而这都一两个月了，她们仍然按兵不动，主要还是顾虑两点：一是她们几乎都年长姜津津十来岁，她们看姜津津，就像姜津津看徐从简一样；二是她们摸不清姜津津的路子，也不确定周明沣是不是一时昏了头，等他清醒过来后，这对老夫少妻的组合就走不下去了。然而现在却是没什么好观望的了——她已经收服了周衍。这份心机，这份能力，足以让她在周家站稳脚跟。

同住一个别墅区，在商场上，各自的丈夫也是抬头不见低头见，说不定哪天两家就有了合作的机会，现在搞好关系，有百利而无一害。

太太群里又开始活跃起来——

张太太："都是一个别墅区的，总要去捧场，而且周太太开店的目的也是为了服务大家，我们不能不给面子呀。"

万夫人："什么时候去？"

刘太太："就现在吧，太晚了也不好。"

上午十一点左右，几个太太结伴而来，姜津津对她们也不算陌生，自然热情地上前招呼。太太们倒是想好好借着购物的机会拉近距离，无奈店面太小，而且还是生活用品居多的便利店，想发挥也没机会，就算把货架全部清空，也花不了多少钱。她们虽然想把姜津津拉到太太群里来，可也不想显得太卑微了，毕竟也没什么求她的。因此购物的时候把握好了分寸，结账时，每人只花了几百块。

张太太笑容满面地说："其实这里早该开店了，不过不是业主开，我们也不放心。周太太，这多亏了你啊，我们都知道你是为了方便大家。"

姜津津笑道："哪里哪里，就是闲着无聊打发时间罢了，不过我们家老周说了，再小的摊子再小的生意，也要好好打理。"

一旁不远处的周衍听到"我们家老周"这个称呼时，还愣了一下。

反应过来后才明白说的是他爸，只觉得陌生。

他还从来没听谁喊他爸为"老周"。

张太太的笑容更深："谁说不是。对了，周太太，先前我们见你忙，没好打搅你，咱们都是一个别墅区的，以后有空一起喝下午茶聚一聚，怎么样？"

姜津津当然不会拒绝。之前就听说过，有些太太会组成团体，共享资源、人脉。现在她成为周太太，盯上的也不是这一家小店，而是身为周太太会获得的人脉。这些太太消息灵通，哪怕透露出看好哪只股票或者哪里的房地产，都足够她受益良多了。退一万步说，即便不从她们那里打听消息，这些太太也都是她未来潜在的大客户。

开一家便利店，只是她独立的开始而已，并不是她的最终目的，也不是她的工作重心。

只是现在她一没人脉，二对这个世界了解得也不是那么充分，自然是要摸着石头过河。

姜津津乐意之至："当然啊，我每天都很闲，也不知道能干什么，下次你们有活动，比如打牌三缺一的话都可以找我。"

正在说话时，姜津津眼尖地发现地上有一小摊水。

进进出出的客人都是老太太老爷爷居多，如果谁一不小心滑倒了那就是大事了。

她一边跟太太们寒暄一边飞快地扫了一圈，徐从简在忙着收银，严正飞应该在外面搬货，终于，她的目光停留在了不远处的周衍身上。

"周衍，"她对着太太们歉意一笑，理所当然地使唤周衍，"去找个拖把过来，这里有水要拖干净。"

姜津津就是这样的人。

闺密曾说，她就是得了三分颜色就想开染坊的主。

周衍知道了云馨做的事，身为朋友想要来帮忙，以此别扭地表达歉意，那姜津津肯定会没什么心理负担地使唤他呀。

不好意思、抱歉这类的情绪，跟姜津津几乎是绝缘的。

其他的几个太太不着痕迹地对视一眼。

周衍站直身体，"嗯"了一声后，一头扎进了便利店的储物间找拖把，一副任劳任怨的小可怜模样。

几个太太在心里啧啧称奇：如果不是亲眼看到，谁会相信周衍竟然这么听他后妈的话呢？！

再看向仿佛人畜无害的姜津津，越发佩服起来，小小年纪就有这样的能力跟手段，那肯定将周总和周衍拿捏得死死的。

周衍跟姜津津对彼此的印象都是差不多的。

姜津津把周衍当室友，周衍把姜津津当同学，根本就不会想太多。

太太们将姜津津拉进了她们新建的一个群里，表示以后有什么活动一定叫她。

姜津津相当满意，看着几位太太离开的身影，那目光就像在看越来越好的未来一样。

便利店开张第一天，基本上别墅区里能来的邻居都来了，生意尤其好，所幸今天三位男生都特别卖力。姜津津觉得，如果只有她跟徐从简的话，肯定手忙脚乱，因此看向周衍跟严正飞的眼神都和蔼了很多。

暮色降临，下午五点之后，客流量越来越少，姜津津凑到徐从简身旁，两人对了一下今天的营业额后，当即宣布："七点钟提前关门，我请你们去吃好吃的！"

她知道在这里开便利店是有商机的，可没想到第一天营业额就超过了她的预想，几乎是预期的好几倍了，这怎么能不令人开心？

这家便利店毕竟不像那些开在繁华地带的，一天二十四小时都有生意。森林风景区每天有不少游客，因为森林别墅这里的风景也不错，因此部分游客们会步行一段距离来这边溜达，这也是主要的客源。而森林风景区下午五点就关闭了，因此下午五点之后，便利店的生意跟客流就会呈断崖式下跌，而别墅区里能来便利店买东西的，无非是一些中老年人以及各家的用人，这些人的作息十分规律，就算要买东西，基本上也是在大清早。所以，姜津津才会说出今天提前关门这话。

严正飞已经累得不行，举起手来，有气无力地说："得是大餐啊！后妈。"

姜津津瞥了他一眼，周衍的眼神也飘了过去，严正飞立马乖乖改口："阿姨。"

徐从简不愧是姜津津一眼就看中的员工，他说道："不用了，你们去吧，我在店里守着。"

姜津津摆摆手："今天够累的了，你也不用上晚班，吃完饭就回去休息吧，明天再来。"

见她这样说了，徐从简也只好点头应允。

姜津津心情不错，回到周家开了辆车来接他们。

难题又来了，副驾驶谁坐呢？

严正飞觉得，这位置他不能坐，于是脚底抹油、速度奇快地打开后座坐了进去。

周衍冷冷地瞥了他一眼，却也是拉开后门，坐在了严正飞身旁，想用眼神杀死他。

姜津津打开车窗，对站立在车旁的徐从简说："徐从简，你坐前面来，你们都是高个子，都挤在后面跟沙丁鱼罐头似的。"

徐从简迟疑了一秒钟，打开车门，坐上了副驾驶座，不需要姜津津提醒，便低头系好安全带。

开往餐厅的路上，严正飞终于从繁重的工作中找回自己丢失的一魂一魄，这才凑过去，感兴趣地问道："徐从简，你还没回答我的问题，你怎么会在衍哥后妈的店里上班啊？"

周衍扫了严正飞一眼，冷冷地说："你很吵。"

严正飞浑然未觉周衍的警告："反正也无聊啊，聊一聊啊。"

徐从简神色自若地回答："赚钱。"

严正飞"哦"了一声，又好奇问道："你缺钱？不会啊，你学习成绩这么好，每年奖学金都不少。"

他们所在的学校，一半学生是家长砸钱进来的，另一半学生则是学习成绩太优异，学校以减免学费和提供奖学金为由招进来的。

很显然，徐从简是后者。

徐从简："嗯，缺钱。"

眼看着严正飞还想继续问下去，周衍跟姜津津都忍不下去了，竟然异口同声道："吵死了。"

"……"严正飞一愣，面露委屈地说，"我哪有很吵啊……"

周衍很毒舌："别说了傻子，吵得我耳朵疼。"

严正飞也不是能忍的性子，昨天火气未消，这会儿又被骂，嘟囔了一句："你比我还傻。"

周衍："你找打。"

昨天在电话里对自己大吼大叫的账，还没跟他算。

严正飞嚷嚷："阿姨，你不管管你儿子啊？"

姜津津也学着周衍冷笑："你不知道我是后妈吗？"

严正飞目瞪口呆。

徐从简则难得地露出了淡淡的笑意。

姜津津带着他们来到一家主打海鲜的餐厅。店里正好有包厢空出来，她走在最前面，等所有人坐下来后，眉眼里带着富婆专属的笑意，豪气万分地说：“别跟我客气，想吃什么就点什么！”

当然，最好还是不要点太贵的。

与此同时，刘助理陪着周明洋来这家餐厅参加一个饭局，在楼上时就看到了姜津津，又看到了跟在姜津津身后的周衍，他一度以为自己出现了幻觉，一路跟上去，确定自己没看错后，赶忙回了包厢，来到周明洋身边，弯腰小声说道：“周总，太太也来了这家餐厅，还有周衍跟严家那位，以及一个看着面生的男生。”

周明洋眼皮都没抬一下，问道：“哪个包厢？”

刘助理报了包厢号。

几分钟后，周明洋出现在包厢门口，敲门而入。本来姿态还很放松的严正飞看见突然出现的周明洋，一秒进入警备状态。

周明洋很自然地坐在了姜津津旁边的位置，温声问道：“点了什么菜？”

姜津津将菜单递给他：“你怎么来了？”

“正好在这边吃饭。”周明洋瞥了一眼她点的菜，又扫向一旁的三人，目光停留在儿子身上的时间明显更长，“再多加几个菜。”

姜津津歪头一笑：“你买单？”

周明洋微笑颔首。

姜津津大手一挥：“那我就不客气了！”

于是，两个人开始商量加什么菜。

准确地说，是一问一答，姜津津问，周明洋说“好”。

严正飞看了一眼垂眸不语的周衍，再看看旁边的徐从简，他真的很想马上逃离。

他想了想，决定拉上徐从简一起离开，这样就不会太过突兀。于是他对徐从简抛了好几个眼神后，站了起来：“周叔叔、阿姨，我去一趟洗手间。”

徐从简显然没有接收到他的眼神。

严正飞轻咳了一声：“徐从简，你去不去？”

突然被叫到的徐从简看向严正飞，或许是对方的眼神太过诚恳，徐从简点了下头，也跟着起身。

两人一前一后走出了包厢。

姜津津一手托腮，没忍住，笑出声来，眉眼愉悦。

周明洋看她。

她似乎觉得很有意思，美目流转，轻声道：“我没想到男生们也会相约结伴去洗手间。”

周衍：“……”

包厢里只剩下姜津津跟周家父子俩。

姜津津还在翻餐单，她想三个大男生都正值青春期，今天还忙了一天，胃口肯定很好。既然是周明沣买单，那她自然不能手软放过这个机会，一边翻着，一边跟一旁的周明沣交流：“浓汁鲍鱼吃不吃？”

在周明沣没来之前她就想点的。

可一看价格就放弃了，这绝对不是她能消费得起的，但她没能忍住好奇心，还是问了服务员这是什么鲍鱼。

服务员说这是顶级吉品鲍，原本这餐厅还限量供应顶级网鲍，但他们来得不巧，这一款早早地就被人预订，不到下午便售罄了。

周明沣温声道：“你吃就点。”

姜津津：“好！”

虽然周明沣只会点头说好，但姜津津不管加哪一道菜之前，都会征求他的意见。

毕竟买单的才是老大啊。

两人正小声地聊着，姜津津突然意识到这包厢里还有一位主角，便将餐单合上，看向周衍，问道：“周衍，你看看你有没有什么想吃的？”

姜津津跟周衍用实力诠释了，后妈跟继子之间，是可以相处得如同室友一般的。

周衍对姜津津从头到尾就没有什么恶意，也不像别人想的那样，对这位“抢走”爸爸的后妈充满了敌意。

究其原因，大概是他已经习惯了。他第一次参加他妈跟别人的婚礼，也有不适感，这种事这种心情，一回生二回熟，他在他爸再婚前，都经历三回了，能不适应吗？

他对过去的三位继父都没有排斥，难道到了继母这边就区别对待吗？

周衍语气平静地回：“没有。”

“嗯嗯。”姜津津又将餐单拿了回来，头都没抬，又问道，“喝什么？果汁还是酸梅汤？”

“随便。”

“酸梅汤也不知道好不好喝，”姜津津像是自言自语，又像是对周衍说话，“不如喝果汁吧，苹果汁跟橙汁都来点儿？”

周衍：“可以。”

“你呢？”姜津津侧过头看向周明沣。

周明沣原本听着两人的对话，脸上带着若有似无的笑意，却没想到，她突然开口问他，猝不及防的，两人再次对视。

“什么？”

“要不要喝酒？”姜津津说，“不过这里的酒好像不是很好，你喝吗？红的白的？”

周明沣：“……”

他摇了下头：“不用。”

“那好。”姜津津很有成就感，总觉得自己肯定点了一桌味道绝美的菜，“那就这样吧。啊，肚子饿了。”

忙了一天，中午也没吃什么，这会儿早就饿得前胸贴后背了。

可能是包厢的冷气开得很舒适，可能是这顿大餐找到了买单的冤大头，姜津津心情松快，顺口道：“我现在能吃得下一头牛。”

周明沣轻笑了一声。

周衍看着两人靠得较近的距离，听着他们偶尔的闲聊，突然冒出这样一个念头来：他刚刚也该去洗手间的。

这家餐厅生意虽然火爆，可店里竟然丝毫都不喧闹，长廊上也没有人来来往往。

严正飞跟徐从简出来后，下意识地往洗手间方向走去，等快到门口时，严正飞才压低声音道：“我们等下回去找个借口就溜了吧。”

徐从简淡淡地瞥了他一眼。

严正飞也是高个子，但跟徐从简站在一块儿，却是要矮上几厘米。

虽然徐从简什么话都没说，但严正飞也感觉到他的冷淡以及“懒得理你”的潜在话语。

严正飞继续道：“你看人家是一家三口啊，我们两个凑进去算什么，要不这样，等下你进去就说家里有事，我也找借口跟在你后面溜了。”

“等我们出去后，我请你吃饭好吧？”严正飞补充了一句。

徐从简看了他一眼，瞧不出什么神情来：“不了，她是我老板。”

严正飞一哽，也不知道说什么好了，进了洗手间，徐从简只是站在洗手台前，微微倾身，打开水龙头，慢条斯理地洗着手。

严正飞劝解的话也说不出口了。

第一，他这个学习成绩差的跟徐从简这样的尖子生实在不熟。在今天之前，他们都没说过话。

第二，徐从简似乎跟他的情况不太一样。就像，他可以喊衍哥后妈为阿姨，但在徐从简这里，衍哥后妈是他老板。

“行吧！”严正飞不情不愿地跟着徐从简又回了包厢。

餐厅上菜速度还是很快的。

正如姜津津想的那样，今天三个男生也都累了饿了，就连刚才一直琢磨着要走的严正飞这会儿都在埋头猛吃。

她倒还好，可能是过了饿的那一阵，刚开始动筷时还吃得很快，没一会儿就饱了，进食速度也慢了下来，竟然还有兴致观察桌上其他人的吃相。

将对面的三个男生挨个看了一圈后，眼神一下子没来得及收住，又跟周明沣四目相对。

她这才注意到，他几乎没怎么动筷子。

“你不饿？”姜津津坦然地面对他的视线，疑惑地问道。

周明沣穿着白衬衫，大概是天气炎热的关系，他将袖子卷到手肘处，露出精瘦的手臂。

左手手腕上戴着一块腕表。

她的视线不由自主地触及腕表，便挪不开了。

好家伙，戴着市中心一套大平层在手上是什么体验，她很想邀请他回答一下。

姜津津对手表的了解不多。只是之前她恰好休年假，便帮着好友收集奢侈品信息，正好好友在做关于名表的专栏节目，两个人一块儿在网上查找了很多信息。因此，她对周明沣的这款腕表印象很深。

制表工匠工艺精湛高超，这款手表功能极其复杂，价值八位数。当时她看到时，还跟好友开玩笑，这戴的不是手表，而是一套地段超好的大平层。

她再次对周明沣的财力有了新的认知。

再想想自己身为他的太太，竟然做起了开便利店的小生意。

难怪那几个太太夸她“年轻就是有活力”。

其实年轻不是有活力，而是“砖”不能不搬。

他们夫妻用实力演绎了什么是巨富，什么是赤贫。

周明沣淡笑道：“刚才在饭局上吃了点儿。”

姜津津“嗯”了一声便移开了视线，她怕自己再看下去，忍不住会仇富。

姜津津点了一大桌子的菜，三个男生吃饱放了筷子后，还剩下不少没吃完的海鲜。如果姜津津真是个豪门阔太，肯定不会在意。可关键是，她曾经是打工人队伍中的一员，一想餐单上标注的价格，她就没办法对这些还剩下的海鲜视而不见，绝对不可以浪费粮食。

姜津津脱口而出：“打包吧。”

严正飞吃饱了只觉得困得不行，要不是情况不允许，他真想找个沙发躺下来睡一会儿再回家。

周明沣抬眸。

“浪费了多可惜。”姜津津又看了三个男生一眼，“严正飞，我看你挺喜欢吃这鲍鱼的，要不要打包回去当消夜吃？”

严正飞有气无力地摆摆手：“不了，我吃不下，再吃就要吐了。”

“那好吧。”姜津津又看向周衍。

周衍摇了摇头。

姜津津面露可惜，盘点了一下还剩的海鲜，语气自然地说：“我想打包这梭子蟹回去晚上吃。对了，徐从简，这鲍鱼和龙虾你就带回去吧？”

徐从简一愣。

这一顿饭是他这十八年以来，吃过的最贵的。

他吃着海鲜，心里想的是，以后工作了也要带妈妈过来吃。

少年的生活虽然一直不富裕，可也有属于这个年纪无法抛却的自尊心。可能是姜津津的语气太过自然了，也可能是她的话语听起来也很平常，原本没想点头的徐从简竟然“嗯”了声。

姜津津一脸满足：“那好，服务员，拿四个打包盒过来。徐从简，这海鲜粥都没动，我们一人一半？”

周明沣不动声色地在一旁听着看着。

他跟她相处的时间并不是很多，可关于她的一些小习惯，他还是看在眼里。

平常晚上八点过后连水都不会喝的人，又怎么会吃消夜？

服务员很快就将海鲜打包好了，打包盒跟包装袋都异常精致，姜津津将袋子递给徐从简，笑道："明天早点儿来，生意肯定没今天好，但应该也不差，宣传大字报记得改一下。"

徐从简点了下头，探出手接过。

他的手指修长干净，骨节分明。

三个男生走在前面，率先离开餐厅，姜津津跟周明沣落后几步还在包厢。服务员过来结账，姜津津站在一旁好奇地看着，想看看大佬买单一般都是用什么姿势。

周明沣自然也没忽略她好奇的目光。

他打开钱包，随意从里面抽出一张卡递给服务员。

姜津津的视力不错，眼尖地发现他的钱夹里有两张黑卡！

光从露出来的卡片边缘来辨认，一张应该是传说中的运通黑卡，一张是国内银行发行的黑卡。

"哧溜哧溜——"，是什么声音，是她心里的小人嘴角流下"眼泪"的声音。

别说是两张黑卡，她这辈子能拥有一张，那都要一年三百六十五天，天天都在社交网站上换着方法炫耀。

她不愿意再看了。

视线转移，挪到了他的手上。

刚才只顾着观察他的腕表，这会儿为了转移注意力，才注意到他的手。

从目测来推断，周明沣的手指比徐从简的还要修长一些，三十九岁跟十八岁，隔着二十一年，徐从简即便生活并不轻松，但从手部来看，也是不过二十岁的人该有的样子。

周明沣的左手上有一道浅浅的疤痕。

她突然想起，那么一两个早晨，他在还算清闲时，偶尔不经意地看报纸时，指腹翻过纸张时发出的细微声音。

"走吧。"

姜津津听到低沉的男声，抬起头来，正好看到他那金丝眼镜下的双眸。

她一个激灵，回过神来后，在心里反问自己：你真的泡得起这个拥有至少两张黑卡、手上戴着大平层的男人吗？

那必然是不行的。

姜津津原本悸动的心，一秒进入死寂的状态。

如果今天周明沣是油光满面、臃肿不堪的男人，哪怕他有十张黑卡，手腕上戴满了“大平层”，姜津津都不会有半分心动的迹象。她对感情十分挑剔。为什么在现实世界里每段恋爱都谈得轰轰烈烈、刻骨铭心？还不是因为那是俊男靓女的组合啊！

一部成功的偶像剧，剧情人设固然重要，但最重要的是主角的形象。

某种程度上来说，姜津津是自恋的，长相气质不达标的男士，在她这里基本上就跟男朋友这个身份绝缘了。部分男人总爱得意扬扬地将女人比作是菜，或者是鞋子，那么身为女人的她，更愿意将男人比喻为书。

她这个人比较肤浅，如果书的封面不够吸引人，那么里面内容再有趣，她也注定会错过，不会去翻一翻。

周明沣是一个很吸引女人的男人。

他身上自带成功人士的睿智沉稳，为人也不张扬，待人接物温和谦逊，此时此刻面对服务员，也是礼貌客气，从和他相处至今，她就没见过他趾高气扬、不屑一顾的时候。成熟男人如同沉淀了岁月的美酒，香醇浓厚，或许是多年处于权势一方的经历，他在遇到任何事时，都是处变不惊的淡然笑容。

更何况，无论是头发、相貌，抑或是身材，他都保养得很好。

姜津津曾经一度想要探索一下他的保养法子，结果发现洗手间里，他一般只用一块看着就很质朴的男士洗面皂。

男士护肤品的瓶瓶罐罐，她一样也没见到。

他还尤其自律，一年中几乎有一大半时间都在出差，姜津津扪心自问，如果是她碰上这样强度的工作，别说是健身了，只要一到休息时间，她绝对能躺着就不坐着，能坐着绝不站着。

可周明沣呢，在家的日子基本上每天天没亮就起床，等她醒来时，他刚晨跑回来在浴室冲凉。

这样一个优秀的男人，姜津津觉得，她为之心动并不羞耻，是正常的。

可心动归心动，要不要付出实际行动又是另外一回事。

她前两天还在为一个选秀出道的流量明星心动呢。

“老公”更是一年换好几次，现在都想不起来自己前年喜欢的男明星姓甚名谁了。

姜津津跟在周明洋身后离开了包厢，走出餐厅，只见三个男生站在一旁。

看他们三个人的站姿，姜津津又想笑了。周衍跟严正飞今天互骂了好几次，可这会儿两人站在柱子那边不知道说什么，周衍满脸的不耐烦，而徐从简则脊背挺直站在另一边的柱子，两边似乎有一条看不见的三八线。

姜津津都没考虑，直接快步走到徐从简身旁。

徐从简估摸着有一米八以上。

姜津津穿着高跟鞋也有一米七以上。

“徐从简，你家住哪，我送你一程。”姜津津已经做了安排，“严正飞家离我们家不远，正好周衍爸爸开了车，让他送严正飞回家，我就送你回去，怎么样？”

徐从简摇了下头。

他手里还提着分量不轻的打包袋，原本他的声音是清冽的，可经过一天的忙碌，声音也带了几分沙哑。

“不用了，这附近有个地铁站。”徐从简解释了一句，“我坐地铁的话可能会更快。”

“这样啊。”姜津津也不再勉强，“行，你路上注意安全。”

姜津津看向严正飞。

严正飞顿时头皮发麻，刚才吃饱喝足的困意一扫而空。

不管是衍哥的后妈送他回去，还是周叔叔送他回去，他浑身上下每一个细胞都在说着“不”。

严正飞反应奇快，不等姜津津开口，立马一个箭步冲到徐从简身旁，自来熟地搭上他的肩膀：“我也坐地铁回去吧，吃多了要减肥。还有，我也有学习上的事要请教你！”

周衍：“……”

学习上的事，什么事？

徐从简扫了严正飞一眼。

严正飞赶忙松开了手：“走吧，等下赶不上地铁了，你坐几号线？”

徐从简明显懒得搭理他，只当没听到他问的话，对着姜津津礼貌地说：“谢谢您今天的招待。”

姜津津笑道：“不是我哦，买单的是他。”

她伸出手指了指旁边的周明洋。

徐从简的神情明显拘束了些："谢谢。"

周明沣颔首："应该的。"

徐从简道别后便要往地铁方向去，严正飞赶忙跟上他，想起什么又转过身喊了一句："周叔叔、姜阿姨，谢谢你们的招待！"

周衍翻了个白眼。

很快，餐厅门口又只剩下他们这组合怪异的一家三口了。

七月份的天，即便已经晚上八点多了，外面仍是热气难消。姜津津怕热，就这么一会儿的工夫，额头上便冒出了汗珠，她问道："你的车是不是还在这里？"

周明沣看了她一眼。

姜津津不知道的是，此刻妆容因为出了汗的缘故，显得皮肤更加清透干净，几乎不见瑕疵，宛如白瓷。

周明沣有很长时间没有见过这样的眼睛了。

或许，更准确地来说，他也不太记得自己之前有没有见过。

"让刘助理开回去了。"他回道。

两个人在前头走着，周衍则像极了被父母遗忘的可怜小孩跟在后头。

三个人来到姜津津先前停车的地方，姜津津从包里拿出车钥匙后，侧过头问周明沣："你开，还是我开？"

"都可以。"周明沣见她热得用手扇风，有些想笑。

姜津津"唔"了一声："你今天买单了，那我给你当司机吧！这就扯平了哈。"

周明沣眼里带着笑意："嗯。"

姜津津以最快的速度，像后面有人在追杀一样，匆忙上了车开了冷气。

感受到冷气扑面而来，她舒了一口气。

是谁发明了空调冷气的，这简直造福了全人类啊，这样的人就该万古流芳。

周衍还是坐在了后座，周明沣没有丝毫犹豫地打开车门，坐上了副驾驶座。

这辆车现在基本上是姜津津的专属座驾了。

周明沣扫了一眼车内，对这辆车他的印象不深，只依稀记得似乎是哪位朋友送的礼物，他只坐了一次还是两次就停在车库了。

现在这辆车上充斥着她的痕迹。比如造型可爱的摆件，比如带着甜橙清香的车载香水，又比如……此刻车内播放的音乐。

姜津津在彻底凉爽后，终于有心思来活跃气氛了。

经过这段时间的同床共枕，姜津津觉得，四舍五入一下，周明沣算得上是熟人了。

既然是熟人，那聊天就不必太过刻意，她随口说道："今天的花篮是不是刘助理安排的啊？"

周明洋回道："是，怎么了？"

姜津津想起那些花篮上的内容，又被逗笑了。

就连坐在后座的周衍，想起那跟他爸爸画风不符的花篮，顿时神情也轻松了许多。

"我就说嘛，跟你的审美和画风不像。"姜津津笑，"等一下在门口要不要停一下？周老板，我看别墅区很多邻居都偷拍了花篮，说不定你一世英名就要毁在我这里了。"

周明洋："……"

不太懂她这话的意思。

姜津津问："我今天没来得及拍。周衍，你拍了没？拍了的话给你爸爸看看。"

周衍也不知道自己是怎么回事，居然还真就从口袋里摸出手机找出拍的那张照片，递给了他爸。

等周明洋顺势接过儿子的手机时，周衍一顿——怎么回事？发生了什么？他怎么就这么自然地拿出手机了？

可现在也没有了反悔的余地，周明洋饶有兴致地将照片放大看了个仔细。

他脸上丝毫不见恼怒神情，反而说道："下次不会再让刘助理安排了。"

"别呀。"姜津津阻拦，"我感觉有几个人都是因为想看看花篮才过来买东西的，给我招揽了很多生意，你明天别说刘助理啊，刘助理人还蛮好的。"

周明洋失笑。

"其实我还蛮好奇的，请刘助理这样的人才，得开多少工资啊？"

姜津津必须得承认，她眼馋刘助理很长时间了。

虽然接触的时间不长，但在她看来，刘助理实在全能，不，万能！

什么都会，什么都做，而且事还办得特别好。

她希望以后也能找个刘助理这样的人才。

周明洋："他是按年薪算的。"

姜津津看他也不说，便问："他年薪有没有五十万啊？"

周明洋以一种很奇怪的眼神看她，似乎是在想"你在说什么呢"，回答道："当然。"

姜津津："一百万？"

周明洋思忖："嗯，差不多。"

姜津津：敢情都是有钱人？！

接下来周明洋还算耐心地跟姜津津科普了一下，刘助理虽然是挂着助理的职称，但他的实际职位比一些部门经理要高，刘助理不只是管公事，连带着也管周明洋的部分私事。

所以，别看刘助理还没满三十岁，未来无限可期。

姜津津叹了一口气："难怪他这样任劳任怨。"

连送花篮这种小事也办得尽心尽力。

话题又从刘助理延伸到现在的工资行情，姜津津还趁机跟周明洋请教了几个关于开店做生意的小问题。

坐在后座的周衍却觉得这样的爸爸非常陌生。

一开始他还掰着手指头在数他爸说了几句话，后来也懒得数了，因为他爸说的话还挺多。

三个人回到家，停好车后，依然是两前一后地从车库走进别墅内。

一进去，便发现家里来了客人。

钟佳烫了大波浪，身穿修身红裙，妩媚又动人，脸上还挂着笑容，却在看到周明洋身旁的姜津津时，僵硬了几分。

最后让她笑容尽失的是，周衍居然乖乖地跟在姜津津旁边！

三个人走在一起，就跟一家三口似的！

说好的后妈跟继子要闹得家宅不宁、乌烟瘴气的呢？

这看似和谐的一家三口，深深地刺痛了钟佳的眼睛。

在周明洋跟钟菲还没正式离婚前，钟佳就义无反顾地喜欢上了周明洋。一开始，她也的确为了自己居然对姐夫有心思而愧疚，甚至是耻辱，可之后，她逐渐发现，姐姐姐夫似乎并不像寻常的夫妻，在她察觉到时，姐姐姐夫已经分房睡好几年了。随后，在她悄悄的期待中，姐姐姐夫终于离婚，她以为自己苦尽甘来，准备以和之前不同的身份靠近周明洋，哪知道，离婚后的周明洋对钟家这边的亲戚包括她，比以前更加生疏了。

以前还能偶尔见到，姐姐姐夫离婚后，她一年也见不了周明洋一两回。

她很着急，却也没有办法，每次她厚着脸皮来周家，周明洋要么不在，要么跟她说了一两句话后便匆匆离开。

后来，她在朋友的建议下，决定以曲线救国的方式入主周家。毕竟她是周衍的姨妈，那时候她总觉得，拿下周衍这个小孩子一点儿难度都没有。可糟糕的是，周衍对她更是冷淡，早几年还愿意喊姨妈，这两年连这个称呼都直接省略了，冷得像一块冰似的。有几次她来周家，明着是关心他，实际上是等待周明洋，他却说，让她以后不要老是过来了。

钟佳一直认为，以周衍的性子，必然是会跟姜津津闹得不可开交的。

不，准确地说，她以为姜津津这个女人会闹。

届时，周衍会把姜津津逼到原形毕露。

可现在什么情况，他们居然一块儿回来了？！

这让钟佳无法接受，比之前听说周明洋结婚更加无法接受。

她知道周明洋回来了，今天特意打扮得漂漂亮亮的，还买了一些菜来到周家。当然还是打着给周衍做饭送温暖的旗号，主要目的之一是在周明洋面前体现存在感，之二是要灭一灭姜津津的威风。钟佳当然知道周衍也没那么喜欢自己，可她仔细想过了，她觉得周衍会更加不待见姜津津。

结果，她干坐着等了两个小时，等来的是这么一个结果！钟佳都快气疯了。

女人最了解女人，姜津津一眼就看穿了钟佳的心思，抢在她开口之前笑道：“周衍他姨妈，你吃过饭了吗？”

这个称呼……

令周明洋跟周衍都看了她一眼。

钟佳虽然非常讨厌姜津津，可这会儿当着周家父子的面，也不可能不理会她，便道：“还没，我想着阿衍放暑假了，他小时候最喜欢吃我奶奶包的饺子，以前我跟奶奶学了一手，趁着今天有空，就想着过来给他包点儿饺子。”

周衍面无表情，仿佛谈论的主角不是他。

姜津津脸上的笑意更深了：“那挺好。我们刚从外面回来，打包了一些菜，还有海鲜，要不要尝一尝？”

钟佳：“……”

她不可置信地看了周衍一眼。

没想到他就这样轻而易举地接受了姜津津这个后妈。

她更加不懂为什么那么简单的事情，到了她这里就难上加难了。

好歹她跟周衍也有亲戚关系，她可是周衍的姨妈，如果是她来当这个后妈，她有自信她可以做得比任何人，尤其是这个姜津津要好得多，为什么堂姐明知道她的心思却不帮忙？为什么周衍对她这个姨妈比对外人还要生疏？

一时间，钟佳难受极了。

她怪钟菲、怪周衍、怪姜津津，唯独不怪默许这所有一切发生的周明泮。

“不用了。”钟佳挺直腰杆，依然不愿意认输。

很奇怪，到了这一刻，她反而忘记了去注视周明泮，忘了今天来的主要目的。

她脑海里想的都是：这是女人的战争，她不能输。

至少此时此刻，在钟佳那儿，花费在姜津津身上的心思远远多于周明泮了。

“阿衍喜欢吃饺子，”钟佳笑意盈盈地看着姜津津，“现在又太晚了，正好我这几天都在休假，如果你不介意的话，不如我留下来明天一大清早包饺子给你们做顿早餐？”

她把难题抛向了姜津津。

她就不相信，姜津津能说出“介意”两个字。退一万步说，她真的说了，姐夫跟周衍会怎么看她？

姜津津摩拳擦掌，这是给她发挥的机会吗？

那可太好了。

来到这边这么久，还没认认真真地打过一场嘴仗呢。

哪知道她话还没说出口，一道男声抢在了她前头，声音漠然地说：“不吃。”

姜津津诧异地看着周衍。

虽然原文中，周衍对这位一直觊觎爸爸的姨妈没有多少好感，可这还是她第一次直面周衍的“叛逆”啊。

钟佳：“？？？”

她瞪圆了眼睛，似乎也不相信周衍居然会在姜津津面前这样对她。

“阿衍……”

周衍说完直接上楼了。

在他父母还没有正式离婚前，这位“好姨妈”就三天两头地过来，后来他父母离婚了，这位姨妈来得更勤了，每次都打着过来照顾他的旗号。他当年虽然是小孩，但也不是什么都不知道。有一次她竟然蠢笨到问他，以后一直住在他家照顾他好不好。他烦了，给他妈打了个电话，这才消停了一阵。

姜津津真是叹为观止。

从周衍的态度可以推测出来，他绝对不是第一次这样反感钟佳了。可钟佳这几年还是见缝插针地过来刷存在感，这心理素质好到她都佩服了！

钟佳呆站在原地。

周明沣瞥了她一眼，语气还是温和的，可仔细一听，也带了些生疏的意味：“时间不早了，你也快点儿回去吧。”

钟佳赶忙说道：“姐夫，我有点儿事想跟你谈一谈。关于我买的股票，有点儿担心亏损。”

周明沣语气平淡地回：“这个我不太懂，你找别人吧。”

姜津津诧异地看了周明沣一眼。

你忘记你是怎么发家的吗？你不就是炒股、炒期货发家的吗？这方面的行家居然说自己不太懂。

钟佳虽然面色一僵，却很快调整好了心情，点了下头：“那好吧，我就不打扰你了。”

其实自从姐姐姐夫正式离婚后，她也没有太多的借口再来这边，本想在周衍身上想办法，哪知道没多久后就被姐姐训了一通，紧接着姐夫也跟她说，让她再过来之前跟管家打电话。

但每次她想来之前，给管家打电话，管家都给应付过去了。

到后来，她不得不等姐姐回来看周衍时，一同跟过来。

现在姐夫再婚了，她实在接受不了，这才没有跟管家打电话便直接过来了。

这么多年了，难道她不知道姐夫对她没有那方面的心思吗？可知道归知道，她心里实在是放不下。

这几年，她也跟别人谈过恋爱，甚至一度到谈婚论嫁的地步，然而，最后她还是放不下内心的执念。

周明沣却没顾得上去考虑钟佳的心情。

他只是对姜津津说：“我先上去了。吃夜宵不够的话，也可以让厨房再做一些。”

姜津津连忙体贴地回应：“嗯嗯。”

周明沣也没多看钟佳一眼，便也往楼上走去。

不过他在离开之前，看了姜津津一眼，本来是希望她也一起上楼的。

哪知道对方一动不动。

周明沣：“……”

他也不勉强，顿了顿后便上楼了，很快，客厅里只剩下姜津津跟钟佳。

刚才还有些感伤的钟佳一秒进入了备战状态，一扫先前的萎靡，整个人看起来别提多有精气神了。

其实今天钟佳过来也是为了一雪前耻的。

什么给周衍包饺子那只是现成的借口，可以这么说，钟佳是为了跟姜津津再对战一回才来的，难过归难过，也不能忘了今天来这里的主要目的！

钟佳微微一笑：“刚才你跟阿衍和姐夫一起进来时，我才发现你跟我姐姐长得有点儿像，难怪姐夫会喜欢你跟你结婚。”

姜津津笑得更从容了——

就这？搁我这儿准备开演替身白月光虐恋情深呢？

她装作不懂地笑道：“可能吧，今天才听到一句话，美的人美得千篇一律，丑的人丑得各有千秋。这话虽然损，不过应该还是有一定的道理，就像你跟周衍妈妈虽然是姐妹，但你们两个就长得一点儿也不像。”

钟佳一哽，也不服输：“你说得对，就算长得再像那也不是一个人，你还没见过我姐姐吧。说真的，小时候我特别羡慕姐姐，因为姐夫对姐姐特别好。”

姜津津都想笑了。

这人可能有点儿精神分裂。

一边觊觎自己的前姐夫，一边又在这里跟她炫耀她前姐夫对自己姐姐有多好，究竟是要干什么呀？

正当姜津津准备了一箩筐话，势必要堵得钟佳哑口无言时，一道男声又抢在了她前头：“烦死了！吵死了！”

姜津津跟钟佳齐齐抬头看向楼梯方向。

只见周衍手里拿着瓶水，正神情冷漠地看着她们。

准确地说，是看着钟佳。

“怎么还没走？”周衍本身就是个刺儿头，他看谁不爽那都是直接让对方噎回去，才懒得管对方是不是长辈，“以后别拿我当借口过来了，很烦！这是最后一次，下次再拿我当借口，别怪我不客气。我妈现在过来都会打个电话提前说一声，你能不能有点儿礼貌？”

钟佳顿时傻掉了。

姜津津也目瞪口呆。

周衍这么刚这么会说的吗？看来他先前算是很给她面子了。

说完这些话，周衍又上楼了。

钟佳气血翻涌，立马也往门外走去，只剩下姜津津在原地感慨：不愧是男主角！这说话说得一针见血！

等姜津津反应过来后，钟佳已经走出了别墅。

姜津津猛然想起：她还没回击啊！虽然周衍言语反击了钟佳，可她还没出手啊！！

周衍归周衍，她归她。

她也没有脸大到认为周衍是在为她出气。

那这场仗她都没回击，怎么能算得上是赢？！

不行！

她小跑着追了出去，在别墅外面叫住了钟佳——

“周衍他姨妈！”

钟佳步伐一顿，神情颓丧，却在听到姜津津的声音时，又跟打了鸡血一样，冷笑了一声。

姜津津却不给她开口的机会：“刚才听你说，周衍爸爸对周衍妈妈很好，我相信肯定是真的，不然他们都离婚这么多年了，你还“姐夫”“姐夫”地喊着，可不就是不想断了这层亲戚关系。我倒是无所谓，我年纪虽然小，不过这心胸还是很豁达的，这要是换了一个人，整天听你“姐夫”“姐夫”地喊着，不得跟周衍爸爸闹啊？”

钟佳正要开口。

姜津津却又语速奇快地说：“还有你也是不懂事，周衍的妈妈现在也有丈夫，他要是听到你喊周衍爸爸为姐夫，那你不是害得两家人都不安宁？不过我想，周衍的妈妈找的肯定也是顶好的人，跟我一样，不会跟你一般计较。但还是想提醒你一下，你看，周衍现在有我这个后妈，也有后爸，你这样做不只是让他面上不好看，知道内情的说你是心疼周衍，这不知道的，还以为你俩结仇，你这样是要坑他呢，是吧？”

钟佳气死了，脸色发白。

这是什么意思？

“所以啊，我觉得为了周衍好，以后你还是不要喊周衍爸爸为姐夫了。”姜津津状似憨厚一笑，“我这个人老实、心也宽，不是很在意这些，但就怕周衍尴尬。我听你说的，你很疼周衍，你是最心疼他的姨妈，不会不答应的吧？不会的，是吧？”

钟佳忍着吐血的冲动，脸色难看得仿佛便秘了很久一般，咬咬牙走了。

姜津津满意极了，恨不得叉着腰狂笑，那得意扬扬的模样，尾巴都恨不得翘到天上去了。

太过沉浸在自己的世界，姜津津竟然都没有发现，周明沣正站在二楼露台，月光之下，他身形修长，脸上是若有似无的笑意。

钟佳都走了，姜津津自然也没有再待在原地的理由。

她复盘了一下跟钟佳的对话，对自己的表现非常满意。事情到现在为止，她跟钟佳为之发生争执原因的已经不是周明沣了，而是争一个输赢。就像今天，姜津津可没发现钟佳一直盯着周明沣看，从他们进来到离开，钟佳也就看了周明沣几眼而已。姜津津甚至有一种错觉：她觉得钟佳今天来，要见的不是周衍也不是周明沣，而是她。

不过，今天钟佳的到来以及说的那些话，给她提供了另类的思路。

姜津津开始琢磨着，如果她套路周明沣的话，成功的概率会有多大。

她对周明沣的确心动过，然而这种心动并不靠谱。总体而言，她对他目前仍未有半点儿男女之情。也正因为这样，对于钟佳的挑衅，以及她说的那些话，她才无动于衷，心里没有半点儿波澜，甚至觉得好笑。

可站在外人的角度呢，她今天算不算是受了一点点小小的委屈呢？

当然算！

这要是放在别人身上，那分分钟就炸了啊！老公前妻的堂妹过来耀武扬威、阴阳怪气，这要是放在别的家庭，这要是碰上不是那么好糊弄的主，一场争吵那是绝对避免不了的。

就是不知道周明沣会不会有些愧疚，有些不好意思。

毕竟这是前妻的妹妹对现任妻子挑衅啊。

很多男人惯会利用女人的愧疚，那么她当然也要利用周明沣此时此刻可能会油然而生的愧疚之心。

不过，她就是不太清楚，在她看来已经是老手的周明沣，还有没有宝贵的愧疚心呢？

或许他也很坦然呢？

或许他跟很多男人一样，觉得她该大度一点儿，并且认为钟佳的挑衅是无恶意的呢？

不管怎么样，她都不打算放过这个机会。

姜津津回到卧室，发现周明洋没在主卧的洗手间，猜测他应该去了次卧那边。

她从衣帽间拿了睡衣，打定主意好好泡个澡。

有时候姜津津都觉得，她之所以暂时还没有离婚的心思，跟这大别墅是撇不开关系的。

这里太舒服了，光是主卧的洗手间就有近二十个平方。

躺在浴缸里，一边泡澡，一边喝红酒、看电视，这种神仙日子的确会侵蚀她独立的信念。

等她将自己泡得浑身香喷喷，仿佛自带仙气走出浴室时，周明洋已经坐在床上看手机了。他是看手机，而她一般是玩手机，姜津津注意着他这边的动作，坐在梳妆台前，一边护肤一边透过镜子看他。

好吧，这男人果然稳得一批。

别说是愧疚了，可能余生他连“不好意思”“抱歉”这样的情绪都不会有。

姜津津用美容仪器在脸上划来划去。

正所谓没有对比就没有伤害。

看看周衍，再看看周明洋，这就是鲜明的对比。

抱着“我不好过也不让你好过”的想法，姜津津破天荒地没有在关灯以后一沾枕头就睡着，而是故意翻来翻去，每次周明洋的呼吸稍微均匀了些，貌似睡着了，她就立马一个翻身弄出动静来。

周明洋：“……”

黑暗中，姜津津自然看不到他脸上的笑意。

他的声线一如既往地沉着冷静：“怎么了，睡不着？”

姜津津语气很轻，脸上却毫无扰人清梦的抱歉神色：“吵到你了，对不起呀！”

“没有。”周明洋低沉着声音问她，“怎么了？”

姜津津叹了一口气。

这个叹气很有艺术功底，既传神地表达了自己的难受，又恰到好处不会显得太忧愁。

“没怎么，就是在想，周衍的堂姨会不会误会我。”姜津津说，“我真不知道她今天会来。要是知道，就不会说让周衍跟着我们一块儿吃饭了，让她白白在家等这么久，你说她会不会误会我啊？”

一张大床，周明洋跟姜津津并没有靠得很近。

只是这会儿屋子里太过安静，安静到周明沣此刻略显沙哑的声音，连带着温热的呼吸仿佛落在她耳边一样——

“没太大关系。”

姜津津疑惑地：“嗯？”

“她怎么想，没太大关系。”他耐心地补充了一句。

“可是，”姜津津犹豫地，“我还蛮想跟她搞好关系，毕竟我也没什么朋友，看得出来，她对你和周衍也是真的关心。”

周明沣顺着她的话说：“不用搞好关系。”

姜津津带着深深的遗憾说：“是吗？我最近对股票还挺感兴趣的，还想问问她都买了哪些股呢。”

这就是姜津津的目的。

在现实世界里，她没敢真的碰股市，光是基金方面的盈亏都足够牵动她的所有心思。

如果不是环境不一样，她现在也不会有这方面的心思。

本来她对这个就有兴趣，只是苦于没有靠谱的人带着她去了解，刚刚钟佳的话给了她灵感。在原文中，有简单地讲述了周明沣的发家史，可以这么说，他的发家一方面得益于他的眼光以及魄力，另一方面则是在股市以及期货方面的能耐了。

现在身边躺着这样一位厉害的人物，她不趁机学习，那不是亏大发了吗？

周明沣没有说话。

姜津津也很有耐心。

她不相信周明沣就真的不解风情到这个地步了。

果然没多久后，周明沣沉吟道：“你想炒股？”

姜津津道：“也不是，就是对这方面有点儿兴趣。不过你也知道，我没什么朋友，都不知道上哪了解，网上的消息也是半真半假。”

她又叹了一口气：“本来还想着周衍的姨妈也没大我几岁，我们能聊得来呢。”

周明沣心里有数，装作不经意地问道：“你缺钱？”

姜津津愣住了。

她很想说缺，然后他肯定会给她一笔钱。

不过理智及时悬崖勒马，话到嘴边又咽了回去，这不是她的初衷，也不是她的目的。

“不缺钱。”姜津津忍痛说，“就是缺点儿乐子，别人说炒股还挺有意思的。”

周明沣说：“股市不要随便碰。”

“我肯定不随便碰……”她顿了顿，又说：“周衍姨妈是不是经常来跟你请教股市方面的事呀？”

“没有。”周明沣回。

姜津津：“你说你不懂，可我觉得你一看就是那种特别懂行的。”

周明沣忍住笑意：“哦？”

适当的马屁还是要拍一拍的。

姜津津毫不吝啬自己的赞美之词：“因为你一看，就是那种什么都会、什么都懂的成功人士啊！气场，气场你知道吧，反正你要是站在一堆人里，我一定第一个认出你来！”

周明沣低低地笑了出声。

“我只是懂一点儿皮毛。”

姜津津：“……”

过分谦虚了。

不过他这也算是松了口。

“我不信，你肯定特别厉害！”姜津津说，“可能是我现在太闲了，对自己不懂的事情都好有兴趣哦。”

周明沣总算问道：“你想在股市赚多少钱？”

姜津津说：“听说股市可以翻倍。”

周明沣皱了皱眉。

姜津津见他不吭声，又立马说道：“不过我一点儿都不贪心的，反正就是玩儿嘛！赚多赚少无所谓的，主要是开心，找个乐子打发时间。”

“你去找刘助理吧。”周明沣一锤定音。

“刘助理？他能行吗？”姜津津语气里是深深的怀疑。

周明沣失笑：“刘助理是名校高才生，个人能力十分出色。”

“可是我也不是每天都能看到他。”姜津津就是一门心思盯上了周明沣，“他教我投哪些股票当然容易，可我又不是为了赚钱，还是要自己入门、自己操作才更快乐呀。”

“那你想怎么办？”

姜津津往他身边挪了挪，不过没敢直接靠着他。

“你教教我好不好？”

先教她股市方面的知识，再教她选哪几只股票。

她知道自己很贪心，可面对这样一个唾手可得的好机会，不把握住实在枉为人啊。

周明沣是谁？但凡她在他这里学了一星半点儿，将来就算离婚一分钱都落不到，她也是稳赚不赔的。

以前是不敢轻易下场，现在如果拜了周明沣这个老师，她还怕什么，还怕什么？！

股市当然有风险，她也知道就是周明沣这样的人，也不敢打包票说什么股稳赚，可她既然踏上了做生意这条路，就回不到从前完全“求稳”的心态了。不是有那么一句话吗，富贵险中求，收益越大，随之而来的风险也越高。

她就是喜欢冒险的人生。

周明沣像是被她缠得没有办法了，只能应了一声：“好吧。”

他又补充了一句：“我也不是每天都有时间。”

姜津津回：“没事啊，只要你记得有我这个学生正嗷嗷待哺、等你授课就行了！”

因为周明沣点头答应，姜津津决定收回先前“老子跟儿子没有对比就没有伤害”这话，毕竟姜是老的辣、酒是老的纯，他还是很不错的！

可能是姜津津对于未来的设想太过美好，以至于以前几乎都没怎么做过梦的她，居然做了一个特别美好的梦。

在梦中，她坐在一堆钱上，不止如此，天上还不停地下着“钞票雨”。

还有宛如从天际传来的画外音——

“恭喜姜津津女士喜提兰博基尼一辆！”

“恭喜姜津津女士有味便利店第一千家分店开业！”

在梦中，她在钞票床上旋转跳跃，似乎永不停歇。

周明沣是被一串接着一串的笑声吵醒的，睡眼惺忪地坐了起来，再侧头看向将整床薄被都卷了过去、如同八爪鱼一样把薄被恨不得卷成麻花的姜津津。

她不知道做了什么美梦，嬉笑出声，似乎极为开心的样子，眉目舒展开来，即便没有睁开眼睛，也能让人充分察觉到，她此刻的雀跃与欢快。

成熟老练如周明沣，昨天她一开口，他就猜到她打的是什么主意了。

至于为什么要顺势去答应她，周明沣已经不愿意再将他格外耐心的原因，归结于那一段已经定义为交换的恩情了。

或许，他是好奇她究竟要做什么，又或许是很久没有碰到这样有意思的事了。

他将一切尽收眼底，默不作声地看着她。

姜津津心情非常之好，醒来以后见屋子里没人，还饶有兴趣地哼着歌曲，一路跟跳交谊舞似的来到浴室。

等她简单梳洗后来到楼下，碰到管家，便顺口问了一句："其他人呢？"

杨管家笑道："先生跟少爷已经出门了。太太，今天想吃什么早餐，中式的还是西式的？"

姜津津想都没想直接回道："中式。"

其实她的口味跟周家父子特别相像。

"好的。"杨管家又笑道，"厨房炖了燕窝粥，用的是血燕，太太要来一碗吗？"

经过这段时间的"腐蚀"，姜津津再听到燕窝、鱼翅这类食物，再也不会呼吸加快了，她很淡定地说："那就来一碗吧。"

在姜津津不慌不忙、慢条斯理地享受着早餐时光时，周明沣跟周衍在车内，气氛却是异常紧张。

周衍今天要去周明沣旗下一家公司当搬运工。

别看周衍嘴上说得那样硬气，实际上这还是他第一次去打工，难免有些紧张。

周明沣抬手看了一眼腕表："刘助理跟那边说的是早上九点报到，现在还有半个小时。"

暑假期间的周衍还真没时间概念。

今天已经算得上是起得很早了。

周衍查过了味美公司在新兴科技园那边，味美公司跟森林别墅一样，都远离市中心，因此距离并不算远。别看周衍说着不会让别人知道他的身份，但对于打工，他还没有半点儿真实感。一般的打工人，看着上班时间只有半个小时了，绝对会"生死时速"似的赶过去，可周衍听了这话，没什么反应。

"前面就是地铁站，新兴科技园在十五号线终点。"周明沣又说，"你没有多少时间了，建议你现在下车跑过去坐地铁。"

周衍一愣，坐地铁？

周明沣双腿交叠，姿态闲逸："怎么？不是要去打工自食其力，难道是去微服私访？”

听出爸爸语气里的讽刺，周衍的脾气一下子就上来了，探出手放在车把手上就要下车。

“等一下。”

周明洋又叫住了他：“我不希望你的出现打扰到公司其他员工，如果有人发现了你是我儿子，那你的微服私访只能结束。你说的那些话我也就当没有听过。”

“我知道！”周衍咬着牙说道，“我更希望大家都别知道我是周明洋的儿子！”

周明洋从容一笑：“最好是这样。”

周衍恨恨地下了车，用了最大的力气将车门一甩关上，坐在后座的周明洋浑然不受影响，都不带停留的，便对司机说道：“走吧，去公司。”

司机不解，这里距离地铁站有一公里。但他不敢揣测老板的意图，一踩油门马上走了。可怜周衍刚下车还没搞清楚方向，家里的车便绝尘而去。

周衍：“……”

他不想让爸爸看不起，想到离九点钟只有半个小时了，也没空想别的，拿出手机导航出最近的地铁站后便一路狂奔。

第六章

离家出走?

姜津津发现，现在的有味便利店已经有她没她一个样了。

徐从简有在便利店兼职的经验，经过昨天一天就彻底上手了，今天的生意还是很好，但他一个人也完全忙得过来，又是收银，又是整理货架上的货品。看着他忙碌却不出错的办事风格，姜津津心满意足，她觉得自己真的运气太好了，居然招聘上了这么一个能人。在店里看了一会儿后，快递打来电话，她在网上订购的美甲设备到了。

在便利店这一块，姜津津是生手。

可在美甲这一块，她简直不要太熟练。

私心里，她还是希望能干回老本行的，就像现实世界里一样，副业是开店当老板，主业是在大公司有一份相对而言稳定的工作。当初之所以要开便利店，也是因为环境位置特殊，在这里开美甲店那绝对会亏到怀疑人生的。美甲跟买生活用品不一样，老奶奶们一般都不会来光顾，那么她的顾客人群就只有那些太太了。但这些太太做美甲，肯定都有固定的去处，谁愿意轻易改变?

她有自己的计划，等便利店的生意稳定下来，她就要着手准备开另一家店了。

“徐从简，我先回去一趟。”姜津津拎着东西，“你看着店，有事给我打电话。”

“嗯。”在一旁的收银台站着的少年抬起头来，面容俊秀，气质清冷，令人忍不住心生好感。

姜津津跟刘奶奶约好了，等美甲设备到了，要给她做个美甲。

刘奶奶来到周家时，还让家里的阿姨拎了好多东西过来。

又是干海参，又是才空运过来的海鲜，还有一盒子冬虫夏草。

刘奶奶乐呵呵地说：“你喜欢吃的话，我那还有好多，只管拿。”

姜津津挽着她的手，亲热地说：“那我就不客气啦。”

刘奶奶生了一儿一女，儿子开了房地产公司，也算得上是响当当的人物，女儿则是能力卓绝的外交官，两个孩子都很孝顺，在这里给她买了一套别墅养老。

到了楼上，姜津津熟练地将设备一一摆出来，又拿了色板，还打开软件，专业认真地跟刘奶奶商量着要做什么样的美甲。最后选了一款后，姜津津便拉着刘奶奶的手帮她将指甲边缘磨平。

“您保养得好好哦。”姜津津感慨，“我要是七十岁了手像您这么嫩，真是要躲着偷笑了。”

做美甲是很花费时间的，两人聊着天，话题不知怎么就飘到婚姻方面了，刘奶奶叹了一口气，面带怜惜地说：“多好一个姑娘，怎么就想着嫁给周先生了。”

姜津津扑哧一笑，抬起头来，露出明亮双眸：“瞧您说的，好像他很差一样。”

“也不是差，但年纪确实大了些。”刘奶奶说，“而且他还有孩子。后妈难当啊。”

姜津津只是笑。

她也不知道该怎么回这话。

刘奶奶盯着姜津津的发顶，目光柔软。她跟这孩子实在投缘，几次接触后，便也把这孩子当成了家中小辈，此时也是话赶话：“你想开店这很好，这女人啊，得有自己真正喜欢的事，它不是男人，也不是孩子。你看我生了两个孩子，现在又这么大岁数了，也算是悟出了一点儿人生经验，孩子啊、男人啊那都是其次，重要的是你自个儿。”

“这点我跟您看法一样。”姜津津眨了眨眼，“所以我现在心里想的都是我喜欢的事。”

那就是独立，有自己的生活。

一老一少聊得十分投缘，刘奶奶后来都悄悄地说了：“我有点儿钱，你以后要是做什么缺钱了，只管跟我开口。”

姜津津凑过去：“您给我？”

刘奶奶探出手一点她的额头戳了戳：“借给你。我也顶看重钱了。”

姜津津摸着额头，故意用很夸张的语气失望道：“那好吧！”

刘奶奶的话，她自然是听了进去，不过这道理，她早就悟出来了。

一天下来，周衍坐在地铁上怀疑人生。

他太累了，手上全是血口子，他猜到当搬运工不会太轻松，但也没想过会这么累。九点钟过去报到，可能是刘助理打过招呼了，那边也没让他出示身份证，直接领了工服就去仓库上班。他觉得自己仿佛是一台机器，不停地搬来运去，累到衣服都汗湿了好几次。

终于六点钟下班了，坐在地铁上，哪怕是吹吹冷气、放空大脑，竟然都是一件特别舒服的事。

森林别墅外面并没有地铁站，最近的地铁站都在两公里以外。

于是周衍从地铁口出来后，又步行了好久才终于看到森林别墅的标志性建筑物。

进去森林别墅区，必然会经过有味便利店。

周衍正好跟出来扔垃圾的徐从简碰上了。

两人虽然是同班同学，可两年下来，也没说过几句话。

周衍灰头土脸，大汗淋漓。

徐从简清清爽爽，整洁干净。

两个人都是暑假期间的打工人，对比却是如此鲜明。

鬼使神差地，周衍问道："徐从简，你在这上班，一个月多少工资啊？"

徐从简有些疑惑周衍怎么会把自己搞得像在工地搬了一天砖的样子，也有些纳闷他会询问自己的薪资。

不过徐从简对周衍感观也不差，便回答了一个数字。

周衍："……？"工资比他高。

徐从简敏感地从周衍眼中捕捉到了……一股羡慕之情。

周衍羡慕他？羡慕什么？

周衍跟徐从简并不熟，两人也无话可聊。

两个人，一个是有名的差生，一个是有名的尖子生，除了同在一个班级以外，平常也没什么交流。周衍想起手掌的血口子，还有酸胀的胳膊，问道："这里有药膏或者药油卖吗？"

徐从简顿了顿："有的。"

周衍身形轻松地进了便利店："那我买一点儿。"

"嗯。"徐从简工作能力出色，短短两天，就将货架上的物品都整理好，并且清楚地记得哪些物品摆放在哪里。很快他就找了几种不同牌子的药油给周衍：“你自己看要买哪种。”

周衍对这个也不了解，随手选了一瓶药油，扫码付钱的时候，动作停顿了一下，装作不经意地提起：“我来买药油这事，别说给她听。”

他不想让他爸知道这件事。

虽然今天真的很累很累，可他也决定自己扛着，如果让爸爸知道，那不是很没面子，好像他连这么一点儿事都办不好。

所以就算家里有药箱，有家庭医生，他还是想自己在外面买药油解决。

徐从简回：“在便利店买东西不是实名制。”

意思是，只要老板不去查，他也不会说。

周衍放心了，拿起药油：“谢了。”

徐从简面容平静。

周衍将药油藏在背包里，他也嫌弃自己身上有一股难闻的汗味，便以最快的速度进了森林别墅区，又小跑着回了家。

姜津津人缘好，来到这里没多久就跟别墅区一些老奶奶混熟了，就比如今天来做美甲的刘奶奶，实在是心疼姜津津经营便利店辛苦，在便利店还没开张时，就跟儿子提了一嘴订单业务。刘奶奶的儿女工作都忙，不过还是每月都来看她。刘奶奶的儿子为了让母亲开心，也就说了以后公司在供应茶水以及小零食这一块上，都交给姜津津的有味便利店。

这对刘奶奶的儿子来说，就只是一句话的事，对姜津津来说，却是开业以来最大的一笔订单了，这意味着她有了稳定的客户。

房地产开发楼盘，每天都有很多人去看房，姜津津早前也跑了很多楼盘，这些开发商会在售楼处供应饮料以及小零食。现在刘奶奶的儿子让助理跟她联系，两边已经签了合同，她按清单供应，月底一起结账。可以这么说，光是靠着刘奶奶儿子的生意，都可以养活这家便利店了。

姜津津想起来这里前最后一位给她算命的先生说过，她命中多贵人。而且，还说了，如果她只是当一个上班族，那中规中矩。如果她是做生意冲事业，那么财运无边。

姜津津其实不太相信这些玄学的东西，不过身边的人似乎都沉迷于此，所以她也被拉着算了很多次。对于好的话，她信；那些不好的话，她不信。每一个给她算命的先生都说她有财运，大概除了原生家庭对她影响让她自立自强外，可能也有被这话影响了吧，她对于做生意赚钱，从成年开始就产生了浓厚的兴趣。

开业以来顺风顺水，令姜津津心情舒畅不已，自然就更愿意在这条路上狂奔了。

杨管家跟她汇报，司机来电说周明沣今天有越洋的视频会议，要开到凌晨，为了不打扰她，他今天晚上就在公司附近的酒店套房休息。

这段时间周明沣也不是每天都会回来住的。

周氏集团业务广泛，其中也涉足酒店行业。周明沣就入股了一家五星级酒店，酒店老板是他多年的好友，早早地就给他预留了一间豪华套房。这酒店离周氏集团总部很近，开车十分钟就能到，因此周明沣在燕京时，有一半日子是在酒店居住的。

对姜津津来说，周明沣在或者不在，没什么太大的区别。也就是他不在的话，整个卧室包括大床都是属于她的。

姜津津从来没想过，自己居然能在一个并不是男朋友的男人身边安然入睡这么久。

究其原因，大概是周明沣浑身上下都散发着一股与众不同的气息，令她对他莫名其妙地感到心安，她甚至开始觉得，只要她不愿意，哪怕这段婚姻持续到八十岁，她都可以按照自己的意愿生活。这多么令人安心啊！

姜津津泡完澡以后在大床上滚过来滚过去，快乐赛神仙，然后她趴在床上开始玩手机。

玩手机自然是微信、微博、短视频一条龙。

在快十点时，姜津津刷到了关注的博主刚发布不久的视频，居然是在吃火锅！

这让姜津津猛然想起，自从来到这里，她燕窝鱼翅吃了，海鲜大餐吃了，市井小吃也吃了，唯独没有吃过火锅。这让她以后怎么好意思自称是火锅杀手？

她这会儿不饿，就是馋。

她拿出手机，果断地搜索附近的店铺，终于找到了一家火锅店。这个点，这个距离，配送费贵是贵了点儿，可阻止不了她想吃火锅的心情。她立马点了爱吃的菜后，便翘首以盼外卖小哥的到来了。

火锅店的小哥配送速度很给力，在姜津津下单不过半小时左右，他就穿着工作服送来了火锅。

这个点，管家和阿姨都在隔壁的副楼休息了。

姜津津想一边看电视一边吃火锅，便收拾了客厅茶几上的果盘，让外卖小哥将食材和小锅都摆放在茶几上。

等外卖小哥走后，姜津津盘腿坐在地毯上。

小锅里的番茄锅底开始沸腾，她快速烫了毛肚，入口的那一刹那，毫不夸张地说，她的灵魂得到了满足。

周衍傍晚回来后因为浑身酸胀没顾得上别的，晚饭只是匆匆吃了几口，快入睡前也体会到了饿得前胸贴后背是什么滋味。饿到极致的他，是怎么也睡不着的，索性起床准备下楼找点儿东西吃，哪知道刚走到楼梯处，便闻到了一股浓郁的香味。

他下楼拐了个弯，看到姜津津正一边烫火锅一边看电视。

显而易见，香味是从那边飘过来的。

姜津津也听到了脚步声，抬眸望过去，见周衍站在不远处，也没想太多，问道："一起吃吗？"

那一瞬间，周衍的潜意识里已经为自己找了很多个借口。

总之，等他反应过来时，他已经站在了茶几处。

他茫然又无措：他这腿怎么就没听使唤？

大概是之前几次相处还算愉快，虽然也没跟姜津津说什么话，但两人实在也算得上是和平相处，以至于他对她根本无法产生恶感，连带着她的邀约，他也遵从了身体本能。

"自己去厨房拿碗筷哈。"姜津津语气十分理所当然，还吩咐了他一句，"顺便在冰箱拿瓶可乐。"

周衍："……？"

他还是去了厨房，自己拿了副碗筷，从冰箱里给她拿了一瓶可乐，顺带给自己拿了瓶雪碧。

火锅配冰的碳酸饮料，一个字：绝！

周衍本来就饿了，毫不客气地在姜津津面前展现了一项才艺——"暴风式吸入"。

姜津津点火锅时，压根就没考虑过要跟别人一块儿，点的菜也都是单人分量的，她一个人吃是吃不完，但这会儿加上周衍这么一个处于长身体阶段，并且还做了体力活的小伙子，这些食材就远远不够了。

"我去厨房看看还有没有什么能涮火锅的吧。"姜津津起身。

周衍脸皮也没厚到舒服地坐在一边等她上菜的程度。

他也跟着起身，犹豫了片刻，还是尾随她来了厨房。

姜津津在冰箱里找到大虾、肥牛及若干素菜。

她表情纠结地看着自己才做的美甲，又瞥了一眼站在旁边的周衍，心想：他吃了她的火锅，那么她吩咐他做一点儿力所能及的小事，也是应该的吧？也算等价交换吧？

思及此，她开口了："你介意做一点点事吗？"

周衍看向她，显然有些不解："什么？"

"那就是不介意了。"姜津津指着虾，"把这些虾清洗一下，一半直接下火锅，一半做虾滑。"

周衍觉得问题不大，他点了下头："好。"

"娃娃菜洗一洗，还有土豆最好切成片。可以吗？"

"嗯。"

姜津津松了一口气。

其实男主角还是很好相处的，也不像原文里说的那样呀。

这不，明明很讲道理，知道"吃人嘴短，拿人手软"。

如果是男主角这样的叛逆期，那她还是可以接受的，她最怕的是碰上那种老子天下第一、所有人都该听我吩咐、伺候我的"少爷"。

周明沣的视频会议比预想的要提前两个小时结束。

车上，他坐在后座疲倦地闭目养神。

司机尽职地低声问了一句："周总，现在是直接去君庭吗？"

周明沣抬手捏了捏鼻梁，声音低沉："几点了？"

司机回："十点二十五分。"

周明沣想起今天儿子第一天去公司当搬运工，这会儿也不算晚，便道："不去君庭，直接回家。"

"好。"

晚上十点半，早就过了堵车的高峰期，甚至开往森林别墅的主干路上，车辆都不算多，一路畅通无阻，比以往要提前了十来分钟到达。周明沣下车后不忘嘱咐司机："直接回去休息吧。也不早了。"

司机应了一声。

周明沣下车，司机缓缓地将车开往车库。

现在已经将近十一点钟。

月朗星稀，安静无声。

他步伐沉稳地进了别墅，大门采用的是指纹与人脸识别一体的安全系统。他才踏上台阶，大门就缓缓打开，走进屋子，率先闻到一股浓郁的火锅味道，扫了一眼，茶几上一片狼藉，粗略一看就猜得到有人在这里吃火锅。

奇怪的是，有两副碗筷，一只碗边是可乐，一只碗边是雪碧。

周明沣正疑虑时，有对话声从厨房传来。

他略一思索，往厨房那边走去，还未走到门口，便看到背对着他、站在洗手台前的周衍跟姜津津。

姜津津站在一旁，一开始还有些收敛，到后来态度坦然地吩咐着周衍。

让周衍尝了一回被人吩咐的滋味。

“虾线要去掉，就不用绞肉机了，随便用刀剁碎，再放入一点儿蛋清……”姜津津翻着手机上的食谱，“还有少许盐、料酒和胡椒粉。”

周衍也是头一回做这些事。

他听了这话，问道：“少许是多少？”

“我也不太清楚，看你心情吧！”

周衍：“……”

他现在其实后悔了。

后悔没管住自己的胃，自己的腿要是没往茶几那边走，他随便在冰箱里找点面包吃不香吗？

明亮的灯光之下，完成了忙碌工作的周明沣，此刻不见白天的一丝不苟，他抬手懒散地解开了袖扣，听着他们的对话垂眸，唇角有一丝淡淡的笑意。

周明沣故意弄出了一点儿动静来，惹得两个人齐齐往回看。

周衍倒是没忘记自己还在做虾滑，继续专心剁着虾肉，还好他们这里是别墅区，就算弄出再大的动静来，也打扰不到邻居。

姜津津很意外，走到他身边，好奇地问道：“杨叔不是说你今天不回吗？”

周明沣解释了一句：“会议提前结束了。”

“哦，这样啊。”姜津津见他盯着洗手台上清洗干净的素菜，顺口问道，“我们在吃火锅，你要不要一起吃？”

周明沣唇角笑意未散：“嗯。”

他低头，自然地将西装外套递给她。

姜津津也就顺势接了过来。

一开始，她见他早上穿得西装革履，再看看这气温，嘴上虽然没说什么，但心里也不是没有质疑过他的体温是不是跟正常人不一样。

不然她天天穿得清凉走在外面都热得冒汗，他怎么穿着长袖衬衫还泰然自若呢？

后来她才发现，这盛夏气温是高是低，似乎对他影响不大，凡是他待的地方都有冷气，室温宜人。

姜津津的臂弯是他的西装外套，只见他将衬衫袖子卷到手肘，露出精瘦的手臂，到洗手台前打开水龙头洗了手后，对周衍说道：“我来吧。”

这下别说是姜津津了，就是周衍都目瞪口呆。

姜津津诧异地说：“你会？”

周衍更是震惊。

因为在他的印象中，根本就没有爸爸下厨这方面的记忆。

周明沣嗯了声：“很久以前会。”

姜津津才想起来，他也是过过苦日子的。

原文中，周明沣的家庭条件并不算好，家里人供他上大学已经是倾尽全力。他早年间，生活也算得上是清贫。他算是赶上了好时候，运气好又有能力，最重要的是还具备超群的眼光，这才在商场上闯出了一条血路，成为人人尊敬的周总。

“食谱给我看一下。”周明沣侧头说。

姜津津空出一只手来，打开了手机软件，凑到他身边来。

周明沣甚至要比周衍还高一些。

他微微倾身，她将手机伸到他面前，一时之间，两人靠得很近。

他看得认真，思索了片刻后开始针对食谱中所说的“少许作料”对食材进行调味，光看他的动作，并不给人一种生疏的感觉，没几下，他就调好了跟火锅店里没什么区别的虾滑。

几分钟后，三个人来到客厅继续涮火锅。

这一次的食材多了很多。

姜津津问周明沣：“你喝什么？”

周明沣的目光掠过可乐，又掠过雪碧：“温水就行。”

姜津津笑嘻嘻地：“你好养生啊，怪不得保养得这么好。”

可能是习惯了吩咐周衍了，她又说道："周衍，给你爸爸倒杯温水吧。"

周衍也没什么意见。

也许他也被她吩咐习惯了，他起身，大长腿迈向厨房。

周明沣："你们相处得很好。"

姜津津眨了眨眼睛："很好？"

他是从哪里看出来的？

周衍很快地回来了，沉默地将一杯温水放在周明沣手边后，他又坐了下来，埋头开始涮肥牛。

周明沣虽然说跟他们一块儿吃，但他基本上没怎么动筷子，只是喝了几口温水。

姜津津觉得，周明沣这个人还是很有眼力见儿的，看他们太忙，竟然主动地帮他们涮肉。

周明沣夹了虾滑和肥牛到姜津津碗里，姜津津满足得眉眼弯弯："谢谢。"

这男人也有些小心眼。

给自己亲儿子夹了菜，周衍什么话都没说后，他就不给儿子夹了。

没一会儿，姜津津的小碗里堆满了肥牛。

周衍再看看自己面前这可怜兮兮只有蘸料的碗，一脸无奈。

等周衍跟姜津津吃完时，都已经快十二点了。

姜津津看着茶几上的一片狼藉，突然说："这些放到明天早上让用人来收的话，隔夜火锅的味道好像不太好闻。"

岂止是不好闻，简直挑战视觉神经以及嗅觉神经。

可这个点把用人叫起来更加不合适。

"所以，"姜津津双手合十，虔诚地说，"两位善人，你们谁上？"

周明沣不动声色，看样子是不愿意收拾。两人一对视，明明也没有相处很长时间，但也培养了一些默契，这一刻，他们也没别的想法，就想培养培养孩子的独立意识，这是每一个家长的责任。

两人的目光放在了一旁的周衍身上。

周衍："……"

他太后悔了，他为什么要下楼来到茶几旁。

然而，连他自己都没发现，即便如此，他心里居然连一丝怒气都没有。无论他这个人性子如何，如何的冲动易怒，他终究只是一个十六岁的少年。今天他如果是二十六岁，那他的想法将会截然不同。十六岁，毕竟还没成年，仍然对美满的家庭有无法抗拒的向往。

在这样的深夜，这样的一顿火锅，至少十六岁的周衍，并不排斥。

姜津津继续开口："其实一点儿都不麻烦，家里有洗碗机，只要将这些碗筷放在洗碗机里，动动小手按一下开关就好了。"

周衍还是不动。

但凡周衍表现出一丝不耐，姜津津都不会继续往下说了。

她分明看得出来，周衍似乎是在等，等一个能说服他的理由，这就代表有戏。

平心而论，姜津津并不讨厌周衍，这样一个长得帅、有钱又年轻、性子并不讨人厌的小伙子，哪个老阿姨讨厌得起来呢？

"做完这些事，我给你一百块。"姜津津笑着说。

这简直像是在开玩笑一样。

周衍："？"

如果是萌生打工大计之前的周衍，肯定不屑一顾，直接起身走人。

可现在他是打工人，并且跟爸爸也较上劲儿了。上次饭桌上的一番豪言壮语，他不能当自己没说过，说过的话就要办到。离十八岁也只有两年了，十八岁以后他要学会自食其力。反正他早就做好了心理准备，这茶几上的碗筷得自己收，既然如此……

他继续不吭声。

姜津津了然，心里在偷笑，面上却没表露出来："一百五，不能多了，再多我也出不起。"

周衍矜持地点了点头，算是答应了。

姜津津又看向周明沣："你钱包在不在？"

周明沣脸上明显是很愉悦的神情："嗯。"

"有现金吗？有的话先给他，我等下还给你。"

周明沣拿出钱包，他现金不多，都是一百整，拿了一百块递给她。

姜津津无语：怎么不直接给周衍，还要让她经一手。

周明沣像是看出了她的心理活动，颇有兴致地解释："我是借给你。"

姜津津又好笑又无语："你还怕我不还呀？"

一边说一边接过钱递给周衍。

哪知道周衍提醒了一句："一百五。"

这只有一百。

姜津津：“？”佩服，活该你们父子俩有钱呢。

“我没五十。”姜津津说，“微信转账？”

就这样，姜津津在无意识中，达成了“跟继子成为微信好友”的成就。

她给周衍发了个五十块红包过去，他像怕她反悔似的，十秒钟内接收。

等周衍收拾碗筷时，周明洋看了她一眼：“我的呢？”

姜津津：“一百块也要我还？”

她还没跟他要生活费呢？！

周明洋微笑颔首。

姜津津笑了笑，低头雄赳赳气昂昂地给他发了个一百零三块的红包：“三块钱是利息哦。”

这么会赚，这么精明，未来首富不是他是谁。

周明洋欣然接收，还很郑重其事地给她回了一条消息，即便她就站在他面前：“谢谢。”

两人一前一后地上楼回房休息。

时间已经不早了，姜津津也没顾得上泡澡，简单冲凉后便出来了，正好碰到从次卧浴室回来的周明洋。

周明洋递给她一张黑色镶着金边的邀请卡。

姜津津此时睡意袭来，连着打了好几个哈欠，眼眶里也有点儿眼泪，再加上卧室里光线较暗，她乍一瞥见那黑色，还以为他终于有了身为霸道总裁丈夫的自觉，给她一张黑卡，不过那股激动之情还未涌起，便听到他说：“这是一个私人座谈，你有兴趣的话可以去听听。”

不是黑卡啊？！

姜津津接了过来，一看这卡片便觉得不一般。

“什么座谈？”她疑惑地抬头望他。

“你不是说想学习吗？”周明洋淡笑，“我最近确实没时间，这几个都是我的熟人，有两位是有名的操盘手，他们比我厉害。”

“真的啊，我当然有兴趣！”

天上下红雨她都要去。

这种级别的座谈会名额多珍贵啊！

“明天下午四点。”周明沣提醒了一句，“地址在卡片后面。”

“明天下午啊？”

“怎么，你有事？”

姜津津点头：“我跟文清约好明天陪她去看房子的。”

周明沣看向她，显然不知道她说的文清是谁。

姜津津这才想起来，他平日里工作忙，都没时间参加家长会，那他更加不可能认识周衍的各科老师，便解释道：“文清就是周衍的数学老师孙老师，上次也是她发消息告诉我，看到周衍在酒吧。”

周明沣：“你们以前认识？”

姜津津摇了摇头，还在专注地看着黑色卡片：“不啊，就是那次参加家长会时加了微信，后来就熟了。”

周明沣：“？”

如果他没记错，家长会也就是前不久的事。

她居然跟那老师已经熟到可以陪着去看房的程度了？

对姜津津来说，跟感观不错的人熟起来并不是一件难事。

她挺喜欢周衍的这位老师，加了好友后，看孙文清的朋友圈也会点赞、评论，一来二去后就熟了，两人前几天还约着一起逛街吃饭。因为孙文清的朋友并不是很多，对逛街买衣服也不算很了解，别的同事们在暑假期间，要么带着孩子出去旅游，要么跟男朋友一块儿出去，本来就没有什么朋友的她，更加约不到人了。

姜津津最近最多的就是时间，听说孙文清没人陪后，自告奋勇地约她一起逛街。

来到这里后姜津津发现，自己几乎没什么朋友。

除了生意赚钱以外，她也希望能尽快有自己的生活圈子，比如朋友、比如事业。不然一直独来独往，多孤单呀！她最怕的就是孤单了。

事实证明，孙文清的确是一个很好的人，以后也一定是很好的朋友。

姜津津也没察觉到周明沣的诧异，抬起头来，又说道：“我明天一定会赶过去，不过，我可以带文清一起去吗？”

周明沣恢复了以往的从容：“可以。”

姜津津笑了：“之前就听她说对这一块也有些感兴趣。她是尖子生，肯定比我厉害得多，我听不懂的，她都能听懂，我们两个人说不定还能讨论呢。”

“你也很聪明。”周明沣说。

“我那是小聪明。”姜津津想起孙文清的履历，就忍不住感慨一句，“她是真正的聪明，脑袋瓜不知道怎么长的，居然能那么厉害。”

姜津津是个小话痨，一旦打开话匣子，就止不住叭叭叭地说个不停——

“我这个人有点儿，就是崇拜学习好的人。可能是我以前念书的时候，不管怎么努力成绩也是中上游的缘故吧，反正她很厉害，然后她人又特别好，我很喜欢她。”

周明沣看着她的发箍。

自从出差回来，他发现卧室甚至是家里，随处可见的是各种发箍以及头绳。

有一次半夜，他在睡梦中被硌醒了，起来一看，床上有一个发圈，发圈上是不规则形体的点缀物，而罪魁祸首正睡得无比香甜。

此时此刻，姜津津头上的发箍很可爱，两边是有些夸张的熊耳朵，发箍中间有一蓝色花朵，随着她的动作一晃一晃的。

姜津津快速涂抹完护肤品也上床躺着，卧室里的灯都关了，窗帘拉上，让人体验了一把什么叫伸手不见五指的黑。

睡前吃一顿火锅，这会儿嘴巴是舒服了，心里也舒服了，胃却没那么舒服。

她摸了摸自己的小腹，不禁感慨一句：“好饱啊，都想做运动来消耗一下了。”

这话一说出口，似乎空气的流动都迟缓了几分。

姜津津很少会有尴尬的时候，可这一刻，她只想能倒带回一分钟前，她要收回这一句容易让人误会的话！

她是不是还可以抢救一下？

正当她在犹豫是绞尽脑汁换别的话题掠过好、还是直接装死好时，他开口了，黑暗中，他的声音更加清晰了：“这边昼夜温差大，泳池的水可能有点儿凉。”

姜津津舒了一口气，不禁反省自己，难道真的是她想歪了？

瞧瞧，男人听了这话都没想歪，反而是她想歪了，太尴尬了。

“说得也对。”姜津津闷闷笑出声来，“那就明天游吧。”

她装模作样地打了个哈欠，一副困到不行的模样：“我好困，先睡了啊。”

说完后，还悄悄地往另外一边挪了挪，裹紧了被子准备入睡。

周围一片黑暗，姜津津自然也看不到周明沣的表情，他的声线平稳：“嗯，晚安。”

半晌后，直到耳边传来均匀的呼吸声，周明沣才疲倦地闭上眼睛。

孙文清跟姜津津能玩儿得来，有一个重要的原因，两人在一些习性上非常相似，比如，都不喜欢约会迟到。

约好了上午十点在小区门口碰面，姜津津准时到达，孙文清也已经在门口等着了。

孙文清从去年年底开始就有了购房计划。学校之所以被定义为私立学校，除了设施好以外，最吸引家长的是师资力量。而学校为了招揽业务能力一流的老师，那给出的福利待遇绝对要远远高于公立学校，因此孙文清一年到头拿到手的薪水十分可观，不仅如此，学校还给了落户福利及分房福利。

当初孙文清没有去有名的公立学校，为的就是户口的事。

现在户口到手了，她也就没指望能抢到分房名额，资历比她老的同事们还在翘首以盼呢，至少十年内是轮不到她这个新人的，于是，她就动了买房的心思。

“谢谢你啊。”孙文清一边系好安全带一边说道，“这么热的天也陪我出来转。”

姜津津不置可否地一笑道：“我本来也想出来见识见识嘛。”

两人去了好几个楼盘，这让姜津津再次有一种“这其实是现实世界”的错觉。

这是什么啊，书里的房价竟然跟现实生活中的不相上下，还让不让她活？！

燕京寸土寸金，即便是一套小房子都足够掏空很多人的口袋。

孙文清的存款有限，看来看去，只能将目光放在小户型上。她看中了一套二居室，面积不大，也就六十平方米左右，公摊下来后，房子就更小了。不过一个人住还是很舒服的。

姜津津眼巴巴地看着孙文清交了定金。

孙文清转头一看，扑哧笑了起来：“怎么啦？”

“就是为你高兴啊。”姜津津感慨，“能有一套属于自己的房子，这就是天大的喜事了。真羡慕你啊。”

孙文清挽着她的手往外走：“羡慕我？你家那别墅，占地至少一千多平方米吧，我怀疑你的浴室都比我这房子大。”

“那也不是我的啊。”姜津津说，“那是周明沣的，不是我的。你的房子虽然小，可是那只属于你一个人的啊。”

孙文清也跟着叹了一口气。

对于这一点，她倒是很感同身受。

她想买房时，几乎身边的人都在劝她不要买，包括她的亲人。在他们口中，她总是会结婚嫁人的，到时候男方自然会有房子，她又何必买呢？另外他们还跟她分析，她买房后生活质量会直线下降，压力也会倍增。听多了这种声音，她偶尔也会怀疑，她是不是错了。

可后来姜津津的一句话提醒了她。

两人是偶然提起了买房的话题，姜津津说："照他们说，买房这么多弊端，那怎么那么多男人勒紧裤腰带也要买呀？"

她顿时醍醐灌顶，猛然醒悟。

是啊，为什么男人都那么拼命地去买房呢？为什么偏偏阻止她买呢？

孙文清还没来得及安慰姜津津，又听到她声音里充满了活力地说："不过我给自己定了目标，就这两年我也要靠自己的能力买房。到时候钱多的话，就买你隔壁小区的大平层；钱少的话，就买你这个小区的，咱们到时候做邻居，可以互相蹭饭！"

孙文清哑然失笑："好啊！"

不知道为什么，她就是觉得姜津津能做到。

孙文清也没察觉到，在姜津津的话语里，似乎早就已经做好了独居的打算。

其实就连姜津津都不知道，即便周明沣不是肥头大耳，即便他性格温和什么都好，在她内心深处也没有真正跟他以夫妻的身份相处一辈子的想法。

看好房后，姜津津就带着孙文清出发去那个私人座谈的会所了。

会所高端大气，姜津津拿出邀请卡后，门口就有专业的工作人员带着她前往包厢。

包厢里有男有女，姜津津并不认识他们是谁。

梦里的世界跟现实世界还是有差别的。在现实世界，随便在网上搜索一下，也能找到商界大佬的相关信息甚至是照片。

可在这个世界，当初她没见周明沣之前，在网上试着搜索了他的名字，出来的仅仅只是他在商场的一些重要事迹，连照片都找不到一张。

来人并不算少，粗略计算，包厢里有近二十人。

姜津津很有自知之明，拉着孙文清在最后一排的位置坐下。

突然感觉到手臂传来轻微的疼痛感，她疑惑地侧头一看，是孙文清抓着她的手臂。见她看过来，孙文清压低声音，激动地说："那个穿白色套装的女士，以前来我母校演讲过，她特别厉害，是我最佩服的一位企业家！”

姜津津诧异，看来这个私人座谈含金量比她想象的还要高。

大佬不愧是大佬，他们思路敏捷，交谈起来像是辩论，就是姜津津这个小白听了都想鼓掌。虽然只有四十分钟，可姜津津和孙文清都受益匪浅，两人记了不少笔记。这一场座谈，讲的并不只是股市，还有当今的经济走向。她们出来后，孙文清感慨，今天才知道“听君一席话，胜读十年书”这话不是夸张了。

对周衍来说，现在最为放松的时刻便是下班后坐在地铁上了。

他也有样学样，跟身边的上班族一样，拿着手机刷微博不亦乐乎。

微博热搜第十三位话题吸引了他的注意——

苏思悦 神秘金主

周衍顿住，手指不由自主地点开了这条热搜。

热搜里没有照片也没有视频，只是有营销号又一次拿苏思悦的新剧说事，暗示苏思悦的金主给力，竟然将她从一个横店群演生生捧到了女一号的位置。苏思悦名气也不算很大，只不过之前就有人盛传她背靠一位神秘金主，这金主财大气粗，因此她的演艺之路才这样顺遂。还有人说，她明年就会专攻电影市场，往拿奖方向靠拢。

周衍之所以会点开他不感兴趣的娱乐圈热搜内容，只是因为……这个神秘金主似乎是他爸爸。

前两年，就有人曝光过照片，一辆豪车出现在苏思悦的公寓门口。苏思悦也是运气不错，同一天有个流量明星塌房，网友并没有将注意力放在她这个十八线艺人上。可那个时候，周衍和他的朋友都知道，那辆豪车是他家的。

最近一年，随着苏思悦的走红，越来越多的人好奇她的金主是谁，也有记者蹲点儿跟踪，但就是一无所获。可不知道什么时候开始，“查不到”传成了“背景雄厚不可查”。

有的记者还发了照片，大家都在讨论苏思悦最近戴着钻戒，莫非是好事将近？刷到后面的评论，还有人在阴阳怪气地问“有没有哪位大佬知道苏思悦的金主是谁”。

周衍收起手机，放空大脑，忍不住在想，姜津津知不知道这件事呢？

他怀着这个疑问，回到家后，就破案了。

姜津津正盘腿坐在沙发上一边吃着水果一边看电视，电视屏幕上正在播放苏思悦的新剧。

周衍心想，看来她是知道的。

他小心翼翼地猫着腰迈着步子上楼，尽量不发出一点点声音来。

晚饭时，他也察觉到姜津津今天意外地沉默，像是跟谁有仇似的，排骨咬得似是在泄愤。

姜津津吃着排骨，心里却在想另外一件事。

今天她接到了一通电话，是书中的姜津津认识的人打来的，就是那次在路上碰到过的美女，美女问她还去不去那家公司当翻译兼职。之前姜津津一口答应了，可现在有些犹豫，因为她总觉得，自己创业的事大概率是不会失败的，以后打零工的概率也小之又小，那她还有必要再去兼职吗？这样做会不会浪费时间？

她想去，又不想去，内心很是纠结，纠结到没有心思去关注别的事情，比如周衍时不时投过来的小眼神。

晚饭结束之后，姜津津就上楼了，一副恹恹的模样。没多久后，周明沣下班回家了。

平心而论，周衍并不想掺和这件事。一来，他爸爸的事他管不着；二来，这后妈也不是他亲妈。

他亲妈跟之前几位叔叔闹矛盾时，他也没想过要去管，他也管不了。

可他这会儿又在家里，要是听到他们发生争吵怎么办？思来想去，周衍决定出门。

周衍下楼的时候，正好碰到了上楼的周明沣。

父子俩眼神对视。

周衍快速移开。

周明沣问："这么晚还出去？"

"嗯。"周衍生硬地找着理由，"跑步。"

周明沣破天荒地夸了一句："精神不错。"

周衍："……"

"注意安全。"周明沣叮嘱道。

周衍跟后面有恶鬼追杀一样，以最快的速度换了鞋子出门。走出家门的那一刻，感觉空气都清新了几分。此时，放在裤袋的手机振动了一下，拿出来一看，是严正飞发来的消息。

严正飞："你后妈跟你爸吵了吗？"

周衍无语，看来大家都知道了这件事。

他回了消息："不知道，我出来了。"

严正飞："可惜！"

严正飞："你难道不想看看你爸狡辩的样子吗？"

如果不是他怕周叔叔，如果不是隔着距离，他也想壮着胆子看一看，一向稳如泰山的周叔叔狡辩的模样。

周叔叔会不会也跟他爸爸一样，来对天发誓那一套，或者跪榴梿、跪键盘呢？想想就好期待，遗憾的是周衍居然不在家里直播这精彩的一幕。

周衍抿了抿唇，最终还是没说什么。

其实，他也想留下来看看。

不过他也怕听到后妈的哭泣声。

爸爸跟后妈吵架的话，他管不了，也帮不了，就只能暂时出门。

希望他爸爸能处理好这件事吧！

周衍这个对娱乐圈的新闻不感兴趣的人都知道了这件事，那么，其他人也早就热切讨论起来了。

学校老师也有自己的聊天群，这会儿更是看热闹看得不亦乐乎。

两年前，那辆豪车停在苏思悦公寓前，并且苏思悦还弯腰跟豪车里的人对话被拍到。虽然照片里，没有拍到豪车里的人，但拍到了车牌号以及车型。学校里谁不知道那是周衍家的车。两年前周衍才刚上高一，被拍到的那一天还处于军训中，那么，豪车里的人用脚指头想都想得到是周衍的爸爸。所以学校的师生都知道，苏思悦背后的金主大概率是周明洋。可知道归知道，谁也不会到网上去说。

当下身为姜津津好朋友的孙文清自然也就知道了这件事。

聊天群里极个别男老师还在发恶臭言论："有钱男人养情人也很正常吧，像周总这样有权有势，肯定有很多女人前仆后继。"

立马有一些女老师回复："这叫正常？现在都二十一世纪了吧！"

孙文清不想再看群里的消息了，直接设置了免打扰后，又小心翼翼地给姜津津发了消息："你心情还好吗？"

姜津津正躺在床上研究股市研究得不亦乐乎，突然收到这样一条消息，有些疑惑，却还是回了消息："还行。"

孙文清想了想，之前都是姜津津陪她逛街，又陪她看房，这会儿她能坐视不理吗？

如果可以忽视甚至无视朋友的心情，那还算朋友吗？

思及此，孙文清试探着邀请她：“那，来我家喝酒吗？”

姜津津刚开始有些不解，然后又了然，孙文清今天定了房子，心情肯定不错，想找个人庆祝一下也很正常，便立马应了：“好啊！”

去朋友家喝酒，彻夜聊天顺便留宿，这是一件很开心的事，姜津津如鲤鱼打挺般坐了起来，激动地去衣帽间换了衣服。她此刻的心情就像是小时候要去春游一样，她又收拾了自己的护肤品化妆品，明明只是过一个晚上，她却准备了一大袋东西。走出房间，她才意识到，彻夜不归的话，似乎是要跟周明沣说一声的。

刚才他回来了，只不过在浴室冲了凉后又去了书房工作。

想到这里，姜津津去了二楼，刚走到他书房门口，只见他好像是在开视频会议，正声音低沉地用流利的英文跟人交流。

她捕捉到几个字眼，猜测应该是跟项目有关，既然他在工作，那她也就不方便打扰他，令他会议中断了。

她悄无声息地猫着腰退了出去。

拎着大包下楼时，都不由自主地放轻了脚步。

在客厅找到了杨管家。

杨管家看她拎着包，一副要离家出走的模样，再联想到微博热搜，这还有什么不明白的呢？他犹豫着开口：“太太……”

他想告诉太太，就算先生跟那个苏思悦曾经有过什么，那也是以前的事，至少他在这里工作这么久，还从来没有见过那位苏小姐呢。

可话到了嘴边，他又咽了回去。

因为他突然想到，在太太跟先生婚礼之前，他也没有见过太太。

姜津津低着头把最近喜欢的口红塞进包里，随口说道：“杨叔，我去我朋友家一趟，明天再回。”

杨管家更担忧了：“太太，你今天在外面过夜？”

“嗯。”姜津津拉好拉链，“我先走了，你记得……”

她顿了一下，压低了声音，探出手往楼上一指：“记得跟他说。”

杨管家心领神会：“太太放心。”

他懂了。

太太也许并没有很生气，只是想借着这个机会跟先生适当地闹一闹？

所以他今天的主要任务是让先生去哄太太，接太太回家。

不怪杨管家思维发散到这种程度，他也是有老婆孩子的，年轻的时候跟老婆发生争吵后，老婆也没少回娘家。

处理这种事，他熟。

姜津津步伐轻松地走出别墅去了车库，上车后马上发动引擎。

车辆缓缓地驶出森林别墅区，她想着时间也没有很赶，决定先去便利店看看情况，再顺便买点儿啤酒小零食，便将车停在了便利店门口。没有想到的是，周衍居然在便利店里。他坐在靠窗的高脚凳上玩手机发呆，这个点便利店也没客人，徐从简则坐在收银台前看书。两人是互不打扰的状态。

徐从简率先看到姜津津，不慌不忙地放下手中的书，语气寻常地汇报情况：“今天生意还可以，那边又送来了一批货，我点了一下没有问题。另外，今天的营业额清单我等下发给你。”

周衍这才回过神来，看到了姜津津，有些疑惑：她怎么也出来了？

姜津津应了一声：“好。”

她看到周衍在，冲他轻点了下头，就算是打招呼了，之后便拿了个小篮筐，来到货架处，拿了好几瓶酒以及一些薯片零食。

周衍看着她去结账，心想：她买酒做什么？

徐从简似乎也有些疑惑，不过他一般话不多，也不会去问这些事。

姜津津提着塑料袋准备走出便利店，看到周衍还呆呆地坐在高脚凳上，随口叮嘱了一句：“不早了，回去早点儿休息吧。”

周衍眼里掠过一丝担忧。

所以他们是吵架了吗？吵到她宁愿这个点都要离开家里？

他跟在她后面走出便利店，目送着她上车后往主干路方向行驶而去。

周衍也顾不上在便利店消磨时间了，步履匆匆地握着手机回家。冲进别墅，径直来到二楼，他看着书房里有灯光流泻而出，也听到了他爸爸跟人说话的低沉声音，他不禁面露讥讽，扯了扯嘴角。他真是不懂，为什么无论什么时候，他爸爸都是一副气定神闲的模样，就这么镇定吗？自己的妻子大晚上的离家出走，他也能镇定自若到投入工作？

这个时候，周衍也不明白，自己究竟是愤怒于爸爸的镇定，衬托得其他人跟小丑似的，还是在为姜津津抑或是自己打抱不平了。

正当他气息不稳时，周明沣的视频会议结束，从书房走了出来。

周明沣看到儿子站在廊道，还有些讶异，随之表情平静地问：“有事？”

周衍冷笑出声。

他走到周明沣面前，父子俩几乎是一样高。

不知道从什么时候开始，他不再仰望着异常高大的父亲，而是跟父亲平视了。

周衍面无表情地说：“你跟她结婚，难道不是因为喜欢她吗？”

喜欢的话，不是应该珍惜吗？

周明沣眼里闪过一丝错愕，似乎没想到他会问这么一个问题。

然而周衍问这个问题，并不是想要一个答案，他说完这话后便转身，头也不回地回了房间，继而很用力地将门甩上。

周明沣：“……”

他抬手捏了捏鼻梁。

在他开视频会议的这段时间里，究竟发生了什么事？

周明沣踱步到台阶处，略一思索便上楼了。来到主卧室，却没看到姜津津的身影，正觉得奇怪时，杨管家过来了，说道：“先生，太太刚才出去了，她说去朋友家住一个晚上。”杨管家顿了顿，又补充了一句，“太太似乎带了很多行李。”

如果没有周衍那阴阳怪气的一句话，周明沣肯定不会介意，毕竟他也经常不在家，姜津津去朋友家玩一天也是正常的。

周明沣刚想问发生了什么事，手机就响了起来。

杨管家压下想说的话，他还没有完成太太交给他的任务呢。不过没关系，等先生接了电话后他再说也是一样的。

周明沣拿起手机一看，是刘助理打来的电话，他看了杨管家一眼：“等一下，我先接个电话。”

杨管家点头。

周明沣进了书房，以为刘助理是要说工作上的事，哪知道接起电话，便听到刘助理说道：“周总，微博上又出现了疑似影射您的传闻，热搜位置也在慢慢靠前，需要让公关部出面解决并压下去吗？”

“什么传闻？”周明沣皱了皱眉。

刘助理纳闷了片刻，赶忙回道：“是您跟苏思悦小姐的传闻，之前公关部处理过，没想到现在又被人提了起来。目前还没查到是谁在背后推波助澜。”

苏思悦背后有金主这个传闻，的确曾经一度扯到周明洋身上，但周氏公关部也不是白领工资的，他们很快就出手解决了那些匿名帖子。

周明洋跟苏思悦的这一段绯闻，也只是部分圈内人私底下八卦。

周氏旗下并没有娱乐产业，能够压下帖子，却不能阻止别人闭口不谈，好在这些圈内人嘴巴严实，并没有四处宣扬。

只是没想到，关于苏思悦背后金主的传闻再次席卷而来。

周明洋站在办公桌前，无意识地敲了敲桌面："苏思悦是谁？"

刘助理蒙了。

如果这些传闻是时不时就上演一次，那刘助理其实不会相信，反而是这种所有人都讳莫如深、从不提起、好似无迹可寻的模样，才会给人一种"周明洋跟苏思悦真的有过一段"的错觉。连他都相信了苏思悦可能真是周总以前的女友，结果周总现在反过来问他苏思悦是谁？他怎么知道啊？！

刘助理反应速度很快，连忙解释："两年前跟您有过传闻的一个二线女演员。"

周明洋依然没想起来这人是谁。

刘助理却在周明洋的反应中得出了真相——周总那超群的记忆力他是领教过的，有一次在一个酒会上碰到某老总的特助，周总一眼就认出来那是他大学时期参加的社团的师弟。彼时，他们已经近十八年没见过面了。

而周总现在想不起来苏思悦是谁，那么就只有一个可能，他是真的不认识。

那这到底是怎么回事呢？

两年前，刘助理已经在周氏工作了，只不过非常不巧的是，那段时间他正好被公司外派出差长达三个月，而周明洋跟苏思悦那捕风捉影的一段传闻恰好就是在那三个月发生的。当刘助理回国，公关部那边已经把传闻压下了，因此即便是刘助理，也不太清楚事情的始末。所以今天传闻再起时，他想的也是苏思悦作为周总的前任想要生事。

他唯独没有想到的是，周总竟然根本就不认识苏思悦。

现在想想也对，毕竟周总对娱乐圈根本就毫无兴趣，当初也不是没有娱乐圈的人拉周氏集团的赞助，娱乐圈获利多，很多集团名下都会有跟娱乐产业相关的合作。可算算周总名下的各种产业，就是没有跟娱乐产业扯得上关系的，他也从未见周总跟娱乐圈的人打过交道。

他几乎是一毕业就来到了周总身边当助理，别的他不敢说，周总在私生活这方面，绝对算得上正派。

这几年，周总身边哪里有过什么女人！

周总忙起来的时候连自己的亲儿子都顾不上，还会沉迷男女之情吗？

刘助理顿觉惭愧，他作为周总的助理，竟然也怀疑周总跟苏思悦有过短暂的一段！

他对不起周总的信任！

刘助理回过味来，连忙将苏思悦的相关信息包括两年前的那一段详细说明：

“两年前，苏思悦跟当时一个参加选秀综艺的女选手同住一个小区，八卦记者没有拍到那位女选手，恰好拍到了一辆车牌连号的豪车停在小区门口，记者以为继续蹲点儿会抓拍到女选手被金主包养的劲爆消息，哪知道却拍到了苏思悦出来，她站在路边，跟豪车里的人说话，随后豪车里的人递给她一张卡。

“这个视频被八卦记者上传到网络上，苏思悦那时候没什么名气，并没有引起广泛关注。公关部这边也就压了下去。不过，圈里一些人认出了这辆车是您名下的，不知道什么时候开始，就有小道消息称，您是苏思悦背后的人。”

对于无关紧要的事情，周明沣的确不会记忆深刻。

这时候，他依然没想起苏思悦是谁，便道：“你去跟当时处理这件事的公关员工联系一下，将这件事情弄清楚后再告诉我。”

刘助理赶忙应了，一边跟公关部那边核实这件事，一边让相关人员将这些热搜内容降下来。

周明沣捏了捏鼻梁，想起杨管家还在门外等着，便走到门口，温声道：“你刚才说她带了很多行李？”

杨管家点头：“是的，很大一个包。”

周明沣联系到刘助理说的信息，问道：“所以，你觉得她是离家出走？”

还没等杨管家回答，周明沣缓缓地摇了摇头：“可能是乌龙。”

众人误会他跟那个姓苏的女演员有过一段关系，就是乌龙。

现在管家，包括阿衍误会姜津津是出于气愤离家出走，更是乌龙。

虽然跟姜津津相识的时间并不算很长，但周明沣自认对她是有一定了解的。尽管她现在全然变了，但跟过去的姜津津有一个共同点，那就是对他根本没有恋爱的心思，既然如此的话，她会在意跟他有关的传闻吗？

即便她会在意，他想，以她的性情，一定会面对面问他，征求一个出自他口中的答案。

杨管家愣住："乌龙？"

"对。我想……"他顿了顿，目光望向儿子那紧闭的房门，"我想她应该只是去朋友家住一个晚上。"

杨管家："？"

为什么先生这么自信？先生根本就不了解女人！

杨管家有心想说些什么，但同时也意识到，先生跟太太之间，他似乎也不好劝说太多，而且先生也不是一个容易被人劝动的性子。

想到这里，杨管家又恢复了之前的神情："那真是太好了，太太没事就好。先生，我先去处理别的事情了。"

周明沣"嗯"了一声。

姜津津提着大包东西来到孙文清家里时，孙文清目瞪口呆，脱口而出："你是要搬过来跟我一起住吗？"

他们夫妻俩已经吵到这种地步了？那是不是证明，周先生果然跟那些人说的一样——外面彩旗飘飘？

一时之间，孙文清的拳头也硬了。

姜津津坐在小马扎上换拖鞋，闻言抬头看了她一眼："什么？不啊，我想着喝酒的话当然要喝尽兴啊，我喝了酒肯定是不能开车回去，也懒得让司机来接了，就在你这里住一个晚上，明天再回去。怎么啦？"

孙文清指了指她放在地垫上的大包："那这些？"

姜津津拉开拉链："我的睡衣，明天换洗的衣服，还有护肤品、化妆品啊。"她顿了顿，"来来来，瞧我给你带了什么？这面膜超好用，我特地给你带了两盒过来，你回头试试。"

孙文清看着她笑逐颜开的表情，叉着腰舒了一口气："所以，你没有不开心，是吧？"

"当然。"姜津津说，"我心情特别好啊，怎么？"

孙文清也不确定姜津津知不知情了。

知情的话，她这样浑不在意，那还挺好的。

但如果她不知情呢？身为朋友，要不要告诉她？

几乎不需要犹豫，孙文清就拉着姜津津来到客厅，深吸一口气后说道："你看今天的微博热搜了吗？跟苏思悦有关的。"

姜津津：“？？？”

接下来，孙文清将她知道的都说给了姜津津听。

姜津津听完这件事的来龙去脉后，“哦”了一声，说道：“难怪周衍跑到便利店去。”

她失笑道：“这也没什么啊。”

周明沣今年都三十九岁了，有一些感情经历很正常的吧。

来到这里前她也才二十六岁啊，虽然比周明沣要小十来岁，但也谈过几次刻骨铭心的恋爱。

“出轨？”姜津津摇了摇头，“我觉得不太可能，他不像是那种人。”

虽然跟周明沣相识时间不长，她也不敢说对他非常了解，但她就是觉得，周明沣不像是那种结婚后还在外面和别的女人不清不楚的人。

孙文清说：“你很相信他。”

姜津津眨了眨眼：“我有一双慧眼。”

孙文清被逗笑了：“那还喝酒吗？我刚叫外卖还点了一些卤菜，刚到呢。”

“当然要喝呀。”姜津津一锤定音，“才不管男人有没有出轨呢，明明你今天买房才是最值得庆祝的事！”

学校给老师提供的福利待遇都很好，其中也包括解决房子。

不是每一个老师都能分到房子，但每一位老师都会享受到租房的超高优惠。比如孙文清住的这个小区，如果按市价租的话，两室一厅的房子租金起码都要五六千一个月，可学校出面帮他们租，会承担近一半的租金，因此，这个小区有很多老师居住。

光是孙文清住的这一栋，就有好几个老师租了房子。

老师们也是喜欢八卦的，没一会儿，就一传十地传开了，说是有人看到周衍的后妈提着大包小包来了孙文清的住处。

严正飞不愧有“小灵通”这个绰号。

老师群里的八卦，竟然也被他不知道用何种手段知道了。

严正飞心想：离家出走？这事儿有点儿大了！

虽然严正飞作为周衍的好兄弟，不止一次担忧过周衍的艰难处境，可一码事归一码事，现在周衍有后妈已经成了事实，而且就他这几次接触的经历来说，他觉得，周衍的后妈目前不坏，人还可以。现在周叔叔跟后妈吵架，他不仅不会幸灾乐祸，还热心肠地将打听到的消息分享给周衍。

严正飞："想知道你后妈现在在哪里吗？"

周衍在看到这条消息时，也算是松了一口气。

他了解严正飞，肯定是知道了什么才会这样问。

这大晚上的，她买那么多酒，又孤身一人，他也担心她会遇到危险。

虽然关系也没有多好，可毕竟现在是一个户口本上的人，也同在一个屋檐下相处了这么长时间。

周衍高冷地回了消息，依然是一个句号——代表他想。

如果不想的话，就会无视这条消息。

严正飞喜滋滋地回复："发个红包就告诉你！"

周衍："……"

他虽然无语，虽然很想捶爆严正飞的头，但周衍还是发了个一块钱的红包过去。

严正飞点开红包，发现只有一块钱，一脸惊诧，但还是无奈地回复消息："好吧，你后妈在孙老师家里！"

周衍躺在床上，望着天花板很久后，咬了咬牙，还是起身走出房间。

见他爸还在书房里工作，已经没有愤怒的心情了。

他只做他觉得对的事。

至少现在，他觉得，他爸爸就不该无视身为妻子的姜津津的心情。

大人的事，他不能掺和，但他要把他知道的事说出来，至于他爸爸会不会去找后妈，那就是他爸爸的事了。

于是，他靠着书房门框，一脸冷漠地说："她在孙老师家，孙老师住在四季花城，具体哪一栋哪一号我不清楚。"

说完这话，他就转身走了，背影是僵硬的。

周明沣从未想过自己会被这样一个误会裹挟，不得不去做一些令人啼笑皆非的事。

谣言的威力他再次体会到了。

就像两年前明明是他以前的司机开着车替家中长辈给表妹苏思悦送一张卡，结果传来传去，传成了他是苏思悦背后的神秘金主。

就像姜津津真的只是去朋友家玩一玩，顺便过个夜，在他人眼里，她这是因丈夫的不忠而愤怒，继而离家出走。

如果今天他没有做大家认为的他应该去做的事，在儿子眼中，在他人眼中，会不会被当成他心里有鬼？或者他无视她的难过伤心，甚至是，他跟姜津津疑似要离婚的信号？

不管是多棘手的问题，周明洋也能处理好。

这看似一团乱麻的事，也不是毫无头绪。周明洋略一思索后，拿起手机，拨出了姜津津的电话号码。

其他人有没有误会，关系并不大。

那头很快就接了起来，传来姜津津的声音，一如既往地活力十足："嗨，有什么事吗？"

一听她这话，周明洋便知道，他的推测没有错。

她压根就没有在意那桩莫须有的传闻。

连他都没有意识到，自己唇角有着笑意，直截了当地问："微博上的传闻你有看到了吧？"

姜津津一愣，忽而笑着回道："关于你跟苏姓女明星的桃色传闻吗？我刚刚看到了。"

周明洋失笑道："不是真的。"

虽然他也觉得没有必要解释太多，不过既然提起来了，那他也没有隐瞒的道理。

姜津津："嗯？"

"有一点儿小误会，当时公关部的员工没有处理干净。"周明洋不急不缓地说，"当时的司机跟苏小姐是表兄妹，司机开着车去送了张卡，被记者意外拍到。因为苏小姐当时名气不高，公关部只走了个基本程序就将新闻压了下去。"

饶是姜津津也没想到事情的真相是这个样子。

"所以，你跟苏思悦不认识？"

"嗯，不认识。"

姜津津的语气里竟然有一些遗憾："还以为你认识呢。"

她正在追的那部剧里，跟苏思悦对戏的那个男演员她还蛮喜欢的。

周明洋觉得古怪："你似乎为此感到遗憾？"

"有一点点啦。"姜津津说，"所以，你打电话就是为了解释这件事？"

"也不全是。"周明洋顿了顿，"只是大家都误会了，以为你是离家出走，他们可能希望我能给你一个解释。"

姜津津诧异道：“怎么会这么想？”

周明洋：“可能是因为你带的行李有点儿多。”

姜津津无语了：“好吧。”

她意识到，周明洋打这通电话来，应该还有别的事，略一猜测，问道：“所以，你是希望我今天回家，让谣言不攻自破？”

不等周明洋回答，她苦恼地说：“可是我喝了点儿酒。”

周明洋回：“没关系，就在朋友家吧。”

姜津津状似自言自语：“可是，我不想别人用那种看戏的眼神看我呢。”

尤其是那种“哎哟你老公果然不是好东西、你果然在这段婚姻中过得低声下气、你好可怜哦”的眼神。

既然现在大家都觉得她生气了离家出走，那么按照正常剧本，当然是她老公连夜哄着求着她原谅然后回家吧？

周明洋沉默了片刻：“那我去接你？”

“好啊。”姜津津答应，“我在四季花城，13 栋……文清，你家是多少号来着？”

那头隐隐约约传来另一道女声：“603 啦，还说没喝醉，连门号都不记得。”

姜津津笑嘻嘻地：“13 栋 603，我等你啊。”

周明洋失笑：“好，不会太久。”

挂了电话后，周明洋低头思忖片刻，关上书房电脑，拿起车钥匙、手机走出房间，在廊道另一间房间门口停下脚步，抬起手敲了下门。

下一秒，门被打开了，周衍脸色臭臭的。

周明洋看着周衍，他还赶着去接姜津津，也没太多时间，只是他也了解儿子是外冷内热的性子，表面看似不在意，但如果不在意，又何必将姜津津的去处说给他听。哪怕是为了让儿子暂时安心，周明洋都觉得他得解释一下。

“有什么事？”周衍问。

“微博上那些乱七八糟的传闻不是真的。如果你很感兴趣，可以问一下刘助理，他今天正好加班。”

周衍表情不自在地说：“跟我也没什么关系。”

他对那些听了都烦的事才没兴趣呢。

周明洋淡淡地瞥了一眼房间里，不知道什么时候周衍竟然将电竞桌移了个位置，之前的电竞桌正好是靠着墙的，而墙那边是他的书房。

儿子的小习惯还是没改。

喜欢耳朵贴墙听动静。

周明洋顿觉好笑："以后你想知道什么事，可以直接问。"

"……"周衍刚要辩驳，周明洋打断了他："我出去一趟，有事打电话。"

说完后，周明洋便转头走了。

周衍无奈地望天，他刚才的确是想听动静，所以费了九牛二虎之力将电竞桌搬到另一个方向，无奈家里隔音效果太好，他什么都没听到！

他下意识地回头望了一眼挂在墙上的钟，都这个点了，爸爸应该是去找她了吧？

周衍的肩膀一松，他能睡个好觉了。

第七章

豪门甜宠剧

另外一边，姜津津挂了电话后，放心大胆地继续跟孙文清对酒当歌了。

孙文清点的这卤味小吃味道一绝，姜津津一口气喝了好几瓶啤酒。孙文清很少喝酒，两人一边聊天一边喝酒，竟然也别有一番趣味。她们啤酒喝到后面也没尽兴了，孙文清想起之前端午节时学校给的福利里有一瓶葡萄酒，赶忙在酒柜找到。这葡萄酒的度数比啤酒要高，两人喝了一杯后，脸颊也开始微微泛红。

周明沣到四季花城时已经快十一点钟。

等电梯时，周明沣恰好碰到了一位老师，他不认识这老师，老师却是认识他的。

老师主动跟他打了个招呼：“周总，您好。”

他也担心周明沣不记得自己是哪号人物，为了不让周明沣也不让自己尴尬，赶忙自我介绍道：“您好，我是周衍高一时的网球老师，我姓赵。”

周明沣微笑颔首，伸出手来跟他相握：“赵老师，你好。”

赵老师顺口问了一句：“周总您来这里是有事吗？”

话音刚落，他就后悔了。

真是哪壶不开提哪壶。

老师群里都在议论这件事，周总来四季花城肯定是找他妻子，现在谁不知道他妻子跟孙老师是好朋友。

周明沣却好似浑然未觉他的尴尬，依然一派谦和，令人如沐春风：“嗯，接家属回家。”

赵老师仿佛感同身受，也笑了笑：“难怪。”

他本想说对这种事他也有经验，但话到嘴边又咽了回去，别看周总待人温和，可他们又不熟。

聊老婆离家出走这个话题实在不合适。

好在电梯门开了，周明洋微微一笑："赵老师，你先。"

赵老师受宠若惊，赶忙避让："周总，您请您请。"

周明洋也没再继续让了，电梯门快合上前，他按了电梯键后，面带抱歉地率先进了电梯，赵老师随后跟上。

六楼很快就到了，周明洋走出电梯时，还特意跟赵老师道了个别。

电梯门缓缓合上，赵老师从裤袋拿出手机，赶忙在老师群里发着消息：

"我刚碰到周总了！他说来接老婆！"

"周总真的太客气了，一点儿架子都没有！"

在赵老师的宣传之下，大家都知道了周明洋是怎样的英明神武、是怎样的平易近人、是怎样的客气谦和，以及周明洋过来接生气的老婆回家了。

"我蹲了几个小时，终于迎来了圆满大结局。"

"我以为我蹲的是娱乐圈八卦，没想到蹲的是豪门甜宠剧。"

周明洋敲了下门。

是孙文清来开门的，她虽然很少喝酒，但酒量竟然不错，喝了啤酒外加几杯红酒后，意识还是清醒的，看到来人是周明洋，她舒了一口气，明显放松了许多："津津在洗手间洗脸，马上就出来。"

周明洋"嗯"了声，没忘道谢："孙老师，今天麻烦你了。"

孙文清摆摆手："我跟津津是好朋友，应该的。"

正说着话，姜津津过来了，她的步伐有些虚浮，不过整个人也还算清醒，脸庞红扑扑的，走到门口来，冲周明洋笑了一笑，又对孙文清说道："东西就先放你这里了，我明天过来拿，反正车也停在楼下。"

说到这里，她停了一下，望向周明洋："你是开车来的吧？"

周明洋觉得，她可能还是有些醉意的，不然怎么会问这话。他不是开车来的，那怎么来呢？

"嗯。"

姜津津笑眯眯地："我就说啊，所以我明天还得来一趟。"

孙文清回道："好啊，明天中午一起吃饭，这附近有家特别好吃的烤肉。"

姜津津像是有些迟钝，不过还是听到了"烤肉"这两个字，一字一顿地说：

“赚钱难，赚钱苦，吃点儿烤肉补一补。”

孙文清亦有所感：“是该补一补。”

周明洋无奈地捏了捏鼻梁，两个人应该都有些醉了。

姜津津穿着高跟凉鞋，细带松开没有系好，周明洋低着头叹了一口气，提醒了一句：“鞋子没穿好，容易摔跤。”

姜津津“哦”了一声，弯腰这就要蹲下来。

这一弯腰，步伐不稳，幸好周明洋手疾眼快地扶住了她。都这种情况了，周明洋也不好说什么，只能半蹲下来，探出手把高跟鞋的细带系好。

姜津津的酒品很好，此刻的她介于清醒与不清醒之间，她也不说胡话，乍一看还以为她没喝酒，但实际上，她的反应和说话的语速较之平常都慢了许多。周明洋只好让她挽着自己的臂弯，一路带着她走出这一栋。

不得不说，即便是处于半醉不醉的状态，姜津津的交通意识都很强，她一坐上副驾驶座，立马乖乖地系好安全带。

她甚至还出言提醒刚上车的周明洋：“系好安全带。”

周明洋：“……知道的。”

姜津津不放心，一直盯着他，直到他系好安全带后，她才歪着头缓缓闭上眼睛说：“我休息一下。”

“好。”

这对周明洋来说，是很陌生的体验。

因为之前每一次她在车上时，她总是会有源源不断的问题问他，一路聊到回家她还意犹未尽。

可以这么说，除了睡觉，这是周明洋自出差回来后，第一次见她这样安静，安静到他竟然觉得有些不太习惯。

一路安静地回家，到家时已经很晚了，姜津津睡了一觉后情况也没有好很多，慢吞吞地跟在他后头进了卧室。周明洋拿起睡衣，叮嘱她：“我去隔壁洗手间冲凉，你有事的话可以叫我。”

姜津津依然慢悠悠地说：“哦。”

清醒时刻的她，说话语速快，做事风风火火，似乎从来都没有停歇下来的时刻。

看着这样的她，周明洋忍俊不禁。

等周明洋离开房间后，姜津津循着记忆的路线来了衣帽间，本来是想拿睡袍的，却不经意地瞥见了挂着一排泳装的衣柜，鬼使神差地，她伸出手走了过去，挑了一件泳装换上。

她突然……好想游泳啊。

她记得家里有一个很大的游泳池。

姜津津的酒量不差也不好，中规中矩，不过她酒品好，醉了以后跟平常也没有太大的区别。

唯一的区别就是，脑子的反应会比平常慢许多。

她披了一件浴袍在身上，这才往门口走去。

另外，浴室里的周明沣担心姜津津，以最快的速度冲洗完，谁知道回到房间就没看到她的身影了。

周明沣是在楼下客厅找到她的。

看着姜津津穿着泳装，他眼里掠过不可思议："你想游泳？现在很晚了。"

姜津津觉得他的问题很好笑，她说："我现在又不是上班族，明天不用一清早起床打工。"

她想了想，补充了一句："也不用挤地铁。我有车。"

周明沣知道，不该跟一个半醉不醉的人讲太多道理，看她这会儿也听不进去，只好妥协了："那好吧。"

姜津津憨憨一笑："你好好哦。"

周明沣："……"

他只好跟着她来到别墅外面的游泳池。

此刻月光倾洒，游泳池的水异常清澈，此情此景，仿佛给人一种置身仙境的错觉。姜津津也没有立马下水，而是坐在岸边，脚伸进池子里，适应了水温后，"扑通"一声跳了进去。

在岸边的周明沣总算体验了一回心跳加快的感觉。

溅起的水花都溅到了他的裤腿。

周明沣突然有些后悔，他今天就应该让她在孙老师那边留宿的，至少孙老师那里没有游泳池。

现在的他，就像是一个家长，紧张地盯着在泳池里胡闹的小孩。

姜津津在泳池里游过来游过去，偶尔还炫技，一下蛙泳一下蝶泳一下自由泳。

周明沣太阳穴突突的，温声哄她："上来吧，回去睡觉。"

姜津津不听，继续游得欢快。

事实证明，喝酒之后游泳的状态还是不行。游了差不多十来分钟后，姜津津的小腿仿佛开始抽筋一般，一直注意着她的周明沣很快便发现，一边想着“我就知道会这样”一边下水往她所在的方向游去，一把将她捞起，她从水里出来，脸上湿漉漉的都是水，就连如扇子般的睫毛上都沾了水，看着尤其可怜。

不过只是看着可怜，下一秒她“扑哧”一声笑了起来：“谢谢你哦。”

周明沣刚拉起她，下意识地搂着她的腰，两人靠得很近。

月光之下，泳池里只有他们两个人。

周明沣刚要说话，只见姜津津探出手带起水花，手贴在他的脸上，周明沣瞬间僵住。

其实这一刻的姜津津脑子里少了那根名为理智的神经，对她来说，眼前这个人无名无姓，她也不关心他是谁，她只是觉得，这个人自己看对眼了。

那当然要拿下，这本来就是她做人的原则呀。

在情场上无往不利的姜津津，撩汉的手段也是一套一套的。

不过她从来都不会直截了当地来。

她靠近了他，却在两人鼻尖即将触碰到时又停了下来，两人呼吸交缠，却没有相贴，她莞尔一笑，有水珠从额头至眼角滑下，像是有眼泪悄无声息地掉落一般。

正所谓酒壮怂人胆。没了清醒时刻的理智，此刻的姜津津彻底原形毕露。她只当眼前的男人是猎物，至于他姓甚名谁那就真的不太重要了。四目相对，姜津津也不避讳，周明沣却依然凝视着她，也许是太过专注了，他并没有松开搂着她腰的那只手。

他沉默着凝视她，目光专注，有种不明意味。

姜津津也不气馁。

之前的几段恋情中，也有过她主动的时候。不过她不会主动去追，而是撩拨得原本对她可能并没有兴趣的男人卸甲投降，继而展开追求攻势。人生短短几十载，自然要怎么开心怎么来，对姜津津来说，这个过程也很难得，男女之间暧昧期的博弈才是最牵动人心的，真的到了情侣关系中两人相处得黏黏糊糊时，反而少了一种快乐。

姜津津主动退出他的怀抱，笑嘻嘻地拍打着水面，侧过头，说道：“反正现在还早，我们玩个游戏怎么样？”

周明沣依然沉默。

姜津津：“哑巴啊你？！”

周明洋这才声音喑哑地回道："不早了，可以休息了。"

姜津津诧异地看他："休息能有游戏好玩吗？睡觉多浪费时间。"

她继续说道："你会游泳的吧？"

周明洋收回那一句夸赞她酒品不错的话。

她并不是半醉不醉的。可能在回来的路上，她只是觉得有些不舒服，所以才那样安静。

周明洋不知道的是，姜津津之所以之前表现得还不错，只是因为她没有注意到他。

当她在泳池里游来游去时，不经意地往岸边一瞥，看到的便是戳中她心房的一幕。

月光倾洒，他站在岸边，身形修长，目光一直凝视着她，仿佛这个世界上只有她在他眼中。

她得承认，她为这个眼神深深地沉迷了。

清醒时刻的姜津津也曾经为周明洋心动过，然而这心动很快就消失不见，不足以对抗她的理智。她并不是压制住了，这种太隐忍的词汇用在她身上显然也太过违和，只是，她为很多人心动过，因此这种心动在她的生命中，在她的意识中，太过寻常。

周明洋知道，自己也不可能上岸放任她一个人在泳池里胡闹。

他只好像哄小孩一样，点了下头："会，不过……"

姜津津竖起食指放在唇边："嘘。"

周明洋望着她。

两个人都是湿漉漉地站在泳池里，尽管这一阵昼夜温差大，不过正处于盛夏，这个点在泳池里也不会冷。

"会就行了，不过什么呀。"姜津津眉开眼笑，"那这样，我们来比谁憋气时间更长。"

说完不等周明洋答应，她就往下一沉，钻入了水中。

周明洋垂眸，泳池的水很清澈，清澈到他看得到她微卷的长发在水中披散开来，也看得到她如白瓷的肌肤。

水面倒映着月亮，这水中月正好就在她的头顶。

漫长得好像是一个世纪，周明洋看着水里出现了一连串咕噜咕噜的泡泡后，还未来得及反应过来，她突然站了起来，激起一阵水花，溅在他脸上。她像是完成了一个多么得意的恶作剧似的，笑了起来，又问他：“你数了没，我憋气憋了多久？”

周明沣当然没数。

他甚至觉得或许醉意也是能传染的，就像这一刻，他觉得自己的反应都慢了许多。

“回去吧。”他说。

姜津津能察觉到，他对自己并不是没有感觉。

她偷笑，如果没感觉，刚才又为什么一直搂着她的腰，又为什么眼里完全没有不耐烦？

“你不比一比吗？”

周明沣盯着水面，他觉得，如果他真的一头扎进去了，他怀疑刚才被她溅到的水都会进了他的脑子里。

“该回去了。”周明沣都没察觉到，自己这会儿的语气有多温和，“我明天要上班。”

“噢，那好吧。”

即便是处于醉酒又不理智状态的姜津津，依然是善解人意的。

她现在不是上班族，他好像是。

想起什么，她那原本灵动的双眸里流露出狡黠：“那你这算不算不战而败？你这是输了吧？”

周明沣盯着她，无奈地说：“算。”

“那我赢了是不是可以要奖励？”姜津津迅速地打蛇随棍上，凑过去探出手挽着他的臂弯，“我腿刚才抽筋了，你抱我回去吧。”

周明沣：“……”

如果她明天想起来这一切，不知道会不会懊悔。

姜津津说：“对你来说难度应该不大，因为我也不算很重。”

她像是怕他拒绝一样，又说道：“不过你要是不行，我也不会一直缠你。”

周明沣很想捏一捏鼻梁，无奈他的手被她缠着。

“好。”

只要她能消停，抱就抱吧。

两人从泳池出来，周明沣拿起旁边的浴袍给她披上，又给她擦了擦头发。

穿好拖鞋后，他认命地抱起了她，用的是她吩咐的公主抱姿势。

姜津津立马探出手搂着他的脖子。

她的确不算重，周明洋的双臂也有力，很轻松地便抱着她往屋内走去，他也庆幸这个时间屋子里的人该睡的都睡了，不然这一幕被人看到了的确不太合适。

有时候越不希望什么事发生，往往它就会发生。

周明洋刚抱着姜津津走进屋子，正往楼梯方向走去，恰好就碰到了睡眼惺忪的周衍站在楼梯处。

周衍今天没心思吃晚饭，半夜饿醒了想去厨房找点儿吃的，哪知道走到一楼二楼的楼梯中间，就看到了他爸抱着后妈进来，两个人身上都是湿的。

父子俩一个对视，周衍一个激灵彻底清醒过来，他第一想法就是：我应该要逃，逃！

他转身就往楼上跑，动作太过急切，竟然掉了一只拖鞋，他也没顾得上去捡鞋子，光着一只脚飞快地溜进了房间。

周明洋："……"

这真是一个混乱的夜晚。

他在原地站了一会儿后，又抱着姜津津上楼，在台阶处时站定，顿了顿，低头对姜津津说："抱紧。"

姜津津听话地搂着他的脖子，抱得更紧了。

周明洋差点儿断气，不过还是弯下腰，探出一只手捡起了儿子遗落的那只拖鞋。

他来到二楼，将拖鞋放在了儿子房间门口后，这才继续上楼，一进卧室，他便将姜津津放下："你去冲个凉。屋子里开着冷气，当心着凉。"

姜津津对周明洋的怀抱恋恋不舍，却还是"噢"了一声："我知道了。"

她乖乖地拿起放在一旁的睡衣，踮着脚尖往浴室走去。

为什么这样呢？她低头看着铺在地板上的羊毛地毯，身上的水慢慢渗进去，颜色变得更深，她心疼极了。

转过头来，没忘叮嘱周明洋："你也快点儿冲凉，这地毯都湿了，很贵的。"

如果周明洋不是了解姜津津，恐怕也会认为她是在借酒装疯。

因为她看起来根本就不像喝醉的模样。

不过她说的话、做的事，又让周明洋忍不住扶额：如果不是醉了，他想她也不会这样。

周明洋去隔壁房间的浴室冲凉，重新换了一套睡衣，再回到卧室时，姜津津正站在一旁吹头发。

她听到动静，转过头，看到他站在不远处，视线慢慢上移，见他头发也没干，便像是召唤小狗一样冲他招招手："来，过来，我给你把头发吹干。"

周明沣不动，她也不生气，拔下插头赤着脚踩在羊毛地毯上来到他身旁，又将吹风机插上后，也没顾得上他的意愿，踮起脚给他吹着头发。

周明沣只是目光沉沉地看她。

吹风机吹出来的风，温和舒缓，令人昏昏欲睡。

姜津津也没得寸进尺让他帮自己吹头发。她发量多，等将头发彻底吹干时，已经很晚了。周明沣坐在床边，也没看手机，像是蚕丝被上有什么武功秘籍似的，他定定地低头看着。姜津津放下吹风机，三步并作两步跳上床后，躺下来，头枕着舒服柔软的枕头，惬意地舒了一口气，她也很困了，不过还是专注地看着周明沣。

现在的姜津津有一双灵动的眼睛，就像现实世界里的一样。以前朋友就说过，她的眼睛会骗人。

她如果对什么人有了兴趣，会专注地看着对方，直到对方面红耳赤，更会让对方有一种错觉：自己是她的唯一。

姜津津的爱情来得快，去得也快，之所以没有被人盖上海王的标签，无非是她每次只会喜欢一个人，并且每一次都是真心的。

周明沣何许人也，他倒也不会被这样的眼神迷惑，又或者说，即便是真的，他也能镇定从容。

他终于跟她对视，只是一直带着笑意的眼睛平静无波。

他骤然起身，觉得事情该到此结束了，她已经从游泳池出来了，也已经躺在床上了，那么，他也无须再陪在她身边。

姜津津赶忙用手肘撑起身子，探出一只手飞快地抓住他的手腕，看着他："好，不看你了，你不要生气啦。"

说着就像是为证实自己所言不虚，她赶忙躺下来，拉上被子，又紧紧地闭着眼睛。

本来只是为了哄他，哪知道眼睛一闭，困意袭来，没一会儿就沉沉入睡了。

周明沣松了一口气，怀着奇怪的心情躺下。

原本迟钝的感官再次变得无比敏捷，比平日里还要敏锐几分。

他一闭上眼睛，脑海里便出现游泳池里的那一幕。

她的呼吸声、她身上那淡淡的味道，全都萦绕在他耳旁、鼻间，连带着她搂着他脖子时的触觉，也清晰得仿佛刻在了脑子里，反复播放。

周明沣开始觉得，或许他今天开车去接她，是一个错误的决定。

然而错误的事情已经发生了。

黑暗中，他睁开眼睛，坐了起来，去了隔壁的卧室躺下，直到天边出现鱼肚白，他才勉强入睡。

对部分人来说，开拓事业远远比男女之情更为重要。

周明沣在业界算得上是洁身自好的代表人物。早在儿子三岁时，他跟钟菲便达成了离婚的共识，只是那时候孩子还小，两人便约定等孩子大一点儿再正式离婚，那七年间，两人虽然还是在同一屋檐下，但平日里交流并不多。钟菲忙着寻找人生的意义，他也忙着公司的事。

等离婚后，周明沣恢复了单身，也不是没有人给他介绍合适的对象，甚至于有些人还暗示他，不必负责。然而周明沣似乎没有想法。不过这是一些人的看法，他们只是不了解周明沣——他心思不在男女之情上。

一边忙于工作，一边盯着儿子，已经花了他大半心神了。

他知道姜津津生得很美，就连他的好友都说，还以为他清心寡欲，没想到是眼光太挑剔，只有绝色才能让他动心。

没人知道，他第一次见到姜津津时，除了很客观地认为她长得很美以外，并没有别的想法。

之所以跟她结婚，也是另有隐情，两人都心知肚明。

在周明沣的计划中，跟姜津津的这一段婚姻也不会太长久，或许明年，或许几年后，两人就会和平离婚。她只是需要周太太这个身份的庇佑，而他只是为了一个承诺。一切都在他的计划中，但现在出现了一个偏差。

她似乎变成了另一个人。

一开始他想弄清楚她究竟想做什么，以及她之前的木讷寡言是不是伪装出来的，可现在事情越来越不在他的掌控中了。

周明沣尽管到清晨才入睡，但依然七点不到就醒了。

一个晚上没有休息好，身体还是感到疲倦。

周明沣走的时候，姜津津还在跟周公相会，等她醒来时，就连周衍都已经离开好久了，杨管家照惯例给她端来一碗燕窝粥后，笑着说道：“少爷在家里等了一刻钟。”

姜津津一开始还没反应过来，然后诧异地问：“难道是在等我？”

杨管家笑：“或许吧。”

“家里司机送他去的吗？”姜津津问。

杨管家摇头：“少爷跑步过去的，我看着少爷长大，他跟小时候一样倔强。”

姜津津虽然没看着周衍长大，但她可是看完了整本小说，连他未来的老婆年龄、姓名、血型、身高都门儿清啊！如果当时作者多写几个番外，搞不好她连周衍未来是有女儿还是有儿子都会知道。

她不禁有一种莫名其妙的骄傲感，莫非这就是身为“先知”的光环吗？

“倔强也挺可爱的。”姜津津一手托腮笑道。

至少周衍的倔强也没耽误别人，也没给别人造成困扰。

杨管家又问：“太太，您昨天是喝醉了吗？”

姜津津这才想起来自己昨天喝了些酒。

不过她只记得周明沣去孙文清那里接她回来，剩下的事情也不太记得了。

她想，她回来后应该就洗澡睡觉了吧！

“有一点点吧。”姜津津问，“怎么啦？难道我在家里发了酒疯吗？”

她虽然这么问，但对自己的酒品还是很自信的，况且她的酒量一直很不错。

她一般喝醉以后也不爱说话，更别说发疯，而且她昨天也不算醉得彻底。至少她就记得周明沣昨天接她的时候，还为她系了鞋带。

杨管家笑着摇头：“应该没有，昨天先生接您回来的时候，我们已经睡下了，没有听到声响。”

姜津津放心了。

她觉得如果她发了酒疯，周明沣应该不会让她睡得这么安稳。

不过为了保险起见，她在吃了早餐后，还是拿出手机，试探着给周明沣发了一条消息：“嗨，我昨天应该没有吵到你休息吧？”

周氏集团。

周明沣正在处理工作，他热爱这份事业，一旦投入到工作中，似乎什么事情都无法影响到他。

放在办公桌上的手机振动了一下，他也没顾得上去看。

如果真的有很重要的事，一般都会直接打电话。

短信或者微信，都代表可以暂时放在一边。

还好姜津津也没指望他能秒回，见他没回消息，猜测他应该是在忙，也就将这件事情搁置在一边了。她开始想要不要去做兼职的事，其实对现在的她来说，现在进入职场工作的意义不大了。成为上班族那是她给自己准备的路，但也是最后一条路，除非她已经惨到做什么生意都亏的地步。

不过这个日语等级考试，她还是想考的。

正所谓艺多不压身，身上多一个证书，对她来说只有好处没有坏处。

可是语言经常不用会生疏，为了巩固，她要么去报班，要么去兼职这份工作。

报班就没什么意义了，在现实世界里她就已经达到了一定的水平，而且这种语言班都不算便宜……思来想去，还是兼职比较好一点儿，她可以巩固语言，还可以赚钱，顺便还能给履历上加上这一份工作经验，简直完美。

姜津津还是那个姜津津，什么机会都想抓在手里，什么机会都不想舍弃。

想清楚这件事后，姜津津给那个语言班的同学打了电话，她现在已经知道这个同学叫唐雅了。

唐雅是个热情外向的女孩子，早早地就给姜津津安排好了："我跟我表姐夫的堂姐说好了，你今天有空的话可以直接去面试，面试过了就可以上岗了，其实如果不是我要出国了，我也不想辞职，真的特别轻松，淡季的时候可能一个月就上三四天班这样。"

姜津津更心动了。

她现在是不缺这一份工资，可谁还会嫌钱多的。

在对于未来的设想中，姜津津觉得最好的情况自然是成为有收益的老板，其次是收益大过工资的老板，然后才是回归职场了。

姜津津跟唐雅表姐夫的堂姐联系后，便简单打扮后开车前往那家食品公司。

她常开的那辆车还停在孙文清所在的小区里，这会儿她也不挑了。周家有四辆车，一辆是她开的保时捷，另外两辆周明泮会换着开，还有一辆从来到这里，就没见它出过车库。今天它终于得见阳光。

这辆车姜津津也很满意，它是大众旗下的，不懂车的人看不出来这是大众旗下首款豪华轿车。本来姜津津也是不懂的，刚来时看到车库里的这辆大众跟保时捷、迈巴赫格格不入，还有些纳闷，后来查了一下才知道就是这辆看似平平无奇的车都要两百多万。

现在还挺适合开这车的，姜津津压根就没有因为要去工作所以要特别低调，千万不能让人看出她是豪门太太的想法。

别人看不出来，她也不会刻意去炫耀。

别人看出来了，她也不怕，反正就是兼职而已。

一路导航过去，姜津津才发现这公司离她家还真的不近。

光是开车都要近四十分钟，而且还在某一个科技园里。她到的时候刚刚过午休时间，找了个停车位停好车后，便在门口看到唐雅了。

唐雅人真的很好，还特意陪着她过来面试。

面试非常顺利，唐雅表姐夫的堂姐给她出了几个题目，考了考她的水平后，便跟她约好下周可以直接来上班。

兼职工的上班时间不定，也不需要打卡，这一点令姜津津特别满意。

上司还带着姜津津认识了跟她同组的一位男同事。

“津津，给你介绍一下，”上司笑着说，“这也是项目组的同事，以后你有什么不懂的可以问他，对了，他叫李……”

品位一流的男同事立马接口道：“叫我 Edwin 就好。”

上司一愣，笑容愉悦。

“Edwin 是从日本留学回来的，他人也很好。”上司话锋一转，“Edwin，津津就交给你了。”

Edwin 点头：“放心。”

姜津津觉得这个男同事长的很好看。

毫不夸张地说，她到这里后，也算是见了不少帅哥，这个 Edwin 不是最帅的一个，但他绝对是穿着打扮最有品位的一个。

就在姜津津跟新同事熟悉的时候，周衍也跟前几天一样，在烈日下搬货。

短短两天，他的肤色晒黑了一个度。

不过即便是这样，在一群搬运工中，他还是最白的那一个。

夏天容易犯困，周衍昨天晚上见到那令他“惊悚”的一幕之后就睡不安稳了，到了这个点简直昏昏欲睡，给他一堵墙，他靠着就能直接睡着。正累得大汗淋漓时，他突然瞥见不远处的停车位上好像有一辆熟悉的车，他放下了手中的纸箱，掀起 T 恤下摆擦了擦眼睛上的汗水，定睛一瞧，还真是他家的车！

周衍的第一反应就是：他爸来了！

这倒是有可能，毕竟这是他爸名下的一个小公司，他爸对工作又认真上心，过来看一看也很正常，那他爸会不会顺便来看看他的表现？

一时之间，周衍顿时充满了无穷的力量。不再胡思乱想了，也不想睡觉了，一口气搬着货走得飞快。

比过去两天更加卖力，一个人都快赶上两个人的工作量了。

另外几个搬运大哥看着周衍，感慨不已，开始讨论——

“还是年轻人体力好啊！”

“就是，不过我像他这么大的时候，一个人一次可以搬两百块砖！”

“张哥厉害！”

下午时分，周明沣才有空看了一眼手机，自然地就看到了姜津津发来的消息。

他无意识地敲着办公桌，也不知道是该松一口气还是遗憾，她竟然喝断片了，已经忘记了她做的那些好事。

可能出于一种很莫名的心理，他回了一条消息：“没有，只是砸了我一块手表。”

姜津津秒回：“？？？”

周明沣神色愉悦。

打蛇打七寸。

这个下午，他竟然有耐心跟她一个字一个字地发着消息：“你答应了赔。”

姜津津此刻心里只有后悔，非常后悔。

后悔昨天一时心血来潮喝了酒，不然她也不会因此欠下巨款了！

其实砸的是周明沣的手表，只要她脸皮厚一点儿，撒娇耍赖地说自己不记得了，厚脸皮当作这事没发生也不是不行。她现在是周明沣名义上的老婆，完全可以蒙混过关。

可关键是，她这个人有一点十分坚持，那就是说到就要做到。

大学刚开始时，她不小心将同学的帆布包上洒了一点儿东西，在知道那个帆布包居然都要几千块时，她也咬咬牙掏钱赔了。

她总觉得，答应了别人的事情就要做到。她也不愿意欠别人什么东西。

可是如果她砸的恰好是价值八位数的手表，那让她怎么还啊？！

就算不是八位数，七位数，不，就是只有六位数都是能要她的命呀。

早知道喝酒会惹来这么严重的后果，她连酒心巧克力都不会去碰。

还好今天她只是来面试顺便办理入职手续，不需要直接上班，否则以她现在脆弱的心灵肯定承受不住。她恍恍惚惚地走出了这家公司，来到车上后，足足吹了十分钟冷气才勉强打起精神来。

手上戴着一套大平层是什么体验这个话题，她肯定是没办法回答了。

不过一夜之间负债百万甚至千万是什么感受这个话题，她想她应该可以谈一谈。

姜津津也不是没有想过，周明沣或许是在讹她。不过这个念头在脑子里只过了几秒钟，便被她甩开。

他一个首富会来讹她？说出去岂不是令人笑掉大牙。

姜津津开车回去了，连去四季花城拿行李的心思都没有了。回到家以后，她半死不活地上楼，把杨管家吓了一跳，杨管家精神矍铄、身体健朗，三步并作两步快步跟上楼，在后面担忧地问道："太太，你怎么了？是不是哪里不舒服？"

从公司开到森林别墅，已经花光了姜津津所有的力气，她有气无力地摆了摆手："没怎么，就是有点儿累。"

她想起什么，又补充了一句："对了，今天晚饭也不要叫我，我不想吃。"

杨管家呆住了，下意识地说道："今天厨房准备了太太你爱吃的鱼子酱星鳗，还有炖花胶。"

姜津津依然没什么胃口："哦，知道了，不过还是不用叫我。"

杨管家站在卧室门口一脸愕然：这是发生了多么大的事，太太才会无心吃饭啊！

姜津津最喜欢的就是周家的几位厨师，每天吃饭比谁都规律，因此时间长了，别墅的管家和阿姨都知道，太太没别的爱好，除了爱玩，在外面跑以外，就是吃饭了。现在她连饭都不想吃了，可见事情有多严重！要不是人看起来还没什么大碍，杨管家都想叫救护车了。

周衍比姜津津要晚半个多小时到家。

到家后太阳已经下山，一般在寒暑假期间，周衍的作息都很不规律，时常睡到第二天下午，然后通宵打游戏。作息都不规律，那一日三餐就更不用说了。可这个暑假不一样，他每天都去打工，也习惯了每天回来后都会在家里看到姜津津，两人很少会交流，但每天晚饭都是他们两个人在饭厅，因此冲完凉后，周衍下楼来到饭厅，见桌上只有他这一副碗筷，顿了顿，装作不经意地问杨管家："她还没回吗？"

习惯是很可怕的东西。

就像周衍当初决定跟姜津津井水不犯河水一般，可真正住在一个屋檐下，每天都会见面，时间长了，就会慢慢养成一种习惯。

杨管家叹了一口气，语气里难掩担忧："太太回来了，不过她说她不想吃饭。"

周衍诧异地看过来，显然也察觉到事情的严重性了："她怎么了？"

看昨天的状况，他爸抱着她从外面进来，他虽然莫名尴尬，但也猜得到，关于苏思悦的问题他爸爸肯定解决好了。

那今天又是什么情况，她回来了居然不想吃饭？

"太太说有点儿累。"杨管家说，"可能是想睡一觉。"

周衍"哦"了一声，坐了下来，面对一桌的饭菜，居然也没了胃口。

两个人吃饭，还是比一个人独自吃饭要香一点儿。

周衍处于十六岁这个年纪，每次吃饭少说也要两三碗，今天却只吃了一碗饭便放下筷子。

姜津津简单洗了个澡后便躺在床上。

她的大脑放空，出神地盯着天花板。

其实到了这样的时刻，她反而什么都没想。

周衍嘴上没说什么，心里还是有些担心她的，回到房间跟往常一样打游戏，可是一直进入不了状态，草草结束了一把后，便走出房间，在门口做了好久的心理建设才鼓起勇气上楼，来到主卧室门口，抬起手来，却迟迟没有敲门，犹豫了一会儿又转身离开了。

杨管家虽然是拿工资办事，但他在周家工作这么多年，对周家也有了感情，想到太太还没吃晚饭，又联想到昨天发生的事情，他考虑了近一个小时后，才主动拨通了周明沣的电话。

此时，周明沣正在招待一个过去的老同学。

老同学叫黄文海，是周明沣的大学同学，大学那会儿两人还是一个宿舍的，关系也不错。毕业之后，周明沣投身商场，而黄文海则在父母的劝说之下，到了一个基层单位为人民服务。这一转眼十几年过去，黄文海成功升职，路走得也很顺，两人一直都没断了联系。这次黄文海来燕京出差，时间比较赶，趁着离发车时间还有几个小时，便到了周氏集团跟周明洋聊天寒暄。

周明洋看着来电显示是杨管家，便对黄文海歉意一笑：“我接个电话。”

黄文海自然不会介意。

周明洋转身来到落地窗前，接通了电话，沉声问道：“家里有什么事吗？”

杨管家也有自己的话术，先说了一件别的事情来征求周明洋的意见，等铺垫得差不多后，才像是不经意地提道：“先生，今天太太回来后好像有点儿不舒服，晚饭也没吃。”

周明洋一怔：“没吃？”

杨管家道：“是的，我问过太太要不要叫家庭医生来，太太也说不用。不知道太太是不是这些天在外面奔波导致身体吃不消。”

周明洋“嗯”了一声，然后说道：“我知道了。”

挂了电话后，他没有立马转身回到沙发那边跟黄文海说话，而是自顾自地琢磨了一会儿，继而脸上多了一丝笑意。

当他回到沙发上时，黄文海仔细打量着他的表情，好奇地问道：“是不是又做了什么好事啊？”

周明洋抬眼看了他一眼。

黄文海乐呵呵地说：“你刚那样子，让我一下就想到了大二时那件事，你还记得当时宿舍那个大背头吧。有一回大背头故意弄坏了你的开水瓶，我们还以为你会发脾气，结果你一声不吭的，没几天后，我们几个说要打牌，你一向都不参与这种活动的，那天突然也跟我们一起打，你赢了大背头两个月的生活费，大背头那两个月都只能在食堂蹭免费的汤，连馒头都吃不起。”

随着黄文海的叙说，周明洋这才回忆起来，好像的确是有过这么一件事。

黄文海又说：“那时候我还看到你笑了，跟刚才一样，真是怀念啊。”

到了他们这个年纪。马上就奔四了，家庭、事业通通都有了，一个个身上再也看不到从前的稚气跟不成熟，这冷不丁地看到周明洋刚才那样的笑，令黄文海一下就想到了大学时光。

周明洋一愣。

好在这个话题很快就被黄文海几句话带过了。

即便再怀念当年的时光，但如果让他们选的话，他们也不想回到贫穷的过去。

黄文海并没有待太久，周氏集团下面就有车在等他。

周明洋跟他站在电梯里，想起什么，周明洋说道："我就不送你去高铁站了。"

再不回去的话，家里就有人要生病了。

周明洋回到家里，上了楼，在二楼跟三楼的台阶处碰到了又一次试探着想去看看姜津津情况的周衍。

父子俩一碰面，周衍像是做贼心虚，赶忙很多余地解释了一句："我散步。"

周明洋抬眸瞥了他一眼。散步散到楼上来？

不过周明洋也懒得拆穿他，而是问道："等下出去吃消夜，你去不去？"

周衍：消夜？

他爸说出去吃消夜？周衍还以为是自己耳朵出了问题呢。总感觉消夜这个活动跟他爸是一点儿关系都没有，突然这样问，周衍迷惑了。

"去。"但是他的身体更为诚实，即使意识还在迟疑。

周明洋点了下头："我去喊她。"

她？那就只能是姜津津了。

周衍说："她说她没胃口，晚饭都没吃。"

说起这个，他还想问一下到底发生了什么事呢。

周明洋气定神闲地上楼，语气淡定地说："她马上就会有胃口。"

周衍："？？？"

周明洋走到卧室门口，敲了下门后，等待了几分钟，这才推开门进去。

一进去便看到姜津津躺在床上。

他走过去才发现她是呈大字状、一脸生无可恋地看着天花板。

也就是周明洋胆子大，如果是周衍看到这一幕，只怕会吓到以为她已经不在人世。周明洋走过去，随手拖了一张凳子在床边坐下，他看着她，也不知道过了多久，姜津津的眼珠子才转动了几下，跟他的眼神对上了。

周明洋明知道她是为了什么才这样，却还是故意问道："怎么了？要不要让王医生过来一趟？"

姜津津虚弱地摇了摇头。

她看不起医生。别说是看病了，如果呼吸要钱，她都宁愿戒了。

"不用，我只是有点儿困。"姜津津此时此刻，还真是一副好像要生病了的模样。

从来到这里开始，她的精神就处于紧绷状态。这些天为了开店的事，更是每天四处奔波。今天陡然之间，她仿佛觉得赚钱已经没什么太大的意义了。至少，她觉得在她四十岁之前，她是赚不到八位数的。

赚到了又如何，还是要给周明沣买手表，一时之间，她的心情足可以用一个“死了算了”来概括。

虽然她知道自己用不了两天，就会跟打不死的小强一样满血复活，但就这两天，她允许自己颓废一下。

周明沣跟姜津津的区别在于，对周明沣的弱点姜津津一无所知，但周明沣对姜津津的弱点基本上一清二楚。

“听说你没吃晚饭。”周明沣说，“真的没关系吗？”

姜津津继续摇头，目光逐渐下移到他的腕表上，顿时心里又是一哽。

这个表一看又很贵。逃避问题不是办法，迎难而上才是真的，姜津津痛苦闭眼，声音细弱如蚊：“那个手表……”

周明沣看着她这没精打采的模样，其实已经后悔跟她开这个玩笑了。

她才多大，他比她要大十来岁，怎么跟她计较起来了。

但周明沣自己都没发觉，他已经很多很多年没跟人开玩笑了。

心里想着不捉弄她了，可身体反应更为诚实，听到她提手表，他脸上掠过一丝疑惑，似乎都没想起来这件事了。

姜津津看他这反应，心里很是后悔，她怎么就主动提了呀！

做人太实诚了还是不好。可是装作不知道，把自己说出的话当成放屁一样，这也不是姜津津做人的原则。

话都已经说到这个份儿上了，姜津津只好说道：“你说我砸了你一块手表。”

周明沣这才恍然大悟，又温声问道：“你是在为了这件事吃不下饭？”

姜津津点头：“觉得很不好意思。”

她顿时悲从中来，居然来了力气坐了起来，满脸懊悔：“我就不该喝酒的，我以后再也不喝酒了。”

她后面那句话，说的时候带了些咬牙切齿的意味。

这辈子再也不碰酒了！喝酒误事，古人诚不欺我也。

周明沣听着这话，脑海里不由自主地便浮现出昨天她醉酒后的种种。

姜津津看着周明沣不说话了，他脸上的表情她也看不大准，只是觉得有些古怪。她继续忏悔：“昨天真是不好意思，你特意过去接我回来，我还砸了你的手表，你放心……”

“你放心”后面的话，她就真说不出来了，因为太心疼了。

周明洋觉得该点到即止了。

思及此，他抬起头看她，目光温和：“不用这样，只是别人研发出来的运动手表。”

姜津津猛地看向他：“运动手表？？”

虽然运动手表也有贵的，但据她浅薄的知识来看，就算贵应该也不会贵到令人望而生畏的地步。

周明洋颔首：“还没上市，主要面对的还是现代社会亚健康的上班族，定价也不高，研发商是我一个师弟，我给他投了点资，前两天他就拿了一块给我试试，准备提取数据作为部分参考。”

姜津津又试探着问道：“那贵吗？”

周明洋失笑：“当然不贵，本来走的就是平价路线。”

姜津津狠狠地松了一口气。

什么是峰回路转？这就是！

什么是劫后重生？这就是！

就在她以为要负债百万千万时，却被告知，她砸的那块是平价的运动手表，一点儿都不贵，姜津津像是被人输入了真气一样，一秒钟就变得容光焕发，一扫之前的萎靡，她眼睛又恢复了灵动生气，当即就忍不住放出豪言壮语：“那等手表上市以后我给你买，对了，大概多少钱来着？”

周明洋略一思索：“不太清楚，只知道应该不会超过一千。”

姜津津点头：“好，以后我给你买，给你买七块手表，你每天换着戴，一个星期不重样！”

话说到这里，她顿了顿后，又小声补充了一句：“当然，前提是不超过一千。我很穷的。”

周明洋眼里都是无奈的笑意：“穷？”

要说他为今天的捉弄感到非常抱歉，那也没有，毕竟他昨天可是被她折腾了整整一个晚上。

他唯一有些后悔的是，不该吓她这么久，竟然令她连晚饭都没吃。

“……”她选择实话实说，“我今天以为砸的手表很贵很贵。虽然算不上穷，但我确实没什么钱赔你那么贵的。”

周明洋笑笑：“没有真的让你赔，不过你也确实提醒我了。”

说着他从口袋里掏出钱包，打开来，从夹层拿出一张卡递给她："抱歉，之前是我的疏忽，忘记给你这个了。"

姜津津探头一瞄，不是黑色的卡。

她拿着这张卡，目光茫然："这是？"

"我的工资卡。"

姜津津心里的小人撇撇嘴：我信你个鬼。大老板还有工资卡这玩意儿呢？

"你还有工资呢？"她适当地表达了自己的疑虑。

"嗯。"周明洋也很精明，"上大学的时候在一个师兄的公司上过班，后来师兄也就让我继续挂职，算是商业顾问，师兄帮过我很多，我现在也还是他的商业顾问。"

姜津津回忆了一下，好像原文里的确是有这个师兄出场过，不过这个师兄是后面提携周衍的。

周明洋跟这个师兄的关系很好，在商界也算是一桩美谈。周明洋创业初期，师兄给他提供了很多的帮助，在周明洋成功以后，也没忘了师兄。因此，在原文中，周衍毕业后创业时，那位师兄也明里暗里给予了不少帮助与提携。

"真的有工资？"姜津津依然诧异。

周明洋这次没有再骗她。

在周明洋的计划里，是打算让她重新"活"过来，再带她出去吃顿消夜。可不知道为什么，他就掏出钱包将这张卡给了她。他跟她的关系，本来不该是这个样子的。

周明洋清楚地知道，很多事情都不再由他掌控，这一点从昨天晚上状况不断，他不仅没有心烦反而失眠，就可以看得出来。然而他愿意放任她，只因为他的人生对所有事，从来都是志在必得的。

"有。"周明洋说，"具体多少我不太清楚，你可以自己去查。"

姜津津很心动，却还是挣扎着说道："给我做什么呀。"

周明洋垂眸："给你用。"

姜津津并不会为这个举动而感动。

大概是因为几个前任都曾经要把工资卡给她。不过她都没接受，倒也不是说不想花男朋友的钱，就是为了以防万一，要是哪天分手为这种事扯皮就不好了。

毕竟男人的人品呀，谈恋爱正甜蜜的时候是看不出来的。

不过好在，每一次分手，她的前任们也没有做出什么极品的事来。想想也是，她看上的男人，再差也起码人品没问题。

现在周明沣给她，情况又不一样了。干吗不拿着呀！

姜津津拿着这张卡，已经想好了，这两天有空就去看看里面究竟有多少钱。

她又问道："我能支配百分之多少？"

"全部。"周明沣一向大方，"花完了再说。"

姜津津心想：这卡里但凡没有七八位数，就算你是商界大佬，我也一概认为你在是装。

她笑嘻嘻地将卡收好。

周明沣又问："要不要出去吃点儿东西，阿衍还在等我们。"

姜津津现在解决了负债危机，还拿了一张卡，自然是满血复活，她问："吃什么？"

"都可以。"

姜津津心情正好，一跃而起，赤着脚，精神焕发地跑去衣帽间换衣服。

当周明沣跟姜津津下楼时，周衍已经在沙发上百无聊赖地等了好一会儿。

周衍看着姜津津满面红光，实在不像是生病的样子，也悄悄地松了一口气。

三个人大晚上的去吃消夜，这对周衍来说，是绝无仅有的体验。

还是周明沣开车，周衍乖乖地坐在后座，姜津津坐上了副驾驶座。

只是在车缓缓驶出森林别墅区时，姜津津就及时地提醒了一句："在便利店门口停一下，我今天还没顾得上去看看。"

今天一天都太忙了，只看了下徐从简发来的营业情况。

周明沣将车稳稳地停在便利店门口，姜津津解开安全带下车，一路快步走进店里。

她早就跟徐从简说过，这一片晚上几乎没什么客人，他可以关门好好休息的，可徐从简办事异常认真，人也实诚，这两天都是晚上也开店。这更令她觉得，她运气好，招到了这样一个负责任的员工。

徐从简这个点还没睡，正坐在收银台前看书，听到"欢迎光临"的声音响起，他抬起头看去，见是姜津津，便将打印出来的收银清单递给她。

姜津津看着他脸上毫无疲倦的模样，笑道："你每天晚上睡不睡觉呀？"

徐从简一愣，显然没想到她会问这个问题，他看书的时候都是习惯性地戴上一副无边框的眼镜，他推了推鼻梁上的眼镜，声音还是那样清冽："睡的，我一般过了十二点会睡。"

"睡多久？"

"五六个小时。"

姜津津皱眉："那也太少了吧，晚上人很少，可以早点儿关门。你还在长身体呢。"

大概是徐从简跟周衍是同学，即便她知道他已经满了十八岁，却还是会把他当成跟周衍一般的小朋友看待。

徐从简听到"长身体"这三个字的时候，嘴角有淡淡的笑意。

"嗯。"

姜津津却知道，他每次都应了，结果还是会将店开到很晚。

她拿起一个大纸杯，站在关东煮的锅前面，深吸一口气："我这两天去了好几家便利店试吃他们的关东煮，我觉得都没我们家的味道好。等哪天营业额上来了，我肯定要请一个'网红'过来测评，到时候肯定能带动生意。"

现在的关东煮是姜津津跟徐从简在原本的基础上改良过的。

萝卜非常多汁水，而且很入味。这主要功劳还是徐从简的，姜津津只负责尝。也因为关东煮的改良配方，姜津津想过了，以后关东煮这一块，她想给徐从简适当地加一点儿绩效工资，这个绩效工资直接跟关东煮的生意挂钩。

徐从简点头："嗯。"

他话不是很多，却给人一种很可靠的感觉。

姜津津选了一些关东煮，又加了汤后这才对徐从简说道："现在不早了，直接关门吧。"

徐从简应了。

为了保证营业清单的准确，姜津津作为老板，每次拿什么东西都是要过机付钱的。

重新回到车上，姜津津深吸了一口气，吃了一口丸子，不禁感慨："徐从简真的不错，这关东煮的配方他改良了一下，比别的店好吃太多了，听说他从小学开始就自己煮东西吃了，有些经验。喂，周衍，你吃不吃？"

问是这样问，姜津津飞快吃了两串后，将大纸杯往后一递。

周衍也就接过来了，嗅着这气味，他的胃也开始不老实了。

今天晚饭吃得少，这会儿馋虫被勾起，肚子咕咕叫。

他也不客气，埋头嚼着魔芋丝。

提起了徐从简，姜津津也就打开了话匣子：“徐从简很实诚，让他早点关门，他还是会开到很晚，刚才他说他只睡五六个小时，第二天还神采奕奕……”

她发自内心地感叹：“年轻人就是精力好啊。”

周明洋专注地注意着前方路况，闻言顿了顿：“徐从简？这名字有点儿耳熟。”

“那天不是一起吃过饭吗？”姜津津来了兴致，“就那个高高帅帅的，你听着耳熟也正常，上次开家长会时那几个家长都说徐从简是来给他父母报恩的，每次考试都全年级第一，脑袋瓜特别灵光，多好啊，这种聪明又勤奋的学生谁不喜欢。”

也难怪徐从简没有混到原文中的男主角或者男配身份。他看起来就像是一门心思扑在学习上的人，根本不像是会喜欢哪个女生的样子。

周衍渐渐放慢了进食速度。

“这就是别人家的孩子啊。”姜津津说，“还真别说，我都羡慕徐从简的妈妈，怎么生了这么聪明又懂事的孩子啊。”

跟徐从简形成鲜明对比的就是周衍。虽然不至于每次考试都倒数第一，但那成绩也足够让家长糟心的了。

他就知道他爸爸约他吃消夜不是什么好事。

一直开车的周明洋突然问道：“成绩很好吗？”

“对呀。”姜津津记性不错，就将这次期末考徐从简的总分报了出来，“几乎门门都满分了，这脑袋瓜怎么长得呀，这么厉害。”

周明洋轻笑：“是还不错。”

他顿了顿：“这个成绩如果考国内的学校，只要正常发挥，稳住成绩，应该能考得上我的母校。”

姜津津“咦”了一声：“是哦，你不提我都忘记了，你以前读书的时候也是尖子生吧。”

周明洋语气谦虚地道：“还好。”

周衍：“……”

他不该来吃消夜的。在家里吃点儿面包、零食不行吗？为什么要坐在车里听这些话？他有充分的理由怀疑，他们俩是故意说给他听的，让他知道他有多差。

他想下车！

三人来到了一家私房餐厅。

这餐厅一般是晚上十点就关门，他们来得正好，此时店里也没什么人了，他们找了个安静的角落坐下。姜津津跟周衍肚子都饿了，点了一桌特色菜后便摩拳擦掌地等上菜了。

在等待上菜的途中，姜津津拿出手机算了一下热量。

“早点儿吃完，回家后要是时间还不算太晚的话，我准备游个泳消耗一下卡路里。就是时间太晚的话，好像有点儿不方便，是不是周衍？”

姜津津知道泳池上方就是周衍的房间。

她怕这么晚游泳会吵到周衍休息，也就顺嘴提了一句。

她这话一出，周家父子俩表情各异。

周衍也就想到了昨天晚上见到的一幕：“昨天我……”

他昨天看到他爸爸抱着她进来时，她也看到了他。

既然提起了昨天的事，那他自然是想解释一下，他不是故意要在那个点走出房门的，他只是有点儿饿了。

周明沣却知道姜津津的意思，她只是怕游泳会吵到阿衍。

可明显阿衍误会了她的意思，也有将昨天的事情说漏嘴的迹象。

周明沣不慌不忙地说：“方不方便倒是其次，晚上气温毕竟低一点儿，还是不要游泳了。我明天叫你起床，你再游泳？”

周衍突然被打断，还有些反应不过来。

姜津津却是忙不迭摇头：“不了，不了，你起得太早了，我想多睡一会儿。”

早上六七点起床太难了。

这个话题便神不知鬼不觉地被周明沣转移了，周衍完全没来得及解释。

姜津津每天都会关注股市。

不得不说，周明沣果然是有两把刷子，不愧是未来会成为首富的男人，他推荐的几只股票涨势都很好。可以这么说，姜津津每天的幸福感，有一大半是股票给的，四舍五入一下，也就是周明沣给的。姜津津幻想，照这样下去，照现在这样的涨势，她日入过万都不成问题。

正在幻想时，她接到了新同事 Edwin 发来的微信。

Edwin 很得体，没发长达五十秒的语音，而是发来几百字的小作文。

大概意思是今天要上半天班，他们两个人要去另一个公司参与会议翻译这项工作。

Edwin 还非常识趣地补充了一句：“这工作本来是另一个同事的，她今天临时有事，拜托了我，她说可以支付我们一日工资。你愿意吗？”

姜津津：“没问题。”

难怪她对这公司一见如故，这样的氛围谁不爱呢？就仿佛回了自己公司一样呢。

现实世界里她那公司也很好，不过同事如果请假的话，工作自然就会分摊到其他人身上。

那肯定是无偿的，因此碰上谁请假，虽然大家也都体谅，毕竟谁没遇上个事儿的时候呢，可工作量骤然加多，也会有一点点不快。

这同事可真好啊！自己请假临时让别的同事代劳，居然还会支付工资！

当然，这令姜津津更加确定，这果然是小说世界。

下午时分，她准时来到了 Edwin 说的公司。

Edwin 在门口等着，对她说道：“有一份重要的文件还没拿来，公司那边派了人送来，应该快了。”

话音刚落，电梯门开了。

当姜津津跟周衍四目相对时，两人的眼睛都瞪大瞪圆了。

什么情况？？？

两人都是一头问号，然而，越是这个时候就越考验默契，姜津津跟周衍虽然认识的时间不长，但显然，他们是拥有一定默契的，这会儿两人都没有说什么，不知道内情的人，比如 Edwin，也没察觉到他们认识。

周衍送出文件说：“李哥，这是文件。”

他还是满头大汗的样子，显然是一路跑过来的。

Edwin 也很够意思地说：“给你转了一百块，辛苦你了，你去买点儿吃的喝的。”

周衍回绝道：“公司另外又给了出勤费。”

“公司是公司，我是我。”Edwin 说，“收着，去买点儿奶茶喝。对了，还没跟你介绍呢，津津，这是公司的一个兼职工，你喊他小周就行。”

姜津津看向周衍，又不着痕迹地将视线移到一旁的发财树上。

怎么会这么巧？！

莫非她在的这家公司就是周衍当搬运工的公司。

这不就是说，兜兜转转，她居然给周明沣当员工了。

她知道小说世界小，但也没想到会小成这样啊。这也太……

“你好。”她这样说。

周衍：“……”

气氛有一点点尴尬，但 Edwin 也没想太多，陌生人之间打招呼本来就是这样，他又看向周衍：“来，小周，这是我们组新来的同事，你就喊她津津姐。”

周衍看向姜津津，又看向 Edwin……

津津姐？姐？你认真的？

让周衍喊自家后妈为姐姐，这无疑是一个大难题。他实在是办不到，刀架在脖子上也喊不出口。也不知道是情绪太过飘忽，还是来的路上跑得太急，他弯下腰突然开始剧烈咳嗽，吓了姜津津和 Edwin 一大跳。也是因为对周衍突然咳嗽的关心，Edwin 忘记了这一出，等周衍平复呼吸后，原本晒得已经不算白的脸更是涨得通红。

周衍不着痕迹地看了姜津津一眼。

姜津津顿时就理解了他的“良苦用心”，走上前来说道：“Edwin，那边还在等我们进去开会。”

Edwin 这才反应过来，又不太放心，叮嘱了周衍一句：“不管是回公司还是回家，你去打车，我来报销。我估计你是累着了。”

周衍对这位李哥也很有好感。

现在公司里他能接触到的人都还可以，但论谁最好，那还是李哥。

周衍点了下头：“好。”

姜津津跟着 Edwin 往办公室里走去。

Edwin 突然说：“这小周人蛮好的。”

姜津津总听说，职场上是没有友情可言的，她大概也是被这句话影响了。此时此刻，竟然在怀疑，这个 Edwin 是不是已经知道了周衍的身份。

她故意装作好奇地接过话茬：“他看起来年纪不大。”

“未成年。”Edwin 感慨了一句，“好像是经理熟人介绍进来的，估计是打暑期工赚点儿钱吧。这种小孩都很不容易的，反正能多关照就多关照吧。”

两人一边说着一边来到了会议室。

他们还算来得早的。重要人物还没来，姜津津跟着 Edwin 坐在翻译的位置上。

这不经意地一瞥，姜津津发现 Edwin 的手特别好看。跟周明沣的好看完全不一样，非要说有什么区别的话，那就是姜津津看到他的手，看到他的指甲，就想给他做个美甲……

发现自己的想法有些危险，姜津津果断移开了视线。

她没发现，Edwin 也在盯着她的手。

Edwin 是“手控”，别人喜欢的是看脸，他是看手。姜津津用实力诠释了一件事——美人真的可以从头发丝到脚趾无一不精致。

几乎没什么人知道，Edwin 当初去日本并不算是留学，而是专攻甲艺设计。他喜欢漂亮的手，更喜欢让那双手变得更漂亮，这件事当初也是瞒着家里人的。他在甲艺设计方面很有天赋，甚至偶然间设计出来的美甲一度爆红。他回国后本想自己开一家店，无奈资金不够，便跟朋友合伙，哪知道朋友的伴侣是个“恋爱脑”，天天正事不干，只会吃他的醋。朋友没办法，只好跟他拆伙，然而那个时候，他一个人也包揽不下一间店，利润方面处于负数。

他在这方面有天赋，也不是没有人想拉他合伙，或者聘请他去当甲艺设计师，但从事这一行的女性居多，他碰到了好几次这样的事，本来合作得好好的，结果合伙人的男朋友或者老公横插一脚，生怕他挖墙脚。

现在他被这些“恋爱脑”折腾得心灰意冷，事业不仅没半点儿起色，存款反而越来越少，只好应聘了工作，回到上班族的行列。

然而现在 Edwin 看到姜津津的手，有点儿想给姜津津设计一款美甲了。

不过他在瞥到姜津津的侧脸时，果断地歇了心思。

像这样级别的女神，搞不好她的男友、丈夫会更加难以理解。

想到这儿，Edwin 不禁叹了一口气。

姜津津没有听到 Edwin 怀疑人生、生无可恋的叹息。因为她正在低头跟周衍发消息。

这是两人加了微信之后，周衍第一次主动跟她发消息：“？”

姜津津很识趣：“你走了没？”

周衍秒回，这一点倒是比他爸强很多：“没。”

姜津津：“那好，要不等下我这边忙完了，请你吃个饭？”

周衍：“行。”

第八章

意外的明星效应

这会议枯燥乏味。

姜津津差点儿没忍住打哈欠。

好不容易撑到会议结束，她跟 Edwin 道别之后便飞快溜了，来到这附近的百货商场，进了五楼一家烤肉店，果然在靠窗的位置看到了周衍。

这几天每次看到周衍，姜津津总会担忧——这次学校开学，恐怕他校草的名号就要被人夺走了吧？

以前周衍皮肤还算白，穿上连帽衫，脸上表情酷酷的，还有点儿住高冷校草的模样。

现在这才几天，他就黑了不少，可以想象，再不做什么防晒措施，等到开学，他就会从白皮变成黑皮。

她在他对面的位置坐了下来，盯着他的脸看了半天。

直看得周衍莫名其妙：“看什么？”

姜津津叹了一口气：“这么热的天，你搬货都不涂点儿防晒霜吗？”

周衍：“防晒霜？”

姜津津担心，再这样下去，他可能就不是校园文男主角了。

“你晒黑了好多。”姜津津说。

周衍：“……”

姜津津也没有继续这个话题了，唤来服务员，按照周衍的胃口点了好多肉。这边上菜速度快，烤盘上的五花肉被烤得“嗞嗞”冒油，令人忍不住食指大动。姜津津正烤肉，周衍一边盯着五花肉一边问道：“你怎么在这儿？”

“两个原因。”姜津津回答，“第一，积累相关工作经验，现在哪里招人都要经验。第二，我准备十二月份考证，日语相关的，所以需要一个环境来巩固一下日语。所以这份工作对我来说很合适。”

周衍听得是云里雾里：“你要工作经验做什么，要考证做什么？”

“这你就不懂了吧。”姜津津一点儿都不藏私，“有了这两样，以后我要是上班找工作那就是很容易的事，而且工资还不会太低。”

周衍纳闷地看了她一眼，嘀咕了一句：“我爸有钱。”

姜津津反应极快，反问道：“你爸有钱，那你为什么要去搬货？”

两人对视一眼，默默无言。

至少这一刻，继子与继母的悲欢是相通的。

片刻后，周衍将烤好的牛舌夹在她碗中，沉默了许久后他问道：“那你是希望我帮你瞒着？”

“不啊。”姜津津美滋滋地吃着牛舌，“我自己会跟他说，这也不是什么见不得人的事啊。”

周衍这才想到姜津津这段时间的折腾，又是开便利店，又是兼职上班。

他突然在想：会不会是他爸太抠了，所以她才不得不这样赚钱。如果他爸爸钱给够了，她何必这样折腾来折腾去呢？

十六岁的周衍内心异常地柔软，再加上这段时间他跟姜津津相处得不错，看着她这会儿埋头吃肉的模样，他脱口而出：“如果，我是说如果你缺钱的话，可以跟我说。”

姜津津诧异地抬起头看他：“你有钱？”

周衍抿了抿唇，说道：“我有压岁钱。”

还真别说，姜津津听了这话都有些被感动到了。

或许他还小吧，再加上一直被保护得很好，因此，他在看到女同学被骚扰时，即便对方是几个社会青年，他还是毫不犹豫地冲上前去，此刻他也能跟后妈说出“如果没钱的话就跟他说”这样的话。

他的心，是赤诚的。他的钱，也一定很好骗。

姜津津笑了笑，看向周衍的眼神也真诚了许多：“暂时还不缺，不过，还是谢谢你。”

周衍肩膀微松，两人不再提这件事，开始专注地烤肉吃肉了。

吃完烤肉后，已经快七点了，今天周衍不用赶地铁。

姜津津觉得，大概是悲欢相通的关系，她跟周衍的关系又更近了一步——他坐上了副驾驶座。

姜津津今天还有重要的事，那就是去查一下周明沣给她的卡里有多少钱，在回森林别墅的路上，她找了一家银行网点停下，对周衍说道：“我有点儿事，几分钟就回。”

周衍正低头看手机，头也没抬：“嗯。”

姜津津步履轻松地上了台阶，进了自助取款机里，确定关好门后，这才小心翼翼地从包里取出那张卡，听着提示音输入密码。

在“余额查询”一栏，她按了一下。

在看到屏幕上显示的数字后，瞪圆了眼睛。什、什么情况？？周明沣给的这张卡上竟然有近一千万！！！他不是说工资卡吗？他随便在一个公司挂职就能赚这么多钱？

姜津津以为自己看错了，又数了一遍，确定是差几百块就是八位数。

她晕乎乎地拔了卡，走出网点，回到车上，一副被天上馅饼砸中的神情。

周衍狐疑地看她：“你……怎么了？”

姜津津的眼里迸发出光彩来，吓了周衍一跳。

“我今天心情好，你想要什么？我给你买。”姜津津说了这句话后，理智虽然暂时回笼，可还是很兴奋，现在她的资金超过一千万了啊！虽然都是周明沣给的，但她还是高兴。

没等周衍惊讶，她又补充了一句：“不超过一千块的都满足你。”

周衍静静地瞥了她一眼：“那直接转账给我吧。”

“好。”姜津津拿起放在中控台的手机，点开微信，只是在转账输入金额时停顿了一下。

怎么回事？她现在已经有八位数的巨款了，怎么输入四位数的转账金额，这手还是忍不住地抖。

果断地，她删了一个零。输入密码，转账成功。

周衍的手机正停留在微信界面，他定睛一瞧，转账一百块。

周衍：“……”

他侧过头凝视姜津津，是大人就可以说话不算数吗？

姜津津毫不理亏：“我还是很穷。”

傍晚六点，在姜津津跟周衍还在吃烤肉时，周明沣破天荒地第一次准时下班并且推了应酬回来。

本来他也是想带她和儿子出去吃顿饭的，哪知道当他回到家，家里非常安静。

他还未表达自己的疑惑——人去哪儿了？

万能杨管家便走上前来，为他解惑了：“少爷打来电话，说是跟太太在外面吃饭就不回来了。”

杨管家是非常欣慰的。

他毕竟也有这么大年纪了，见过的人太多了。他看得出来，太太是个很好的人，也没什么心机。

如果太太能给这个家带来些不一样的生气，那多好啊。

现在看着太太跟少爷处得跟朋友似的，他十分欣慰。

周明沣“嗯”了一声，语气平静。

只是内心在疑惑，甚至是纳闷，怎么他们俩就单独出去吃饭了呢？

姜津津跟周衍回到家时，已经快八点了。

两人刚在玄关处换好拖鞋，还没来得及往客厅方向走去，操心着周家上下的杨管家过来了，说道：“太太，先生今天下班很早，正在书房办公。”

姜津津愣了一愣：“多早？”

杨管家抬起手，看了一眼腕表：“六点四十三分到的。”

姜津津心想，那真是挺早的了。

很多集团都是朝九晚六的上班制度。从周氏集团开车回来，算上堵车的时间也得半个多小时，所以，周明沣这几乎是一下班就往回赶了。姜津津暗自发怔，过来也有一段时间了，这算得上是周明沣下班最早的一次了。

不过，他这么早下班是有什么事吗？

姜津津下意识地看向周衍。谁料周衍也在看她。

两人面面相觑，周衍率先回答：“跟我无关。”

这点儿自知之明他还是有的。他知道他爸爸关心他，可从记事开始，他爸准时下班回家的次数，两只手都数得过来，他可不觉得今天这一出能跟他有什么关系。而且他自问最近表现很不错，每天都老老实实地去公司搬货，也没使用什么特权。

姜津津听周衍这样斩钉截铁地回答，她心想，如果跟周衍这个亲儿子都无关，那跟她肯定更加没什么关系了。姑且是当他今天特别闲吧！

周明沣在书房办公，姜津津也不想打扰他，明明楼梯上都铺了地毯，可姜津津还是刻意轻手轻脚地上了三楼，在二楼跟周衍分道扬镳。

周衍回房之前，探头往书房看去，门是关着的。

他撇撇嘴，进了房间，关好了房门。

过了近一个小时后，周明沣终于从书房出来，正好跟从楼下拿了酸奶上来的周衍碰到。

周衍叼着酸奶勺子，看向周明沣，吐字不清地喊了一声“爸”。

周明沣点了下头，表情很平淡地应了。

父子俩平日里交流不多。周衍想起了姜津津，又是开店又是兼职，也怀疑他爸是真的抠门，一时之间眼神有些微妙。

周明沣瞥了儿子一眼：“有事？”

周衍摇了摇头：“没事。”

他爸跟后妈之间的事，他也管不着。

周明沣还算稳得住。虽然察觉出儿子的眼神有些不对劲儿，但也没追问，而是一边猜测一边上了楼。

姜津津早就舒舒服服地泡了个澡，正盘腿坐在床上拿着手机计算器一下一下地按着。

她真是太没出息了！这辈子都不可能成为新时代的女强人了是不是？！现在她手上所有的钱加起来有一千四百多万，除了零头是当家长委员会会长的酬劳以及她在股市赚的，大头都是周明沣给她的。有的人自立自强，绝对不会掌心朝上要富豪老公的一分钱；而有的人，说的就是她，嘴上说着要当富婆，结果为了男人给的一千多万兴奋得两眼放光。

很开心！

这会儿的姜津津就像是掉进米缸的老鼠。身怀一千多万的巨款，她的第一想法是买房。

可无奈她现在跟周明沣在一个户口本儿上，是一个家庭单位。周明沣名下有不少产业，基本上都是限购政策出来之前买的，他把买房名额都占了，现在想买她也买不了。

除非……

书中姜津津是燕京户口，名下没房，一旦她跟周明洋解除婚姻关系了，那她是有买房资格的，不过拿着周明洋给的一千多万，跟他离婚再去买房子，是不是有点儿没良心？现阶段离婚这事也就是想想了。

她歪了歪身子，倒在床上，将头埋在枕头上——她真的好想有一套写着她一个人名字的房子啊。

太喜欢房子了怎么办，房子就是她的根、她的安全感来源啊。

周明洋进来时看到的就是这一幕，他踱步过去，停留在床前，问道："怎么了？"

他说话时语气里带了些笑意。

姜津津憋了一会儿气，猛地起来，头发乱糟糟的不说，脸也有些红。

她灵机一动，决定这个时候"坦白从宽"，闷闷地说："在做心理建设。"

"为什么事？"周明洋温和地问。

姜津津坐在床上，随手扒了扒刘海："就是，我找了份工作。"

她不喜欢挤牙膏似的你问我答，也不需要周明洋追问，一股脑地和盘托出："是以前日语班的一个同学介绍的，算是兼职吧，做翻译来着，然后我今天才发现，那家公司叫味美，还碰到了周衍。我入职的时候真不知道，我还特意上网查过，资料上没说老板是你呀。"

周明洋沉默了片刻，他只是凝视着她，像是要看到她心里去。

姜津津有些慌了。因为周明洋从来没这样看过她，那目光里甚至带了些审视的意味。

"我真不知道……"

她要是知道，她肯定不会去的。

周明洋收回视线，语气更温和了："日语班的同学？"

姜津津"嗯"了一声。她有些不自在。来到这里这么久，她第一次察觉到了周明洋的试探。可他试探什么？难道她说错了什么信息吗？可原书中的姜津津的确报了日语班，也的确跟唐雅是同学呀。这些都是肯定的、确定的信息。那他在试探或者说怀疑什么？

"以前没听你说过。"周明洋又恢复了之前的从容温和，仿佛他给姜津津造成的压力只是她的错觉。

姜津津抬起头看了周明洋一眼："可能是我忘记说了吧。"

周明洋垂眸："下个星期三你有空吗？"

“应该有，怎么？”姜津津还是心里发慌。

周明洋笑：“也没什么。”

姜津津低着头，也就忽略了周明洋一瞬间认真而探究的眼神：“元盛集团举办慈善晚宴，如果你有空的话，陪我去一下。”

“哦，好啊。”姜津津爽快地应了下来。

周明洋察觉到她听到“元盛集团”这四个字时，身体并没有紧张，连带着回答时的语气、动作没有任何的迟疑、停顿以及别的情绪，唇角多了些笑意，话到嘴边又改口了：“不过我的行程也不确定，到时候再说。”

“至于你的工作，”周明洋笑了笑，“没什么，我只是有点儿惊讶，你想做就去做吧。”

姜津津还以为这件事没戏了，没想到周明洋居然松口，她抬起头看向他：“真的啊？”

周明洋失笑：“在你看来我是这样专断的人吗？连你出去工作都不允许？”

姜津津回答：“不是，我以为你不会愿意我在你的公司上班。毕竟被人发现了，影响会不太好。”

“怎么会？”周明洋坐了下来，离她近了点儿，眉眼之间一派谦和，“也许被人发现了，会带来不一样的正面效果。”

“什么意思？”

周明洋对姜津津算得上很耐心了。

在工作上，他喜欢的是能跟得上自己思维的下属。

很多话不需要说那么多说那么通透，对方就能领会，这会节约很多时间。

周明洋丝毫不见不耐：“你都去上班了，他们会想，自己要不要更加努力一点儿。”

在周明洋跟姜津津闲聊的时候，周衍也在为了一个问题陷入了沉思与苦恼中。

那就是——他到底该怎么称呼姜津津。

从她到这个家以来，他还从来没有称呼过她。今天李哥的话提醒了他。以后他们都在公司里，他搬货，她兼职，总不能每次别人让他喊她姐时，他就咳嗽一次吧？那没病都会咳出病来的，咳的次数多了别人会不会以为他有肺病？喊什么好呢？妈？打死他都喊不出来。那喊姐？喊他爸的老婆为姐，他不怕自己有心理障碍，也怕被他爸发现后那画面太美。

思来想去，想了快一个钟头，他终于确定了称呼——姜女士。他越想越觉得“姜女士”这个称呼好，既庄重又符合他们之间的辈分。

周衍拿出手机来，将微信里的备注改成了“姜女士”。解决了这个问题，周衍心头一松，睡意侵袭过来，躺回大床上沉沉入睡了。

虽然在不同的房间，但三个人都睡得很好。

不过中间出现了一些小插曲。

周明沣再一次被硌醒，他迷迷糊糊地醒来，侧过身子摸了摸床，果然摸到了一个发绳，发绳上还有一个菠萝吊坠。他已经习惯了。

姜津津的头发柔顺光滑，她睡觉时不喜欢头发丝在脸上和脖子那里，所以每天晚上入睡前都会将头发随意扎一下。可每次不到早晨醒来，这个发绳就会滑落。周明沣已经不记得这是第几次被硌醒了。他从一开始的无所适从到了如今的习惯。他眼睛都没完全睁开，动作熟练地握紧发绳，放回睡衣口袋。

第二天早上，姜津津还有正事要办，提前定了闹钟，八点钟不到就起来了，整个人像是被几个拳击手联合起来打了一晚上一样，有气无力、双目无神地来到浴室，闭着眼睛刷牙这个本领很多人都有，她也不例外。

周明沣来到她身后的时候，她还没睁开眼睛。他探出手捋了捋她的头发。发丝在他指尖，他稍稍拢住。

姜津津这才睁开眼睛，周明沣要比她高很多，她看到了镜子里的他站在她身后，呆了呆，嘴里还有着牙膏泡沫，实在是不好说话。她怕泡沫喷到台面或者镜面，那样会很脏，但眼神里的疑惑还是完美表达了她的意思——你怎么还没走?

“马上就走。”

周明沣刚跑步回来又冲了凉，整个人神清气爽。

他帮她扎了头发，用的是那个菠萝吊坠的发绳，他面上的表情太平淡了，仿佛这是多么稀松平常似的，连带着姜津津都没察觉到，这是多么暧昧亲密的举动。

“我走了。”

姜津津手上的电动牙刷还在发出跟电流似的声音，很轻。

她点了下头。

周明沣转过身，低头随意地扣好衬衫袖扣。

果然就像当时唐雅说的那样，这一份兼职十分轻松，轻松到仿佛没工作一样。

姜津津起来后还特意跟 Edwin 发了微信。

Edwin 这样回了消息："下个星期五再过来公司就好。"

姜津津掰着手指头算了一下，今天才星期三，好家伙，得一个星期后再去了。按照这样的频率，一个月去个四五天，还能赚三四千的工资，算下来差不多就是日入过千的工资水平了。难怪唐雅跟她交接工作时，一副好像是在交付传家宝的样子。

既然公司这边没事，那她就要把主要心思放在便利店上了。

她在大学时学的是会计专业，做账这一块她完全可以自己来。等以后走上正轨了，或者开了别的分店后，她再聘请专业的财务人员。来到便利店，她核对了一下账单，可以看出来，这家店的生意不算特别好，但也不差，跟她刚开始预想的一样，亏是不可能亏的，但要想大赚特赚，目前还不太可能。

便利店里，她跟徐从简相处也很和谐，徐从简正在打扫店里的卫生，偶尔拿着小本子站在货架处及时记下需要补充的物品。

而姜津津则坐在便利店的高脚凳上，一边"唰唰唰"地翻着账单，一边熟练地按着计算器算账。

两人互不打扰，直到门口"欢迎光临"的声音响起。

姜津津抬起头看去，从门口进来一个年轻女人，女人戴着时下流行的渔夫帽，还戴了墨镜跟口罩，俨然全副武装的模样，这吸引了姜津津的注意，还没等姜津津主动询问，女人见店里也没别的客人，这才取下了墨镜和口罩，露出了一张姜津津熟悉的脸。

几乎每年暑假档都会有电视剧爆红。姜津津在看剧这方面比较随大众口味，因此最近收视率跟讨论热度很高的这部电视剧她也在追，那自然能认出女主角来。来人正是跟周明洋有过绯闻的苏思悦。

苏思悦在娱乐圈算是非常励志的典型人物了，她虽不是科班出身，但走红的速度很快。外形方面，她是浓颜系美女，辨识度很高，完全可以走流量明星的发展路线，可她本人在演戏方面又极具天赋跟灵气，光是看业务水平也可以走青衣路线，再加上她也有足够的时运，红起来并不令人意外。

有人预料过，她以后要么熬成"大花旦"，要么则是"大青衣"。只要她能继续将所有的心思都放在演艺事业上。

不过苏思悦来这里做什么？姜津津的直觉告诉她，苏思悦是来找她的。

果不其然，苏思悦面带歉意且微笑地朝她走来，在她面前站定，轻声开口：

“请问，您是周太太吗？”

一旁整理货架的徐从简直起身子看向这边。

姜津津冲他眨眨眼，这段时间培养出来了默契，他立马点头表示明白，然后一头扎进了储物间里。

“嗯，我是。”姜津津也不露怯。

苏思悦跟姜津津差不多高。

即便是娱乐圈一众美人中脱颖而出的苏思悦，姜津津在面对她时，也没有被艳压，甚至还略胜一筹。

不过两人此时站在一起也不是来比美的，苏思悦语气诚恳地说：“其实两年前时，就该跟周总好好道个歉了，只是那时候我约不上周总，这次也是一样。很抱歉，因为我而将周总牵扯进来，前几天开始，我就托人联系周总，想当面就这件事跟他道歉，但周总那边说不用了。”

姜津津有些诧异：“那你？”

“周太太，今天我过来是想亲自跟您解释一下，否则良心不安。”苏思悦苦笑了一下，“两年前，我真的不知道会被人拍到，也是我表哥公私不分，为了方便竟然开着周总的车办私事。当时我就想澄清的，无奈人微言轻，周总那边的公关人员也联系过我，意思是事情已经压下了，我就没必要再提起来，以免引发不必要的事端。当年，我的确因为这个不实传闻获利了，不怕你笑话，那时候有个有家室的老板希望我能跟他在一起，他也会给我一些便利，幸好出了这个传闻，那个老板没再缠着我。”

姜津津没想到苏思悦这样的女演员居然会说出这种隐私。毕竟她们也只是头一回见面，还很陌生呢。由此可见，苏思悦的道歉是真诚的。

“这一次，这件事被人重新提起来，周总的助理也跟我的经纪人联系过，事情被压下去了，也就不希望我这边出面解释。因为大环境就是这样，这种事容易越描越黑。我听说周总结婚了，很怕因为这件事影响到你们，就让经纪人查了一下，一开始我以为是别的竞争对手放出的消息，但这几天核实过后，发现并不是娱乐圈人士的手笔。”

姜津津闻言愣住了：“不是娱乐圈吗？”

苏思悦轻轻地点了下头：“不是。这件事我本来准备跟周总的助理说的，但正好今天在森林风景区取景拍戏，又听说您在这边住，就过来碰碰运气，没想到您真的在。周太太，我跟周总真的不是那种关系，我们连一次面都没见过，希望这件事没有给你们造成困扰。”

姜津津还处于茫然中。因为她突然发现事情好像比她之前想的要复杂一些。不过这件事情也跟她没多大关系，等周明沣下班回来了，她再跟他说吧。

苏思悦又轻声道：“周太太，我可能没有太多时间待在这里跟您解释，如果您不介意的话，不如我们互留一个联系方式，我这边也在找人查，查到了的话第一时间通知您，怎么样？”

姜津津当然不会拒绝！微信通讯录里要是多个明星，说不定以后也有合作的机会。姜津津对苏思悦感观不错，前几天她出于好奇，也了解了一下苏思悦的履历，发现苏思悦实在是一个很有事业心并且也有实力的女演员。她也算阅人无数，除非是苏思悦的演技已经炉火纯青到令她看走眼了，至少现在，她对苏思悦的评价不坏。

苏思悦当年肯定有自己的私心，毕竟因为跟周明沣的一段莫须有传闻，令她摆脱了困境。可现在苏思悦的事业蒸蒸日上，她是有多想不开才要在周明沣的这件事上折腾？反正，姜津津觉得自己如果是她，也绝对不再想跟周明沣有任何被人猜忌的谣言，这对她的事业没有半分好处，毕竟现在周明沣是已婚人士。

即便周明沣再有权有势，处于事业上升期的女演员得神志不清到什么地步，才会有搏一搏小三的位置从而上位的念头？

两人加了微信后，苏思悦再次诚恳地道了个歉：“周太太，真的很抱歉。不管是什么人出手的，但当年的确是因为我表哥和我，才令周总被人误解。”

姜津津莞尔一笑，没有作声。

她也不是周明沣，没权利代表他说“没关系”。

苏思悦临走前想起什么，又买了一些水跟零食，结账时，还打包了几份关东煮，对姜津津解释道：“刚才我带助理出来时是说买东西。”

姜津津当然不会拒绝。

等苏思悦走后，姜津津想起什么，突然懊恼地说道：“刚才怎么没想到要给她拍照呢，以后说不定能将照片贴在墙上做宣传呢。”

徐从简收拾台面，闻言笑了笑。

姜津津懊丧不已，她还是格局小了。干吗去关心那档子莫须有的事，她的全部注意力就应该放在赚钱这件事上！她错过了一个为便利店免费宣传的机会！身为老板，她真的太不合格了！

果然还是应了那句：男人只会影响我赚钱的速度。别说苏思悦跟周明沣没有那种关系，就算有，她的注意力都不该放在这上面吧！

徐从简见她的确抓狂，只是默默地转身，给她冲泡了一杯冰美式，见她还坐在高脚凳上长吁短叹，脸上带笑，拿起桌上的马克笔在杯壁上画了一个笑脸。

姜津津一手托腮，已经过了这懊恼劲儿了，现在开始想便利店的未来了。靠着这些客源，饿是饿不死的，但她的目标是开分店啊，赚钱啊。

正当她陷入思考时，一只手出现在她面前，紧接着她的手边多了一杯冰美式。她抬起头来看向徐从简。

徐从简穿着便利店的服装也没有影响到他的清秀。

他低声说："试试。"

姜津津"喔"了一声，拿起冰美式打开了杯盖上的爱心小孔，仰头喝了一口，冰冰苦苦的，一下让她的神志清晰了不少。

"谢谢。"

徐从简微微一笑："不客气。"

晚上七点，太阳还没下山。

天空被夕阳染成了橘色。

姜津津没想到，周明沣又一次这么早下班了，只不过他在公司已经吃过饭了，等她吃完后，他居然约她一起在别墅区里饭后散步。

她觉得有点儿奇怪，她刚来到这里时，他在出差，长达一两个星期的时间里他也没主动打个电话来。他回来后，对她虽然不算冷淡，但也绝对不热情，看得出来，他也没怎么把她放在心上。

现在的他反而越来越像一个丈夫了，会给她工资卡，也会陪她吃消夜，甚至还会准时下班回来约她散步。

周明沣换了休闲服，走在路上有闲庭信步的悠闲洒脱。

姜津津一声不吭地走在他旁边。

"怎么不说话？"他问。

姜津津侧过头看他："今天怎么有时间陪我散步？"

周明沣不会告诉她，为了这个散步安排，他今天特意加快了工作进度，也推了不必要的应酬。等下散步回来，他还要处理一些邮件。时间就像是海绵里的水，都是挤出来的。

"事情不是很多。"

“哦。”姜津津想起什么，又说道，“对了，今天苏思悦来找我了。”

周明洋像是并不意外的样子：“然后呢？”

“她道了个歉，大概意思是说她想跟网友解释的，但你的公关员工建议她不要那样。”

“这个我不太清楚。”周明洋说，“不过公关部都是专业的，他们应该也是权衡过才做的决定。”

“我也知道，有时候就是这样，越解释反而越被人关注，这样悄无声息地压下去会好一点儿。”姜津津见到前面不远处有小石子，快步走过去一脚踢开，转过身来，双手背在身后。

她倒着走。

跟周明洋几乎是面对面的。

周明洋出言提醒：“小心摔跤。”

“不会的。”姜津津又若有所思地说，“对了，她还提了一句，说不是她的对家放的料，并且查了一下不是娱乐圈的人做的。”

周明洋依然神情镇定：“是吗？”

“不是娱乐圈，那会是谁呢？”姜津津想着散步可不就是闲聊嘛，“你有想过吗？是不是你在生意场上的对手？”

周明洋忍俊不禁。

看着她年轻活泼的面庞，他似乎也被感染了。

“笑什么啊？”

周明洋收敛了脸上的笑：“或许。”

“可是如果是对手，那为什么要在这种事上下功夫啊。”姜津津实在是想不通。

周明洋看着她绞尽脑汁的模样，眉眼温和地说：“可能是想用这件事来攻击我。”

“攻击你？”

“对，毕竟我现在已婚。”

姜津津想起什么，偷笑起来。

“你又在笑什么？”

“我笑你的对手是不是攻击你不守男德。”姜津津眉眼弯弯。

“男德？”周明洋哑然失笑，“也可以这么说吧，生活作风方面有问题，一旦引起多方关注，也会影响到公司。”

“我在想我以后会不会接到奇怪的电话。”姜津津说。

“什么意思？”

“就是啊……”姜津津顿了顿，轻咳了一声，改变了自己的音调，伪装出来的娃娃音又甜又腻，“周太太，不好意思哦，你老公在我家里洗澡哦。他今晚就不回家了哦。”

周明洋低着头，险些破功。

他抬起手握成拳头抵在唇边：“不会的。不过，如果万一发生了这样的事，你在接到这样的电话对我产生误解时，希望你到时候能给我一个解释的机会。”

“解释？”姜津津眉毛一挑，“不是狡辩？”

“我相信你有分辨的能力。”周明洋说，“可以吗？”

姜津津还能说不行吗？正当她准备就这个话题进行试探时，迎面碰上了另外一对夫妻散步。

姜津津认识他们。他们夫妻是白手起家，跟周明洋差不多大，夫妻俩凭借着自己的本事开了快餐店，现在外地都有不少连锁店，非常厉害。

“明洋，你今天怎么有时间来散步。”何先生惊讶，“咱们搬过来有十年了，这还是头一回散步路上碰到你，真是稀奇。”

何太太挽着何先生的臂弯，脸上也是止不住的笑意：“是应该多散步，以后有空也该带着你太太参加我们的活动，打打高尔夫什么的。”

周明洋无奈：“有时间的话，一定参加。”

“你这话说了十年了。”何先生话锋一转，“对了，你收到元盛集团的邀请函了吗？”

周明洋微微一顿，侧过头看向姜津津。

姜津津神情自然，正对着何太太笑。

“嗯。”周明洋点头，“收到了。”

“那你去吗？”何先生感慨，“这些年席总也不容易，一个女人撑起一个集团来。”

何太太听了这话不乐意了：“怎么，女人就撑不起来一个家吗？我看席总很有能力，真要算起来，这年头的女企业家多了去了。”

何先生面露无奈：“你瞧瞧，多敏感，就一句话的事……明洋，元盛办的这个慈善晚宴你去不去？”

周明洋笑容微微收敛："还不确定。"

"席家还挺重视这个晚宴的，给圈里人都发了请柬。"何先生说，"好像是准备将筹到的善款捐赠出去，听说是给那位原继承人少东家积福，也不知道是不是真的。"

何太太伸出手算了算："那位小席总走了快三年了吧？真是天妒英才。"

夫妻俩还想说些什么，周明洋伸出手搭在姜津津的肩膀上，面容平静地说："我们还有点儿事，下次有机会再聊。"

何先生一顿："哦哦，好，下次再聊。"

周明洋揽着姜津津往回走。

姜津津发现他的步伐匆匆，都快跟不上他了。

还以为他是有重要的公事没处理。

等回到家时，姜津津都喘着气，周明洋的眉头皱着，仿佛是有什么大事。

两人在玄关处你看着我，我看着你。

姜津津率先败下阵来，嘀咕了一句："走那么快干吗？"

周明洋"嗯"了一声："突然发现还有点儿急事没处理，抱歉。"

姜津津摆摆手，换好拖鞋往厨房走去："渴死我了。"

她从冰箱里拿出一瓶气泡水，一口气喝了一半。再定睛一瞧，她放在冰箱里的那么多气泡水，现在只剩几瓶了。

她走出来，探头对楼上喊了一声："周衍，你是不是喝了我的气泡水！"

周衍正在房间里打游戏，压根就没听到她的声音。

周明洋一直站在不远处，眼眸低垂，继而轻笑一声，神情不如刚才那样谨慎严肃了。

本来姜津津以为周明洋跟后面有鬼追似的一路猛赶回家，会扎进书房里至少到十一二点才出来，却没想到她洗完澡出来，脸上还敷着面膜，就看到他优哉游哉地坐在卧室的沙发上看平板电脑，根本没有为公事着急的意思。而且她坐在床上玩微博、玩淘宝都能感觉到，他偶尔会抬头看向她这边，搞得她都不好意思了。

这样眼神勾勾缠缠了一晚上，一男一女躺在床上，依然无事发生。

现在在姜津津心里，睡在周明洋身边是非常安全的一件事。

第二天，她是被手机铃声吵醒的。

她有些烦，因为还没彻底清醒，第一反应就是抓起枕头压在头上，试图隔绝铃声。此时此刻，周明沣已经从外面晨跑回来，正准备换正装去上班，见她手机响个不停，便走到床头柜前，拿起她的手机，来电显示是徐从简。

他稍稍回忆了一下，便想起了徐从简是谁。她便利店的员工，也是周衍的同学。

他低声说道："徐从简打来的电话，你接不接？"

不接的话，他就挂断。

姜津津认命地将枕头拿开，睡眼惺忪地坐直了身体，伸出手："我接。"

徐从简她还是了解的。

基本上如果不是特别重要的事，他不可能这么早给她打电话。

所以店里肯定发生了什么事。

周明沣将手机递给她后，继续低头整理表带。

姜津津接通了电话。

徐从简就不是喜欢说废话的性子，她只是"喂"了一声，他便将他打电话的理由说了出来："姜总，便利店里突然来了很多人，还有人在外面排队。我问了其中一个人，她说是看到喜欢的明星发了微博，照片里有一张咱们店关东煮的照片，她们靠着上面的标识找了过来，现在她们在店里买了很多东西。但主要问题还是关东煮的食材不够了，需要马上进货，她们要在这里等着。"

姜津津精神为之一振。

她立马从床上下来，简单跟徐从简吩咐之后，便以最快的速度飞奔去浴室。

周明沣还没反应过来，只感觉一阵风从他身旁吹过，再回头一看，她正在浴室洗手台前挤牙膏，一点儿都没有刚才被吵醒后不耐烦的起床气模样。

她一边刷牙一边手抖着打开微博，点进去许峥的主页，果然看到他昨天晚上发了一条微博，有三张照片，中间一张就是一杯关东煮。

许峥是人气很高的男演员，实力跟颜值并存，几年前才转型为演员的，微博粉丝有几千万，影响力自然不同凡响。

关键是他的微博中还提了这个关东煮——

许峥 V：吃过的最好吃的关东煮，是心理作用吗？不过还真的不错。

姜津津想了想，又顺手在微博话题广场里搜了下许峥的信息。

其中有个很火的杂志在微博 @ 了他跟苏思悦，好像是两人要合作拍摄那个杂志的封面。

所以，这个关东煮难道是苏思悦给许峥带的？

不管了！“网红”的影响力自不用说，可明星效应更大！

姜津津此时此刻脑子里只有一个念头：她！要！发！财！了！

便利店的生意之火爆远远超过了姜津津的预料。

她没想到许峥的粉丝购买力这么强，短短几个小时，几乎都快将货架上的物品搬空了。很多人都是过来“打卡”的，客人也是一波接着一波的，很快地，姜津津跟徐从简两个人都忙不过来了。就在姜津津忙得满头大汗时，周衍犹如天降神兵般来到了便利店，弯腰去搬纸箱。

几个小女生见到周衍的面容，都发出了惊叹声。

本来现在是暑假，很多学生都有空，见许峥发了微博后，一些眼尖的粉丝很快地就找到了这家有味便利店。他们本来是想打卡偶像同款的，却没想到有意外的惊喜！这家店的两个员工长得都好帅喔，容貌丝毫不输现在的流量明星，他们拍了照片发到网络上，让姐妹们一饱眼福。周衍的肤色虽然肉眼可见地黑了一些，但在人群中依然亮眼，即便跟徐从简站在一块儿，也难分高下。

当然，更令她们惊喜的是，这家的老板也长得很好看！人还特别好！

三个颜值都很高的人，就是便利店里一道亮丽的风景线。

姜津津脖子上挂着小电扇，她很怕热，明明便利店的冷气很足，但她还是忙出了一身汗，来到周衍旁边，这才有空问他：“你怎么来了？”

周衍这段时间在公司搬货，练出了一些力气，一个人搬几个大纸箱一点儿问题都没有，他看了她一眼：“别想太多，工资日结，不能少于一百五。”

姜津津：“……”

怎么回事？！男主角身上那挥金如土、视金钱如无物的狂妄气质怎么消失殆尽了！他怎么张口闭口就谈钱了！

周衍又解释道：“公司那边不是每天都有很多货要搬的。”

其实是他今天主动跟公司打了个电话请假，然后过来帮忙的。反正搬运工有很多，也不是每天都有很多货，那么多他一个少他一个区别也不大。

“哦，哦。”姜津津点了下头，冲他眨了眨眼，“放心，你一个顶俩，你干一天我给两百，是不是特别大方？”

周衍：“我都不知道‘大方’这个词是什么意思了。”

两人的关系在不知不觉的时候，往一种奇怪的方向奔去。

要说是朋友，那也不是，毕竟两人是继子与继母的关系。或许日后他们会重新定义他们之间的这种关系。

便利店今天一天的生意简直太好了，姜津津总算感受了一把忙并快乐着是什么滋味。听着收银机悦耳的提示声，她开始理解周明沣这些年来为什么明明不缺钱了，却还想着在事业方面开疆拓土。这种感觉实在是太棒了。姜津津猜得到，许峥发的微博可能跟苏思悦有些关系，毕竟昨天苏思悦的确是在她的店里打包了几份关东煮，而且非常巧合的是，昨天两人也有共同的行程。

姜津津略一思索，还是没打算去问苏思悦。因为她觉得这样会很唐突，或许苏思悦也不想被人知道跟许峥的关系，而且，她跟苏思悦也只见过一次，根本就不熟，既然这样的话，就不要给别人造成困扰了。

一天下来，周衍跟徐从简都很给力，姜津津累得腰都快直不起来了，两个人还是神采奕奕的模样。

姜津津忍不住感慨了一声："年轻人就是精力好。"

虽然她只比他们大十来岁，但已经感觉到了体力方面的区别。

姜津津叫了外卖，等待外卖送来的时候，她坐在高脚凳上开始用计算器算着今天的营业额，眉开眼笑。

今天一天都抵得上一个月了。如果天天生意都这么好，那么不用两个月，她都可以考虑开分店了。

她一副掉进米缸的财迷模样，周衍看得都无语了，低声跟徐从简吐槽："不知道的，还以为我家穷得揭不开锅了。"

话音刚落，周衍又马上想到，好像他爸爸对她是有点儿抠门。

徐从简脸上是清淡的笑容："姜总这样也很好。"总是充满了活力。无论面对什么事，似乎都不气馁。就算她是为了赚钱，是为了钱，也不会让人觉得她庸俗，反而，她爆发出来的奋斗热情很能感染人。

姜津津压根就没空搭理这两个小伙子。她满脑子想的都是分店的事。不过她还是要观望一段时间，现在是因为明星效应销售火爆，接下来就是要靠口碑了。很多人都觉得便利店不需要口碑，但如果真是这样的话，那这城市里就不会有各色各样的便利店了。有时候一家便利店出的某一个新品抓住了消费者的兴趣，那么一个季度的生意都不愁了。

暮色渐浓。

周氏集团里，周明沣今天终于不能任性地准时下班了。

准时下班在周明沣的行程里，算是很奢侈的一件事了。到了他如今的年纪地位，已经不需要应付很多应酬了，可即便如此，每天都有好几个饭局等着他，更别说他在国外也有项目跟产业，所以不少时候因为时差的关系，他经常深夜开视频会议也是家常便饭。

今天晚上有阵雨。

周明沣坐在办公室里处理公事，压根就没注意到大雨如瓢泼般冲刷着落地窗。

直到敲门声响起，他应了一声，刘助理从外面进来，抱着厚厚的文件，细致地将分好类的文件放在周明沣的办公桌上，忙完了这件事后，刘助理才说道："周总，今天您开会的时候，元盛集团的席总特助致电，询问您下周去不去他们集团举办的慈善晚宴。"

周明沣签名的动作顿了顿，目光凝视在钢笔笔尖。

刘助理压根就没察觉到他表情的细微变化。

周氏集团跟元盛集团并没有业务上的往来，不过燕京的几个大集团中如果谁家举办重要的宴会，其他家就算没有合作，也会给面子前去捧场。刘助理对元盛集团也不算很了解，只依稀了解了一下这慈善晚宴的举办目的。

现在元盛集团当家做主的是席芷仪。

席芷仪跟周总年龄相仿，在商场也有雷霆手段，是成功的女强人以及女企业家。

不过坊间曾传言，如果她的弟弟小席总还活着，她绝对没有今时今日的风光。

刘助理只听说过，那位小席总如果还活着的话，今年应该也差不多快二十八了。他在二十岁那一年便在华尔街崭露头角，是名副其实的少年天才。只可惜天妒英才，小席总遗传了家族的罕见病，那种病一般都是遗传给家中男性，在小席总二十五岁那一年，他因抢救无效不治身亡。

刘助理见周明沣没有回答。

几分钟过去了，周总还是保持着之前的动作。

刘助理忍不住提醒了一句："周总？"

周明沣像是才回过神来一般，淡笑道："你给席总特助回电，就说我现在行程不定，如果有空的话一定会去捧场；如果没空，就让赵副总代我过去。"

刘助理应了："好的。"

周明沣看向他："不早了，你先回去休息。"

刘助理点了下头，离开了办公室。

刘助理走后，原本就是黑白灰风格的办公室陡然沉寂了不少，周明沣往后一躺，整个人靠在办公椅上，若有所思地盯着不远处的山水图。

姜津津想着都忙了一天了，不想再压榨徐从简这个劳动力，而且他在这边待了好久，一个多星期都没回家了。一入夜，天空中下起了不小的雨，她拿起车钥匙，跟周衍说了一声后，便载着徐从简离开了。

徐从简坐在副驾驶座上还有些拘谨："其实我不用回家的。"

姜津津手握着方向盘，雨刷正在刮个不停。

她专注地看着前方路况："你家里人不担心吗？这两天都忙坏了，就回去好好睡一觉吧，明天早点儿来就行。"

徐从简反而有些不好意思。

他本身就是内敛的性子，姜津津性格活泼，这短短的时间内，两人也相处得很不错了。

姜津津想起什么，轻声笑道："其实也多亏了你改良的配方，不然生意不会这么好的，我回头去咨询一下，看要不要跟你签个合同。最起码也要保证你的利益。"

徐从简顿了顿："不用的。"

姜津津没再继续这个话题，而是话锋一转，问道："你明年就要高考了，想过要考哪所学校吗？"

"以后想成为医生。"徐从简说，"应该会考医科类大学。"

姜津津"哇"了一声："真好！那徐医生，我以后要是看病就找你了。"

徐从简这么闷的性子，居然破天荒地跟她开了个玩笑："我想以后留在肿瘤科。"

姜津津："……"

她立马说道："那我希望这辈子都不要找你看病。"

徐从简的笑声有种少年独有的特质："嗯。"

徐从简住在老城区。

他虽然也不会为了清贫的家境而感到窘迫，可不知道为什么，想起又窄又脏的街道，他突然在离家还有近一公里时开了口："就在这路边停一下吧。我在这里下就可以。"

姜津津探头一看，天空黑压压的，雨势不见变小："就这里？"

徐从简“嗯”了一声。

姜津津也不勉强他，点了下头：“那你注意安全。”

徐从简刚推开车门，一道略显沙哑的女声从雨幕中传过来：“阿简？”

姜津津也顺势回头看了一眼，下一秒一个穿着洗得褪色的汗衫裙的中年女人过来，她有些狼狈，撑着一把破旧的格子伞，还背着泡沫箱，不过脸上都是慈祥的笑容。

徐从简的手还放在车门把手上，他应了一声就要钻进雨幕：“妈，这个点您怎么还没回家？”

徐母脸上还有着雨水：“糯米糍没卖完，想着在这边碰碰运气。”

她又看向这辆过于奢华的轿车，迟疑了一下：“阿简，这是？”

徐从简握紧了伞柄，他将伞往妈妈那边移，自己的肩膀湿了一半：“这是我便利店的老板。姜总，这是我妈妈。”

姜津津眉眼弯弯对着徐母打了个招呼：“阿姨，你好。”

她想起什么，又说道：“徐从简，你在这里下是想找你妈妈吗？那这样，现在雨下太大了，不如我送你们回去？”

徐从简还没拒绝，徐母就连忙摆了摆手，一脸诚恳的笑意：“不用，不用，就几步路，那巷子窄，进去了就不好出来了。姜小姐，我听阿简说您对他平日里很照顾，都不知道该怎么感谢您才好。”她低头一阵寻找，打开泡沫箱，手忙脚乱地从里面拿了几个塑料袋往车里送：“这是我自己做的糯米糍，您要是不嫌弃可以尝尝。”

塑料袋比较廉价，上面还沾了雨水，形状也早就不好看了。

徐从简正要出声。

姜津津解开安全带，伸出手勾住了那几个小袋子，笑嘻嘻地打开一个就咬了一口，口齿不清地说：“这里面包的什么，好香呀！”

看得出来，她是真的喜欢吃。

徐母一脸笑容：“花生碎跟黑芝麻。”

“味道很好。”姜津津竖起大拇指，“我就喜欢吃这种糯糯的东西。阿姨，谢谢你呀。”

两人聊了一会儿。

姜津津似乎是真的很想跟徐母学一手，只可惜这里只是暂时停车位，不能久待。

道别后，姜津津这才重新启动车子，在前方掉了个头，消失在雨幕中。

徐母背着泡沫箱，低声叹息："这个老板好年轻啊。"这么年轻就有这样的本事了。

徐从简没吭声，他的目光依然停留在车离开的方向。

"人也蛮好的。"徐母又道。

徐从简"嗯"了一声，一把伞根本容纳不下母子俩，他眼睑低垂，有雨珠顺着他的睫毛而落。

周明洋回来的时候，主楼只有周衍在。

周衍正坐在沙发上啃着姜津津点的窑鸡，味道鲜美，周衍一个人就能干掉一只。

他一边津津有味地吃着，一边盯着电视。电视里正在播放球赛，茶几上还放着姜津津买的气泡水。

周明洋上楼找了一圈，后又一副若无其事的模样下楼来，假装不经意地问道："你一个人在家？"

周衍目不转睛地盯着电视屏幕，随口回了一句："嗯，外面下雨，她送徐从简回去了。"

"嗯。"周明洋得到了答案后，又上楼回了书房。

等姜津津回来时，周衍都已经吃饱了回房打游戏了，她上楼时正好跟周明洋碰上了，两人在楼梯台阶处挨得有些近，姜津津嗅到了一股淡淡的味道。

她又凑近了，用鼻子吸了吸。

周明洋看她皱着鼻子的模样，不由得轻笑了一声："怎么，我身上有奇怪的味道？"

"嗯。"姜津津点头，"烟草味，你抽烟了？"

她是有些讶异的，因为这么久了，她还没见过周明洋抽烟，也没在他身上闻到过烟草味。这算是头一回。

周明洋一笑："鼻子真灵。"

他只在心烦时才会抽上两根。

"有一点儿烦心事。"他这样回。

姜津津看向他，眼里都是疑惑，连他都觉得烦心，那得是多大的事。不过她想，应该是工作上的事。那没办法了，连他都烦心，她更是毫无办法，也就不用装什么“解语花”了。

“问题不大。”他又说。

姜津津点了下头：“那就好。”

不过她此刻思维发散，忍不住想，难道这也是小说世界跟现实世界的区别吗？现实世界里，烟味真的很难闻，她最讨厌别人在她边上抽烟，让她面临二手烟的危害。可怎么现在不一样了？周明沣身上的烟草味很淡很淡，但很奇怪，一点儿都不难闻，刚开始她还以为这是香水的味道。

姜津津喜欢跟人说话，只要她不是累到自闭不想开口，只要她睡觉之前周明沣也还没睡，临睡前她都会跟他聊一会儿天。

时间长了，周明沣也习惯了在黑暗中，跟她躺在同一张床上，说一些琐碎的小事。

“今天店里生意很好吗？”周明沣沉声问道。

姜津津拉了拉被子，语气兴奋：“不是一般的好，超级好，好到我以为是过年时期的超市了！”

她又低喃：“要是天天都这样就好了。”

她愿意这样一直忙下去，忙到天荒地老都行。

“如果有什么事情你解决不好，也可以直接跟我说。”周明沣说，“别太客气。”

姜津津搓搓小手：“你说的哦。”

她还真没遇到什么事。

不过遇到事自己解决不了，那肯定不能死扛着，必然是要找救兵的。

两人有一搭没一搭地聊着，就在姜津津睡意萌生前，周明沣突然说道：“下周可能还是要参加元盛集团的慈善晚宴。”

姜津津眼睛睁开一条缝，翻了个身：“好呀，不过，这个晚宴很重要吗？”

周明沣难得地愣然了。

姜津津嘟囔：“你提了好几次了。是不是很重要呀？”

黑暗中的周明沣沉默了片刻，直到姜津津以为他已经睡了，自己也闭眼睡后，他才低声道：“不重要。”

姜津津是一点儿都不想跟周明沣客气的，而且是他主动开口说有事可以找他。于是第二天一大清早，姜津津醒来后，周明沣正要出门离开，她赶忙以最快的速度，像是小鸟一样扑棱棱地堵住了他离开的路，气喘吁吁地说：“昨天的话还算数吧？”

“什么？”周明洋故意逗她。

姜津津无语：“你昨天说过有什么事都可以找你的。”

周明洋纠正她：“我说的是你解决不了的事。”

“我现在就有一件事很为难，需要寻求专业人士的帮助。”姜津津双手合十做祈祷状，一双眼睛盯着他不放，“所以，你有没有熟悉的律师可以帮我一下？”

“找律师做什么？”周明洋问。

“咨询一些事情。”

周明洋居然在大早上的，看着她头发上竖起的呆毛，有了开她玩笑的兴致：“咨询离婚？”

姜津津：“……”她倒是想咨询来着。

虽然心虚，面上却很理直气壮：“我咨询那个做什么，又不是吃饱了撑的。”

周明洋失笑：“好吧，你想咨询什么？”

“就我店里的一些事。”姜津津强调了一句，“正事，正事。”

她知道，像周明洋这样的人，背后搞不好有一个律师团队。

周氏集团财大气粗，肯定聘请了专业的团队，那她身为周太太，去免费蹭一蹭这个律师应该不过分吧？在外面找律师也不是不可以，可她对这一领域不熟，谁知道碰到的是不是专业的？现在周氏集团有现成的律师，那她也就不需要额外斥巨资聘请别的律师了。

周明洋思忖道：“我去问问。”

姜津津松了一口气：“拜托，拜托啦。”

这可是她拜托的第一件事，还是要给力一点儿呀。

周明洋无奈地说道：“答应你了，能不能放我去上班？”

姜津津这才发现，自己正大咧咧地将他出去的路都堵住了，赶忙让出路来，还很客气 地说：“慢走慢走。”

事实证明，周明洋还是值得信赖的，而且效率也是很高的。中午时分，姜津津就接到了他打来的电话。

电话中，周明洋那低沉醇厚的声音传来：“下午有空吗？”

姜津津一猜就知道是跟律师有关系，没空也要挤出空来：“当然有空，我最闲了！”

周明洋：“那你下午过来一趟公司，沈律师是我的私人律师，她明天就要出国，今天正好有时间。”

“好！”

姜津津一点儿都不想耽误时间，挂了电话后就开始准备出门了。

她还带上了自己店里的资料。可想而知，周明洋的私人律师，业务能力绝对杠杠的。

而且……

姜津津偷笑：她还不用出钱，说不定以后还能共享他的律师，多好啊！

第九章

看儿子还是看老婆？

周氏集团地处 CBD（中央商务区），这边的写字楼由于高大耸立再加上设计独特，几乎都快成为一道风景了。

姜津津到达时，停车场入口摆上了障碍物，没有办法，她只好将车停在室外的停车位。她来之前给周明沣打了电话，原本以为会是刘助理来接她，没想到刚下车便看到周明沣朝着她步伐沉稳地走来。

她眨了眨眼：“不会吧！周总，我的待遇这么高？居然惊动你亲自来接我？”

周明沣：“的确是最高级别的待遇了。”

本来他也准备让刘助理去接她，但马上想到，这是她第一次来他的公司，于是暂时放下了手中的工作，在刘助理诧异的眼神中进了电梯下楼亲自迎接她。

姜津津：“本平民受宠若惊了。”

“你啊。”周明沣貌似很无奈地一叹，但实际上他的内心充满愉悦。

他们走进去时，看到有别的员工戴着工作牌步履匆匆地进进出出。

这还是姜津津第一次来周明沣的公司，员工们都处于忙碌中，跟脚踩风火轮一样忙得风风火火，可周明沣是他们的顶头上司大老板，走在地板光滑可鉴的大厅里，自然也吸引了部分人的目光。

“周总好。”

“周总好！”

“周总，下午好！”

从门口到周明沣专用电梯的这段路，所有路过的员工都驻足了片刻，态度恭敬地跟周明沣打了招呼。

周明泮平易近人、温文尔雅，脸上也是温和的笑意，一一点头回应了职员们的问好。

员工们虽然对姜津津很好奇，不过他们都是在职场混迹已久的专业人士，视线掠过姜津津时，面带微笑点头过后，也就不再盯着她看了，这让姜津津感到十分舒适。不过为了满足这些精英们的好奇心，也出于“不想被人误会”的心理，姜津津自然而然地挽上了周明泮的臂弯，挽手这种事一回生两回熟，姜津津才做过几次，就已经熟得不能再熟了。

而周明泮也一样，至少在她挽着他的胳膊时，他表现得云淡风轻。

可能是也想给姜津津正名，对着公司里的一些下属，他还颇有兴致地主动介绍：“这是我太太。”

周明泮私底下作风严谨，对于工作也是精益求精，下属们跟着这样的老板都很有安全感。

很多人来了公司这么久，都只是听说周明泮离异，有一个儿子，根本就没见过他身边有过什么女人。这头一回见他带着年轻女人过来，还未来得及猜测是什么身份，就被周总亲自告知，来人是他们名正言顺的老板娘。

不鸣则已一鸣惊人，这的确是周总的风格。

周明泮有专梯，可以直达他所在的办公室楼层，姜津津跟着他进去后，假装要伸出手去按电梯的关门键，顺势松开挽着他臂弯的手。她的种种举动他都看在眼里，不置可否地一笑。随着电梯门关上，姜津津想起正事，又问道：“那位律师现在在公司？”

“嗯，沈律师正好路过。”

姜津津啊了一声：“姓沈？”

其实今天周明泮也有提起过，但那时候姜津津没有注意。

“怎么？”周明泮问。

姜津津笑了笑：“在我心里，姓沈的都是‘狼人’。”她怕周明泮不明白这个梗，又解释了一句，“‘狼人’就是比狠人还要狠一点儿的人。”

周明泮：“什么典故？”

姜津津想起还不懂事时看的那本小说，语气轻快地说：“就一本小说啊，男主角的名字我忘记了，只记得他姓沈，真的是特别狠一个人……”

她简单地描述了一下那位姓沈的男主角对女主角虐身虐心的行为。

说完意识到自己居然跟周明泮讲这些无厘头的东西，像个憨憨，姜津津又立马说道：“我说着玩儿呢。”

周明沣却还就着她说的那些情节进行了思考，头脑清晰、条理细致地跟她分析：“如果这位沈姓男主角真的对女主角做了那些事，那他这是触犯了刑法，起码要判十年有期徒刑。这些情节不太现实。男主角身边的人，我是指他的下属员工，也不会坐视不理。”

姜津津没想到自己随口说的，他居然还真听了进去，忍俊不禁：“很好。”

周明沣瞥向她。

“请继续保持你这样的思想觉悟。”

这样她也放心了。

就怕霸道总裁都是疯子，好在周明沣知法懂法，看起来也是个守法的好市民。

当周明沣带着姜津津来到会议室时，姜津津才发现，原来这位她一开始以为是个“狼人”的沈律师，其实是一位飒爽的姐姐。

周明沣似乎跟这位沈律师关系很好，跟沈律师交代事情时，口吻也比较亲近：“我太太，她开了个店，有生意合同上的事情向你咨询。回答不要太官方，尽量说我儿子都能听得懂的话。”

沈律师看着比周明沣要年长，闻言抱胸一笑：“阿衍知道你这么说，以后拔你氧气管。”

周明沣微笑颔首：“幸好我没指望他养老。”

姜津津目瞪口呆，可能是因为这是第一次看到周明沣跟人开这种玩笑。看来这位沈律师真的是熟得不能再熟的朋友了。

周明沣也没忽略姜津津：“津津，这是沈晴沈律师，也是我大学时期的学姐。她自己开了一家律师事务所，在行业内名气很大，有不懂的你都可以问她。”

姜津津赶忙伸出手来。

沈晴跟她握了个手，眨了眨眼：“放心，以后你有婚姻方面的问题，我也是知无不言言无不尽。”

姜津津心跳加快：她的内心已经被人看穿了，是吗？

周明沣轻咳了一声。

沈晴又恢复了从容，她穿着正装，自信飒爽：“好了，接下来该我跟你太太聊了。提前说好，我们的谈话内容是会保密的。”

周明沣无奈地：“随意。”

说完后，周明沣就要离开，不过离开之前，他还是没忘叮嘱姜津津：“有事可以直接去我办公室找我。”

沈晴：“……”

周明沣走后，偌大的会议室只剩下沈晴跟姜津津。

沈晴潇洒地将袖子卷起来，有大干一场的架势：“来吧，老板娘，有什么不懂的？”

姜津津羞答答地在沈晴身旁坐下。

她这次找律师，是想咨询便利店的一些事情，最主要的还是为了徐从简。

不可否认，现在便利店的生意变得越来越好，跟她的经营模式有关，但也离不开徐从简改良的关东煮配方。关东煮的生意特别好，几乎快占了每天营业额的一半。这样下去，势必会成为有味便利店的招牌，她不想砸了这块招牌，就得确保这个配方是独家的。所以，她想跟徐从简签一份合同，核心条款内容就是针对关东煮配方，她希望要么把配方买断，要么按利润分成。

沈晴听了姜津津的话后陷入了沉思。

姜津津以为这个很难，忍不住追问道：“是不是有什么问题？”

沈晴表情凝重地点了下头，看向姜津津：“有很大的问题。老周知道你的想法吗？”

“说了一点儿。”

沈晴一手托腮，专注地看着姜津津。

被一个女人这样盯着看这么久，饶是姜津津都在怀疑，她脸上是不是有什么脏东西啊。

“你这么实诚，是怎么跟老周那种老狐狸走到一块儿的？”沈晴失笑道。

姜津津“咦”了一声，又笑着解释道：“我也是下了很大的决心的。不过，我觉得一码事归一码事吧。”

她也不是多大方的人，当然骨子里也算不上善良，做出这个举动也不是同情或者想要帮助徐从简。她只是觉得，如果想要在这条路上走得久一点儿，诚信是不能丢的。现在只是刚刚起步，如果看到眼前那一点儿利润就失了本心，还毫不客气地利用自己的第一个员工，那她都看不起自己。因此做出这个决定，她其实也纠结了一段时间。

沈晴点头：“有时候大方一点儿，或者说诚恳一点儿，会有意想不到的收获。好吧，我们来讨论合同的事吧，两种合同我都拟一份，到时候看你员工怎么选。”

“嗯嗯。”

将合同敲定后，已经过去了一个小时。

沈晴对姜津津印象不错，两人一见如故，一边起草合同一边还聊了许多彼此感兴趣的话题，甚至聊到了最近争议很大的《婚姻法》。

谁知，沈晴话锋一转，又笑着说道："其实我当时还挺好奇的，老周结婚的决定太突然，我一开始还以为他会让我起草婚前协议这种东西，哪知道你们结婚了，他也没找我。"

姜津津顿时错愕地看向她。什么？她听到了什么？周明沣结婚之前竟然没做富豪婚前必备项目之一——婚前协议吗？

姜津津想，现在别说富豪了，就算只是中产，结婚前都恨不得立个婚前协议，以保证自己在婚姻里的权益。来到这里这么久，她一直以为像周明沣这样的老油条，肯定跟另一半有婚前协议，她都已经做好了心理准备——除非是他主动给她，否则她也不会伸手跟他要钱，结果现在这个沈律师告诉她，周明沣压根就没有签那玩意儿？！这意味着什么，意味着从他们结婚的那一刻开始，他赚到的钱都属于夫妻共同财产。哪天如果她提出离婚，她可以依法请求分割夫妻共同财产。

姜津津心跳如擂鼓。像周明沣这种级别的富豪，每天，不，每分钟都会创造巨大的收益，这绝对不是她那小店能比得了的。如果哪天他们离婚了，她说不定还能分得一大笔钱，分分钟成为富婆。

她不淡定了。

沈晴见她面上难掩惊讶，不禁笑道："他能做到这样，想来确实是把你放在心上了。我既是他的律师，也是他多年的好友，上次你们结婚时我在国外出差赶不回来，这次一定要补送礼物，祝你们白头到老。"

姜津津回过神来，默默消化了这个惊天动地的大消息，抿嘴一笑："谢谢你。"

沈晴起身，想起什么又拿出手机来，跟姜津津交换了联系方式："以后有别的需要咨询的都可以找我。"

她又从正装裤袋拿出卡包，抽出一张烫金的名片递给她："找不到我的话，也可以找我的助手，她也是很专业的律师。"

"太感谢你了。"姜津津接过名片，"下次有空的话我请你吃饭。"

沈晴欣然应允。

两人聊得还算投机，沈晴讲的合同方面的信息她都能听得懂，这令姜津津更有赚钱的动力了。她也要赚很多钱，以后聘请像沈晴这样专业的律师，帮她规避未来可能遇到的麻烦。

沈晴离开会议室后，姜津津还独自一人站在落地窗前。现在只有她一个人了，她可以捋一捋刚刚听到的那件令她震惊无比的事了。

周明沣为什么不立婚前协议呢？

有三个可能性。

第一，女方哭着闹着不让他立。这一点现在就可以排除，从她了解的情况来说，书中的姜津津是一个胆小甚至沉默寡言的人，她怎么可能为了这种事纠缠周明沣。

第二，周明沣对另一半的爱太过深沉，深沉到愿意跟她共享财富。坦白说，姜津津实在是没看出周明沣对书中那位的爱。当然，或许是她眼拙，也或许是他的爱太深沉，她这等凡人竟然没看出来。不过，从原文的只言片语，以及她刚过来时，长达一两个星期周明沣都没有主动打过电话的行为，不难看出，这个可能也实在太过牵强。爱意是无法掩藏的，就如同咳嗽、贫穷。她来到这里，都没能感受到周明沣波涛汹涌的爱意。所以，这个可能基本上也可以排除。

第三，那就是周明沣有足够的自信，自信女方是不会跟他离婚的，又或者说，就算跟他离婚，也绝对不会发生财产纠纷。

思及此，姜津津也生出一个疑惑来：书中的姜津津为什么要跟周明沣结婚？

她突然觉得，这桩婚姻，有点儿怪怪的。究竟哪里怪异，她也说不上来。姜津津也怀疑自己是多心了，不过还是默默地将“搞清楚两个人的过往”这件事当成任务放在了脑内备忘录里，也提醒自己赚钱之余不要忘了去寻找婚姻的真谛。

思考了人生问题之后，姜津津悄悄地往周明沣办公室方向走去。她以为自己一路上没碰到人，但其实有员工早就一直在注意她的动向了。周氏集团行踪飘忽不定、异常神秘的保洁阿姨探出头看了一眼，然后低着头赶忙在群里跟几个老姐妹分享第一手消息：“老板娘去了周总办公室！”

保洁阿姨基本上是公司里掌握最多八卦秘密的人了。从她们那边传出来的消息，十有八九是真的。

果然，保洁阿姨消息一发出，基本上对这种八卦感兴趣的人也都知道了。

几个同事私底下也有微信群，这会儿都开始热切讨论了。

“我赌五毛钱，今天周总肯定会准时下班，六点后的停车场会很热闹啊。”

全公司的人谁不好奇呢。他们英明神武的周总这么多年来生活作风有多正派，大家有目共睹。突然周总结婚了，今天周总的新婚妻子来了，试问有谁不对这位老板娘感兴趣呢？

“已经迫不及待想看看老板娘有多美了。啊，比起帅哥，我还是更想看看美女！”

几个同事纷纷附和。

这一层除了周明沣的办公室以外，就是他常用的会议室，以及秘书助理的办公室了。

地面上铺着地毯，走路也不会发出半点儿声音来。

姜津津被这个环境影响了，不禁屏气凝神。

来到周明沣办公室门前，她伸手敲了敲门。下一秒，办公室大门自动开了，随着她进去，大门又重新关上，一旁的灯牌上显示了中文以及英文的“禁止打扰”。

姜津津走进去，不免愣了片刻。她见过周明沣工作的模样，不过那是在家里，总觉得少了点儿什么。这会儿见他西装革履地坐在办公桌前，时而看下电脑，时而停下来翻翻一旁的文件，他脸上没有平日里的随和，反而透着一股威严。有句话说得好，认真工作中的人最性感了。至少姜津津看他沉浸在工作中这忘我的模样，就有点儿小小的心动。

她不想打扰他，拿着包跟沈晴给她起草的合同轻手轻脚地来到沙发边坐下。

她也不清闲，一会儿翻翻合同，一会儿拿出手机关注股市动向，也忙得不亦乐乎。时间过得很快，没一会儿就下午四点了，太阳透过落地窗折射进来，照在深灰色的地毯上，给这一丝不苟的办公室添上了一些生动色彩。

就在姜津津低头看合同时，笔直修长的西装裤出现在她的视野中。

她缓缓抬起头来，只见周明沣逆着光站在她面前。

他平日里的正装也都是深色系。

“等我一起回家？”他出声问她。

姜津津按了一下手机，一看现在才四点钟。

以他加班的习惯，她岂不是还要在这里坐几个小时？那还是算了。干坐在这里多没意思。

念头刚起，还没婉拒，又听到他说：“今天会提前半个小时下班。”

姜津津讶异：“确定？”

准时下班在周明沣的职业生涯中都是多么稀奇的一件事。他今天居然还要提前下班，姜津津还以为自己耳朵出现幻听了。

“嗯。”

姜津津松了一口气，却又习惯性地想跟他开个玩笑：“那你要是没有准时五点半下班呢？”

她的时间也很宝贵呢。按照她现在股市以及店里的进账，那也是一分钟能进账几块钱呢。

周明沣沉吟道：“赔偿怎么样？”

赔偿？？？只能说周明沣还真是了解姜津津，姜津津一听赔偿就精神抖擞：“怎么赔？”

“你来决定。”周明沣的回答令姜津津极度舒适。

“随我怎么开价吗？我不会跟你客气的。”

谁客气，谁就是大傻瓜！好不容易能找到“薅羊毛”的机会，可千万不能放过。

周明沣笑意渐深：“嗯，随你开价。”

姜津津确实是想狮子大开口，不过还是勉强收敛了一下，竖起手指，比了个1：“这个数。”

她要由周明沣发挥。

周明沣深谙她的喜好，故作不解地问：“一分钟一万？”

姜津津：“！！！”

她果然格局小了吗？在她的想法中，一分钟一百块那都属于狮子大开口，好家伙，周老板直接定价为一分钟一万。

正所谓人有多大胆，地有多大产，或许她可以踩踩周老板的底线。

她憋着，不点头也不摇头，不过双眸里满是生动的神采。

等待着识趣的周明沣继续加价。

周明沣了然：“少了？那十万？”

姜津津就差泪流满面迫不及待地应下了。一分钟十万啊！老天爷啊！她这辈子都没这么有出息过，一分钟十万！她生怕他后悔了，但也不想太急切，反而还故作矜持地点了下头：“可以啊。”

其实内心巴不得周明沣今天加班到清晨，不，加班到第二天下午，她在这里等着，问题也不大。

周明沣觉得好笑，脸上却不自觉地染上笑意：“那就说好了，你记好时间，从五点三十分开始算。”

姜津津“嗯”了一声，又体贴地补充了一句：“不着急的，我多等你一会儿也没关系，反正我也没事做，闲着也是闲着。”

“好。”周明沣心想，今天就算能准时，也不能准时下班了。

总是要让她多开心一点儿的。

这是姜津津第一次觉得，等待一点儿都不痛苦，反而充满了喜悦与期待。在此之前，她最讨厌等人了。

之前她也陪某一任男友加过班，然而陪了一次之后，她就对陪对象加班这种事有后遗症了。实在是整个过程太过无聊，大概是因为场合不同，虽然她在自己家里躺着玩手机也很爽，但如果在别人的办公室里玩手机，真是让她如坐针毡，分分钟想一走了之。等待是乏味的，是痛苦的。可现在，周明沣治好了她。

整个过程，她完全不焦急，要么跟孙文清聊天，要么玩玩微博，在娱乐新闻里上蹿下跳，忙得不亦乐乎。

周明沣一旦沉浸在工作中，也就进入了忘我的状态。他很会安排时间，恰好卡在五点三十分时就完成了工作。他简单收拾了一下桌面后，这才有时间看向坐在沙发上的姜津津。

今天的姜津津身着一身浅杏色中长裙，是时下流行的复古撞色，设计感十足，露出精致锁骨，她的坐姿不算端正，甚至有些慵懒，但也是一幅赏心悦目的画面。她抬手懒懒地撑着脸颊，低头专注且认真地盯着手机屏幕，不知道是看了什么有意思的新闻，抿唇一笑，眉眼漾着笑意。

周明沣这样看着她，她也没有察觉。有时候周明沣也会觉得，他在她身上投入的关心，已经超过了正常的范围。按照他的性子，他一定会及时收回这种关注。毕竟什么对他重要，什么对他没那么重要，他是能够分得清的。或许是年龄吧，如果他在二十多岁甚至是三十岁时碰到了姜津津，他不会像现在这样违背自己的原则，因为那个时候他有更重要的事要做，即便是有心，也很难抽出时间来陪她。现在他的事业已经完全稳定下来，忙依然还是忙，但不会像那个时候只关心事业了。

周明沣低头看了一眼腕表，认为时间差不多了。他轻咳了一声，果然吸引了姜津津的注意，她第一时间不是抬起头来看向这边，而是看向手机上方显示的时间。五点四十一分。晚了十一分钟。一分钟十万，她即将入账一百一十万。

姜津津飞快地收好手机起身，一边看向周明沣，一边朝着那宽大的办公桌走去，脸上洋溢着仿佛要过年的笑容。

她走到办公桌前面，双手撑着桌面，微微倾身，双眸明亮，唇角疯狂上扬：“忙完啦？”

周明沣“嗯”了一声。

他手边还有一份合同。

姜津津顺着他落笔的方向一看，只见他签上了他的名字。

他写的字也很好看，苍劲有力、力透纸背，一看就很有气势。

“看什么？”周明沣一边低头从容地盖上笔帽，一边随口问道。

“你的字好好看。”面对这样一个时不时给自己福利的老板，姜津津一点儿都不吝啬自己的夸赞，吹起彩虹屁来也是一套一套的，“现在见多了用圆珠笔、中性笔写字的，总觉得少了点儿韵味，看你用钢笔写字，真的是一种视觉享受啊！以后有空教我怎么签名好不好？”

这也不是夸张了。只要想到周明沣这三个字在合同上代表的意义，以及含量，姜津津就觉得他签名的动作真的是太帅了。

周明沣“哦”了一声：“那看来，我不能直接给你卡这么结算了。”

姜津津还在兀自欣赏他写的字，闻言猛地抬起头来：“你不会赖账吧？”

周明沣无奈，随手打开一旁的抽屉，从里面拿出一本东西来，他也开始理直气壮地吩咐她了，居然将手边的钢笔递给她，淡淡道：“帮我打开笔帽。”

姜津津：“……”真是厉害死你了哦。

可人在屋檐下，不得不低头。这钢笔很有分量，也很有质感，她打开来，双手递给他。

周明沣似乎是满意了，向她提出邀约：“要不要看看我怎么写字的。”

姜津津：“……”没完没了了？

虽然她心里是这样吐槽的，身体却很诚实，不慌不忙地来到他身边弯腰。

周明沣一顿，只因为一股甜橙清香萦绕在他鼻间。

姜津津凑近了一看，离周明沣越发近了，这才发现自己没看错，真的是支票本。

她真是出息了啊，之前只在电视上看到过支票，这还是第一次真正亲眼看到支票。周明沣这个人实在是……姜津津都不稀罕说他了，也不稀罕给他多余的眼神了，他居然神秘兮兮地从个位数开始填起，牵动着她的心神。她见他慢条斯理地在个位数填上一个零，又在十位数填上零后，急性子的她也忍不住了：“不都是从左往右写吗？你怎么从右往左？”

照他这样的龟速，她得等多久啊！太折磨人了！

周明沣还饶有兴致地活动了一下受累的手腕：“个人习惯。怎么？”

姜津津能有什么意见呢？毕竟支票本是他的。她笑了笑，却浑然未觉热气落在了周明沣的耳畔：“你这个习惯真好。”

周明洋继续在支票本上填着数字。

本来在十万数这里，她见他填了个零时，还以为他要四舍五入抹掉零头，不给一百一十万，而是一百万。她也不嫌弃，少给十万就少给十万吧！今天真是意外的惊喜啊，居然又“薅”了他一百万！

姜津津喜滋滋地，觉得已经没了悬念，正准备起身时，却听到周明洋声音低沉地说：“不继续看了？”

正在她疑惑时，只见他在百万位这里，写了一个二。

两百万？？？居然比她想的还要多九十万。

“这是不是……多了？”姜津津问。

周明洋已经盖好了笔帽：“四舍五入。”

姜津津顿时眉开眼笑，大佬就是大佬，跟她这种普通人的四舍五入就是不一样。她四舍五入那是抹掉零头，直接一百万，大佬则是添上九十万。格局不一样啊。

“大气。”

周明洋撕下支票递给她。

正所谓没吃过猪肉也见过猪跑，姜津津知道支票不能折叠，否则就会失效。她小心翼翼地拿着，生怕会有一丝丝折痕。看了一眼自己今天的包，放这张支票绰绰有余，不过她还是担心，便看向周明洋，诚恳地问道：“能借我一个笔记本吗？”

周明洋失笑，起身在书柜里翻找了一会儿，也没找到新的笔记本，转身问道：“旧的可以吗？”

“当然！”

周明洋递给她一本分量不轻的笔记本，她随手打开来，将支票放了进去，这才有心思看了一下这个笔记本的内容，却意外地发现，这上面的字迹都是周明洋的，她诧异地抬起头看向他：“这是？”

“我随手写的一些东西。”周明洋目光含笑，“算是股市期货，还有生意方面的一点儿心得吧。”

姜津津这会儿更加震惊了，她不敢相信自己的运气会这么好。不过是过来咨询律师一点儿问题，顺便陪周明洋上了个班，居然就获得了两百万。这也就算了，反正两百万对周明洋来说，也就是九牛一毛，可能相当于普通人的两块甚至两毛。让姜津津最惊喜的是这个笔记本，她敢说，里面的价值绝对远远超过了两百万！

一时之间她呆住了，只是怔怔地看着周明洋。

周明洋笑着说：“不是整天让我给你上课吗？我没时间的话，你可以翻翻。

有什么不懂的晚上再问我。”

姜津津这下是真的感动了。她觉得现在周明沣的形象在她心中瞬间就高大起来了。

呜呜呜呜……

她眼里的感动，周明沣不是看不到。

周明沣拿起挂在一旁的正装：“走吧。”

姜津津赶紧将这个笔记本宝贝似的放在包里，跟了上去。脸上眉飞色舞，来到周明沣身旁，周明沣看了她一眼，稍稍抬起胳膊，她顿时心领神会，一点儿都不扭捏地挽上他的臂弯，笑眯眯地说：“我今天的运气果然不是一般的好。”

两人走出办公室，去电梯时会经过秘书助理办公室。

周明沣带着姜津津在门口站定，伸出手敲了敲门。

刘助理立马过来开门。

姜津津往里看了一眼，里面有四张办公桌，除了刘助理以外，还有三位秘书。此时此刻，三位秘书都全神贯注地看着电脑屏幕，一副认真工作的模样。

刘助理算得上是姜津津的老熟人了，这会儿也轻松地打了个招呼：“太太。”

姜津津笑着说：“你好，你好。”

周明沣在他们寒暄完之后，这才说道：“小刘，我今天这就下班了，王总的饭局你跟我告个假，还有，你们忙完了也早点儿下班。”

刘助理赶忙应了：“好的，周总，需要给您和太太安排餐厅吗？”

“不用。”周明沣思忖道，“今天应该是你跟你太太的结婚纪念日？”

刘助理知道周总的记性一向很好，但没想到会好到这个程度，他上次不过是随口一说，周总就记住了。

他受宠若惊地点了下头：“是的。”

周明沣想了想，看了下腕表：“你今天也早点儿下班吧，多陪陪你太太。还有，江总的电话你知道，如果有需要的话，可以用我的包厢庆祝。”

刘助理也被周明沣感动到了。他跟在周总身边也有几年了，这几年，不是没有人出高薪挖过他，但他都没有答应，说白了就是折服于周总的魅力。他一直觉得，他再也碰不到第二个周总了。

周明沣说的江总，就是榕溪餐厅的老板。榕溪餐厅算得上是燕京最难预约的餐厅了，有时候提前一个月都约不到位置，周明沣跟江总是多年的好友，江总特意在榕溪餐厅留了周明沣的专属包厢。只要他过去，不需要预约，随时都有观景最好的位置。

“周总，谢谢。”刘助理真心实意地道了谢。

周明洋温文一笑：“不必客气。”

说完后，周明洋便带着姜津津离开了，刘助理还在原地目送。

过了片刻，直到电梯门关上时发出的声音传来，另一个秘书才拍了拍胸口：“吓死我了，周总突然过来。”

其实周总算得上是很好的领导了，给他们的福利待遇又好，可不知道为什么，就算他再怎么温和，下面的人也不敢造次，更别提蹬鼻子上脸把周总的好当成是理所应当。

“不过，还是刘哥在周总这里有面子！”一位秘书莞尔一笑，错过去跟别的同事压低声音说，“周总的太太长得真好看，不过你看出来她那包是哪一款了吗？我觉得好好看呀！”

“这是刚出来的奶茶色，我在国内专柜还没见过……”

三位秘书一边工作一边讨论包，一心两用也能将事情处理得很漂亮。

刘助理回到自己的办公桌前，想起周总说的话，郑重其事地想：我一定要在周总身边干到退休！谁也别想挖走我！

另外一边，姜津津跟着周明洋进了电梯，瞥了他一眼，低声说：“你还记得刘助理跟他太太的结婚纪念日呀。”

这个老男人，还挺有当“暖男”的潜质。

“暖男”，其杀伤力不亚于“妈宝男”“凤凰男”。不过周明洋的暖又不一样。总之，对姜津津来说，周明洋就像一面镜子，她总觉得，只要多看看他是怎么为人处世的，就胜过读万卷书了。

周明洋侧头看了看她：“上次听刘助理说过一次。他几乎是一毕业就来我身边工作了，是个很能干也能吃苦的人。”

所以，他觉得，给刘助理这点儿福利，其实还不够。

姜津津凑近了一点儿，调侃道：“我看刘助理眼眶都快红了，我们再晚一点儿走，刘助理说不定都要哭了。”

周明洋无奈地说：“夸张了。”

“当你的员工真好。”姜津津由衷地感慨了一句。

这年头，像周明洋这样的领导真的不多了。尤其他还处于这样的地位，居然能记下下属随口说的纪念日。她也终于明白，周明洋为什么能成功了。

周明沣："是吗？"

姜津津又说了一句："当你的家人也很好！"

她又想说了，周衍真的身在福中不知福呀，如果周明沣是她爸爸，她要高兴得喜极而泣。

"很羡慕周衍。"姜津津为了表明自己的立场，又补充了一句，"你们俩，我是站你这边的啊。"

谁叫她跟周明沣才是成年人呢。

周明沣哑然失笑："我觉得，我跟你，他应该是站你一边。"

姜津津惊讶，道："怎么可能！"

周明沣说："阿衍很喜欢你。"

"幸好我见识多，不然听你这么一说，我都不知道喜欢是什么意思、该怎么定义了。"

周明沣不想跟她争辩。

姜津津想了想又说："那好吧，我决定了，以后你俩吵架的话，十次里面，我就只站你八次好了，留两次给他。"

正在这时，电梯到了负一楼，电梯门开了。

现在还没到下班时间，停车场也没多少人，姜津津是开车来的，周明沣也就跟着她坐上了车。姜津津觉得自己今天收获真的很大，又是一张两百万支票，又是周明沣笔记，那么学生怎么好意思让老师劳累呢？于是她果断地上了驾驶座，对周明沣说："我来开，你坐着休息就好！"

坐上车系好安全带后，姜津津才问周明沣："直接回家？"

周明沣垂眸，似是在思考："去外面吃吧。"

姜津津说："好！我请你。"

今天她要是不请客，那就说不过去了。毕竟日入了两百万，还拿到了周明沣的笔记——财富密码。还没到六点钟，道路也不堵，他们一路顺畅无阻地来了一家新开的创意菜餐厅。

这家餐厅可能是因为刚开业还在做活动，客人还不少。姜津津想好了，既然是她请客，那就要拿出诚意来，因此在来的路上她就用手机在该店的公众号上取了号，绝对不让周老板尝到等待的滋味。哪知道刚来到餐厅，被服务员领着进去，还没走到他们该去的位置，一位穿着白衬衫的男人就迎面走了过来，满脸热情地跟周明沣寒暄："周总，还真是你！"

周明沣也愣了一下，随即说道："陈总，你好。"

陈总这才注意到姜津津："这位是？"

周明沣笑着介绍："我太太。"

陈总明显也怔住了，过了好一会儿才反应过来："周总你结婚了？怎么都没听说！"

周明沣："我太太不喜欢张扬，以后有空的话，可能会补办婚礼，到时候再给你发请柬。"

姜津津：不，我喜欢张扬。为什么要把锅推到她身上来？！

"一定啊！"陈总又唤来大堂经理，对周明沣说，"周总，你跟夫人去包厢。另外，账都记在我名下，周总，一定不要客气！"

等这位热情的陈总终于离开，姜津津跟着周明沣进了装潢精致的包厢后，这才问道："谁呀？"

一向镇定自若的周明沣，难得地"卡壳"了。因为他竟然不知道该怎么回答这个问题。他的为难，姜津津都看在眼里。于是，她就更好奇这位陈总究竟是何方神圣了，她拖过椅子，挪到他身旁，手臂挨着手臂，追问道："谁呀？"

周明沣捏了捏鼻梁，实在是被姜津津缠得不行了，这才说道："阿衍的第一任继父。"

姜津津一副仿佛被雷劈过的表情。

气氛一度沉默，直到她干巴巴地笑着开口："你俩相处得好像还挺好。"

周明沣："盛情难却。"

姜津津了然，随口说道："好神奇。"

她没想到周明沣居然能跟前妻的现任，不，不对，是前妻的某一任丈夫相处得这么融洽。

两人见面没有脸红脖子粗，甚至还一副随时都能喝酒聊天的架势。这就是成熟男人的世界吗？难道周明沣的心里就不会有些许微妙的情绪吗？

服务员过来帮他们点菜。

其中问到口味禁忌，服务员问姜津津："吃醋吗？"

姜津津点头，反应过来后，发现周明沣正盯着自己。明明他的眼神表情还是一如既往，但姜津津就是不自在，并强行品出了类似戏谑的意味。

她故意压着嗓子问周明沣："你吃不吃醋呀？"

周明沣像是有些无奈："我随你。"

意思是，你吃我就吃，你不吃我就不吃。

姜津津："……"

她果断地看向服务员："虽然我先生也吃醋，但今天我们的菜都不要放醋，谢谢。"

服务员觉得这两人有些莫名其妙，不过还是记下他们的口味禁忌出门了。

"好吧，我说真的。"姜津津又说，"你是怎么做到跟周衍的第一任继父关系还不错的？"

怎么克服心理障碍的？

周明沣纠正她："没有不错，只是见面会打招呼，这是礼貌。"

姜津津："……"居然这么气定神闲。

所以这个人就从来都不会有吃醋的时候，就不会有失去理智的时候吗？或许这就是成熟男人？

啊，怪没意思的。

这一顿饭，姜津津跟周明沣吃得还算好，周明沣能够提前下班并且在外面吃一顿晚饭，已经算是破天荒了。像看电影这样的活动，目前对他而言依然是奢侈的。两人吃过饭后就准备回家了，回家的路上堵一些，到森林别墅门口时，已经八点多了。姜津津习惯性地看向便利店，却发现本该灯光明亮的店里，此时一片漆黑。她停下车来，拨通了徐从简的号码，那头很快地接了起来，气息有些不稳："姜总，店里停电了，我刚看了一下，应该是电路烧坏了，已经跟物业打了电话，物业说半个小时后派人过来检修。"

姜津津嗯了一声："我马上过去，你先别碰电闸那块，注意安全。"

说完后，她便挂了电话，解开了安全带，拿起放在一边的包就准备下车，自然也没忘记在车上的周明沣，她下车时弯腰对他说道："你应该还有公事吧，不用管我，你开车回去，我这边忙完了再回去。"

周明沣顿了顿："好。"

姜津津关上车门，大步往便利店走去。来到店里，她已经出了一身汗。原本应该灯光明亮、冷气很足的店里，此时此刻就像蒸笼一样。

姜津津喊了几声，隐约听到徐从简的声音从储物间传来，便打开了手机电筒，朝储物间走去。果然一进去，就看到徐从简正举着手电筒，一脸认真地查看电路电表。

姜津津走到他身后，将手机放回包里，伸出手来，接过了徐从简的手电筒：

“不要碰这个，很危险的，等物业派人过来吧。”

徐从简转过头来。

本来就很窄小的储物间里，两个人靠得很近，徐从简微微失神，他移开了视线，可能是口渴的关系，嗓子有些干涩：“没关系，我有分寸的，家里的电器电路坏了，也是我修好的。”

姜津津见徐从简的额头上都是汗，在包里一顿翻找，找出了小电扇打开，然后伸到他脖子下方。

顿时，徐从简感到一阵清凉。

他有些不自在：“不，不用了。”

姜津津笑了笑：“我看你热得不行。好啦，知道你很厉害，不过物业马上派人过来了。今天晚上就不开门了。要不，你先回去休息吧，我在这里等物业过来就行。”

徐从简想都没想就拒绝了：“不，还是我在这里，我比较懂。姜总，你还是回去吧，这里热。”

“唉。”姜津津叹了一口气，“你一个人在这里我怎么放心。”

她想了想，又问道：“你还没吃饭吧？”

徐从简下意识地：“吃了。”

“才怪。”姜津津将手电筒塞给他，两人指尖相触。

她转身走出储物间，来到货架处：“好像有新品上市，你吃什么口味的？早知道这样就给你从外面打包一份饭菜了。”

仍待在储物间的徐从简抬手擦了擦额头上的汗。

“火鸡面？算了，现在这么热吃了更热。”姜津津自言自语的声音从外面传了进来。

虽然相处时间并不算长，但姜津津对徐从简的口味也有些了解。他不挑食，什么都吃。

徐从简的手上还拿着姜津津的小电扇，扇出来的风都带着一股甜橙味道。他想了想，走了出来，还没走到姜津津的身旁，只见一个挺拔的身影出现在姜津津身后。他马上停下了脚步。

姜津津直起身子，一下没注意后面的人，差点儿摔倒，幸好周明洋大手一揽，搂住了她的腰。他知道她怕热，等她站稳后，他就放开了手。

姜津津被吓了一跳，一见来人，更是惊讶了：“你不是回去了吗？”

周明洋没回答这个问题。见她热得额头都是汗，轻叹了一口气，随即抬手不急不缓地扯了扯领带，将领带拉出来，自然而然地伸出手搭在她肩膀上，让她背过身去。他动作不算笨拙，但也绝对不麻利，三两下就拢住了她一头顺滑的微卷长发，然后用领带缠住打了个结，看起来不伦不类的，但姜津津的燥热缓解了很多。

盛夏的天气，披着头发更热。她今天一天几乎都在冷气房里还没什么感觉，如今在断电的便利店待了一会儿，她就感觉自己的脑袋像在蒸桑拿。

此时此刻，是周明洋解救了她。

一下就凉快了很多。

姜津津抬起手摸了摸头发，摸到了他的领带。她记性不错，还记得他今天的领带是深蓝色的。

“谢谢啊。”姜津津由衷地道谢。

周明洋环顾了一下店里：“那边怎么说？”

姜津津：“那边可能要一会儿才来。”

“嗯。”周明洋卷起衬衫袖子，看向不远处的徐从简，语气客气而平静，“工具箱在哪儿？”

姜津津愣住：“你，你会修？”

周明洋：“试试。”

徐从简沉默着去拎了工具箱过来，周明洋接过。

周明洋也是吃了很多年的苦才有今天的成绩，这种事以前做过，只是现在不太熟练了。不过刻在记忆里的东西是忘不掉的，他明显比徐从简要专业一点儿，关掉电闸之后，就开始检修了，偶尔也会出声吩咐姜津津。

“照着这边，对。”

“我额头上有汗，麻烦帮我擦一下。”

姜津津忙来忙去，窄小的空间，徐从简只能站在门外，看着他们忙。

要说周明洋真的是全能型人才。在物业派的人赶来的时候，便利店里的灯又重新亮了起来。

姜津津一脸不可思议：“你居然真的会修这个！”

搞没搞错，他还给不给人留活路，连这个都会？会赚钱会做生意也就算了，谁叫他是周总，可现在他连这个也会。姜津津觉得，这个男人确实是有点儿东西。

周明洋只是平静地说：“带我去洗手。”

“哦，哦。”姜津津带着周明洋来了便利店的洗手间。

整个便利店就很小，洗手间自然也不会大。

“帮我把袖子再卷高一些。”

姜津津站在周明沣身旁，凑近了他，低头帮他卷好袖子。

周明沣弯腰，水龙头的水冲刷着他的手，他慢条斯理地洗着手，抬起头来：“只是业余，正好这个故障不难，不算什么。”

姜津津：行了，行了，知道你厉害了。

不过这个男人……真的很可靠！

周明沣洗完手后，姜津津很贴心地递上纸巾给他擦手。

两人走出窄小的洗手间，便利店此时重新通电，灯光明亮，冷气也恢复了运转，不像之前跟蒸笼一样了。周明沣不着痕迹地扫了眼在货架处忙来忙去的徐从简，又看向姜津津，问道：“一起回家？”

姜津津点了下头，然后步伐轻快地来到徐从简身旁：“今天就早点儿关店吧，还有，晚饭不要忘记吃。你现在正是长身体的时候呢，要少熬夜，多休息，三餐也要规律。”

这是姜津津在周明沣身上学到的一件事，那就是永远不要吝啬关心自己的员工。仔细想想，徐从简是她第一名员工，以后无论她会有多少个员工，他都永远会占据这第一个的位置。那么，她身为老板，难道不该多关心关心他吗？而且他确实值得别人的关心，成绩好人又聪明，还这样懂事，知道为家里承担力所能及的小事。这样的人谁会不喜欢呢？

徐从简正蹲着，闻言抬起头看向姜津津，目光一如既往的坦然，他下意识地捏紧了面包三明治的一角，低声回道：“嗯，我知道了。”

“那我先回去了。”姜津津说，“有什么事可以直接给我打电话。”

“好。”

姜津津又回到了周明沣身旁：“走吧，对了，车还在外面吗？”

周明沣摇了下头：“我让司机过来开回去了。离得也不远，走走吧。”

姜津津现在对他感觉还不错，虽然现在外面也不算凉快，但看在他在她面前露了一手的分上，她就勉为其难地答应他，陪他散散步吧！

两人走出便利店后，在货架那边蹲得腿都发麻的徐从简，才缓缓站起身来。

姜津津跟周明沣往别墅区走去，别墅区正门外面有两个保安亭，这里的保安十分负责，这个点了还站在外面喂蚊子。

潜移默化之下，周明洋也习惯了跟姜津津闲聊："你这个店员今年十八岁？"

"是啊。"姜津津点头，"跟周衍是同班同学，这次开学就升高三了，听说读书晚，所以比周衍要大个一两岁。"

每次看着周衍跟徐从简，姜津津就会想起一句话，穷人的孩子早当家。

"是个勤劳上进的孩子。"周明洋的语气淡淡的。

"是呢。人很好，话虽然不多，但事情都会办得很好，反正我觉得他未来肯定很光明，现在只是暂时的。"

周明洋也听得出来，姜津津是欣赏徐从简的，他抬起头，一脸淡然地看向天上的那轮弯月："看着他，会想起我以前的事。"

姜津津这才猛然想起，比起徐从简，周明洋当年的状况似乎更加糟糕呢。

她一顿，好奇地问道："以前的事？"

这么久了，她还没亲耳听到周明洋提起从前，只是从原著里作者的部分描写知道他曾经也很清苦。

周明洋云淡风轻地说："我那个时候应该要比他现在还要小几岁，家里条件不是很好，为了缓解压力，十来岁的时候就在想着赚钱了。凡是你能想到的工作，我基本上都做过，卖冰棍、卖废铁，还摆过摊，高考后成绩还算理想，所在的高中给的奖学金支付了部分学费，不过另一部分学费跟生活费就是难题了，二十多年前，我们那地方也没人会给家里孩子请家教。"

姜津津想了想，周明洋高考时应该也是十七八岁，那都是二十一年以前的事了。好久远啊。那个时候，应该确实很少会有家长请家教。当年那个环境，他能做的工作真的太少太少。

"那你都找了什么工作？"

周明洋看向她，温文一笑："在修理厂给人当过学徒，也在眼镜厂里上过班，两个月里什么都做过了，攒了一些钱。"

给人当学徒啊？姜津津能想到那个环境有多不好。

现在再看看他，他身上那种从容的气质，包括他的长相，都很难看得出来，他曾经吃过那么多的苦。

姜津津感慨了一句："可真是不容易。"

二十年的时间，他创造了他的奇迹，改变了他的人生。

周明洋："还好，也不觉得苦。"

月光下的周明洋，依然是那样镇定，浑身散发着如闲庭信步的从容。

姜津津一直都知道周明沣很厉害，可知道是一回事，真正地感受到又是另外一回事。

这个男人确实不一般。

“不过，我确实不如徐从简。他是叫这个名字吧？我不如他运气好。”

姜津津抬头看他：“怎么这么说？”

“我那个时候没有碰上你这样的老板。”

周明沣的声线本来就迷人，这会儿两人挨得近，周围静悄悄的，耳畔都是他的低语，姜津津感觉耳朵都酥了：“我很好？”

“当然。”周明沣肯定地说。

姜津津唇角扬起，不好意思、谦虚这类的情绪是跟她绝缘的。

不过听到周明沣夸她棒，她还是忍不住有点儿飘了。

晚上洗完澡躺在床上，姜津津也没闲着，拿着周明沣的笔记开始研究，越看越入迷。为他的字，也为他的思想以及睿智。他的成功并不是偶然，也不是幸运，而是他一点儿一点儿地在原本不属于他的这条路上，一路披荆斩棘走到现在的位置。

她太过沉迷于他所创造出来的世界，以至于当他洗完澡来到床边，她竟然也没发觉。还是周明沣伸出手，遮住了她的视线，她才抬起头来。两人四目相对，周明沣这会儿没戴金丝边眼镜，目光是一如既往的温和内敛，他提醒她道：“不早了。”

“噢。”

姜津津格外爱惜这个笔记本，小心翼翼地合上，又倍加珍惜地锁进了床头柜里。

关灯以后，两人躺在床上谈心。

聊着聊着，姜津津忍不住想象，大学时代的周明沣是怎么样的呢？意气风发，还是如同现在一般的沉稳内敛？

她不由得说道：“如果我在你读大学的时候认识你就好了。”

她是真的这么想。如果可以选择时间点的话，她更想在周明沣的大学时代见到他啊。那个时候，她可以厚着脸皮当他的合伙人，再不济跟着他的步伐当个跟班小弟。

时机不对，时机不对啊！

周明洋却误解了姜津津的意思，沉默了片刻后，声音低沉地说："现在也不晚。"

姜津津想了想，觉得周明洋说得很对。现在也不晚，跟着周明洋的步伐，吸收他的宝贵经验，有生之年，身家过亿也不是不可能。

她点头，语气轻快地说："你说得对，现在也不晚。"

第二天一大清早，姜津津醒来时，周明洋已经去公司了。

他昨天提前半小时下班，那么今天必然是要提前去上班的。

姜津津是被 Edwin 的电话吵醒的。今天她要去公司了，因为有比较重要的视频会议，她作为翻译得提前到场。简单梳洗之后，姜津津换了一套简约大方的连衣裙下楼，正好碰到了准备出门的周衍，姜津津叫住了他："周衍，我今天也要去公司那边，你要是不赶时间，可以等我，我开车送你过去。"

周衍想都没想就点头答应了："好。"

两人现在关系很不错了，姜津津吃早餐时，周衍还会开口催她："你可以吃快一点儿。"

姜津津小口地喝着燕窝粥："你有没有发现，现在的我跟之前的我有什么区别吗？"

"什么区别？"

"脸色更红润了啊。"姜津津伸出手，露出美甲，一脸遗憾地说，"可惜你看不到，我现在手指上都长出月牙白来了。"

周衍无语："那个是没有科学依据的。"

"哦？"姜津津拿起餐巾擦了擦嘴角，"反正我感觉我身体好了很多。"

在周衍的眼神攻击跟催促中，姜津津这才拿起车钥匙准备出门。

既然要去公司，那姜津津就不想开宾利，太高调了，开的还是那辆低调的大众辉腾。等坐上车，冷气扑面而来时，周衍再次找回了当周家少爷的感觉。最近他要么跑着去地铁站，要么是蹭别人的车，今天终于不用挤地铁了！爽！

周衍一边注意前方路况一边说道："你要是每天都上班就好了。"

趁着等绿灯的工夫，姜津津瞪了他一眼："你在咒我。"咒她创业失败，成为上班族。

每天都上班，那是多么痛苦的事啊！

周衍："……"

从别墅区开到味美公司也只用半个小时左右，姜津津看着导航，在离公司还有差不多五百米远时，她果断停了车，对周衍下了“逐客令”：“你懂吗？”

周衍还有什么不懂呢？

他非常识趣地解开安全带就要下车，姜津津一见外面太阳毒辣，想起什么又叫住了他：“等一下。”

周衍回头，弯腰探头看着她：“什么事？”

姜津津反手勾住自己放在后座的包，找了找，拿出一双冰袖递给他：“给你。”

周衍一看这深灰色的冰袖，一脸疑惑地看她：“这是什么啊？”

“冰袖。”姜津津说，“你还是注意一下防晒。而且戴上这个会凉快很多，试试？”

前几天做活动，她为了凑单，就买了两双冰袖，第二件打八五折，不买不是人。一双是她的，浅粉色的；一双是给周衍的，深灰色的。她倒是想给周明沣买呀。可周明沣能用得上吗？他每天都是衬衫正装，凡是去的地方都有冷气，根本用不上这玩意儿。那就只能给周衍了。

周衍神色复杂，却还是在姜津津的注视之下，动作别扭地戴上了冰袖。

姜津津一脸夸赞：“我的眼光果然很好，这个颜色很适合你，怎么样，是不是凉快了很多？”

周衍垂眸道：“嗯。”

“好了，你快跑过去吧。等下要迟到了。”姜津津催促他。

他关上车门，姜津津一踩油门离开，他在原地愣了几秒钟才奋力地开始往前跑。不知道是不是心理作用，他觉得今天一点儿都不热了。

姜津津很快到了公司，她是兼职员工，不需要打卡，来到自己的办公桌时，Edwin 正在整理文件，见她来了，便道：“今天属于特殊情况，总部那边有高层领导要过来开会，怕准备得不够充分，就拉你过来，不要介意啊。”

姜津津当然不会介意。她是拿工资赚钱的。

不过，高层领导？

她好奇地问道：“高层领导，多高啊？”

Edwin 一笑，他一向品位好，每天的穿着打扮都令人眼前一亮。

这公司其他酷爱穿 polo 衫还竖起衣领的男同事在他面前，那都是会瞬间被比下去的。

Edwin 摇头：“我也不知道，反正我看经理很重视。我们也得打起精神来。”

“嗯。”

刘助理非常疑惑。他不明白，每半年一次的例会，一般都是他代表周总去味美公司参加的，为什么这一次周总要亲自过去？

听听周总说的：“正好中午跟张主任约的会议也在那附近，就顺便过去看看吧。”有理有据，无从辩驳。可是这太让人好奇了。

味美公司不过是周总名下一个小得不能再小的公司。

周总今天是怎么有兴趣想去的？刘助理想了又想，终于推理出了真相——味美公司已经不是原来的公司了，现在这家公司多了两个员工，一个是周总的儿子，一个是周总的老婆。

那么，问题来了，周总究竟是去看儿子还是去看老婆？

会议定在上午十点钟。

姜津津也没什么需要准备的，昨天睡得有些晚，这会儿也困了，习惯性地拿出手机来，想点一杯冰美式让自己清醒清醒。正准备下单时，她看了一眼落地窗外，这会儿室外温度都快到三十八摄氏度了，她想起搬货的周衍，不禁心生怜爱，于是按照他的口味，给他点了一杯星冰乐。外卖到了之后，姜津津将那杯星冰乐放在无人的安全通道，便给周衍发了个消息：“给你点了喝的，在C区的安全通道，自己拿啊。”

姜津津其实无所谓别人会不会发现她的身份，她也不太在意这个。不过她觉得周衍应该不太愿意别人发现他是周明沣的儿子。虽然她也可以称自己是周衍的亲戚，但想了想这样说了之后可能要编织的各类谎言，她还是选择了最直截了当、也是最简单的一种——跟周衍假装是陌生人。这样就不需要跟别人解释她是周衍的什么亲戚，也不需要应付其他可能会发生的事情。

周衍很快地回了消息。

一般上午的货都不多，到了十一点多才会忙起来，所以这会儿他还能秒回信息：“好。谢了。”

周衍猫着腰偷偷摸摸地来了C区，果然在安全通道一个不起眼的位置找到了姜津津留给他的星冰乐，这会儿还在冒着冷气，他提着星冰乐往外走，跟几个搬运工坐在通风处，那里很凉快。

其中一个搬运工看向周衍手中的星冰乐，笑道：“小周啊，你也太大手大脚了，我听说这一杯得二三十元呢。”

其他几个人闲着没事干，也纷纷凑了过来——

“是呢，我听我女儿说过，这个很贵。”

“现在真是不得了了，一杯奶茶都要近三十元，这是抢钱呢。”

“消费人群不同嘛，要卖给我们，那些商家得饿死，我们能不消费就不消费，这种东西更是一辈子都不会去买，可现在的年轻人啊，大手大脚惯了，手机都要买大几千的。”

周衍听了怪不是滋味的，既为他们的话，也为他们。

周衍还是勉强为自己辩解了一句：“不是我点的。”

顿时，几个人的注意力都被转移了。其中一个凑了过来，很八卦地问：“那是女朋友？哦哟！不得了啊，小周，你都有女朋友了？”

周衍：“……”越描越黑了。

他哪里来的女朋友，不，给他点星冰乐的根本不是女朋友！

“不是！”周衍竭力解释，“不是女朋友！”

“那是……在追你的女孩吗？哦哟，还是长得帅好，这么年轻就有女孩子追了。”

“可不是，小周模样多周正，我看那些明星都没他好看，肯定有大把人追。不过小周，对女孩子不要太端着了。”

周衍实在是忍不了了。

他想了一个大家再也不会调侃他的解释：“我妈。”

周衍喝了一口，冰冰凉凉的，让人在盛夏得到了满足，他耳根微红地继续解释：“是我妈点的。”

如果说是后妈点的，恐怕大家探索这件事的热情会更加高涨。

果不其然，这解释一说出口，其他几个搬运工也不开他玩笑了，但还是有一个比周衍大不了两三岁的年轻人语气里是止不住的艳羡：“你妈对你可真好。”

周衍：“……”

不是，他不是这个意思。

一杯星冰乐下肚，他整个人都凉快下来，胳膊上还戴着姜津津给他买的冰袖。这是这么长时间以来，周衍头一回在工作期间有了类似“放松”的心情。

他准备将喝完的饮品杯扔掉，便起身往烈日下走去。待他扔完杯子，正准备往回走时，瞥见了一辆迈巴赫往这边驶来，他果断避让，因为他视力不错，一眼就认出了是他家的车。

车上的人是谁？

周衍心跳如擂鼓，悄悄地跟了上去，果然这辆迈巴赫在公司门口停了下来。

味美公司的几个领导已经在门口等着了，在周衍的视角，恰好能看到有人从车上下来，紧接着那人又绕到车后座打开了车门。

周衍不一定认识刘助理的背影，但他一眼就认出了最后下来、被人众星捧月似的围在中间逐渐看不到的那个背影是他的爸爸！

他还以为自己看错了，伸出手揉了揉眼睛，确定自己没看错后，他首先想到的就是：她还不知道吧！

在不知不觉中，周衍跟姜津津产生了一种奇怪的情谊，姜津津会给周衍买冰袖、会给周衍买喝的，那么周衍自然也会第一时间通风报信，不让姜津津被打个措手不及。

周衍赶紧从裤袋里拿出手机，拨通了“姜女士”的电话，可那头没人接。

他只好给她发了一条微信：“我爸来了！”

姜津津依然没有回复。姜津津不是故意的，实在是开会时间逼近，她跟着Edwin进了会议室后，他就友情提醒她，开会期间最好将手机调成静音，如果开会时手机响起来的话会有些不合适，也会很尴尬。姜津津当然知道这个规矩，她可是当过几年上班族的，于是她果断地将手机调成静音后坐了下来，准备投入到工作中去。

十点钟到了。

姜津津偷偷地点开手机看了一眼。发现有微信消息，点开微信界面一看，便看到了周衍发来的消息，还未来得及消化“我爸来了”是什么意思时，门口传来了一阵接着一阵的说话声，下意识地，姜津津收好手机，跟着一旁的同事站了起来。她看向会议室门口，果然，一身正装的周明沣站在几人中间，在几个领导殷切的笑容中，他步伐沉稳地走了进来。

一瞬间，姜津津跟周明沣的视线碰撞在一块儿。

周明沣的目光在她身上多停留了几秒后，若无其事地移开，跟一旁的公司负责经理寒暄：“辛苦了。”

经理赶忙说：“应该的，都是公司的一员。不过周总，您今天怎么有空过来？”

不怪经理这样紧张，实在是今天之前，她也没有见过周明沣。她一向都是跟刘助理打交道。她刚接手这边的公司时，周明沣正是最忙的时候，于是这几年下来，她也没见过他。本来以为今天的例会也是刘助理来参加，可谁承想，周总他居然亲自来了！

这怎么能不让人振奋呢？

经理紧张归紧张，可关键时刻，还是正常地展现了自己的工作能力。

周明沣在经理的带领下进了办公室，又在最好的位置坐下，姜津津正好坐在他视线所及之处。他坐下来后，脸上带着微微笑意："正好路过这边，听刘助理说今天有会，我过来旁听，你们不介意吧？"

"周总，我们乐意之至！"

谁都希望上面领导能更重视公司。味美公司的规模不算很大，但离职率是最低的，这全靠公司福利待遇好、领导厚道。

周明沣又看了姜津津一眼。

姜津津已经从震惊中回过神来了。她跟刘助理此时此刻是一样的疑惑——他是来看她，还是看周衍的？

要说周明沣真的来开会，那她是不相信的。毕竟周明沣是个"工作狂"，他为了工作是怎样的废寝忘食，她都看得到，可她还是不相信他来这边是为了公事……

整个会议室里，除了刘助理这个知情人士以外，没人察觉到周明沣跟姜津津之间的眼神往来。

视频会议开始，对接的是日本那边的合作商，正在针对最近的线上活动进行交流。

日本那边的合作商一眼就认出了周明沣。于是，姜津津就看到了，同事们口中最难缠最烦人最磨叽的田中君，对着周明沣是怎样的热情，那祝福的话语一套一套的，还带典故……姜津津自认算是脸皮很厚的人了，可听了田中君对着周明沣小作文似的寒暄，这手臂上还是差点儿冒出了鸡皮疙瘩。

这个日本人怎么这样煽情啊？！原来这个世界上还有人比她更会吹彩虹屁，是她技不如人了。

周明沣的定力非常人能比，他脸上表情不变，用流利的日语跟对方进行了问候。

姜津津："？"

什么，他会日语？还说得这么流利？！这个男人究竟还有多少技能是她不知道的！

周明沣实在是个全能型人才。虽然他并没有太多时间管理这家食品公司，可对这公司的很多事情，特别是专业上的知识他都了如指掌，跟日本那边聊起来也头头是道。原本在别的同事口中拽得不得了的田中，对周明沣也难掩佩服赞美，一个劲儿地说着“您说得对”“您是对的”“我们不够专业”“这是我们的疏忽”“真的对不起，我们竟然没发现这样低级的错误，太罪过啦”……

虽然姜津津也见过周明沣工作，可这是她第一次真正意义上地参与其中。

原本负责会务工作的前台因为身体不适没参加会议，于是，给在座的人发资料这件事就落在了姜津津头上。这在公司是很正常的事，算是心照不宣的规矩，一般老同事都会吩咐新同事，新同事也都了然。

姜津津起身，拿着一沓资料，深吸一口气往周明沣所在的位置走去。

不得不说，每个人都是生活中的演员，到了重要时刻，大家的演技都可以冲击奥斯卡。

刘助理内心风起云涌：怎么可以让太太发资料！

但他表面上却很淡定。他看了一眼坐在一旁的周总，本来还有些控制不住自己的腿，险些起身抢过太太手中的资料来帮她发，这会儿也冷静下来了。

或许这是周总跟太太之间的情趣呢？不然周总今天何必来公司？所以，他破案了，周总过来不是看儿子，而是来看老婆的。

姜津津来到周明沣身旁，倾身将一份资料放在他面前，弯腰时，一缕头发不经意地拂过周明沣的肩膀。

他微微一顿，鼻间萦绕着若有似无的清香，他对于这味道实在是太熟悉，抬起头来，压低声音：“谢谢。”

两人四目相对，姜津津也微微一笑：“周总客气了。”

Edwin 人本来就很好，跟姜津津也是以最快的速度熟识起来。这会儿见姜津津动作不是很熟练的模样，他赶忙起身，来到姜津津身旁。此时，姜津津已经离开了周明沣的位置。

在公司同事心里，姜津津跟 Edwin 站在一块儿实在是赏心悦目。

Edwin 觉得，姜津津是跟他一块儿共事的同事，本来发资料这种事就不是她的工作任务，这会儿也是没办法才临时顶上的，那他也应该帮她，便出声道：“津津，我来帮你。”

会议室里几乎没人注意到这一幕。收到资料的人都在低头认真琢磨，谁都希望在大老板心目中留下一个好的印象。刚才还神色自若的周明泮抬头瞥了 Edwin 一眼。

会议结束之后，周明泮也没有急着走。

味美公司是他十几年前跟大学室友合伙开的，那个时候规模比现在更小，利润也不如他们预期的那样高，后来室友收到国外的邀约，便拖家带口去了国外定居，当时他手上也没什么钱，但还是四处东挪西凑，将室友的股份都买了下来。对于他早期起步的摊子，不管多小，都有一份感情在，所以即便今时今日，他已经不再需要这家公司了，这家公司的利润对他来说也可有可无，他依旧坚持开下去。

现在好不容易抽空来了这里，周明泮自然也有兴致四处参观一下，看看还有没有当年的影子。

周明泮要看一下工作环境，几个领导求之不得，作为一个规模不过百人的公司，在竞争激烈的燕京根本不算什么，可大老板多重视一点对他们来说绝对不是坏事。在几人的簇拥之下，周明泮来到了工作区域，自然便看到了坐在办公桌前在打字的姜津津。

他一眼就认出了她的背影。

他踱步过去，经理跟刘助理跟在后面，他装作不经意地问道："刚才是这位同事发的资料？"

刘助理："？"周总怕是今晚上想睡次卧了，居然这样称呼太太。

经理在此之前都没见过周明泮，当然也不知道姜津津跟周明泮的关系。现在整个公司，除了周衍以外，就只有刘助理知道了。

经理赶忙回答："是的。"

周明泮表情和煦地来到姜津津的办公桌前。

姜津津早就听到了动静，这会儿抬起头来，一脸无奈地猜想这男人是不是演戏演上瘾了？就不怕她当场喊"老公"拆他的台？

"周总。"她这样喊。

周明泮眼里掠过一丝笑意，却很快恢复从容，仿佛刚才那神情只是姜津津的错觉。

他"嗯"了一声，将手里的几张资料放在她桌子上："这个还给你。"

姜津津都很不解。干吗又要还给她？这种资料本来就人手一份，实在不用也可以放在会议室桌子上，事后自然会有人过去收拾。他为什么还特意给她送过来？

“辛苦了。”他又补充了一句，态度要多温和就有多温和，全身上下每一个细胞都写着他是绝世好老板。

姜津津对上他的双眸，也露出营业微笑：“应该的，您太客气了。”

果不其然，周明沣听到她用“您”来称呼他，神情微顿，目光却在触及她办公桌上的发绳后，又恢复了自然。他继续若无其事地往前走去，这个小插曲几乎没人放在心上。就连经理经过，也只是瞥了一眼放在桌上的资料，见上面什么字都没有，又追了上去。

姜津津从容地拿过一沓文件盖住那几张资料。等周明沣被众星捧月着走出老远后，她才垂眸移开文件，果然在那几张资料中某一张的后面有着她熟悉的字迹：未经知会，请不要生气。

姜津津瞬间心跳加快。说句不恰当的话，她竟然体会到了偷偷摸摸的感觉有多刺激。姜津津手疾眼快，赶紧将这一张折叠起来，见没人注意她，以最快的速度放回包里。做完这一切，她还是有点儿心惊肉跳。

回过神来后，她不禁懊恼自己紧张个什么劲儿。

不过，想起他凌厉的字迹，想起那语气近乎哄她的一句话，姜津津本来还有些微妙的情绪，这会儿也消失得无影无踪了。

她才不会生气呢，她也不是那么小气的人。这是他的公司，他是大老板，他想什么时候来就什么时候来，难道还要看她心情挑日子呀？某种程度上来说，姜津津很有自知之明。不该生的气，永远都不会生，就怕生气后，别人不理会不在意，那到头来尴尬寂寞的不就只有她自己吗？可现在，她没生气，他反而还写了纸条哄她。

每个人，都喜欢这种被在乎被偏爱的感觉。她当然也不会例外。

第十章

我太太

周明洋是真的在视察这家公司。前前后后都看了个仔细，花了近一个小时，直到离下一个会议没多长时间了才结束，经理解说得意犹未尽。周明洋走出公司，头顶烈日，他状似无意地看了一圈，便看到不远处有几个人在搬货，他驻足停留。

经理见他看过去，赶忙说道：“这是公司聘请的几个搬运工。”

周明洋微笑颔首，他戴着金丝边眼镜，一眼就认出了儿子周衍。周衍从一开始的不适应到现在搬货也不喘气了，的确证明他得到了锻炼。周明洋的目光深沉，他在儿子这么大的时候，干过比这个更累更脏的活，旁人或许会心疼孩子，可他不会。他从未想过自己走过的路，儿子必须得走一遍；也从未想过自己吃过的苦，要让儿子也去体验体验。但儿子想要自食其力，想要自己去尝试，他不会阻拦。

跟姜津津预想的不一样，周明洋从未把周衍说过的话当作是开玩笑。甚至在他心里，对儿子的唯一要求就是要说到做到。既然周衍开了口，那在周明洋这里，周衍就没有后悔的余地。

周衍大汗淋漓，抬起头看了一眼，也看到了自己的爸爸。

顿时，为了证明自己很能干，周衍搬得更起劲儿了，一个人搬两三箱都没有一点儿问题。

周明洋只看了几眼便收回视线，抬手看了看腕表，又客气地跟经理道别：“孙经理，辛苦你了。我还有会要开，下次有空再过来，到时候再好好聊聊。”

孙经理脸上笑容更是诚恳热切了几分：“周总您太客气了，这都是我应该做的。”

寒暄了几句后，周明洋便坐上那辆迈巴赫离开了。

孙经理在原地依然感慨不已，对身旁的助理说道："真没想到今天能见到周总。"

助理也一脸激动："我没想到周总居然这样平易近人！"

周明洋坐在后座，想起什么，沉声问道："这几个月应该有高温补贴吧？"

刘助理想了想回道："嗯，是有高温补贴。"

周明洋点了下头。

刘助理反而对自己之前的判断有些摸不准了，周总现在这是心疼儿子的意思吧？

他试探地问道："需要通知孙经理今年提高高温补贴的数额吗？"

"不用。"周明洋说，"今年并不比去年炎热。"

刘助理：还以为周总是心疼儿子。

其实刘助理跟在周明洋身边好几年了，既处理公事，也会处理部分私事。他知道周总跟周衍之间的矛盾，也想过要帮忙，但发现真没什么解决办法。

周衍希望能够得到周总的关注，可周衍又是个"你不跟我说话，我也不会跟你说"的性格。只能说，父子俩在性格上还真是如出一辙。周衍话不多，周总的话那就更少了，两个人在聊天这方面都是被动的性格。

父子俩之间的矛盾不是真不能调和的，这年头，所谓的矛盾，所谓的误会，通通可以用"嘴"来解决！如果误会没解决，那肯定是把嘴巴捐给了有需要的人。

现在出现了转机——周家终于来了个话超多的人！不仅话多，还很会聊！刘助理顿时心安了，他越发觉得，只要太太还在周家，那什么事儿都不算事儿！

姜津津的工作时间很自由，下午三点钟就准备下班走了。她跟闺密孙文清约好了做美甲、吃烤肉，两人约好了在市中心的一家商场碰面，姜津津停好车便在负一层的超市找到了孙文清。

这个点超市的人也不多，孙文清推着购物车，语带歉意地说道："说好今天请你做美甲的，我本来跟那个老板都约好了，可那个老板说今天临时有事，要改天了。"

"没事啊。"姜津津挽着孙文清的手，"这个又不急，不过你下次还是别随便充卡了，现在经济不是很景气，我听我家阿姨说，她三个月前在健身房办了卡，结果这个月健身房老板跑了，真是血本无归。"

现实世界里她也遇到了类似的事情，充值办了水果店的卡，结果里面的钱还没用完，水果店倒闭了，她都不知道上哪儿说理去。

孙文清也后悔呢："我也不想充卡了，那次就是鬼迷心窍了，那个老板设计的美甲真的很好看，在店员的推销下我就头脑发热充了一千块，结果还没等我再去做，这家店就转让了，听说好像是两个老板发生了分歧吧，最后另一个老板撤资了。不过，这个李老板人还挺好的，他说，还是给我做，蛮讲诚信的。"

"那就好。不算太亏。"姜津津笑着说，"那就下次吧。"

两人在超市逛了会儿，又去商场的女装楼层逛了一个多小时，两个人手里都提着不少东西，也算是收获满满，终于找了家烤肉店坐下来。两个人在一起就是闲聊，姜津津想起了周明沣说的慈善晚宴，便问道："文清，你知道元盛集团吗？"

听周明沣提了几次，她猜测元盛集团的慈善晚宴应该很重要。当时她就想在网上查一查有关消息，谁知网上根本就没什么有用的信息。

孙文清一边烤肉一边回："元盛集团？这个我知道的，我堂姐以前就在这公司上过班。怎么啦？"

"周衍爸爸让我陪他去参加一个慈善晚宴，元盛集团举办的。我对这些都不了解，想提前做做功课，免得到时候闹出笑话来。"

"可惜我堂姐现在在英国出差，我也不好打扰她，她要是在国内的话，还能约她出来问问。"孙文清想了想，"不过，我听我堂姐说过，元盛集团的纷争很多，董事长有两个孩子，一个是弟弟，一个是姐姐，本来是要让弟弟当继承人的，可好像弟弟得了什么病在很年轻时就去世了，现在是姐姐掌权……我堂姐说，弟弟是个很棒的人，能力强又聪明，就是那种天才，他们都觉得很可惜。其实之前也有传闻说过，好像姐弟俩关系不是很好，那时候公司里私底下还有人说什么是姐姐的阴谋，不过这话也不知道是真是假。真相如何，谁也说不好。"

"这样啊。"姜津津不由得感慨，"豪门就是这样，水特别深。亲兄弟争斗起来都是六亲不认的。"

她不禁庆幸，幸好周家一片太平，家庭成员又少，周明沣沉迷工作，周衍沉迷自食其力，他们相处还是很和谐的。她原本还想着在这种宴会上加几个富婆微信，以后发展成资深客户的，现在一听孙文清这样说，她想想还是算了。有些钱还是不能赚的，有些人脉也不是她这种人能驾驭得了的。

要是一不小心着了别人的道，卷入什么豪门争斗中，那就不妙了。

还是女孩子之间的约会更有意思。两人逛街买了新衣服，又买了好看的手机壳跟时下流行的发夹，还吃了味道绝美的烤肉，最后还排队买了低糖奶茶。姜津津送孙文清回家时，都忍不住说道："还是跟你出来有意思。"

孙文清失笑："你跟周衍爸爸约会难道没意思吗？"

"没这么有意思。"姜津津说，"你也知道，他太忙了。跟你讲哦，他准时下班那都是特别难得的事。"

"这么忙？"

"对啊。所以我跟他根本就没约会。"姜津津笑眯眯地说，"不过这样也好，如果他真的陪我吃饭看电影，我还着急呢。我会忍不住去计算，这么长时间我让他少赚了多少钱。"

像周明沣这样的大忙人，耽误、浪费他的时间，她会肉疼。

姜津津把孙文清送回家后，才不慌不忙地导航了森林别墅，往家的方向开去。

她到家时，周衍正拿着书下楼。

这个遭受了社会第一拨捶打的少年，这两天不知道是被谁指点了迷津，原本一回家就躺下或者打游戏，今天居然破天荒地拿了高一时的课本。姜津津不经意地瞥见这是数学课本，一时之间惊呆了，还以为是自己看错了，她凑过去看了一眼内容，确定是她看了就头疼的数学题后便脱口而出："你在干什么？"

周衍有些不自在，却还是说道："看书。"

这是他的书本，不过是高一时的，现在拿出来还跟新的似的。

姜津津错愕不已，不禁想：周衍受到了什么刺激？在原著中，周衍之所以重新做人捡起课本，那都是女主角的功劳，他受了女主角的鼓励，想跟女主角考上同一所大学。可现在是怎么回事？？

周衍见姜津津一副见了鬼似的神情，就更不自在了，他将书合上藏在身后，因为不好意思，耳根有些微微发红："我去找吃的。"

姜津津以为是剧情发生了偏差，也跟了上去。

以前都是周衍跟在她后面，现在角色来了个互换。

姜津津一路跟着周衍来到了厨房冰箱那里。

周衍实在是受不了了，打开冰箱，堂而皇之地拿了一瓶姜津津买的气泡水喝了一大口后，问道："干吗啊，你为什么跟着我？"

姜津津盯着他："你不对劲儿。"

周衍："？"

她才不对劲儿！他都当着她的面喝她的气泡水了，她竟然一点儿反应都没有。

“我哪里不对劲儿？”

姜津津以为周衍是提前遇到了女主角，从上到下打量了他好久：“你居然看书。”

周衍无语了，不想跟她多说，又从冰箱里拿了一支她买的雪糕后，准备上楼。

为什么看书？

或许是因为听了其中一个搬运大哥无意间感慨“如果家里有钱供他读高中就好了”。

又或许是因为她。明明是他爸的妻子，明明什么都不缺，却还是折腾着开店，折腾着去公司兼职准备十二月份考证。

他这段时间想过了也看过了，在这个社会，他既没有一技之长又没有学历，能做的工作实在太少。就是便利店里的工作，他也没自信能做到徐从简那样。十八岁以后呢，高三之后呢，他还能做些什么？听从爸爸的安排去国外念书？他不是早就夸下海口十八岁以后不用他爸爸的一分钱吗？如果不要他爸的安排，以他的能力，能考得上国内什么大学呢？这令周衍感到茫然。茫然的时候，他翻出了高一时的课本，看着封面和内里都是崭新的，第一次有了难堪的感觉。

姜津津看着周衍，她在想，就算剧情发生偏差又怎么样？原著本身就是校服到婚纱的美好故事。书是书，现实是现实，她不可能因为知道女主角是谁，就认定了那人一定会是周衍喜欢的女孩甚至是未来的妻子吧？不管怎么说，周衍现在能拿起书本来，姜津津觉得无论是因为什么，都是一件好事。

思及此，她也不好奇他看书的理由了，语气颇为欣慰地说：“好好学习啊！下学期搞不好也是我给你开家长会！”

周衍无语之后，眉眼却染上了笑意，心想：什么意思？如果他考倒数的话，她会没面子的吗？

姜津津从浴室泡完澡出来时，周明沣也回来了。两人都没提白天在公司的那一出。姜津津趁着周明沣有空，想起她在日历上记下的一笔，便随口问道：“那个什么元盛集团的慈善晚宴，去不去呀？”

如果去的话，那她就要着手安排了。比如那天穿的礼服、鞋子、包包，还有首饰妆容都得搭配好。

周明沣正在解袖口，闻言顿了一顿，随即抬起头笑道：“你想去吗？”

姜津津觉得周明沣这个人真是不错，很尊重她的意见，会问她想不想去。她猜，如果她说不想的话，他绝对不会勉强她。所以，男人成熟真的会让人很舒服。

姜津津这个人就是这样，别人对她好，那她也会回报这种好，甚至更多。

周明洋既然这样尊重她，那她肯定也要“投桃报李”。她本来觉得这种晚宴去不去都可以，这会儿却说道：“去吧，上次散步时听何先生跟何太太说这个晚宴好像有点儿重要，我是有时间的，看你的行程。”

“嗯。”周明洋解开袖口后，又去扯领带，语气寻常，“有需要的，可以跟我说，或者跟刘助理、跟管家说都可以。”

“那我就不客气啦。”姜津津想了想又问，“不过，你可以跟我讲一下注意事项吗？我怕到时候要是说了不合适的话，会让你尴尬。”

“不会。”周明洋看向她，“你想了解什么？”

“就元盛集团的，我在网上查了都查不到什么。”姜津津随口说道，“只听说了一点儿不知道是真是假的消息，说原本元盛集团的继承人年纪轻轻就去世了，然后现在是他姐姐掌权。”

周明洋盯着她的双眸，略一思索，走过去坐在床边：“嗯，现在的确是席芷仪席总在管理集团，她有能力也有眼光，你也不用太有压力，周氏集团跟元盛没有业务上的往来。”

话到此处，他停顿了一下，看向她，温声道：“不用担心，你是周太太，没人会给你难堪。”

姜津津听了这话，只有一个感觉：很爽。这难道就是身为霸道总裁太太的福利吗？

周明洋这话说得克制委婉，但姜津津还是品出了最质朴的核心内容，那就是——有我在，谁敢让我太太不痛快！

夜晚，姜津津已经在跟周公约会了，周明洋却睡不着，只好尽量放轻动作起身下床。

他有些心烦，从卧室出来去了二楼露台。

周衍恰好被姜津津的另类鼓励影响到了，一晚上都在看书。他很久没认真听课了，即便初中时他学习不错，这会儿看着陌生的内容也很难吃得消。不知不觉就到了深夜，他伸了个懒腰，想下楼再去吃点儿东西，哪知道刚出门就看到了他爸的背影，他爸既不是去书房也不是上楼，而是去了露台，这就激起了他的好奇心。

他迟疑了好一会儿，才猫着腰跟过去。站在不远处，他看着他爸坐在露台的椅子上抽烟。

周衍实在是很惊讶。在他的印象中，他爸是很少抽烟的，现在回忆起来，就连他爸跟他妈离婚的那一段时间里，他都没见过他爸抽烟。现在是怎么了？

周明沣听到脚步声，朝这边看过来，他目光深沉，手指间还夹着一根烟，烟头的火星忽明忽暗。

"有事？"周明沣声音低哑地问。

周衍一个激灵，摇了下头："没事。"

周明沣收回眼神，抬头看向夜空，偶尔会动作慵懒地弹一弹烟灰。

可能是太过好奇了，周衍也没离开，而是走过去，靠着露台的落地窗。

他爸看起来好像有点儿心烦的样子。是工作上的事吗？也不太像。

父子俩也全无交流。

抽完一根烟后，周明沣才起身，让晚风吹散身上的烟草味，他轻描淡写地瞥了周衍一眼："还不睡？明天不去上班？"

周衍："……"

他翻了个白眼，果断转身离开回了自己房间。让他爸烦死算了。

尽管身上没了烟草味，但周明沣还是去冲了凉。重新回到床上，姜津津睡得正香，毫无烦恼的样子。

他想起了元盛集团，也想起了席承光。很奇怪，一开始就知道这是棘手的事，但他仍然掺和进去跟她结了婚，将她护在他的羽翼之下。现在也明知道这是麻烦的事，但还是对她上了心。

他活了三十九年，这三十九年里，他从未做过一件自己无法掌握的事。不管是什么人什么事，他总是自信，甚至是自负，自己能够处理好。唯独这一次，他不确定了。

不过，他早就做了决定不是吗？活了三十九年，总要做一些不理智的事。

便利店的生意基本走上正轨了。

姜津津知道徐从简九月份开学后就成为一名高三学生了，虽然很舍不得他，不过她还是做好了他会离职的打算。一边着手准备招人，同时，她也跟徐从简聊了合同的事，对于她提出要给他一笔钱买断或者是分红这件事，徐从简很惊讶，甚至有些抗拒："不、不用的，本身按照关东煮的配方煮就不会难吃，我的配方也只是很简单地改良，实在是不值得分红。”

姜津津叹了一口气，也觉得自己实在是厚道到了极点。反正她以前就没遇到自己这样的老板。

“分红的确是麻烦了些。”姜津津干脆地说，“那就直接买断吧，我找了律师来评估。徐从简，你不用跟我客气，你不知道我都是挣扎了再挣扎。”

徐从简轻声道：“你是同情我，所以帮助我吗？”

姜津津错愕地看向他：“怎么会？这是一码归一码的事。”

她怎么会同情徐从简。人家是谁？人家要才有才，要貌有貌，要能力有能力，未来前途简直不要太光明。就算清贫，那也只是一时的。同情他，她还不如同情自己嘞。

她一向都不会吝啬自己的赞美，这会儿也是真心实意地说：“我觉得你未来肯定会很好，考个国内数一数二的大学应该没什么问题。以后不管你是从事什么行业，像你这样的人，都会过得很好。所以，这不是同情，也不是帮助，就只是一份合同而已。我也想为自己省点儿事，毕竟现在便利店的一半生意都是关东煮，以后我也想开分店，那么这配方我肯定是不能外传的。”

姜津津想过，真要买断的话，其实也没多少钱。毕竟现在店太小了，而且徐从简只是改良了配方。

徐从简沉默了许久之后答应了。他语气低沉地说：“就算没有这些，我也不会把配方给别人。”

“我知道啊！”姜津津打了个响指，冲他灿烂一笑，“所以，我就更加不能欺负老实人了。欺负老实人，那是要被记在小本本上的。”

徐从简突然被冠以“老实人”这个标签，愣了一下，似乎也被姜津津感染了，忍俊不禁地点头。

姜津津发现，元盛集团的慈善晚宴比她想象的还要重要。这天，在周家别墅一波接着一波地来人，有人送来了当季新款的礼服，还有高跟鞋跟首饰，让她挑花了眼。不过这也是姜津津第一次体验到了豪门阔太的生活有多快乐有多奢靡。只要阔太太们愿意，根本都不需要去逛街，那些高奢店自然会派最专业的店员送来最新款的衣服、首饰由她们挑选。

她挑了一个上午，还没确定那天晚上要穿戴的衣服首饰。

当然，她没忘记添加这几家店的员工微信，以后只要她有需要，她们都会满足她的要求送来当季新款。当然，所有的账单都是记在周明沣的名下。

姜津津心情不错，在周衍下班回来时，还拉着他帮忙参考挑选。

周衍颇有耐心，虽然在他看来，什么礼服都是一样的，什么首饰也都是一样的。

也因为周衍的格外耐心，姜津津也有了新的思路：难道不能带周衍一块儿去吗？孩子都这么大了，其实也可以带着出入这种场合见识一下了。当然最重要的是，在那样的场合，身边多个熟人还是好一点儿。听了元盛集团那些扑朔迷离的事后，姜津津很有自知之明，觉得就算自己社交广，但还是尽量不要跟那些人有太多的接触，如果周衍也在的话，至少她多了一个能说话的人。

晚上，周明沣回来时，姜津津就问了他这件事。

周明沣望着她："可以是可以。不过，还是你去问他。"

姜津津迷惑了："为什么？"

周明沣耐心地回答："我去问，他的答案只有一个。"

周明沣也算是非常了解儿子。他去问了，儿子就算再想去，也会说不去。

姜津津了然，去二楼敲开了周衍的房间，周衍正戴着耳机在看书，见她来了，扯掉耳机，语气随意地问道："有事？"

"嗯。"姜津津这还是头一回来周衍的房间，视线所到之处都是探寻的意味。

周衍的房间很有年轻男孩子的气息。墙上甚至还贴了很夸张的海报，一旁的书柜里也摆满了模型。

"过两天我跟你爸要去参加一个晚宴，你去不去？"姜津津又补充着说，"还挺有意思的，就一起去见见世面吧？"

周衍坐在书桌前转着手中的圆珠笔："听起来很无聊。"

"不去？"姜津津以为他这就是婉拒了。

周衍看了她一眼："我没说不去。"

"那就是去？"姜津津几乎都能猜到他要臭屁地来一句"我也没说去"，抢在他开口之前说道，"那我明天让人来给你试西装。"

不给周衍反应的时间，姜津津一锤定音："就这么说好了啊。"

说完她就转身离开了房间。

周衍："？"说好了？

房门关上后，周衍明明是该无奈的，可脸上一点儿无奈的表情都没有，反而有些被人惦记着的欣慰与幸福。

姜津津步履轻快地回到房间，跟周明沣宣布了这个好消息："他答应了。"

周明沣还饶有兴致地看了一眼手表："确定吗？你从下去到上来，总共也才五分钟不到。"

他儿子什么时候这么好沟通，这么好说话了？算上她下楼上楼的时间，难道他们只沟通了两三分钟，他儿子就答应了？

"确定。"姜津津跟周衍毕竟同在一个屋檐下相处这么长时间了，她还是清楚周衍的，他要是不想去，就不会说那句话。

"那好，后天下午一起去。"

只有两天的时间了，重新定做周衍穿的西装是不可能的了，姜津津想了其他办法，一手操办了周衍的穿着打扮，她还挺喜欢处理这种事的，尤其是打扮周衍这样的小帅哥。

周衍不愧是周明沣亲生的儿子，父子俩都是行走的衣服架子，还真别说，像周衍这样十六岁的少年，穿起正装来也别有一番风味。

如果说周明沣是成熟，那么周衍就是青涩。两个人都很有味道。

周衍跟公司请了两天假，在姜津津的指挥下，他换了不下十套正装了，眉目间已经很不耐烦了："不都是一样的吗？随便选一套得了。"

早知道会这么麻烦，他就不该答应她。

姜津津瞥他一眼："怎么会一样，刚才那个是黑色，这个是深蓝色。袖扣也不是一样的。现在条件有限，你爸爸的袖扣就很好看。"

她都忍住没说，每次周明沣解袖扣时，她都会为之倾倒。

这个动作实在是太迷人了，太对她胃口了。

"我觉得都一样。"周衍说。

姜津津翻了个白眼："什么眼神啊？好吧，就这套了。这套勉强还可以吧，你爸爸也是不细心，应该给你也定做几套正装的。"

周衍松了一口气，衣服终于选好了，他重获自由了。

"来，我们再去选选手表。"姜津津摩拳擦掌，看着一个平常只会穿 T 恤的好苗子，经过她的打扮，颜值和气质又上了一个台阶，这种滋味实在是太有成就感了。当然，她更期待去周明沣的衣帽间看看。

姜津津是很有分寸感的。

周明沣的书房她基本不会去，同样的，衣帽间这样的私人领域，她也不会轻易地主动踏足。

这次她是知会了周明沣，光明正大地带着周衍去他衣帽间挑选手表。

周衍也有手表，不过都不是很正式，搭配正装也有些奇怪。

继子跟继母两人来到周明沣的衣帽间，姜津津飞快地扫了一眼，不得不说，这是强迫症的天堂。一切都十分整齐，都是按照季节、颜色来挂的，颜色看着也很舒服，几乎都是黑白灰，深浅得宜。衣帽间最深处，有一个精致的茶色玻璃柜，分为上下两层，里面都是手表。

姜津津对手表了解不多，但她看得出来，里面的每一只手表绝对都价值不菲。

周明沣的年龄摆在那儿，这里的大部分手表都是不适合周衍的，姜津津小心翼翼地选了又选，终于选了一块勉强适合周衍的手表。

当周衍换好正装，又穿好皮鞋，戴好手表站在灯光处时，姜津津十分满意。

难怪偶像剧里男主角都喜欢带女主角去买衣服。这大概就是所谓的成就感了。

现在的周衍，跟之前穿 T 恤的他就完全不一样了。

“帅。”姜津津这样评价。

周衍反而有些不好意思了。

姜津津站起身来，围着周衍走了好几圈后，由衷地感慨道：“我现在相信你是你们学校的校草了。”

终于到了晚宴这一天。

三个人坐在车内，前往晚宴举办地。虽然这辆车很宽敞，但周衍还是不想跟周明沣和姜津津坐在后座，于是他很识趣地来到副驾驶座。

周明沣沉吟道：“等下这个晚宴会有一个拍卖会，到时候你来举牌子。”

姜津津一愣，反应过来后还有点儿小激动。

这种拍卖会她还是第一次参加，以前只在电视上见过。

“都会拍卖什么呀？”姜津津问道。

“可能是珠宝字画一类的。”周明沣气定神闲地，“有你喜欢的，你就举牌子拍下。”

“那……上限是多少？”

姜津津是知道的，虽然这种拍卖会就是做慈善献爱心，可富豪们也不是人傻钱多，心中总会有一个底价的。

周明沣心中的上限是多少呢，她有点儿好奇。

“上限？”周明沣大概是头一回听到这个词，“没有上限。”

姜津津的心一阵猛跳：好家伙！趁她一时不备，又被这男人炫耀了一把。

她想了想，又问道：“如果我一个都不拍，可以吗？”

她总觉得这种拍卖会就是送钱啊。搞不好把一个原本只值一百万的东西，竞拍到五百万。为什么她要花五百万甚至更高的价格买下？虽然花的是周明沣的钱，可要真的花了超出原价好几倍的价格拍下来，她也心疼呀。

周明沣看向她。

她解释道：“毕竟有些东西我觉得买新的会更好。或者有的东西起拍就是几百万，但我觉得它不值几百万。那我一个都不拍可以吗？”

周明沣失笑。

周衍也在笑。

姜津津顿时恼了：“两位，很好笑吗？”

她是朴实的老百姓啊！又不是你们这些有钱人，有这种想法不是很正常吗？！

以前网购的时候，买了合心意的东西，结果没两天就降价了，她很气啊！

周明沣温声安抚：“随你心意，你想拍就拍，遇到喜欢的，没有上限。”

周明沣对姜津津展现出了出奇的耐心，让在一旁的周衍有了更深层次的体会：他爸爸的确是“重妻轻儿”。从小到大，他就没发现他爸爸对他有这样的耐心。

周明沣跟姜津津介绍了一下这个慈善晚宴，基本上都是席家拍卖值得珍藏的东西，珠宝首饰或者古董字画，价高者得，同时席家也会将这些钱捐赠给社会上有需要的人。因此这种慈善晚宴是有一定意义的，但周家跟席家并没有生意上的往来，不参与竞拍也可以。毕竟一个拍卖会上也就那么些东西，到场的人却有很多，如果没有竞拍成功，有意愿的人也可以捐上自己的一份心意，这个也不带强迫性质。

“那你的计划呢？”姜津津问。

周明沣摇头：“没有计划。”他补充了一句，“就像我说的，公司跟元盛没有往来，过来捧场就可以了。”

姜津津明白了。所以这一次真的是随她的心意。她想拍就拍，无论价格多贵，他都为她兜着。她不想拍也没关系，不会有什么不好的影响。这样一来，姜津津就放心了。

三个人来到了晚宴场地，元盛集团财大气粗，这次晚宴是在一座庄园举行。姜津津身穿月牙白露肩长裙，搭配的是一套钻石首饰，既不会太夸张夺人眼球，也不会太简单。下车后，她果断地挽上了周明沣的臂弯，左看看右看看，觉得自己是今晚最靓的，不是因为她的礼服有多美，也不是因为她的钻石有多闪，而是站在她身边一左一右的两位男士，实在是太给她撑面子了。

周明沣跟周衍的外貌和气度实在是很优秀。

这组合怪异的一家三口同时出现，的确吸引了不少人的注意。毕竟这算得上是周明沣头一回带新婚妻子及儿子出席这种场合。

姜津津也没想到，居然会在这里碰到一个半生不熟的人——云馨。

云馨比姜津津更惊讶，她怎么也没想到，周衍今天也会来!

周明沣跟云亚华也算是好友，在这里碰面，自然是要打招呼的，姜津津笑意盈盈地挽着周明沣的手过去，周衍也跟在姜津津身旁。姜津津可没忽略云馨那惊讶到极点的表情。

一番寒暄后，云亚华看向周衍："阿衍也来了？算是头一次吧。"

周明沣看了姜津津一眼："嗯，他听她的话。我让他来，他就不会来。"

周衍："……？"

不过他也没有否认。

云太太乐呵呵地说："孩子大了，也该出来见见长辈们，学点儿书本上没有的知识。阿衍来了，正好可以跟云馨坐一块儿。你们两个有共同话题，我们都跟你们有代沟了。"

后面一句话，云太太是说给姜津津听的。

姜津津的脸上是营业式的微笑。

云馨期待地看向周衍。她觉得这种场合也没什么意思，不过如果能跟周衍在一块儿还是很开心的。

周衍却看向姜津津："你不是不舒服吗？我跟着你好了。"

姜津津："……"

这小子咒她呢!

周衍又看向云太太，他这个人虽然看起来拽拽的，但对尊敬的长辈还是很有礼貌的，他颔首解释："我爸让我帮忙照顾，实在走不开。不好意思。"

姜津津明白了，周衍这是拿她当挡箭牌呢。他就是不想跟云馨坐一块儿，就以她来搪塞。

姜津津之所以不拆他的台，除了是自己人这个理由以外，那就是云馨脸上的错愕取悦到她了。

周衍这话一出，周围的人听了都暗自惊讶——周明沣这新婚妻子实在是有两把刷子，居然能同时将周家父子收拾得服服帖帖的。周衍说这话时，语气里可没有半点儿不情愿。

云太太讶异之后又笑道："那好，阿衍一直都是孝顺懂事的孩子。"

周明沣将这一切都尽收眼底，却也是笑而不语。

姜津津为了将这出戏演到极致，故意在经过云馨身旁时，对周衍说道："小衍，我好像低血糖犯了，你帮我去拿块蛋糕啊。对了，我不吃巧克力的。"

周明沣眼里压着笑意。

周衍感觉头皮发麻：小衍是什么称呼？？？

不过尽管如此，周衍也不得不配合她，忍耐着点了下头，然后乖乖地去了自助区。

姜津津瞥了云馨一眼，只见这小姑娘仿佛摇摇欲坠，神色脆弱。可她这个人就是比较小心眼。

她确实能感觉到云馨对自己的那种微妙的恶意，仿佛她是会残害周衍的恶毒后妈。别人是怎么想的，她管不着，就像严正飞吊儿郎当的，跟她好像有说有笑，但谁又知道严正飞不是跟云馨一样的想法？他人的想法怎么样不重要，反正她也听不到别人的心声，但好歹做的事不能太过分吧？！

好了。点到即止，就不要太刺激小姑娘了。

在工作人员的带领之下，他们进入拍卖会厅，迎面而来一位穿着黑色套装的女士。这是姜津津见过的最有气势的女人，走路带风，在看到周明沣时，脸上多了一丝笑容，她走了过来，自然也没忽略周明沣身旁的姜津津。

不知道是不是姜津津的错觉，她总觉得这个女人看自己的眼神有些不太对。

她还在心里数了一下，这女人看了她五秒钟。

周明沣谈笑自若："席总。"

姜津津这才反应过来，这原来就是那位干掉了自己弟弟的席芷仪席总。难怪这样气势如虹。

席芷仪走过来伸出手，跟周明沣相握后又放开，她看向姜津津。

周明沣伸出手搂着姜津津的腰，姿态亲昵，语气甚至有一丝丝宠溺："津津，这是席总。”

席芷仪身形微顿，眼里掠过一丝疑虑、诧异。她毕竟也是在商场上令一些人闻风丧胆的人物，城府心机甚至不输周明洋，她的表情变化，几乎没有人能捕捉到，除了周明洋。

“席总，你好。”姜津津态度大方、不卑不亢。

“席总，这是我太太。”周明洋瞥向席芷仪，金丝边眼镜下的双眸带着温和内敛的笑意。

席芷仪又有什么不明白的呢。

她伸出手，好似是第一次见到姜津津一般：“周太太，你好。”

两只手相握，又很快地松开。

席芷仪脸上是从容的表情：“周总，感谢你跟你夫人的支持光临，如果有招待不周的地方，还请见谅。”

“席总客气了。”周明洋语气平和，“提前预祝席总的慈善晚宴举办成功。”

有工作人员过来送上红酒，周明洋跟席芷仪碰了一杯。

姜津津也跟席芷仪碰了杯，席芷仪莞尔一笑：“周总，周太太，我还有客人，失陪一下。”

“嗯，席总你去忙。”

等席芷仪带着助手离开后，姜津津还在看着她的背影。

周明洋拿过她手中的红酒杯，她才反应过来，压低声音道：“她刚才看了我好久。”

周衍在一旁当了背景板很久，此时忍不住出声：“哪有很久？就看了一眼。”

姜津津扭过头：“你今天是不是跟我过不去？”

周衍：“谁让你刚才那样叫我。”

周明洋还搂着姜津津，无奈地叹了一口气，低声解释道：“大概是她还没有见过你，所以有些好奇。”

“这样啊。”姜津津回忆了一下，那个席总好像是没有看她很久。

其实这宴会上，随便一个人都盯着她好久了。主要还是因为周明洋太低调了，婚礼也办得很简单。很多人应该都没见过她，所以对她十分好奇。

思及此，姜津津说：“那是你的问题。”

周明洋回过神来，微笑颔首：“你说得对。”

不多久，拍卖会就开始了。

姜津津坐在中间的位置，周明泮在她左边，周衍在她右边，这令她感到安心。

拍卖的东西，果然跟周明泮猜的一样。大多都是珠宝首饰以及书法字画，大家是来捧场的，自然都不会太吝啬，姜津津就眼睁睁地看着一幅起拍价四百万的字画，在经过一轮竞拍之后，达到了八百万的价值，甚至还有人继续叫价。

看了这一幕后，姜津津只想表示有钱人的世界她还真是不懂。

所以，她拿出手机，给周明泮发了一条微信："是有收藏价值的吗？"

她刚才也上网查过了，这字画的作者名气也不算很大。

周明泮垂眸，修长的手指在手机上一字一句地编辑："还好，这个作者尚还健在。"

姜津津差点儿笑出声来。

周明泮继续编辑："客观事实。"

这是要赌的。

姜津津："所以八百万亏不亏？"

周明泮："喜欢的话，就不亏。"

姜津津："好，我不是很喜欢。"

两人有一搭没一搭地在微信上交流着。姜津津倒是出于"来都来了"的心态举过两次牌，不过看到价格越来越高，她就懒得再举了。这场慈善宴会对别人来说可能意义很大，但对周明泮来说，只是一个宴会而已。所以，还是让那些想跟元盛集团打好关系的人去竞拍吧，他们就当陪跑的好了。

正在两人聊得起劲儿时，突然竞拍介绍员说道："接下来……"

这个介绍员说话时明显顿了顿，像是也在意外会发生这样的情况。

气氛突然安静。

姜津津将手机锁屏，抬起头看向台上。

介绍员业务能力一流，很快就反应过来了："这是席承光先生的一幅画作，如果我没记错的话，这幅画还拿了著名的比赛奖项，席承光先生师出名家，画技精湛……"

姜津津被后面的人的小声讨论吸引了注意力。

坐在他们后面的也是一对夫妻。

"怎么会拍卖席承光的画？不应该呀，他都去世了，东西都是很珍贵的遗物，怎么席家还拿出来拍卖，这是什么意思呀？"

“谁知道。看来重头戏就是这幅画，我们要不要跟？”

“看情况吧，看孙总跟不跟。不过席家今天怎么回事？太奇怪了，实在是想不通。”

姜津津还在努力地竖起耳朵听八卦。

这才发现，为什么场内的气氛突然怪异起来，原来拍卖的这幅画作者居然是席总那个去世的弟弟？这确实很奇怪。

她太过专心想听一些豪门八卦，再加上场内灯光昏暗，竟然没看到周明沣的目光冰冷。

等她再转过头来看向台上那幅画时，周明沣又恢复了之前的神情，只是随意搭在膝盖上的手无意识地虚握起来。

平心而论，以姜津津的审美眼光来看，这幅画确实画得不错。

看得出来，画画的人心情似乎很好，色彩明亮，搭配得很好。

画里是蓝天大海以及沙滩。

起拍价竟然两百万。

姜津津想举牌，但又不想举。

周明沣看出她的犹疑，这次他没再发消息，而是凑过去，在她耳畔低声询问：“喜欢？”

姜津津也不知道该点头还是摇头。

她真实的想法说出来被人听到的话，那就不好了。

于是她点了点手机，在别人竞拍时，她低头发了消息：“这个有收藏价值吗？”

周明沣微微一顿：“不用管这个，你喜欢吗？”

姜津津：“喜欢。”

周明沣看着手机屏幕上的“喜欢”二字，眼眸暗光涌动。

他顿住，继而编辑着消息：“那就拍……”

还没等他发送出去，她的消息又进来了：“不过，超过四位数的话，我就不想拍了。”

她可能真的没有欣赏细胞吧。这种画挂在墙上确实不错，但价格超过四位数，那还是算了吧。她太俗了，总觉得大几百万甚至千万，买套房子不好吗？

周明沣怔住，看着这条消息，一时间表情愉悦到了极致。

就连周衍探头看过去，都在纳闷：这两个人腻不腻啊，在聊些什么这么高兴？

席承光的这幅画竞拍也很激烈。

毕竟到场的很多人都是冲着元盛集团来的，自然是要给面子。姜津津一次牌子都没有举，只是听着这个竞拍价越来越高，不免心惊肉跳。为了转移注意力，她低头，在手机里试着搜索了“席承光”这个名字。

可能是因为席承光已经去世，可能是元盛集团不希望有人过多地关注亡者，姜津津搜索了一圈，除了零星的几条新闻以外，再没别的资料。周明泮注意着她的动静，此时双腿交叠，修长的手指在屏幕上耐心地打着字跟她聊天：“无聊了？”

姜津津：“有点儿。就是没我想象中有意思。”

周明泮：“很快就结束了。没有你看得上的？”

姜津津诚实地回了消息：“有是有……”

周明泮：“？”

姜津津：“我觉得不值那个价。”

周明泮：“嗯，竞拍就是这样。所以这是慈善晚宴。”

姜津津：“那我们就不凑这个热闹了吧！”

元盛集团虽然财大气粗，但是这种慈善拍卖最后的款项去处，谁也不清楚，什么爱心会基金会里面的猫腻太多了，姜津津在现实世界里就被骗过。如果真的要为慈善事业献出爱心，姜津津觉得还不如去捐赠爱心午餐或者关爱山村失学儿童。

周明泮看到“我们”这两个字，心情甚好。

连带着看向台上那幅画，也不觉得特别碍眼了，他回了消息：“好。”

姜津津松了一口气。既然闲着无聊，那就聊聊天呗。

她又发：“以后这种竞拍会还是不要让我举牌子了。不，不对，还是别带我来。”

周明泮：“怎么了？”

姜津津：“格局小了（图）。”

姜津津：“我一个柔弱的仙女能向谁求助（图）。”

她觉得自己跟这种竞拍会的气氛格格不入。

几乎不会有人跟周明泮聊天时发表情包，即便聊天时使用表情包，会让原本尴尬的气氛不再尴尬，也会精准地表达发言者的心情。这一刻，周明泮看着她发过来的内容，一时忍俊不禁，胸腔处微微振动，似乎很愉悦的模样，他探出手虚握成拳抵在唇边，掩饰了笑意，又回了消息："我懂了。不过我觉得你可以习惯的。"

姜津津："习惯什么？"

正当她等待着周明泮的回答时，周衍居然也发来了消息："你们在聊什么？"

姜津津："大人的事小孩子不要瞎打听。"

周衍："……好好好，下次这种无聊透顶的宴会不要找我。"

姜津津："好，我们在讨论要不要给你报补习班（微笑表情包）。"

发完她便退出了跟周衍的聊天界面。

此时，周明泮刚好回了消息："习惯一些竞拍的快乐，比如会有人为你买单这件事。"

姜津津呼吸加快。

说真的，到了这个时候她还不懂周明泮的心思，那就没意思了。

她斟酌了片刻："你也不一定懂什么会让我快乐，至少不是竞拍。"

周明泮："你可以跟我说。"

姜津津："哦？还要给你准确答案，那干脆我来替你考试吧？"

其实"女人的心思你来猜"这个环节还挺有意思的。既然有意思，就别省略了吧。

周明泮失笑，收起手机，并没有回复她的消息，而是趁着会厅灯光昏暗时，拿出钱包，目光专注地看着前方，手却递到了她面前。姜津津一愣，却还是接过了他递来的钱包，一脸疑惑地看向他，这是什么意思？

"等下说。"周明泮温热的呼吸落在了她的耳畔，痒痒的。

姜津津缩了缩脖子："噢。"

台上，席承光的画以六百万高价被人拍到。

姜津津看着竞拍成功者红光满面，仿佛中了彩票一样，忍不住想：她还真是不懂有钱人的心理，竞拍这幅画眼前虽然花了六百万，但接下来的红利或许绝对不止六百万。这个竞拍会果然不是很有意思，还好这一部分的时间不长，这之后又竞拍了几样物品之后，就圆满结束了。剩下的时间里，宾客们觥筹交错，聊得热火朝天。

周衍去了洗手间，顺便去外面透气。

姜津津被周明泮带着来到一处安静的角落。

这一处庄园依山傍水，设计也很独特，很像那种中世纪的古堡，不过姜津津欣赏不来这样的风格。两人站在阳台上，周明沣关上了门。这会儿基本上都忙着社交，也没有什么人会来这一处透气。站在这样的地方，似乎伸手就能触碰到满天的星星，姜津津想起手包里周明沣的钱包，侧过头问他："钱包给我做什么？"

"打开看看。"周明沣说。

姜津津只好拿出了那个黑色钱包。他的钱包平平无奇，打开来里面也没有照片。只有几张卡，还有一些现金。

"我觉得人的快乐都是分成两种的。"周明沣轻声道，"一种是钱可以买来的，一种是钱买不来的。在你心里钱也买不来的快乐，我确实还不知道是什么，不过可以慢慢摸索。"

姜津津心口狂跳："那？"

"考试答题一般是这样，先做会的，再做不会的。"周明沣拿过她手中的钱包，从里面抽出了一张黑卡递给她。

姜津津："？？？"

她杏目圆睁的模样太过可爱。

周明沣哑然失笑道："据说这是基本操作。"

他还是了解姜津津的快乐，见她还愣着没下文，压低声音催促："不要？"

另外一边，周衍很头疼，他不过是去一趟洗手间顺便透一会儿气，怎么又碰到了云馨？要说周衍多么讨厌云馨，那肯定不是的，两人从小就认识，虽然比不上跟严正飞多年的友情，但云馨也的确算得上周衍为数不多的朋友之一。

不过周衍心里很清楚，即便是朋友，即便云馨觉得是为了他好，她的行为也越界了。

像严正飞关心他，说的那些话虽然也不合适，但也只是说说，而云馨则是直接付诸了行动，所以，周衍觉得，以后没什么必要的话，他还是要减少跟云馨的来往。

云馨今天穿着淡粉色的小礼服，她的皮肤白皙，五官也精致，虽然年纪不大，却能看得出来等她成年必定也是个美人。她小心翼翼地来到周衍身旁，周衍靠着柱子，她离他有一米左右的距离。沉默了一会儿，周衍正准备离开时，云馨叫住了他，好似谈论天气一般说道："今天看到你跟周叔叔，还有阿姨一块儿过来，我真的很吃惊，不过我也很高兴，你跟阿姨的关系应该还不错吧，她对你也肯定很好吧。那我们就放心啦。”

说是这样说，但她根本就不相信周衍的后妈能有多好。她跟周衍后妈打过交道。也是因为这样，她心里才越发地焦急，担心周衍被后妈骗了。

可她又能怎么说呢？

周衍听了她这一席话，十分无奈，明明以前云馨不是这个样子的，怎么现在就变成这样了呢？

他自然能听得出来云馨的试探。可是试探什么呢？换句话说，他跟他后妈相处得好不好，跟旁人又有什么关系呢？

“放心？”周衍看向云馨，觉得不能再这样下去了，“云馨，看来严正飞没告诉你我的意思，我特别反感别人来管我的家事，你不用试探我跟她的关系，因为这真的与你无关。”

云馨怔住，傻傻地看向他，眼眶倏地红了：“周衍……”

她不敢相信，他会说出这样残忍的话来。她难道不是为了他好吗？

“你想说你是关心我？关心我什么？我这么大的人了还能被谁欺负吗？”周衍耸耸肩，面上神情却没多少温度，“我说她对我很好，你信吗？你肯定不信，还会觉得她心机深沉，故意对我好是有所图谋吧？那我告诉你，即便是这样我也认了，她对我的好是真是假，我不在乎。但有一点，我家的事旁人管不着。”

云馨闻言，眼泪扑簌簌地往下掉。

周衍在这方面还没开窍。

他无奈地按了按头：“好了，我进去了。”

哪知道，云先生跟云太太半天没看到女儿，心里着急便出来寻找，就看到周衍跟自家女儿在一块儿，女儿还哭成了个泪人，样子十分委屈。

姜津津跟周明沣还在有一搭没一搭地聊着。

直到有人过来，在周明沣耳边不知道说了什么，周明沣沉声道：“我知道了，马上过去。”

姜津津跟着他下楼，还很纳闷：“出什么事了？”

“小事。”

两人来到庄园的小花园，看到云太太正护着哭泣的云馨，而周衍则抿唇站在一旁，形单影只。云先生跟云太太都知道女儿的心思，只是一直没点破，毕竟孩子现在还小，应当以学业为重。云先生想跟周衍说话，可周衍闭口不言。

姜津津一看这状况就什么都明白了。她跟着周明沣过去，站在了周衍旁边。

云馨见周明沣和姜津津来了，心里又委屈又害怕。

云太太一脸心疼地安抚着女儿：“怎么了这是，是不是跟阿衍闹矛盾了？”

谁家孩子谁心疼。虽然云太太也很喜欢周衍，可这份喜欢那是肯定比不上心疼自家女儿的。这会儿见女儿哭得伤心，她也忍不住猜测，难道是周衍欺负女儿了？看向周衍的眼神，虽然还是那样和悦，可也多了几分探究。

“不是。”云馨摇了摇头，眼泪还在往下掉，却咬着嘴唇解释，“没有矛盾，周衍也没有欺负我，是我自己不小心，眼睛里进了东西。”

云太太自己都没察觉到，她这时候面上已经有一些不悦了。

云先生也是。

姜津津：“……”

好家伙，这解释旁人听了不是会更误会，以为她是帮周衍掩饰吗？不知道的还以为周衍怎么她了呢。

看来是该帮云馨好好回忆一下她做过的那些好事了。

姜津津这个人，是最护短的，最见不得自己人被欺负的。思及此，她走上前去，搭着周衍的手臂，看向云太太，脸上依然微笑：“云太太，我觉得云馨跟我们家小衍肯定是不会闹矛盾的，他们关系多好呀。”

周衍低头瞥她：“？”

姜津津安抚地拍了拍他，示意他，别怕。

周衍心想，我不怕，关键是你想做什么？

姜津津为人处世就讲究一点——你让我一分，我能让你三分，但你想蹬鼻子上脸，那就别怪我把你家屋顶都拆了。

云馨心里顿时慌张不已，抬起头来，眼泪滑下，楚楚动人：“阿姨……”

姜津津慈爱地一笑：“我还说呢，就算真有什么矛盾，你们也是一辈子的好朋友呀！你关心小衍，我跟小衍爸爸都知道的。”

说到此处，她像是开玩笑一样看向云太太跟云先生：“上次我送云馨回家，云馨担心小衍，还拜托我，让我一年内不要给小衍生弟弟妹妹，我听了特别欣慰，真的，谁有这样的朋友都是福气呀。”

周明沣：“……”嗯？

周衍无奈闭眼。

好吧，他已经帮不了云馨了，这事是遮不下去了。

不过他也不是不识好歹的人，他心里比谁都清楚，姜津津之前并不想拿这件事做文章，现在之所以说出来，不过是想为他出气。

他低头，唇角扬起，却又意识到现在是什么场合，把嘴唇抿了起来，在一旁一声不吭，看起来怪委屈的。

云太太跟云先生脸色骤变，不可置信地看向垂泪无言的云馨，都不敢相信他们家女儿竟然会做出这样唐突又没有分寸的事！

姜津津抬起手推了推周明沣，笑道："我是答应了啊。"

云馨抬起头来：……你什么时候答应了？

周明沣眼里闪过无奈之色，应道："嗯，你说了算。"

此时，云馨即便想脱口而出"你没答应"，也只能生生地忍下来了。

她不敢去看爸爸妈妈的眼神，更不敢跟周叔叔对视。时至今日，她太后悔那天晚上的举动了。

"阿姨，"云馨鼓起勇气，虽然她的五脏六腑都有些发疼，却还是强忍着，语气委屈地说，"我那天脑子有些不清醒，您不要放在心上，如果您生了小孩，我一定会很喜欢的。"

姜津津摆摆手，一脸笑容："你的话我还是听进去了，你说得对，接下来的一年小衍处于关键时刻。要是我怀孕了，小衍说不定就没心思好好上课了。他喜欢小孩，要是有个弟弟妹妹，那可不得了。"

她俏皮一笑："他肯定就成了你们小年轻口里说的'宠妹狂魔''宠弟狂魔'了。"

一旁的周衍听了，一脸无奈，不过脸上也有了笑意。

云太太云先生虽然很恼火女儿不懂事的行为，可也不会在外人面前训斥她。

云太太回过神来后，脸色恢复如常，笑着说道："云馨跟周衍从小认识，她也是的，我以前就说给她生个弟弟妹妹，她非不肯，还说我要是生了，她就离家出走，她就是小孩子心性，担心周衍呢。"

姜津津笑容更深沉了："还是不一样的，小衍的心比较宽，没那么多想法，性子单纯又直爽。我结婚的时候都没什么朋友过来，上次还听朋友说呢，这人啊年纪大了，朋友就越来越少，结婚的时候还凑不齐一桌。我家小衍我就不担心了，他以后结婚了肯定有很多朋友。啊，我现在说这个会不会太远了？"

她后面一句话是对周明沣说的。

周明沣能怎么办呢，只能配合她了，淡淡笑道："还好。"

“所以啊，有云馨这样的朋友是小衍的福气。”姜津津看向周衍，“以后有女朋友了，可不能忘了这些关心你的朋友呀。”

云馨怔怔地看着周衍。

周衍虽然尴尬，却还是点了下头：“知道。”

姜津津满意了。

至于云馨回去以后会被父母怎样训斥，那也跟她无关。无论是成年人还是未成年人，都要为自己的言行负责。

云馨也顾不上哭泣了，因为她接下来要面对很棘手的问题。

周明沣这个人有点儿东西，这是姜津津对他的评价。在他们离开之前，周明沣为这件事收了个尾。月光之下，他身材修长，面容冷峻，他语气沉稳地说：“你们还是学生，不用操心大人的事。提高学习成绩，还有养成美好的品德，才是你们的主要任务。”

云馨的脸色顿时煞白。

云先生抬起头来看向周明沣，四目相对，周明沣目光淡淡，云先生不由得在心里叹了一口气：周总还是介意了。

也对，像周总这样的人，应该很反感别人管他的事。

“云先生，云太太，我们先走了。”周明沣说，“下次再约。”

云太太还想说些什么，云先生拦住了她，对周明沣说道：“周总慢走。”

三个人上了车后，姜津津才说道：“真是烦躁。”

周明沣瞥了她一眼：“我看你很高兴。”

“……”她解释道，“高兴谈不上，只是教训了一下熊孩子和她家人，感觉空气都清新了几分。”

说完她又问道：“不过怎么回事啊，周衍，她怎么哭了？”

周衍心想：你刚才还叫我小衍呢。他无语极了：“没什么，就是说了她几句。”

“噢。”姜津津又想起了什么，神采奕奕地问周明沣，“你说，现在在别人心目中，他是不是‘黑土王子’？嗯，‘灰少年’？”

周衍皱起眉头：“什么‘黑土王子’？”

“别人是白雪公主，你看看你晒成什么样了。”姜津津随口说道，“我给你买的冰袖，你要记得戴，再黑下去，我看校草这个名头就要被人抢走了。”

“冰袖？”周明沣出声。

姜津津转头看了他一眼。“上次是一个什么节日，网上打折还有满减活动，我给自己和周衍买了冰袖，”她顿了顿，“没给你买，是因为你用不到，你不管到哪里都晒不到、热不到。”

真让人羡慕啊，不像她跟周衍。她要为了生意、工作奔波；周衍就更可怜了，是实实在在的打工人。

周明沣“嗯”了一声。

今天什么收获都没有，所谓的世面，姜津津没见到并且觉得很无聊。她泡完澡坐在床上，一时兴起又拿出了周明沣给的那张黑卡认真研究。所谓的黑卡其实就是几乎没有限额的信用卡。不过她的确很惊讶，没想到周明沣还真给了她一张卡……拿到手里的时候，她反而有种不真实的感觉。

她研究来研究去，听到门口传来声音，赶忙将卡放在枕头底下，还很做作地打了个哈欠。

周明沣进来了。不过很奇怪，他重新换上了正装，一副要出门的架势，还没等姜津津开口询问，他就很识趣地汇报了行程：“我要出去一趟，有点儿事情要处理。”

姜津津诧异了，扭头看了一眼床头柜上的时钟：“都快十一点了。”

“嗯，公事。有点儿急。”

姜津津决定收回那点儿羡慕之情。周明沣实在太忙了，就算准时下班回家，也是吃完饭就去书房办公。她听管家说，比起前几年，周明沣现在已经算很闲了。这都算闲？那忙起来得什么样啊？

“好，你注意安全。”姜津津乖乖地躺下，脸颊压着柔软的枕头，想起他给的那张黑卡，便又多说了一句，“辛苦啦，周总。”

周明沣失笑，伸出手，似乎是想摸她的脸，但又克制住自己，改成为她拉了拉被子：“睡吧。”

“嗯。”

周明沣从屋里出来，月朗星稀，沉寂无声。

他没有惊动司机和管家，自己开车行驶在宽阔无人的道路上。没过多久，车辆停在一个酒庄门口，周明沣下车，门口已经有人在迎接了：“周总，席总二十分钟前已经在包厢等您了。”

这个酒庄是周明沣的产业。

他走了进去，顺着一条蜿蜒小径，来到了包厢门口。服务生敲了敲门，里面传来女人的应答，周明洋这才进去。

席芷仪脸上略显疲倦，厚重的妆容之下也是无奈：“周总，今天的事，我很抱歉。”

周明洋面无表情地坐下。

他扫了席芷仪一眼：“抱歉？”

“嗯。”席芷仪也觉得很头疼，今天一天身体精神都累到了极致，可此时她也不得不打起精神来，“周总，您应该知道，对我来说，跟您结仇没有任何好处。很多事情我也只能尽力而为，”说到这里，她面露苦涩：“您知道，席家现在不是我一个人说了算。”

周明洋目光沉沉，语气降至冰点：“她跟你们席家以前有什么关系这不重要，现在她是我太太。”

席芷仪语气艰涩：“这个我知道。我也从来没想过再去打扰她。”

周明洋垂眸。过了半晌，他起身，该说的已经说了，他的态度也已经很清楚了。

席芷仪突然说道：“津津她还好吗？她好像不认识我了。”

这一点令席芷仪费解。不过当时她不好表达自己的疑惑，因为周明洋那有意无意的警告。

“这不是席总你该管的事。”周明洋语气稍缓，“她现在过得很好。”

席芷仪嗯了一声：“那就好。”

周明洋步履匆匆地离开，仿佛没有来过一样。

深夜，睡不着的人也有很多。

田家跟席家算是世交，虽然前几年因为生意上的事情产生了分歧，不过两家还是保持着往来。田夫人跟田先生回到家里，都是老夫老妻了，心里有什么都会推心置腹地敞开来聊。

田夫人坐在梳妆台前，动作优雅地取下耳坠：“今天怎么回事，承光的画怎么也拿出来竞拍？当时我还以为自己听错了，这唱的是哪一出？”

“谁知道。”田先生正坐在床上翻着手机，闻言抬起头来，“最近席家的行事作风越来越让人摸不着头脑。别说是你，我今天都吓了一跳。承光虽然擅长画画，可他留下来的画作并不多，怎么会想着拿出来让人竞拍？我也实在是想不通。”

夫妻俩聊着聊着，田夫人突然叫了一声，转过头来，一脸惊讶：“我是说今天那个周太太怎么看着有些眼熟！”

田先生都被她吓到了：“你看谁都眼熟。周明沣的太太你先前见过？”

“不是。”田夫人也顾不上卸妆护肤了，她赶忙来到床边坐下，压低了声音，“你刚才不提起来我都没想到，你还记不记得五年前我去伦敦看望我外婆，那时候我在伦敦碰到承光了，承光跟一个女孩子在一起，当时承光跟我说，那是他女朋友！周太太，周太太就是承光以前的女朋友！”

田先生目瞪口呆，反应过来连连摇头：“怎么可能，你肯定记错了，看错了。”

“我绝对没有认错！”田夫人说，“那样的相貌我能认错吗？承光特别喜欢她，就那手上，还有那女孩子名字的文身。就是她，周太太就是承光以前的女朋友！”

席承光行事低调。就连他们这些世交，跟他来往也不多。席承光的女朋友更是很少有人见过。

田夫人也是碰巧撞到了。

田先生陷入了沉思中，过了半天，才抬起头来对妻子说道：“这事你别跟旁人说，提都不要提，你知道也要当不知道。”

田夫人愣住。

“周明沣跟元盛集团没有生意上的来往，他那样谨慎的一个人，不可能不知道自己妻子以前的事。今天他来了这个晚宴，目的只有一个。”

“什么？”

“他要让所有知情人都知道，现在她是他太太。”

番外一

想要记住的一天

自从周衍下定决心十八岁以后要自食其力，他就觉得自己跟普通的男高中生不一样了。

格局一旦打开，生活便处处不一样了。

比如某一天，周衍从外面回来，进到客厅。姜津津正坐在沙发上，一边吃薯片一边看最近热播的古装剧。他这段时间从外面回来时，她在追剧；他从楼上下来找水喝时，她在追剧；他出门时，她还是在追剧……

正因为如此，只会偶尔扫一眼电视机屏幕的周衍也大致知道，这部剧讲的是什么，是那种“我爱你，你不爱我；你爱我，我又不爱你了”的老套又令人牙酸的故事。

可姜津津很爱这种调调。

森林别墅这一带空气湿度大，正值盛夏，走在外面，跟蒸桑拿一样。屋内冷气开得很足，周衍感到十分惬意，便去一楼洗手间洗了把脸，又打开冰箱偷拿了姜津津的冰镇气泡水，这才来到姜津津身旁坐下。

周衍瞥了一眼电视机屏幕，唇角勾起：“这两人还在磨叽，折腾对方呢？”

姜津津可没空关注他：“你懂什么！这不是折腾，这是感情博弈，博弈！你懂吗？”

从来没喜欢过女孩子的周衍必然是不懂的。

他才十六岁，在这方面还没开窍！

周衍撇撇嘴：“我不懂，我觉得这两个人纯属浪费时间。”他想了想，又补充了一句，“这两个人看起来也不太聪明，该说的话一句都不说，不该说的话倒是挺能说。”

姜津津失笑：“你还挺懂，那希望你以后长大了谈恋爱，不要犯这样的错误。”

周衍耳根一红：“喂！”

他还在上高中，身为家长不是该耳提面命不让自家孩子谈恋爱吗？

“害羞了？”姜津津打趣他，“虽然这个男主角太帅了，从头发丝到脚后跟都完全踩在我的审美上，但是他的行为我很鄙视，你不要学他。”

“你流哈喇子了。”周衍说。

姜津津去抢他手中的气泡水：“喝我的，还敢笑话我？”

周衍赶忙抵抗，她这是虎口夺食。

两人闹了一阵后，又被电视剧情吸引了。

姜津津本身的爱情是一帆风顺的，只有她伤害别人，没有别人欺负她。不过她看电视剧却爱看这样虐恋情深的，再加上男女主角都是她很喜欢、很欣赏的演员，所以，这部电视剧她每天不落一集地准时收看。

周衍呢，嘴上说着不爱看，可身体很诚实，每次路过客厅，都会停下来看几分钟。

这部电视剧在收视率方面是一匹黑马。从目前的热度来看，几乎全民都在追。

看着看着，姜津津思维发散，跟周衍讨论起来：“如果我是女主角，我肯定会偷偷地将身上值钱的全部卖掉，有了钱以后还怕逃不出去吗？你看看她，头上戴的发钗，手上戴的玉镯，随便卖出去一件两件，都够古代的普通人家多少年的开销了。”

周衍刚想笑她怎么不去当编剧，猛然顿住。

对呀，他为什么不卖掉呢？姜津津的话虽然角度清奇，可这的确是一个好主意！

周衍也顾不上电视剧里男女主角之间的纠结了，他风风火火地跑上楼去，来到自己的房间，左右环顾了一下。之前每次进来看到的只是房间、只是摆设。可这一次，他看到了不同的东西！

现在有二手网站，周衍以前就听同学提过一嘴。

他快速整理起自己所有的物品，越整理，心情就越复杂。

他突然发现，这些物品中，即便是最不起眼的一件，价格都不算便宜。

男孩子都喜欢买鞋子，周衍也不例外。他几年前就开始收藏球鞋了，其中好几双都有着独特的回忆。比如这一双，是他曾经很喜欢的某个球星的，那一年爸爸从国外出差回来，给他带了这双鞋子，还有那个球星的亲笔签名。

他又想起摆在书桌上的飞机积木玩具，也是爸爸给他带回来的。他拼了一大半后生病了，等他从医院回来时发现，爸爸将剩下的拼好了。

周衍一个晚上都没下楼。

他整理着这些东西，突然发现一件事，爸爸并不是不关心他。

那么，到底是为什么，他会把这些都忽略了呢？他想不通。好像不知道从什么时候开始，他跟爸爸就变成了现在这样。或许他们周家的人是祖传的不善表达吧！内心的情绪五味杂陈，但他还是将这些带着回忆的物品都收了起来。

剩下的一些物品，他想放在二手网站上卖掉。

他兴致勃勃地摸索了许久，终于成功地将一个游戏机挂了上去。他给的价格很合理，游戏机也没玩几次，还是限量版的，设定为原价的七折，不算过分吧？

然而接下来的事，算是意外了……

他没想到的是，这样的网上交易，这样便宜的价格，居然还有人砍价！

小龙：“两百块包邮我就要，我是学生来着。”

非一般的感觉：“卖这么贵，我再加点儿钱都可以去旗舰店买新的了，二百五不能再多了。”

周衍蒙了。完全蒙了，茫然了。

原价好几千的游戏机，他只玩过两三次，现在两百多卖出去？贱卖也不至于这样吧？

他本来就不是脾气多好的人，不过这一回，他是真不知道能做什么。

如果这两人站在他面前，他可能会直接动拳头。

然而现在隔着网络，对方还是陌生人，他能做什么？他又不会跟人吵架。

于是，人狠话不多的周衍被憋出内伤，气到七窍生烟，却什么事都做不了！

第二天吃饭时，周衍只吃了一碗就没胃口了。

周明沣倒也没在意这件事。随着儿子进入青春叛逆期，父子俩之间已经达成了和平的相处方式，除了实在看不过眼的时候会“教训”儿子以外，大多数时候，周明沣都是任由周衍肆意生长，不会压制儿子的本性。

姜津津却对此上了心。

晚饭之后，周明沣这个工作狂魔像往常一样去书房处理公事。

姜津津主动找到周衍，很直接地问他：“怎么了？出什么事了？”

她跟这对父子在一个屋檐下相处有段时间了，对这两个周姓男人都相当了解。

这两人吧，都不是那种习惯将心事主动说的性子。

她要是不问，周衍一定不会说，会让这件事烂在肚子里，至于最终如何，那就只能自我消化了。但是，这也太自我折磨了。周明沣她暂时管不着，可要她看着一个十六岁的孩子这样……她心里也过意不去啊，那就只能化身为“知心姐姐”了！

姜津津不问还好，她一开口关心，周衍就藏不住话了。正好他也处于极度郁闷中，便一股脑儿地将事情的来龙去脉和盘托出了。

“你说他们是不是成心让我不痛快？”周衍这会儿提起来还很生气，“没见过这样砍价的。”

还真别说，他一米八几的大个子，垂着头跟姜津津抱怨时，看起来那是真委屈、真纳闷。

姜津津不禁心生怜爱。

她想了想，伸出手来：“手机给我。”

周衍诧异又疑惑，但也只犹豫了几秒钟，便从裤袋里掏出手机解锁给她。

姜津津接过手机，打开二手网站，看到了他跟那两个人的聊天内容。

她唇角带着一抹可以称之为危险的笑容，白皙细长的手指在手机上飞快地打着字：“下次再说吧，刚刚免费送出去了。”

“对了，我是卖闲置不是卖破烂，你是买二手的不是来乞讨哦。”

“你是学生？别说是学生，你是畜生也不行的哦。”

发了一通之后，她将手机还给了周衍。

周衍瞥了一眼，这一看，再也没能忍住，咧开嘴笑了。

他很少会笑，此时此刻大笑起来，浑身上下都散发着少年的阳光气息。

“心情好一点儿没有？”姜津津问他。

周衍矜持地点了下头：“还好。”

回房之后，他却是反复观看那几句消息，实在是因为内容让人极度舒适。

躺在床上，他将聊天记录分别截屏，发了一条朋友圈——只对自己可见的朋友圈。

或许潜意识里，他想记住这一天。

番外二

津津有味

有味便利店要推出活动。

姜津津为了让广告达到醒目的程度，特意斥巨资买了好几块广告板，用上五颜六色的荧光笔涂鸦，来来往往的行人都会第一时间注意到这家店。本来她是想大展身手的，无奈她从头发丝到脚踝，哪儿哪儿都好看，唯独写的一手字，不太好看。

大学毕业之后，需要写字的时候越来越少，基本上都是用手机、电脑打字表达。

姜津津坐在店里，自己编辑好了广告语，唤来正在储物室清点纸箱的徐从简。

她眉眼弯弯地说：“徐从简，你是学霸，写字应该挺好看的吧。来，露一手！”

徐从简有些不好意思。

在姜津津期待的眼神中，他接过一支笔，下意识地活动了一下手腕，这才郑重其事地下笔。

其认真态度，仿佛是在面对很重要的考试。

果然，字如其人这句话，在某些时候还是有一定道理的。徐从简的字，跟他这个人的特质有几分相像，清爽苍劲，如同松柏。

将他写的这些字拍照放在网上，肯定会有人惊呼“哇，好好看”。

他将那一面广告板写好后，姜津津便迫不及待地架在了便利店外面，她越看越喜欢，毫不吝啬赞美之情，夸道：“我正式宣布，你是当代王羲之！”

徐从简似乎被逗笑了。

来了这家便利店后，他的笑容一天比一天多，可能是性格原因，即便是在笑，神情也很收敛。

“真的，我没夸张！”姜津津摸了摸下巴，颇有些懊恼地说，“我写的字就不是很好看，所以我很欣赏写得一手好字的人，真的很加分。”

两人说着话，刚下班回来的周衍正巧路过这里。

他最近有个习惯，每回经过，都会来便利店买点儿小东西，算是变相捧场。

他正好听到姜津津对徐从简的夸赞，不由得瞥了一眼那广告板。

姜津津正愁没有帮手，周衍一来，便直接给他下了任务：“你来得正好，我可听说了的，你学过几年书法，这字肯定好看吧？”

她将笔塞给他，理所当然地说：“喝了我那么多瓶气泡水，到你报答我的时候了！”

周衍看了徐从简一眼，对她说：“这里不是有一个当代王羲之吗？”

徐从简垂眸，脸上笑意未散。

姜津津无语：“那你写还是不写？”

周衍拧开笔帽，扫了她一眼：“写啊，免得你总说我喝你的气泡水不干事。”

这人太小气了，喝她几瓶水，她是不是能记一辈子？

“你写得好，以后我无限量给你供应气泡水。”姜津津感慨道，“我简直是这个世界上最大方的人了，没有之一。”

周衍憋住笑。

他在广告板前蹲了下来，跟徐从简刚才一样，活动了下手腕，沉思了片刻，这才落笔写下宣传语。

还真别说，周衍的确有两把刷子。

跟徐从简不一样，即便是外行人也能一眼看出，周衍是练过的，他的字别有一番风味，或者更准确地说，是有风骨。

不过，荧光笔和广告板还是限制了他的发挥，如果换作毛笔宣纸，一定会更出彩。

姜津津不由自主地改了口：“以后我开公司了，你给我写一幅字我挂着啊。”

周衍脱口而出：“你不如去找我爸，我爸不管是钢笔字还是毛笔字，都比我写得好。”

姜津津一脸不相信。

周明沣的钢笔字确实好看，他那本笔记本就在她手里。尽管徐从简跟周衍的字都好看，但私心里，她更喜欢周明沣的字。也许是经过人生历练，也许是身居高位多年培养的气场，周明沣的字凌厉雄健、力透纸背。只一瞥，字中的磅礴气势便扑面而来。

不过钢笔字好看，不代表毛笔字就好看。

周明沣真的如此全能?

周衍强调道："是真的。"

晚上周明沣下班回来后，姜津津在书房找到他。

周家的装修风格总体而言是偏中式的，耐看又有质感，周明沣的书房尤甚。办公桌后的墙面上挂着一幅书法，书柜一旁还摆着青花瓷的古董花瓶。以前姜津津不是很能欣赏这种风格，可在这里住久了，再看看书房里工作的周明沣，竟然有一种宁静致远之感油然而生。

"有事？"周明沣含笑问她。

她近来总是风风火火的，带着强烈的生命活力。

姜津津纤细的手指一指墙面上的书法，问道："是你自己写的吗？"

周明沣显然感到很疑惑——她来到书房，是为了问这个问题?

她又补充解释道："周衍说你的书法比他更好。"

周明沣失笑："这个要怎么说？"

"实话实说啊。"姜津津看他，"这个问题很难回答吗？"

周明沣摇头："我是不愿打击阿衍的。"

姜津津没忍住，笑出声来。

"干吗这么说，我觉得他写得很好啊！"

周明沣又凝视着她，语气温和地问："所以，你想让我给你写些什么？"

姜津津耸肩："我都没说，你就猜出来了。"

周明沣只是看着她。

"好吧，我其实只是来证实这件事的。"她加重了语气，"然后，顺便来跟你讨一幅字，说不定以后我会有自己的办公室呢。做人嘛，梦想总是要有的，到时候你的字就是我的镇办公室之宝。"

周明沣扶了扶金丝边眼镜，轻点了下头，算是答应了。

几天之后，周明沣坐在周氏集团办公室里，突然来了兴致。他让助理准备了笔墨纸砚，站在桌前一阵沉思，然后挥笔在宣纸上写下四个大字——津津有味。

这是她的名字，也是他对她未来的祝福。

祝愿她的人生，永远这般津津有味，回味无穷。